民国
演讲

MINGUO YANJIANG

象征的人生

民国演讲 第八编

李石岑 等 著

中国文史出版社

出版说明

　　本丛书选取的六百余篇民国时期的演讲，来自社会地位、术业专攻、身后评价不同的近二百位民国人物，政界、军界、商界、新闻界、学术界、教育界、文艺界、民间团体等，无所不包，力求全面地呈现多元化的民国风貌。

　　本丛书涉及史料庞杂，文章取舍与编排依循一定原则，具体说明如下：

　　一、本丛书收录的演讲稿，时间范围从 1912 年 1 月起，至 1949 年 9 月末止。全套共分为十编，每一编均以时间为轴，依演讲者出生年月排次；以人物为面，按演讲发表时间排序。每位人物均附生平简介。

　　二、本丛书收录篇目以演讲为主，其他如宣言、广播稿、采访谈话、讲义以及当众宣读的论文、报告、答辩词等，亦有部分收录。

　　三、本丛书所选资料来源广泛，多为翻阅国家图书馆及各地方图书馆馆藏民国文献，如民国时期出版的各种文集、报纸、杂志等，经重新录入、点校所得。所收录文章有不同版本者，以出版（发表）时间较早或内容较全的版本为主。

　　四、本丛书所选之演讲者，均为在其所属领域具有代表性或典型性的人物，但限于篇幅、编者知识水平以及其他种种因素，尚有部分人物演讲未能收录。

　　五、对于生平演讲颇丰的人物，在筛选其文章时，编者在主题不重叠的前提下，尽量撷取背景、场合、受众不同，且较有内容价值的若干篇目，以求多方位地展现该人物的思想和主张。

　　六、鉴于本丛书的史料性，编者在进行编校加工时，以尊重原作为基本原则，对于严重违背史实、观点偏激、存在不当舆论导向的个别语句，酌情做删节处理，处理后并不影响原文主旨大意的表达。

七、由于民国时期语言文字、标点的用法与现在有所不同，为方便现代读者阅读，编者在尽量保留作品原貌的情况下，做了如下处理：

（一）繁体字改为简体字。

（二）原文竖排均改为横排。

（三）原文无标点或仅有部分标点的，由编者根据文意断句加标点。原文标点有明显错漏的，编者予以修改或增补。

（四）原文有明显错误、漏缺等情况的，由编者加"〔 〕"，并在六角括号中注明正确或增补的字，以供参考。原文有明显衍字的，由编者直接删改，以免造成困惑和歧义。原文不清、无法辨识且难以根据上下文推断的文字，用"□"表示。其他无从判断正误的情况，不妄作改动。

（五）原文不符合现代汉语写法的词语，如"澈底"、"那末"、"罢"（吧）、"底"（的）等，均按现代汉语习惯写法进行更改，并不影响语句原意。

（六）原文中的人名、地名等的译名以及相关专有名称，在不影响读者理解的情况下，原则上不改为现今通用译名；有碍理解的，由编者作注说明。

（七）凡未标"原注"的注释，均为编者所加。

本丛书卷帙浩繁，尽管尽心竭诚，力求取精用宏，然因我们能力有限，亦难免存在缺失疏漏，热望社会各界批评与指正。

编　者
2019 年 10 月

前　言

　　民国是新旧思想交替的时代，是中外思潮碰撞的时代，是政治风云变幻的时代，更是文化色彩斑斓的时代。

　　了解一个人，多是先听其谈吐；了解一个时代，自然也少不得听它的声音。于是，便有了这套"民国演讲"系列丛书——说民国与民国的说；声音的历史与历史的声音。

　　演讲，即是就某个问题对听众说明事理或发表见解，展示想法或愿景，归根结底是一种交互行为。从某一个角度来说，交互推动进步。人与物的交互刺激发明和创造，比如工具的使用及生产技术的革新；人与人的交互产生人文伦理和传世价值，激发人类去思考良知、理性和社会责任。演讲作为一种人与人之间的交互方式，既能将物质的也能将精神的文明成果集合并发散，承前并启后，抑扬顿挫，精准了当，让讲者内心燃烧，让故事迸溅火花，由是观之，可谓是顶高级的传播艺术。至今为止，这种艺术仍既是经典的，也是前沿的。

　　我们本着这样的认识和眼光，从瀚如烟海的故纸堆中，拣选出近二百位民国时期来自不同领域的出色人物，收录了六百余篇民国时期的各类演讲。其中一些人物的一些演讲还是第一次进入读者的视野，这样的瞩目当属来之不易。这些演讲作品中，既有关乎济世救国的拳拳之心，或王者之气，或匹夫之责；也有阐述百年树人的教育方略，或家长之情，或师长之意；更有充满文学之妙的作家才情，或指点江山，或陶醉草野。无论是叱咤风云，还是低吟浅唱，无论是逆势反常或是领情会意，无论是节日祝词还是庆生悼挽，都明确无误地引领读者进入了那个年代的景色深处，其中自有仰山之高，悬河之美。

操持数年，自知不免挂一漏万，也还是不肯罢手，一一敛来，旨在使一个时代的演讲作品得以归拢，得以装束，得以排列齐整地成体系地被集结，被收藏，被后人打量、阅读和品味。

既然说的是民国的人、民国的事，自然就回避不了民国的某一些人、某一些事——那些有过态度的和耍过态度的、那些受待见的和不受待见的——人和事——也还是听听他们的说。我们通过斟酌与报备，予以选录和保留，以显示这份记载与收藏的确实与丰富。可以说，这是迄今为止收录量最大、编排体系最完备的一套民国演讲作品。

由于对民国时期文化的珍视与体恤，对于个别未能联系上演讲者后人的篇目，我们不忍轻易舍弃，只有将作品先行用之，望有关人士能够谅解，并在见到该书后及时与我们联系，以便奉寄样书和稿酬。

编　者

2019 年 10 月

目　录

CONTENTS

廖世承
(1892—1970)

<h2 style="text-align:center">生平简介</h2>

廖世承（1892—1970），字茂如，江苏嘉定（今上海嘉定）人。心理学家、教育家。1909 年入南洋公学。1912 年考入清华学校（清华大学前身）高等科。1915 年毕业后留学美国。1919 年获布朗大学教育心理学博士。同年回国，执教于南京高等师范学校与国立东南大学（后更名为国立中央大学、南京大学），任教育科（今南京师范大学）教授暨附属中学主任。1927 年后任光华大学副校长兼附属中学主任。在光华十年，廖世承立足于附中，面向整个中等教育，对中等教育的历史和现状，做了比较全面、系统的研究。抗战时期任湖南国立师范学院（现湖南师范大学）院长。1949 年任光华大学（后与大夏大学等高校合并成立华东师范大学）校长。自 1951 年起先后任华东师范大学副校长、上海第一师范学院院长、上海师范学院院长等职，为发展新中国高等师范教育做出了很大的贡献。1970 年 10 月 20 日病逝，享年七十八岁。著有《教育心理学》、《智力测验法》、《测验概要》（与陈鹤琴合著），其中 1924 年出版的《教育心理学》为中国这门学科最早的教科书。

中学职业指导的问题

1928 年

大概在中学校里的学生，分子要算最为复杂了。智力有优劣，家境有贫富，年龄有大小，因此青年的心理方面、能力方面、意志方面，总是各个不同。青年对于将来自身的生活问题、学校教育的价值，时常在心中打算，可是从前旧制的中学，对于一般青年切身职业问题，并无相当的预备和指导，在课程方面，非特未曾顾到社会的需要，而且不能满足学生的要求。所以青年的心里，很觉得前途渺茫，无所适从。

至于他们所以入学的原因，完全为了一己暂时的虚荣，或冲动或受父的指使，或受其他的影响，在智力优秀的人，或者还能适当地向上进展，智力学力稍差的大都自暴自弃，把自己的天赋能力，无端埋没掉，这样不仅于他们自己有很大的害处，就是社会也要受很大的损失。要知一社会的良好，全赖全体人员有无相当的职业，有了相当的职业，社会的发达就迅速，国家的地位也就稳固。可是要使全社会的人，有相当的职业，必定要有相当的指导，这种指导，在任何学校，须负相当的责任。尤其是在中学校里的学生，他们在青年期内选择职业的兴趣已很浓厚，并很切要，无奈旧制的中学，完全以预备升入大学为目的，职业指导一层，从未想到，但实际中学生进大学的能有多少？除少数升学外，其余的大半因智力家境年龄的关系去从事职业，以谋生活了，那么试问他们先前没有职业的预备和指导，怎能希望他们将来的成功？要知青年时的意志，很是薄弱，若是经到一件未曾经历的事情，定然是茫无头绪的，况且各个人的性质不同，好似各人喜欢食品一样的差异，所以我们

2

为学生前途计，为社会计，在中学的课程内，须有职业的预备，选择职业的指导。欧美各国在政府方面，及民众的团体里，都设有职业局、职业指导所、青年介绍所及各种职业指导的机关，因之他们全国人民的生计，很是充裕，他们的人才，很能充分地发展，所以职业指导的功能，是在发展个性之特长，适合社会之需要。但是近年以来，我们中国从事办学者，常愁学生的出路问题，经营实业者，常有得不到相当人才的苦痛，两者不能调剂，就因为指导不得当。所以职业指导的重要，很是迫切，不过讲到指导我们需要明了以下几点：

一、职业指导的意义。一般学生，往往视职业指导是专预备介绍职业的，似乎于他们平日所学没有多大的关系，实则不是这样简单，学生平日在中学里所学的科目，是否有明确的宗旨？学成后是否真能应用？恐怕未必，因为学校的课程，与学生的兴趣方面，根本不能符合。所学的当然不能尽是学生所喜的，除了选科的制度，似适合青年的心理，能鼓起他们兴趣外，同时学校须先令学生明白他们现时所学的于他们日后的职业有什么关系；将来在社会上有什么贡献；应付环境有什么效用。否则盲目地学习，必无十分圆满的结果。我有一很可笑的例子：

从前有一个法国游学者，他法文是不懂的，在轮船上因肚子很饿，想点些菜来充饥，但他不懂怎样点法，向菜单看了多时，他就随便地在那菜单的头上点了一样，可是侍者拿来的是一碗味道很不可口的汤，他依次点第二样，哪知拿来的又是一碗汤，不过与前稍微不同罢了，他心里很是不快，忽然在他的近旁，看见有一个老者，吃的是红烧鸡，并且将要吃完了。他想这样菜很好，但这鸡的名词不懂，于是他停了一会儿，听那老者向侍者说，Encore，侍者就把同样的鸡捧上，他一想这样的菜名懂了，他也照样地向侍者说了一声，Encore，不料第三次拿来的，依旧是个汤，他弄得非常难过，觉得专吃了些汤，很是可耻。后来到了法国，有一回往戏院去，正在看到精彩的地方，忽地大家都轰轰烈烈地喊 Encore Encore，他听了更是奇怪，更不能明白，于是他不耐烦了，去问了友人，后方知这 Encore 是"再"字的意义。这样看来，凡事没有了指导，竟就有种种的笑话。所以职业指导的意义，就在对于一般青年将来的出路，改少他们的错误，并且可认定了目标，不致有走入歧途的危险。

二、职业指导的职能。职业指导者应具的任务，需要有详细的调查和考察的态度，大概说来对于社会上各种职业的待遇、工作卫生、升进的机会及道德的情形；对于各学校课程的性质及价值；还有对于一般学生已在社会上就业服务的成绩和概况，多应用很详细的方法去调查，学校内应备一种表格，把各人的照片籍贯性情学力智力等尽都载入表格内，以做日后的参考和改进，平时应考查学生对于各业的兴趣、能力、意志，究是怎样；教师对于各学生的批评如何；学习所选择的职业，是否适合他的个性，否则学生以一时的盲从，或暂时的投机决定了一种职业，于他们的自身，很不值得。所以一定要有确切的指导，和严密的考虑，才可定夺。

三、智力测验对于职业指导的功效。指导选择职业时，须先用智力测验法去测验，但智力测验对于各种职业所需的特殊能力，尚不能有很确切的标准，下某人适合某职业的决断，那么怎样呢？要指导学生得到特别适宜的职业，非要有各种特殊的测验不可，如外国有军事音乐等，各种特殊的测验，结果，才可决定那人的天才究竟近于哪一方面。这样，不独自己很能明白，在指导者，也很容易择其所长，尽量地指示，职业指导和教学指导就可相互连台，成功便较有把握了。

四、对于良好品性的养成。我们在社会上，无论担任何种职业，对于道德和品性的养成，很是紧要，尤其是现在的一般青年此点更为重要，因为我们中国人在商业上的名誉与信用，很不可靠，个人的人格，亦多可议，公德心更是缺乏。外国对于商业上的信用、个人的道德，及团体的名誉，都很重视，很宝贵。所以我们要首先养成各种职业的品性，使一般青年出而服务，有相当的态度和规矩。因此教师极宜使一般将入社会的青年处处用客观的态度来批评自己，彻底明了善恶的区别和价值。然后到社会上去，不会有意外的事情发生了。

总之，在中学时代的青年，首先应明了以上各点，然后自己认定一种无论大的或小的职业。这种职业，只要于他人有利，于社会多少有些贡献，于自己能维持生活的最低限度，那也就可以了。

郑晓沧
（1892—1979）

生平简介

郑晓沧（1892—1979），名郑宗海，字晓沧，出生于浙江省海宁县。教育学家。1914 年 6 月毕业于北京清华学校文科，后赴美国留学，先后在美国的威斯康星大学和哥伦比亚大学的师范学院攻读教育学，并分别获教育学学士和教育学博士学位。1918 年秋学成回国后，任南京高等师范及国立东南大学教育学教授，后来担任中央大学教育学院院长，在该校任教达十年之久。1928 年 6 月起在浙江大学执教、任职，并在浙大创办了教育系，历任教育系主任，龙泉分校主任，师范学院院长、教务长，研究院院长，以及代理校长等职务。新中国成立后，曾任政协第二届全国委员会常委会第三十四次会议增选委员、第三至五届全国政协委员、浙江省政协常委、浙江省文史资料研究委员会委员。1952年院系调整后，历任浙江师范学院、杭州大学教育系教授。1962 年任浙江师范学院院长。1964 年任杭州大学顾问。曾任浙江省教育学会名誉会长、中国民主促进会中央委员、中国民主促进会浙江省委常务委员。在"文革"中曾遭受诬陷迫害。1978 年春以八十六岁的高龄，再次上北京出席第五届全国政协会议，共商国家大事。1979 年 3 月 12 日病逝于杭州，享年八十八岁。

假若我得重做一番大学生

1947 年 5 月

诸位同学:

在这年头说要再做大学生,这不能使我引起多大的兴趣,但是,假使老教授有再做大学生的一番机会,究竟是代表着无尽的机会,现在就来谈谈这一件事。

浙大考取了,我踏进浙大的校门,缴了费,等了好久,才注了册,训导处派我住到智斋三十六号,一进去,就看到房里拥满了人,一起有二十多位,我真不想住进去,但是没有办法,而且校舍拥挤是战后各大学普遍的现象,我就决意住下来了。

我决意在浙大住四年,这四年如何利用,我得好好计划一下,这里,我提出四个问题,我应该密切注意到,并寻求合理的解决。

第一,健康。以前我进大学,身体不好,但对卫生方面却特别注意,不过我也和常人一样,有时也不免违反了自然原则,记得有一次吃多了东西,身体就觉得万分不舒服。但大体说来,我颇知遵守,因此到现在,还能支持着。健康可以分作三方面讲:第一,应该增进健康的知识。科学日新月异,医学上的发明与诊治方法都有很大的进步,我们为了保护自己身体的健康,对于医药的新知识就不得不予注意。但同时应该养成良好的习惯,像随地吐痰这类小事情,实在是细微平常不过,但是影响却很大,不少生肺病的人就是从这里传染的,这是最浅显的智识。但是我们学府里平常却没有注意到。第二,身体上的健康固然要紧,而精神上的健康也很要紧,所谓精神健康就是心理卫生。一个人应

6

该心平气和，不可意气用事。人富我贫，人乐我苦，更不可怀念在心，愤愤不平。一个人能够不发怒，对精神健康是很有裨益的。第三，有些人说："不健康就不能工作。"这话是有毛病的。健康是无价之宝，本身是可贵的，不是工作的跳板。吾人应有古希腊的精神，《洪范》九畴将康宁列为一篇，也可知健康的重要。我们不是为智识、为工作而须健康，而是为健康而健康。又生命的安全颇为重要，最近同学寝室内发生走电，这是很危险的，团体的安全应该顾到，这也是个人的道德。

健康的条件，是日光、空气、水和维他命，前三者是天赋的，后者是新近才发现的。我做学生的时候，还没有维他命这个名词，而现在却已成周所共知，且有 A、B、C、D 诸种维他命之分，现在同学的膳食很差，但是，蔬菜中如菠菜、青菜、番茄与胡萝卜里，却有很多的维他命。

我的精神比以前要好些，去年我在纽约的时候，吃得很少，每餐都有菜蔬留下来，但是身体却很好，这大概是吃牛奶、生菜和冷水的缘故。在中国的环境里，我不主张吃生菜、喝冷水，不过同学的饮食却要处处自己注意到。

第二，经济。在整个经费困难的局面之下，我们也不能例外。当我第一次做学生的时候，生活很舒适，伙食便宜而又吃得很好，进了清华更不用说了，可是现在呢，大家生活都很困难，一部分同学仰给于家庭，生活也许宽裕一点，但是也有很困苦的，所以竺校长主张工读，但实行以后，成效却很差，这是同学们没有尽责任的缘故，例如抄讲义，有许多字认不清楚，甚至错误百出。一个人对工作应该忠实，这也是一个人的道德。

最近校内时有失窃之事发生，一方面是由于门禁不严，进出之人复杂，一方面由于校舍过于分散。当此经济困难之时，添办衣服已很困难，假若再有失窃之事，实为不幸之极，校方除加紧门禁外，望同学也各自留意。

第三，学业。我很想把《康熙字典》重新翻一下，做小学说文解字的功夫。我十四岁中秀才，对诗词歌赋很感兴趣。文体的基本为字汇，像造房屋的基石一样。字汇必须多，则行文可以不必查字典。我对国文兴趣很深，逃难的时候，字典总带在身边，以备不时之需。我并不盼望诸位同学跟我一样，不过国文是一切学科的根本，值得我们特别注意。大家都知道交通大学出来的学生，国文根底都很好，例如交通部次长凌鸿勋先生即是一个很好的例子。现在有许多人随便写文章，不求好歹，这好像穿衣服只求保暖一样，当然我们不反对穿衣服是求保暖，但是保暖之外是否还需要整齐美观呢？

一个人至少需要有一种外国语可以应用，因为以后国与国接触频繁，学术文化发生交流，要是我们一种外国语都不懂，那么就永远关在屋子里，而看不到另外的世界。史学家陈寅恪先生懂的外国语很多，即古今梵文，他也精通，真是了不起的人才。我在十一岁的时候就读英文，在高等学堂时，有外国的英文教师，直接听讲，初时甚感不易，但以后也渐成习惯；到清华大学后，与外人接触机会增多，我自己对英文也很用心，所以进步很快；这次从美国回来，对自己的英文程度益具信心。

我对各种学科都很有兴趣，即对艺术如音乐、图画，也都有兴趣。只有对数学，可说是索然无味，但是浙大数学程度却很好，如苏步青先生、陈建功先生都是国内闻名的大教授。物理、化学，因为受了数学的影响，却只能欣赏而已。至于体育，因为技术太差，跑步、赛球只能跟跟而已。

我们读一门功课，单单靠一本课本是不够的，必须利用参考书，那么可以获得更多的智识，看书听讲，更应该引用我们的思想，引用我们的灵魂。

第四，团体生活。大学集各方之人，各种思想之人，济济一堂，朝夕相处，实为难能可贵。团体生活（Cooperate Life）为学习的条件，是极饶兴趣的，高等学堂时，学生都很活动，例如陈布雷先生在当时就是红人，我因为性情静穆，不喜参加活动，到了清华以后，周诒春先生一定要我们练习讲演，初时我不敢立在讲台上，后便就慢慢能够讲一些了。

团体的利害高于一切，对团体、对国家有利的事情，我们就应该去做，否则就加以反对，我一向抱着这种精神，希望同学们也能够认清这一点。

最后，谈到研究方面，值得同学们特别注意，例如发明原子，用之工业，则可大量生产，为人类谋幸福，但是用之战争，却可以毁灭人类，科学家负研究的责任，如何不使此种研究的结果用于毁灭人类，乃是政治家与教育家应负的责任。我觉得研究文学也好，工业也好，农业也好，我们的目的应该是创造、生产与为人类谋福利。国家花在我们每个同学的身上已不知多少钱，这些钱都是从老百姓的身上拿来的，在民主国家里，老百姓就有向我们讨债的必要，试问我们如何交账呢！

时间过得很快，像我已经过了半百之年，但我还是抱着有一天就干一天的精神，希望同学们爱惜光阴，努力进取！

郭沫若

(1892—1978)

生 平 简 介

　　郭沫若（1892—1978），原名郭开贞，字鼎堂，号尚武，笔名沫若，四川乐山人。文学家、诗人、剧作家、考古学家、思想家、古文字学家、历史学家、书法家、革命家、社会活动家，新文化运动的重要旗手。1914 年春赴日本留学。1918 年开始新诗创作。1919 年下半年至1920 年上半年，是他新诗创作的爆发期，写出了《凤凰涅槃》《地球，我的母亲》《天狗》等名篇。1921 年出版了第一部诗集《女神》。是年6 月和成仿吾、郁达夫等人组织上海文学学社创造社，次年推出《创造季刊》。1926 年参加北伐，任国民革命军政治部副主任，参加了南昌起义。1924 年到 1927 年间创作了历史剧《王昭君》《卓文君》等。1928年旅居日本，著有《中国古代社会研究》《甲骨文研究》。1937 年抗日战争全面爆发后回国，历任军事委员会政治部第三厅厅长、文化工作委员会主任，从事抗日救亡运动。1941 年皖南事变后，写了《屈原》《虎符》等六部历史剧和战斗诗篇《战声集》以及杂文《甲申三百年祭》。新中国成立后，以主要精力从事政治社会活动和文化科学方面的组织领导工作，同时写作有诗集《新华颂》《骆驼集》等，文艺论著《随园诗话札记》《李白与杜甫》，历史剧《蔡文姬》《武则天》，电影文学剧本《郑成功》，史学论著《奴隶制时代》等。1978 年 6 月 12 日在北京去世，享年八十六岁。著作结集为《郭沫若文集》。许多作品已被译成日、俄、英、德、意、法等多种文字。

生活的艺术化①

1925 年 5 月 12 日

今夜的讲题为"生活的艺术化"。提到这个题目，各位一定会联想到英国的十九世纪末期的唯美主义的运动上来。他们的主张就是要用艺术来使我们的日常的生活美化的。那很有名的王尔德（Oscar Wilde），他便是这项运动中的一位健将。他曾经穿着很奇怪的服装，在伦敦街市上游行，逗得当时的人们注目，这是大家都知道的。他这当然也是一种"生活的艺术化"，不过是偏于外部生活去了。我今晚所说的与此稍微不同。我的意思是要用艺术的精神来美化我们的内在生活，就是说把艺术的精神来做我们的精神生活。我们要养成一个美的灵魂。

那么，艺术的精神究竟是什么呢？现在我们先从艺术讲起吧。各位都是知道的，艺术有"空间艺术"和"时间艺术"两大类。譬如，绘画所含者有平面，有长有阔（2Dimensions②）；雕刻、建筑所占者为立体，有长有深远有深度（3Dimensions）；这都是属于空间的。其次如舞蹈、音乐、诗文，是时间上的表现，故属于时间艺术。古时的人多趋重时间艺术，而轻视空间艺术；如希腊的司美的女神有九个，但所管者仅舞蹈、音乐、诗文三种。至于建筑、雕刻、绘画则无神司其事。就是后来的德国哲学家黑格尔（Hegel），他把艺术分为几种等级。他以所含观

---

① 本文是郭沫若在上海美术专门学校的演讲。
② Dimensions，英文，意为度数或维数，二度或二维，指平面；三度或三维，指立体。

11

念的多寡定它们等级的高下。他的等级是：建筑、雕刻、绘画、舞蹈、音乐、诗文（依次升级，诗文最高）。本来照现代的时空论上说来，时间和空间原是相互关系而存在的，绝对不能划然分开。空间艺术和时间艺术的这样分别，乃至要勉强地定出高下的等级来，只算得是历史上一件有趣的事罢了。近代艺术已把这种无谓的分别打破了。如英国的裴德（Walter Pater）的《文艺复兴》（*Renaissance*）上有句话说得好："一切的艺术都趋向于音乐的。"这便是说一切空间艺术打破了静的空间的界限，趋向于动的方面。譬如现代绘画中的后期印象派、未来派、表现派，我们都可以看出他们在努力表现动的精神。未来派画马不画四只脚要画二十只脚，画运动不画成直线要画成三角形，这都是动的精神的表现。看来，西洋的绘画是由静而动，动的精神便是西洋近代艺术的精神。从这一点来说，我觉得中国的艺术实在比他们先进了。那很有名的南齐的谢赫，他所创的画的六法，第一法便是"气韵生动"。这便与西洋近代艺术的精神不谋而同，动就是动的精神，生就是有生命，气韵就是有节奏。唐朝的王维，这是谁也知道的，他是个诗人，也是个画家。人们称他的诗中有画，画中有诗。不过我觉得诗中无画，还不十分要紧，因为诗最重节奏，就是要"气韵生动"。如果画中无诗，那就不成其为真的艺术了。我们说画中有诗，并不是说画中有什么五言诗、七言诗或四言诗，乃是指画中含有诗意。这诗意便是"气韵生动"。凡是"气韵生动"的画，才是一张真的画，因为艺术要有动的精神，换句话说，就是艺术要有"节奏"，可以说是艺术的生命。何以我们不重视照片而重视绘画？又何以我们不重视报纸上的新闻而重视诗词和小说？其原因就在这里。从古到今的诗人画家，很多很多，而不朽的大诗人、大画家，却又为什么只有这么几个呢？那便是艺术的生命不容易把捉的缘故。艺术的生命究竟怎样才可以把捉？这实是一件很难说明的事。一般人因其难以说明，便把他归于"天才"。批判哲学的开山始祖康德（Kant）也说："艺术即天才之作品。"但是"天才"又是什么呢？是天上落下来的吗？是生来便与人不同吗？近代精神分析学家龙布罗索（Lombrosso）说，天才就是疯子！这也和说天才就是"天才"一样，同一莫名其妙。其实天才并不是天生成的，也不是什么疯子，仍旧和常人没有两样，不过我们不曾探求得他的秘密罢了。《庄子》上有段很有趣的故事，我可以抄引下来：

梓庆削木为镶，镶成，见者惊若鬼神。鲁侯见而问焉，曰："子何术以为焉？"对曰："臣，工人，何术之有？虽然，有一焉：臣将为镶，未尝敢以耗气也，必斋以静心。斋三日，而不敢怀庆赏爵禄。斋五日，不敢怀非誉巧拙。斋七日，辄然忘吾有四肢形体也。当是时也，无公朝。其巧专而外骨消。然后入山林，观天性。形躯至矣，然后成见镶，然后加手焉。不然，则已。"

《周礼·冬官考工记》："梓人为笋虡。"虡字就是这个镶字。梓人即雕刻师。笋虡是钟磬之架，横柱曰笋，竖柱为虡。上面刻有虎、豹、飞禽、龙蛇等形象。这一段文字，我以为可以道尽一切艺术的精神，而尤其重要的，便是其中的"不敢怀庆赏爵禄，不敢怀非誉巧拙，辄然忘吾有四肢形体也"这几句话。这便是天才的秘密，便是艺术的生命所在的地方。我们的艺术家，如果能够做到这一步，就是能够置功名、富贵、成败、利害于不顾，以忘我的精神从事创作，他的作品自然会成为伟大的艺术，他的自身自然会成为一位天才。所以我说天才不是天生成的，也不是疯子，他并没有什么秘密。他的秘密就在前面说过的这几句话里面。德国哲学家叔本华（Schopenhauer）说，天才即纯粹的客观性（Reine Objektivität），所谓纯粹的客观性，便是把小我忘掉，融合于大宇宙之中，即是无我。

艺术的精神就是这无我，我所说的"生活的艺术化"，就是说我们的生活要时常体验着这种精神！我们在成为一个艺术家之先，总要先成为一个人，要把我们这个自己先做成一个艺术！我们有了这种精神，发而为画，发而为诗，自然会有成就；即使不画画，不作诗，他的为人已经是艺术化了。无论政治家、军人或其他，倘若他们的生活都具有艺术的真精神，都以无私无我为一切生活的基本，那么这个世界便成了一个理想的世界了。至于艺术上的技巧，如诗之音韵、画法之远近、音乐声调之高低，人人都可以学习得到，但也当以无我的态度进行学习。

上面唱了一大篇的高调，各位听得很吃力吧。现在我要再唱一点低调了。德国大诗人歌德（Goethe）有篇诗叫作《歌者》（Der Sänger）。这是一篇小型叙事诗。那诗里是叙述一个国王一天坐在堂上，听见外面有个歌者，唱得非常动听，于是便把他招至堂上。王的堂上非常的壮丽，好像今天在此地一样，有雄赳赳气昂昂的男士们，有美貌的女士们。歌者见了，赞颂了一番，于是闭着眼睛不敢仰望那堂上的众明星，便调好声音高唱。他唱完之后，堂上的听者皆被感动，王便赠他一只金杯作为报酬，他却辞谢不受。他说："你把这杯赠予武士吧，他们能在疆场上为王杀敌；你把这杯赠予财政大臣吧，他能为王生息再赚几个金杯。至于我呢？"他说出了下边的几句诗。我觉得很好，我今天晚上所讲的魂髓便在这儿。我把它念出来，同时作为我今天晚上的讲话的结尾。

Ich singe, wie der Vogel singt,

Der in den Zweigen wohnet;

Das Lied, das aus der Kehle dringt,

Ist Lohn, der reichlich lohnet。

我站立在这儿清讴，

好像只小鸟儿唱在枝头；

歌声迸出自我的歌喉，

这便是我无上的报酬。

屈原的艺术与思想①

1941 年 12 月 21 日

今天讲屈原的艺术与思想。但得预先告罪的，即因时间关系，不能详细叙述，只于所见到的艺术一方面约略地提出一点来贡献大家。

屈原是一个伟大的民族诗人。我们讲屈原的艺术，就是讲屈原的诗。讲屈原的诗，首先须要考证屈原的诗。现在世间流行的屈原的作品，有好多成了问题。我们要把这些有问题的，加以考核，然后才能更进一步做艺术的研究。

屈原的作品在《汉书·艺文志》上有"屈原赋二十五篇"的话。现在我们能看到的王逸章句的《楚辞》里面，关于屈原的作品，的确有二十五篇，即《离骚》，《九歌》十一篇——《东皇太一》《云中君》《湘君》《湘夫人》《大司命》《少司命》《东君》《河伯》《山鬼》《国殇》《礼魂》，《九章》九篇——《惜诵》《涉江》《哀郢》《抽思》《怀沙》《思美人》《惜往日》《橘颂》《悲回风》，加上《天问》《远游》《卜居》《渔父》，共为二十五篇。但根据《史记·屈原列传》，《楚辞》里面《招魂》一篇是被认为屈原的作品，列传后赞语云："余读《离骚》《天问》《招魂》《哀郢》，悲其志。"和王逸的见解稍有不同。王逸以《招魂》为屈原学生宋玉的作品，作来招屈原之魂的。但据我的研究，应以司马迁的赞语为准。《招魂》是屈原作来招楚怀王之魂的。前次讲过，楚怀王被秦国骗去，迫求割地，怀王不允，遂被幽囚三年；

---

① 本文为《屈原考》下篇，是郭沫若在中华职业学校的演讲。

竟死于秦。当怀王被骗去幽囚的时候，楚国朝野发生悲奋的情绪，乃必然的事实。怀王死在秦国以后，屈原作《招魂》，表明他期君归来的怀念。《招魂》的内容，叫他楚怀王，不要上天去，不要到地下去，也不要到东方去、南方去、西方去、北方去。天上地下以及东南西北都有许多不好的东西，最好是回来。回来，则吃得怎样好，住得怎样好，也有好看的美人、好听的音乐。他把好坏形容得非常微妙，是中国有数的好文章。

《招魂》是屈原作来招怀王的，在《招魂》里面有没有内证呢？有的。便是全篇落尾的那首"乱（亂）曰"。——讲到这个"亂"字，事实上本就是辞（辭）字，是汉朝的人读错了的。古金文中凡司徒、司马、司空的司字都作"𤔲"，从文字的构成上看来，即是治丝之意，故而为司，训为治，并引申为辞。被汉朝的人弄错了，"𤔲"字失传，"乱（亂）"字弄反，古书中每每有训乱为治的地方，后人莫名其妙，竟生出"相反为训"之例，其实是以讹传讹罢了。《楚辞》各篇，落尾处多有"乱曰"（即"辞曰"），正是《楚辞》的命名之所由来。又贾谊的《吊屈原赋》的落尾作"讯曰"，其实也是"词曰"的错误。

《招魂》的乱曰里面明明说"献岁发春兮汩吾南征"，接着又说："与王趋梦兮课后先，君王亲发兮弹青兕……魂兮归来哀江南。"可见被招的是"王"而与招者的"吾"是完全两个人。这绝不会是宋玉招屈原之魂，也不会是如一部分人所说是屈原作来招自己之魂的。再研究其他各篇吧！《远游》是有问题的，《远游》和司马相如的《大人赋》语句相同的地方太多，而且结构亦大抵相同。我想这应该就是《大人赋》的初稿。《史记·司马相如传》载相如献《大人赋》时语曰："臣尝为《大人赋》未就，请具而奏之。"可见《大人赋》有"未就"的稿本与"具奏"的定本两种，稿本后被发现，被人误认为屈原的东西，便窜入了《楚辞》的。其实屈原的思想，简单地说，可以分而为：一、唯美的艺术，二、儒家的精神。站在艺术的立场有时描写超现实的境地，但在精神方面，却是极端的忠君爱国的伦常思想。屈原的文章里面，没有老子、庄子那样离开现社会沉醉于乌托邦的虚无缥缈的气息。但是《远游》则与老庄的气脉相通，合乎老庄的思想。《远游》和《大人赋》，在文格上当然有些不同，《远游》更近于《离骚》，且多用《离骚》中的成句，《大人赋》则句调曼衍，铺张扬厉，与《子虚》《上林》诸赋格调相近。但这也正是"未就"与既具之不同，未就稿未脱《离骚》的窠臼，既具者则特备司马相如自己的风格而已。要之《远游》这一篇文章，无论从哪一方面看，都不是屈原的作品，应该剔除。加入《招魂》，剔除《远游》，则《屈原赋》仍旧是二十五篇。

我们研究屈原的作品，过细地说，每一篇都应该加以讨论，这是首先的工作，即基础工作。这步工作没有做好，更进的研究便成为空中楼阁。但以时间关系，只好再选出重要的几篇来谈谈。二十五篇当中的《卜居》《渔父》两篇也有问题，恐怕是屈原学生宋玉、唐勒、景差之徒作的。这两篇文章虽然并不甚重要，但适足以证明屈原这个人的确是存在。又胡适博士看《天问》一篇，也认为不是屈原的。胡适博士说："《天问》文理不通，见解卑陋，全无文学价值，我们可断定为后人杂凑起来的。"假设大家承认胡适博士的话，《天问》也要剔除。不过关于这一点，我同胡适博士的见解恰恰相反。《天问》是中国二千多年来最奇特、最有价值的好文章。《天问》全篇提出一百七十二个问题，从天地开辟问到自己身边。它的体裁本是四字一句。在这样限定的格式中，提出那么多问题，或两句一问，或四句一问。问得参差历落，丝毫也不板滞，真是极大的本领。这一种奇妙的文章，不仅是在中国，就在别的国度里面也还没有见到第二篇。那内容是有些难懂，待你一懂得之后，不独文理很通，见解高明，在文章上有很大的价值，而且于研究中国古代史上，有很可宝贵的资料。中国古代的史料，有很多失掉了，就是神话传说，也大都失掉了。《天问》的问题当中，替我们保存了许多古代的神话传说。以文章过于简单，又本身表示怀疑的态度，没有充分叙述，不容易明了，因此从前就有人认为有脱误的。例如"该秉季德，厥父是臧，胡终弊于有扈，牧夫牛羊？""恒秉季德，焉得夫朴牛？"我们如不懂得此中的故事，当然与看天书一样，说它不通了。对国学很有贡献、在民国十六年6月2日跳水淹死了的王国维先生发现了这个故事。"该"是人，"恒"也是人，"季"也是人。即是卜辞里面的王亥、王亘和季。王亥、王亘是兄弟，季当即勤水而死的冥了。王亥的故事见《山海经》和《竹书纪年》。《山海经》上说："王亥讬于有易，河伯仆牛有易杀王亥取仆牛。"郭璞注引《竹书纪年》云："殷王子亥宾于有易而淫焉。有易之君绵臣杀而放之。是故殷王甲微假师于河伯以伐有易，克之，遂杀其君绵臣也。"明了这一个故事，才把《天问》上"该秉季德""恒秉季德"讲得通。《天问》上面说的当然还有许多东西我们不知道，将来地下发掘出来的新东西如再多得一些，能够印证，我相信必然还可以有更多的阐明。

《九歌》十一篇，在胡适博士也认为不是屈原的作品，并认为是楚国的古代民间歌谣。但其实《九歌》的结构音调，虽与《离骚》有所不同也并非全相悬异。《离骚》大体上以六字为读，两读为一句，在第一读的尾上加一兮字，如"帝高阳之苗裔兮，朕皇考曰伯庸，摄提贞于孟陬兮，唯庚寅吾以降"，句调来得舒缓沉着。《九歌》是一读当中加一兮字，如"吉日兮辰良，穆将愉兮上皇"，语调来得轻灵愉快。我看这只是作者的年龄和心境上的不同。《九歌》应该是屈原年轻得意时的文章。还有《九歌》这十一篇是一个体裁，无论怎样研究都要认为是一个人作的东西，一个时代做出来的东西。

其次《九歌》中有《河伯》一篇。黄河的神，称为河伯。《九歌》中的河伯，是祭河神的歌词。大家知道楚国的疆土，过去没有到黄河流域，迨楚惠王十年灭陈以后，疆土才达到黄河流域。楚惠王十年，即孔子死的一年。从这个年代以后，楚国才有可能祭河伯，才能有河伯的文章。或者有人说疆土没有到黄河流域，也可以祭河神。但我们知道《左传·哀公六年》有云："楚昭王有疾，卜曰河为祟。王弗祭。大夫请祭诸郊。王曰，三代命祀，祭不越望。江汉睢章，楚之望也，祸福之至，不是过也。不谷虽不德，河非所以获罪也。遂弗祭。"从此知道楚国向来不祭河神。楚惠王灭陈以后，疆土到了黄河流域，才有可能开始祭河神，这时间并不久远。胡适博士没有注意到这一点，把《九歌》看得很古，这是疏忽。我说以昭王不祭河神的事实，就足以证明《九歌》是战国时代的东西。假若在屈原以前不久，楚国就出了一位美妙的诗人作出了《河伯》《九歌》这样的文章，他的姓名还不保存下来，还不被汉朝人称为辞赋的开山祖师吗？要怀疑《九歌》不是屈原的作品，我看证据是很薄弱的。《九章》在近年来也生了一些问题，我不想多去牵涉。《九章》除《橘颂》外，与《离骚》的结构情调，大抵相同。《橘颂》稍为特别，主要是四字句，如把第二句尾的兮字除去，更差不多是七言诗。句法上和《招魂》相同。据我看来，《橘颂》《招魂》《九歌》《天问》大抵是屈原比较年轻时的作品。我考证屈原死时，年六十二岁，是为爱国而死的，做楚怀王左徒官在三十岁左右，在得意时代的文章，尽可以充分表现乐观情绪。晚年所作的几篇，如《哀郢》《离骚》，写于国破家亡的时代，郁郁之情，便溢于言外了。

现在进一步研究屈原诗歌的成就，就是屈原艺术的成就。我们向来认定屈原有特创性。自从屈原把《离骚》作出了以后，中国文学便创出一个特殊的体裁，所谓骚体。历来学者区别南北文学，南方以《楚辞》为代表，北方以雅颂为代表。《离骚》与雅颂的体裁，的确各不相同。从形式上说，大家都知道《诗经》是四个字一句，而《楚辞》有六字一句的，也有四字、五字、七字一句的不等。从内容上说，北方的诗，是现实的，《楚辞》是超现实的成分多。后人因此以《楚辞》为中国南方文学代表，雅颂为北方文学代表。这样区分我们并不反对，不过这样看法，还仅是皮相，并没有认识到屈原真正的伟大处。

我们研究中国历史，在春秋战国时代，有一个很伟大的文学革命，与近代五四运动一个样子的文学革命。大家都知道五四运动以前，做文章必须文言，无论信札、宣言，以及一切应用文字，莫不是文言，白话是在所反对，弃而不用的。五四运动以后，产生了白话文。现在白话文的力量站在主流。检查社会上一切的文字，文言文虽然还存在着，不过白话文的势力是蓬蓬勃勃的。怎么会发生这种变革？社会使然。中国社会到近代来，已由封建制度变成资本制度。封建时代表示生活情形的文言文不适用于现在了。文言文不能用来作为表示现在生活情形上的工具了。其原因是固定的文言文，不能把活鲜鲜的生活描写出来。生活与文学是不能分开的。五四运动的主因，就在这个地方。春秋战国时代也是因了这个原因，起了一个文学革命。我们晓得凡是在文章里面，用呀哪吗啊等字做语助词的为白话文，用之乎也者矣焉欤等做语助词的为文言文。但在春秋战国以前的文章，没有用过之乎也者矣焉欤等字做语助词，这种文体是春秋战国时代才有的。我们拿古书来看，单以《书经》来说吧，《书经》里面有几篇是周朝初年的文章，有一部分是殷朝末年的文章，还有更古的虞夏时代的文章，却是后人拟作的，大抵是在战国初年。所以抛开最古的文章，而拿周朝初年的《召诰》《洛诰》等来看，其里面找不出之乎也者矣焉哉等字。拿这些文章的结构，来与周秦诸子比较，显然不同。从这一点我们就知道中国文学在春秋战国时代有了个很大的变革，就是使文学与活鲜鲜的生活接近了起来。换一句话说，使文学同生活配合了。

大家也许要问，文学改革的目的在接近生活，为什么要使用非口语的之乎也者矣焉哉做改革以后的语助词呢？这是后来语音稍为发生了变化的关系。其实之乎也者矣焉哉，是当时的口语词。譬如"者"字从前读如"渣"，"也"字从前读如"呀"。例如"孔子者圣人也"，就是"孔子啊圣人呀！"完全是白话。唯以文字固定下去，读音变更，就失掉了口语气态，文字与口语遂亦渐次地分开了。

春秋战国以前的文字，其结构的不同，刚才已举出了《书经》的《召诰》《洛诰》，我们再拿殷代的卜辞也可以证明。用地下发掘出的青铜器上面铸成的铭文，同样也可以证明。我们看四五百字长的毛公鼎，那铭文中，哪有之乎也者矣焉哉的字？古代文字所以形成这样的原因：一是字少，力求简单；二是为贵族的专有品，即适合于做官的需要，把文字弄成为不易接近的东西。当时文字同生活越隔得远越好。由这种主观的需要加上客观的条件，便形成那种贵族式的神秘性的木乃伊。客观环境不改变，就是说社会上没有发生天翻地覆的革命，文字是不会改变的。要社会革命以后，新起来的社会领导者，求文字同生活配合，文字于是发生改革，现在的中国就是这样的。

近几十年来，我们中国起了天翻地覆的变革，无论社会上、政治上、经济上，都不是从前的形态了。起了这样大的变革，形成了文学革命的客观环境，所以产生五四运动。春秋战国以前，是一个奴隶社会，到了春秋战国时代，奴隶开始解放，社会乃由奴隶生产制度，变成庄园生产制度。社会起了一个划时代的变革，文学当然要随着发生变革。我们明白了这一点，才能知道屈原的真正的伟大处。《楚辞》的特创性，也必须要知道这一点，才能晓然于心。

《楚辞》是怎样形成的？现在将我研究的所得贡献大家。起先不是说过，一些人把中国文学区分为南北两种吗？雅颂为北方文学的代表，《楚辞》为南方文学的代表。实际上四个字一句的调子——雅颂，并不限于黄河流域的北方。雅颂是贵族文学。长江流域的南方，其贵族文学，同北方文学一样是四个字一句，拿屈原的作品，就可获得证明，《招魂》《天问》《橘颂》几篇，与四个字一句的调子是很相近的。在南方文学里面找不到更多的四个字调子的东西，我想与秦始皇烧书有点关系。四字句的东西，在秦始皇烧书以后，北方还保存得一部分，南方便没有了。不过不是绝对没有，在地下还保存得一些。近年来不断地在长江流域挖出铜器，譬如在安徽一带——屈原祖国的领土，江西——徐国的领土，挖出不少的铜器，江苏——吴国的领土，浙江——越国的领土，也挖出不少的铜器。这些地方——安徽、江西、江苏、浙江，都是长江流域的系统，我们在徐楚吴越领土内挖出来的铜器上面得了好些有韵的文字，查其结构，大都是四个字一句，隔一句押韵。今天以时间关系，不能多所举例，而且背诵原文，大家也听不清楚，只好留待大家去看。拿地下的东西来做证明，就晓得四个字一句的文字，并不是北方专有的，南方也是一样。

南北文字一样的原因在哪里？这须得加以说明。中国文化，发源于殷朝，即由殷人创始的，《书经》上说"唯殷先人有册有典"，便是说文化乃自殷朝始。殷朝以前有没有文化？有是有的，但不会是怎样高度的文化。殷人集中于黄河流域中部，即山西一部分，河北一部分，河南一部分，山东一部分。殷人的疆土在这一带，中国的文化也起于这一带。后来周人从西边陕西崛起出来，殷人乃被压迫而离开疆土，由黄河流域到淮河流域，再由淮河流域到长江流域，就是由北方到南方。春秋时代南方的宋国、楚国、徐国都是从黄河流域被压迫南来的。南方的文化，就是这些国家来开创的，所谓"筚路蓝缕以处草莽，以启山林"。中国北部是殷人开辟的，周人继承殷人的文化，再发展下去。中国的南部事实上也是殷人开辟的。周人以武力赶走殷人，占据了殷人开辟出的北方，仍不断地仇视殷人；而殷民族也不断地仇视周民族，于是形成南北对立的局势。古书谓宋、楚、徐、吴、越为周封的诸侯，近来经研究的结果，已证明周封诸侯一语并不确实。不过政治上，南北虽然是分开的，而文化则系一根两枝。"车同轨，书同文，行同伦"几句话是经过了西周几百年间，南北文化统一的说明。因此我们知道北方固有文学——四字句，与南方固有文学——四字调，同是一个源头。传到春秋战国时代，社会起了大的变革，文字上也同样起了大的变革。当时的白话文有周秦诸子的散文为代表，当时的白话诗便是屈原的《楚辞》了。

屈原的骚体有来源么？研究起来，是由民间歌谣发展成功的。《诗经》是四个字句，但国风的体裁，多少有点不同。国风采集成功于民间的歌谣，采集的时间，在春秋末年和战国初年。民间的歌谣，未被国风采集的也有，如《沧浪歌》："沧浪之水清兮，可以濯我缨，沧浪之水浊兮，可以濯我足。"拿这些歌谣来看，和《楚辞》相差不远。歌谣的体裁，不但不像贵族文学限于四个字一句，同时字句中间每每夹着个兮字。这些是值得我们注意的。研究国风所采的民间的歌谣，便可知兮字调不限于南方，北方也是有的；更可以认识屈原的《离骚》，是民间文学的集大成。《离骚》体裁宏大，与古古板板四个字一句的，贵族的形式文学全然不同。它有革命性、特创性。这个特创，由刚才的说明，可知不是毫无根据的。

讲到这里，须得要把古时对兮字的读音加以说明。清朝大音韵学家孔广森证明了古时读"兮"字如"啊"。以孔广森的证明，懂得了几千年来不可思议的东西。我们读《离骚》觉得很奇妙，并对兮字调的作品，目为词人的风雅气。但把"兮"字读成"啊"却完全是白话。如《离骚》"帝高阳之苗裔兮，朕皇考曰伯庸"，把"兮"字读成"啊"，不完全是白话诗吗？明了了古时对兮字的读法，可知《垓下歌》《大风歌》也是白话诗了。大家都知道楚霸王"读书不成"，是没有学问的人，怎能作出"力拔山兮气盖世，时不利兮骓不逝，骓不逝兮可奈何？虞兮虞兮奈若何？"这样幽雅的歌？汉高祖是一个流氓，怎能作出"大风起兮云飞扬，威加海内兮归故乡，安得猛士兮守四方？"这样幽雅的歌？今天把"兮"字读成"啊"，即变为"力拔山啊气盖世，时不利啊骓不逝，骓不逝啊可奈何？虞啊！虞啊！奈你何？"的口头语，楚霸王当然可以作。汉高祖也当然能说出"大风起啊云飞扬，威加海内啊归故乡，安得猛士啊守四方？"的感慨话了。

屈原的高明在什么地方？就是他在文学史上，成就了一大革命。他在文学史上，对诗歌有最大的成就，是一个文学革命、诗歌革命者。他把民间文学扩大起来，成为与生活配合的新文学，以活鲜鲜的新文学来代替了古板的贵族文学。中国古代文学异常简短，而《离骚》是洋洋洒洒的长篇大作。而且自屈原以来，还没有见过《离骚》这样好的长诗，似乎不仅空前而且近于绝后了。

骚体是民间文学的扩大，是白话诗，而《楚辞》也爱用当时的白话。现在举一个证明。"阊阖"这两个字，我们现在看来，是一个难解的文言，但在楚国当时，只是白话，楚国称天堂的门为"阊阖"，见于《说文》。屈原的辞，多运用这种白话，他解放了中国的诗歌，利用了民间歌谣，创造并完成了中国的一种诗体。这种功绩在历史上真是千古不朽。《离骚》出来到现在二千多年了，文学方面，莫有不受它的影响的。后代的各种诗体，如五言、七言、长短句等，都可以在《楚辞》中找出胚胎的。这正是屈原伟大的地方。总括一句话，屈原不仅是我们中国文学史上的民族诗人，而且的的确确是很有革命性的革命诗人。他的艺术怎么样？就是革命的艺术。

在萧红墓前的五分钟演讲①

1948 年

年轻的朋友们！讲演对于我倒不是件难事，然而要不多不少恰好"五分钟"，却使我感到困难。而主席又只要我做"五分钟"的滩头讲演，让你们好早点跳下海去，做你们青春之舞泳。

我想，本来我可以这么开始我的讲演："各位先生，各位女士，请大家沉默五分钟！"于是当大家沉默到五分钟的时候，我便说："沉默毕，我的讲演完了。"

大家假如要反诘我："你向我们做五分钟的讲演，为什么叫我们沉默五分钟呢？"我可以理直气壮地回答："朋友，人们不是说'沉默胜于雄辩'吗？"

本来我可以这么开始我的讲演的，但是当我听了刚才×先生两分钟的讲演，太漂亮了！他说："人民的作家萧红女士一生为人民解放事业奔走，到头来死在这南国的海边，伙伴们把她埋在这浅水湾上，今天，围绕在她周围的都是年轻人，今后的日子里，不知有多少年轻人来围绕着她。朋友们！我们是年轻人，我们没有悲伤，我们没有感慨，请大家向萧红女士鼓掌。"太好了，我的五分钟讲演只好改变计划了，让我把年轻人引申来说一下吧。

年轻人之所以为年轻人，并不是单看年纪轻，假如是单靠年纪轻，我们倒看见有好些年纪轻轻的人，却已经成了老腐败、老顽固，甚至活

---

① 本文是郭沫若在萧红墓前对香港南方学院艺术系的教师所做的即兴演讲。

24

的木乃伊——虽然还活着，但早已死了，而且死了几千年。

反过来我们在历史上也看见有好些年纪老的人，精神并不老，甚至有的人死了几千年，而一直都还像活着的年轻人一样。所以一个人的年轻不年轻，并不是专看生理上的年龄，而主要的还是看精神上的年龄。便是"年轻精神"充分的，虽老而不死；"年轻精神"丧失的，年虽轻而人已死了。

那么，什么是年轻精神的品质呢？

第一，是真理的追求者。他是一张白纸，毫无成见地去接受客观真理；他如饥似渴地请人指教，虚心坦怀地受人指教；他肯向一切学习，以养成他的智慧。这是年轻精神的第一特征。

第二，是博爱的实践者。他大公无私，好打抱不平，决不或很少为自己打算，实切实地有着人饥己饥、人溺己溺的怀抱，而为他人服务。这是年轻精神的第二特征。

第三，是勇敢的战士。他不怕任何艰难困苦，他富于弹性，倒下去立刻跳起来，碰伤了舐干血迹，若无其事，他以牺牲自我的意志征服一切。这是年轻精神的第三特征。

这三种年轻精神的特征，每一个年轻人都是有的，假如他把这些特征保持着，并扩大着，那他便永远年轻，就是死了也还年轻；假如他把这些特征失掉，比如年纪轻，便做狗腿子的事，那他不仅不年轻，而且老早是一个死鬼了。

就在这样的认识之下，我们向"年轻精神"饱满的青年朋友们学习，使自己年轻，使中国年轻。

李石岑
(1892—1934)

生平简介

　　李石岑（1892—1934），原名邦藩，湖南醴陵枧头洲人。哲学家。1913 年入日本东京高等师范学校。1915 年与潘培敏、李大年、丘夫之等在东京发起组织学术研究会并编辑出版《民铎》杂志，抨击军阀专权、政治混乱和日本帝国主义的侵略行径，后被日本政府查封。1919年回国后，任上海商务印书馆编辑，并在上海继续主编《民铎》。是年9 月 1 日至次年 7 月兼任《时事新报》副刊《学灯》主笔。1926 年 1月至次年夏任商务印书馆《教育杂志》主编，文名大振。1927 年赴法、英、德等国考察西方哲学。1930 年底返回上海，先后任中国公学、大夏大学（后与光华大学相关系科合并成立华东师范大学）、复旦大学、暨南大学、广州中山大学哲学系教授。1933 年 3 月在上海青年会为纪念马克思逝世五十周年举行的学术讲座上，不顾白色恐怖的威胁，做了题为"科学的社会主义哲学"的演讲。1934 年 10 月病逝。重要著作有《中国哲学十讲》《人生哲学》《希腊三大哲学家》《现代哲学小引》《哲学概论》等。

象征的人生①

1920 年

兄弟屡承贵校函邀讲演美术，实在因为琐务太忙，所以今日才得践约，真是非常抱歉，望诸位原谅原谅！今日所讲演的题目，叫作"象征的人生"。本来这个题目是我许久蓄意要发表的，总因没有相当的机会，所以不曾提出。今天在贵校讲演这个题目，似觉得还相宜。现在先讲"象征"二字的意义。

论美术的本质，是不能一致的：有倡导自然之模仿的，有主张理想之表现的，有描写人生的，有趋重象征的，固然各说有各说的见解。但我以为象征说比他说还要彻底。象征可分两种要素说明：一种是直接要素，就是官能的形象；一种是间接要素，就是精神的意义。间接要素，可以分开做两种内容表示：一种是知的内容，一种是情的内容；前者称作知的象征，也可名为表象象征，后者称作情的象征，也可名为情调象征。

知的象征又可细分为简单的知的象征和复杂的知的象征二种。简单的知的象征，可分八类说明：一、色彩象征，如白表纯洁，黑表悲哀，赤表爱情，绿表希望，青表忠实；二、音响象征，如高音表纯洁、神圣，低音表恶人、恶魔；三、数的象征，如三表神，四表世界，七表神和世界；四、形的象征，如直线表静止，曲线表运动；五、花的象征，如蔷薇表爱情，樱草表青年，月桂表胜利；六、动物象征，如鸳表主

① 本文是李石岑在上海美术学校、女子美术学校共同大讲室发表的演讲。

权，蛇表罪恶，鸠表精灵；七、器物象征，如镰表死，锚表希望，剑表决断；八、手科象征，如佛画中的印相使徒所持物等。这都是借简单外形以表丰富之内容的。再论复杂的知的象征；复杂的知的象征，符号比较的复杂，差不多和内容平行的。譬如讽喻一项，把人类的形状和人事的关系，来表示道德上的格言或认识上的真理。这在艺术上的用例是很多的，所以形象也复杂些，关系不用说更是丰富了。譬如死的象征，在简单的知的象征，是把镰来表示，但在这里，就不得不用骸骨来表示了。德国有个学者叫作维士杰（Vischer）的，因为这种象征的外形很富有刺激性，可以暗示更深的人生一般的问题，他便叫这种象征为高级象征（Das Hochsymbolische）。古今的文字属于这种象征的，可是不少；譬如但丁（Dante）的《神曲》（Divina Comedia）、莎士比亚（Shake-speare）的《罕谟勒忒》（Hamlet，今译作《哈姆雷特》）、尼采（Nie-tzsche）的《查拉图斯脱拉》（Zarathustra，现一般译为查拉图斯特拉）、哥德（Goethe，现一般译为歌德）的《浮士德》（Faust），都可括在这一类的。

情的象征也可分开做两层意思说明。刚才所说知的象征，是把抽象的非感觉的东西做内容，借具体的感觉的东西来表现；现在所要讲的情的象征，乃是以锐敏的神经官能之作用做基础来表现情调（stimmung or mood），日本人称作气氛。近来颓废派（Decadent）艺术，都属于这一类的。我说要分两层意思来讲，是哪两层呢？第一层是神秘的倾向；二十世纪的思想界，差不多都带有神秘的色彩，不仅是哲学文学等带有这种色彩，就是自然科学，也脱不了这种色彩。我们入了神秘的境地，那思想感情，都不像平常可以捉摸的了。要知道现代人的内部生活的深处，都潜伏有这神秘的意味，绝不是赤裸裸的言语可以说得出的，也不是代替言语的种种记录，可以描写得出的，到了这时就不得不靠象征，借象征的手段来暗示种种不可思议、不可捉摸的东西，那是再好也没有了。所以有些人说，象征就是神秘的狂歌。近来法国神秘诗人把象征看作介绍物质界和心灵界或有限世界和无限世界相交通的东西，所以文艺的任务，不是考察万象，乃是借万象来暗示神秘无限的世界。第二层是刹那的情调；我们生活的一刹那一刹那间所遇着的种种杂多事象，都伏有一种情。譬如我们听了一种声音，或是看了一种颜色，那时因官能一部分受了刺激，影响到神经中枢，更波动到全体，不知不觉，就发生了一种情调；那种情调，在人类的真正价值说起来，却是至高无上的。近来的新文艺，最看重这种情调，因为近代人神经过敏，容易应外界刺激而发生极强的情调，借这种情调，可以探得精神生活的内部。譬如绘画，我们画空中的飞鸟，一连画上许多只，用疾飞如矢的笔画去，其中或者有一只可以得其神肖。从前浪漫派的文学，不满足过去神经迟钝的产物，于是用全力推重感情；近来的颓废派，乃更进一步，以为感情固须推重，然尤不如应刺激而起之刹那间的情绪，因为我们的世界，并不是恒久存在的东西，乃是一刹那一刹那间的感觉，续续相接而成，这也是象征最高的意义了。

上面把象征的意义约略说明了，现在论到象征和人生的关系。我们人类，总无时无刻不想把我们的生命表现出来，这是受了最近思想界的新提示，益发相信我们自身所负的责任不小。于今哲学界、文学界，大抵把表现生命这件事，看得非常重要。柏格森的"创造进化说"，叔本华的"意志说"，尼采的"超人论"，罗素的"改造之第一义"，萧伯纳的"人与超人"，哪一个不是把表现生命做他学说的骨子？这些话说得稍为隐讳一点；我于今举些浅显的例来说明这段意思。譬如英雄的征服欲、学者的智识欲、小孩子的游戏冲动、诗人的感情激昂，都不外个性表现之内的欲求，不管它是属之灵的方面，或是内的方面，凡是这种个性表现之内的欲求，都可以叫作生命表现。既只图生命表现着，就顾不得什么利害关系，与夫道德上之制裁，过去因袭之束缚，法律之桎梏，以及一切他种外力之阻挠。但事实上却不听其如此，譬如你想吃好东西，偏偏没钱去买，或者一时买不出来；你想着好衣裳，偏偏买不着中意的衣料，或者买了偏又缝得不中意；你想事业上如何发展，偏偏经济上多方掣肘，号称同志的人，又不一定靠得住，可以得他的帮助；你想帮助劳动者做事，好叫大家过些平民生活，偏偏资本家要来捣乱，他只一举手一投足，把你这些真正劳动家，收服个干净；你想图世界和平，偏偏有些强者，他反要倡军国主义，有了他一个军国主义，倒引起了许多军国主义。且不要说远了，就是我们想老老实实做个好人，但我们说话做事，不知道多少要迁就他人的意思；或者我心中极不愿意的人，也不能不恭维他两句；或者我心中极不高兴的事，也不能不做两宗。倘若你一切不顾，那么你左右前后的障碍物，可就多了。他们地位虽不见高，力量虽是微弱，但他们的办法可是很多，结果不说你是违抗礼教，便说你是干犯法律，或者说你成了众矢之的，做了社会的罪人。你想人生在世，哪一时有真正的自由？哪一时不在苦闷中讨生活？不过我们的苦闷，是从小便蓄积了在胸中，有好些忘却罢了。倘若不忘却，那我们更不知苦闷到什么田地！即或忘却，我们的苦闷，也并不是逃往别处去了，仍然积在我们胸中，积久或许成病。

讲到这里，我就不能不借精神病学家佛洛伊德（Freud，现一般译为弗洛伊德）所举一个有名的例来说一说。有一个患热病的女子，这女子在未患热病以前，颇欣赏她姐姐新结婚的那位男人；后来她姐姐死了，在她意下，何尝不想和那位男人结婚，但是格于事实，只好把这种欲望，严自压抑；积久之后，这种欲望，竟全行忘却，在我们必以为这可平安度日了。岂知这女子后来竟得了一个激烈的热病，这热病如何知道是由恋爱不遂得来的呢？女子受病的时候，受了一番佛洛伊德的诊察，佛洛伊德知道必有一种欲望，落在潜在意识（下意识）里面；于是用精神分析治疗法，把她唤回在显在意识之上。这女子忽然惊醒，把从前的情热和兴奋，都禁不住地表现出来，她的病就从此痊愈了。佛洛伊德以为热病的起源，是由于患病的人，在过去经验中，有了"心的损害"；所谓"心的损害"，便是上面所说的自己压抑。譬如性欲很热烈的时候，或者怕别人说话，或者受传来教训上的束缚，不得已把它压抑起来，这种压抑，都叫心的损害。这种心的损害，虽已经排出记忆阈之外（忘却），但并不是消失了，乃是落在潜在意识里面。后来这种损害内攻起来，仿佛像液中的渣滓，把这些渣滓，把受病的意识状态惊动起来，或是扰乱起来，所以成了热症。这是佛洛伊德研究的结果。

这样看来，我们人类的苦闷，何尝不是这样？我们天天想做些表现生命的事，却事实上偏偏来压抑我们，不让我们尽量表现；但我们想表现的热望和努力，是没有一天减少的，这正是人生最有价值和意义的地方。近来心理学家告诉我们的，我们的潜在意识里面，不只是一些心的损害，也许有些心的补益或是心的慰安。所谓潜在意识，即是绝大意识。但这些损害是靠我们补偿的，这些补益是靠我们增进的，这些慰安是靠我们扩大的，我们怎样去补偿，怎样去增进，怎样去扩大，那就不能不靠象征。我们的潜在意识，乃是一个无底的汪汪海洋；倭伊铿所倡的宇宙的精神生活，就伏在这里面。我们的人生，便是象征这宇宙的精神生活的。

上面说过，白是象征纯洁的，黑是象征悲哀的；仿佛白是象征的外形，纯洁便是象征的内容，黑是象征的外形，悲哀便是象征的内容。那么，我们可以说，人生是象征的外形，宇宙的精神生活，是象征的内容。哲学上所讲的"一"便是"多"，就可以比说自我便是宇宙。譬如一滴的水中，便含有大海全体的水，这就容易知道人生是象征这宇宙的精神生活的。还有一层意思，上面曾经说过，象征是介绍物质界和心灵界相交通的东西。我们人类，既具有兽性，也具有神性，也知道我们人生是象征的人生了。更有一层，象征是探得一刹那间一刹那间的情调的东西，换句话说，是探得一刹那间一刹那间的精神生活的东西；而我们人生是续续更新、续续向上的，那更可见人生是象征的人生了。又人生无时无刻不被压抑，即无时无刻不在苦闷中讨生活；我们一面在潜在意识中日日增进心的损害，就是增加苦闷；一面在显在意识中日日谋表现生命，和苦闷相奋斗，所以我们的人生是奋斗的，是向上的，是创造的。这就是人生最有价值、最有意义的地方了。合上面所述的这些意思，可以知道人生完全是象征的人生。

这题本不易讲明，加以我的意思很杂，一时更难说得明白。好在兄弟一时尚不致离上海，望大家把这题讨论讨论，以便随时彼此商榷，或者于我们的益处不小。

哲学与人生①

　　我一向在这里讲述美学，今天程先生要我讲讲这个题目，我因为诸君对于哲学研究的兴会不浅，便欣然允诺。不过这个题目，看似容易，实在讲起来，所谓哲学，倒不能不先将哲学概念的变迁讲个大略，否则便不易讲明哲学与人生的关系。但讲到哲学概念的变迁，便不能不做一种哲学史的考察。哲学概念的确立，本来是极难的事。这就因为哲学的研究范围太广泛，而其研究的对象又复不确定，所以想对于哲学下一个确切的定义，几乎是不可能的事。哲学的概念从古代到近代，大概可以分作三个倾向来说：一、根本的倾向；二、总合的倾向；三、特殊的倾向。当柏拉图分哲学为广狭二种概念：说广义的概念在"知识之获得"，狭义的概念在"以哲学者为常住者或为永久不变之认识者"；亚里士多德的见解亦与此同，谓哲学以探究事物之原因及原理为职志，因指形而上学为"第一哲学"，物理学为"第二哲学"；其时所谓根本的倾向与总合的倾向，尚未分明，故一面以"一切科学的认识"之总合为重，一面又特重做此等认识基础的所谓根本原理之学。但到了近代，情势便不同了。一方面哲学与神学独立，他方面特殊科学又与哲学分离，于是哲学的概念，分途发展，遂成了鼎立而三之势。注重根本的倾向的，大抵沿袭希腊哲学之故智，对于特殊科学而极力阐明根本原理之学。欧洲大陆派的哲学者，多属于此派。如来布尼疵（现一般译为莱布尼茨）以哲学为"一般学"（scientia universalis）谓专属于"知识的研究"（studium sapientiae）；而同时把哲学比作一棵树木，所谓原理之学

① 本文是李石岑 20 世纪 20 年代在上海神州女学发表的演讲。

的那种形而上学比作根株，其特殊的范围都比作枝叶。菲希特的见解亦与此相近。他把哲学叫作"知识学"（Wissenschaftslehre）。不过他比来布尼疵更进一步，他不仅把哲学当作一般学，他并把它当作一切知识的起源。于是到了黑格尔，在形式上，为"对象之思维的考察"（Denkende Betrachtung der Gegenschaft），在内容上，即为"绝对之学"（Wissenschaft des Absoluten）。因此哲学全走了概念的思考一条路子，而与经验的认识全为绝缘。这派后来虽大受攻击，但其余绪至今尚有游伯尔威（Uberweg）一派人倡导。注重总合的倾向的，也是出发于希腊哲学，不过这派到近代才占有一部分势力。赫尔巴特以为哲学的职分，只在除去概念的矛盾。因此他下哲学的定义，就叫作"概念之改造"（Bearbeitung des Begriffe）。此派注重特殊科学，与黑格尔一派专重概念的思考者全相反。其后经温特之修正，此种倾向愈益明了。温特以为哲学的职分，就在由特殊科学的认识，组成一不相矛盾之体系。其他如孔特的"人类概念之一般体系"（Lesystème Gènèral des Conceptions Humaines），斯宾塞尔的"完全统一的知识"（Completely-unified Knowledge），帕尔逊的"科学的认识之总体"（Inbegriff Wissenschaftlicher Erkentnis），莫不属于此倾向。此派的特征，是不把哲学当作科学的根本，而把科学当作哲学的出发点。所以认科学的认识之总合与统一为哲学之本分。注重特殊的倾向的，乃是想把哲学的问题制限到特殊的范围里面，属于最近代之事。此种倾向，在英国经验派哲学者如洛克、谦谟等之排斥形上学的研究，而以哲学之问题专限制在认识论及伦理学之范围内之时，已具端倪。但彼时尚不十分显明，直到最近，而哲学之特殊范围，始益显著。如边讷克（Beneke）、李普士（Lipps，现一般译为里普斯）以哲学为心理学及"内部经验之学"（Wissenschaft von inneren Erfahmng），与自然科学相对立；苛恩（Cohen，现一般译为柯亨）、黎尔（Reihl）等以哲学为"认识之学及批判"（Wissenschaft und Kritik der Erkentnis），与形上学相对立；此外如维因德尔斑（Windelband，现一般译为文德尔班）等以哲学为"善论"（Güterlehre）或为"普遍妥当之价值学"（Lehre Von Den Allgemein Gültigen Werthen）皆欲将哲学划定一特殊范围而与他种科学相对立。所以这些人都可归入第三倾向。这三个倾向既已讲述大略，我们可以看出哲学概念的变迁，有由于时代不同与哲学者的气质不同之处。既哲学概念因时与人而变迁，那就哲学与人生的关系，也不能不因时与人而异。照根本的倾向一派所说，人生不过是"绝对"的一个反影，"概念"的一种形式，绝无意义与价值可言。照总合的倾向一派所说，人生虽附于科学稍稍与哲学发生交涉，但常为总合的体系所掩，致人生不易受到哲学亲切的指导。唯照特殊的倾向一派所说，人生始在哲学上占重要之位置；而哲学所攻究，亦渐有离开人生别无内容可言之势。由上三者观之，可知哲学概念之变迁与人生问题相关最切。哲学概念之不易确立，在19世纪中叶为特著，其时虽颇知注重人生问题，但一向看重的所谓认识论、实在论等，仍然不能不占哲学研究的正当范围。直到20世纪以后，才把人生问题当作哲学的中心问题；而认识论、实在论等虽亦认其存在，但用意完全与前相反。盖认识论、实在论等皆为阐明人生真义而设，离去人生则认识论、实在论早为无用之废物。此为现代哲学上的根本精神。我们要到此时，才好讲到哲学与人生，才能讲明哲学与人生的关系。

我们现在想找出代表现代哲学上的根本精神的，当然不能不首推詹姆士一派的实用主义与席勒的人本主义；此外像英美的新实在论，桑塔亚那（Santayana）一派的批评实在论，德法诸国的主意说，与夫一切以生为本位的诸哲学，都是为着反对从前哲学上的主知说和观念论而起，大部分也可以代表这种根本精神。詹姆士一派的实用主义，可以说是专为讲明"哲学与人生"的一种哲学。现在先讲讲他的真理相对观。所谓真理相对者，就是说真理不是死的，真理也和别的东西一样可以进步发达，就是要看它对于人生的效用如何，换句话说，人生便是真理的尺度。他这种真理说，乃是对于历来的唯理论及普通的经验论做一种不平之鸣。唯理论以为真理是永久不变的，是由"人类之认识与实行"游离的一种东西，纯然属于客观的存在。他这种说法，最大的短处，便是误解真理之性质。试问真理与人生不生交涉，则真理与非真理之标准如何而定？于是唯理论者提出数说以为解答：一、"真理者不含有任何矛盾者也"；这种解答，很不易使人满意，因为实际上矛盾总免不掉。二、"真理者最明了精确者也"（如笛卡儿）；这种解答，更属空泛，因为明了精确，不易找到一个标准。三、"真理者自明（Self-evidence）者也"（如斯宾诺莎）；这种解答，亦嫌广漠不着边际。所以唯理论的真

34

理说，极为实用主义者所排斥。至普通的经验论者之真理说，亦有不完全之点。彼辈之主张，以为吾人之知识与实在相一致或相应，于是有所谓相应说（Correspondence-theory），谓知识与客观的实在相应者即为真理，否则为非真理。但这完全是出于一种观察之错误。我们平常以为主观内的事常觉得不明了，客观世界的一切现象，因为表现在外面，倒很觉得明了，其实这种观察，完全与事实不相应。我们主观内的事，可以自己去省察，倒很明了，但论到客观的实在，我们确没有知道那实在真相的权利；我们所知道的，不过是一种盖然的东西。平时对于客观的实在以为是得到一种正确的知识，其实都不过是自己所认定的正确，究竟客观的实在是否照依我们所认识的正确，这是永远不可解决的问题。所以说知识与实在相应，乃是我们理想上的相应。正如谦谟所说，真理乃为吾人主观内之观念与观念相一致。是则相应说不能取为真理之证明，于此可见。所以实用主义者对于这派的真理说亦加以排斥。实用主义对于两说既都无所取，然则吾人判断真理非真理之标准，果于何处求之？于是詹姆士提出实用本位的真理论。所谓实用本位的真理论者，乃以实用为决定真理之最后的标准，换句话说，就是一切以"有用的结果"（useful consequence）为准则。故凡产出有用的结果的知识概为真理，产出有害的结果的知识概为非真理。由是真理完全成了一种价值。现时有现时的真理，古代有古代的真理，东方有东方的真理，西方有西方的真理，真理一以人生的实用为归。实用主义这种真理的决定法，乃完全采自自然科学的决定法；自然科学的证明，以能生一定的结果为真实，否则为非真实，詹姆士即用此法以评衡哲学上之诸问题。故对于唯心论、唯物论之批评，与对于有神论、无神论之批评，莫不采用此法。这是詹姆士真理观的一般。再讲他的根本经验论。讲明此处，而哲学和人生的关系，乃益了然。由上面所示，真理不过是一种实用，换句话说，真理就不过是日常生活之一分子；但生活却便是经验之全体。故真理相对观不啻以哲学为经验中之一过程。哲学既具有这种性质，则对于前此经验之解释，不得不加以正。前此经验之解释，或以经验为不正确的知识之根源，或谓经验以外别无所谓认识的手段。詹姆士的经验论，两无所取，而其说自与后者为近。本来经验一语，意义极不明了。虽号称模范的经验论者如英国洛克所解释，亦不能使人满意。洛克认有内外两面之经验，内面之经验与反对论者所谓理想几完全相同，外面之经验则纯属感觉。感觉照普通所解释，全是一些断片的印象，不能生知识。故非一感觉与他感觉相结合，或成本体与属性之关系，或成原因结果之关系，则不能了解。换句话说，非感觉当中确有一种结合作用，则其结合都不过是假定的结合，此谦谟之怀疑说所由生。这可说是经验论的一种致命伤。詹姆士的经验论，便完全与此相反。他认为经验中就早已具备完全结合的要素。凡以感觉为个个分离之印象的，都不足说明真的经验。实际之感觉，乃前后相连续，故其结合作用早已备具。如"书在桌上"一经验中，"书"与"桌"固然是经验内的事，但"在"与"上"，也是经验内的事。要是这种彻底的解释，那经验的意味才圆满。又须知道，经验的解释，不仅限于知识方面，经验的最大要素，乃在与生活全体相结合。故经验不重在知而重在行。由是可知哲学非纯粹知识的产物，乃为生活作用之一部分。哲学者也是一个生物，和一切生物一样，适应环境而营适当之生活作用。也由种种行动，试验出许多错误，以养成正当之习惯。结果知识完全做了实行的一种工具。而哲学乃成为人类情意的要求。人类情意多一度要求，哲学即多一番改造。要求无已时，改造亦无已时。宇宙与人生，皆由此情意的要求而日进于完成之域，换句话说，宇宙与人生，皆由经验之增加而日进于完成之域。此正詹姆士根本经验论之精神。詹姆士所谓宇宙观之柔韧性（flexibility），即存于此。由詹姆士哲学的精神，可以见哲学与人生关系之密切。他如杜威之工具主义，席勒之人本主义，也无非是阐明这种关系。唯此种主张，有过重实用、过重客观的结果之处，不免陷于一种偏狭的态度。所以又有新实在论及以生为本位的诸哲学以救其弊。唯关于阐明哲学与人生之点，究不如实用主义之亲切有味。现在因为关于这方面干燥无味的话说了太多，所以省掉不谈。且就人生方面观察观察，那哲学与人生的关系，益发可以了然了。

由上面所述，可知哲学概念之变迁，乃由普遍的倾向走入特殊的倾向。但在人生方面便不然，人生乃由特殊的倾向走入普遍的倾向。人生原与动物的生活无甚差别，但由递演递进的结果，遂由图腾社会进入宗法社会，再由宗法社会进入国家社会（亦称军国社会），现在乃有由国家社会进入国际社会之势。可知人类的生活，完全是由特殊的倾向走入普遍的倾向。人类不能自外于伦理，由是讲伦理学者由个人的伦理学而家族的伦理学，由家族的伦理学而社交的伦理学，由社交的伦理学而国家的伦理学，由国家的伦理学而世界的伦理学，由世界的伦理学而万有的伦理学。可知人类的理想，也完全是由特殊的倾向走入普遍的倾向。我们如果不甘于与鸟兽同群，与草木同腐，我们如果不甘于做一种行尸走肉，便自然会自问自：我何以产生？我在宇宙间有怎样的一种价值？我和人及物有怎样的一种关系？如果连续不断地这样发问，便自然会由特殊的我想到普遍的我，由较小的普遍的我想到较大的普遍的我。正如倭伊铿所说的由自然生活伸张到人类的精神生活，更发展到宇宙的精神生活。所谓人生之基础，即此宇宙人生之大理想，由此宇宙理想乃有真正人生之出现。为保持自然的生命，不得不吸收自然物；为建设真正之人生，不得不吸收宇宙的精神。由是宇宙与人生打成一片，自我即宇宙，宇宙即自我，而人生的归趋，乃完全由特殊的倾向走入普遍的倾向。但我们人类何以归结到这种倾向呢？这是由于一种哲学的精神之鞭策，使我们不能不最后走到这步。至此更可想见哲学与人生关系之密切了。

合上所述，可知哲学是由普遍的倾向走入特殊的倾向的，人生是由特殊的倾向走入普遍的倾向的。然则又何以说哲学因人生而益倾向于特殊，人生因哲学而益倾向于普遍呢？这是因为哲学本以普遍为精神，但研究之方法，不能不从特殊出发，否则易陷于空想独断之弊；人生本以特殊为精神，但理想之所寄，不能不以普遍为归，否则又与鸟兽草木何别。故人生愈向上，则培养于哲学的精神者必愈多；哲学愈阐明，则借证于人生的事实者必愈广。德国为纯理论的出产地，可谓最富于哲学的精神者，故其人生泰半偏重哲学的人生；英国为经验论的出产地，可谓最留心人生的事实者，故其哲学泰半特重人生的哲学。二者固各有其独到之处，但其褊狭之点亦伏于此。德国极纯理论的精神之所届，致产出黑格尔一类的思辨哲学，谓个人宜从属于绝对的实在，而人生的意义遂完全丧失；英国极经验论的精神之所届，致产出知行二重真理说，谓有哲学上之真理与神学上之真理，结果在知的方面，不能有一种彻底的见解，而在行的方面，则尽陷人生于机械论、决定论等的悲哀。所以二者都不免有所偏倚。这是由于德国太偏重哲学的精神，英国则太偏重人生的事实，故其失正等。须知人生虽是现实的，却不可不令其观念化，因为我们在极短期的生命，来去无着，要靠这种观念才发生一些意义，才发现无穷的生命，这才叫理想的人生；哲学虽是抽象的，却不可不令其具体化，因为我们研究哲学，并不是做一种论理的游戏，架一种空中的楼阁，所以要用事实去证明，使哲学上所发挥的都能实现，这才叫证实的哲学。英德两国虽各有其独到之处，但讲到这点就不无遗憾。唯法国似颇能补二国之所不及。法国对于哲学与人生常欲其融成一片。其最著者，为18世纪的法国启蒙哲学与法国的大革命。故在他国的机械论、唯物论等，一入法国即成为无神论、无灵魂论，在他国仅有民约论之名者法国即演成革命而成民约论之实。法国由哲学改造人生之精神，在近世益形发达。如圣西门（Saint Simon）、弗尔尼（Furnier）、卡伯特（Cabet，现一般译为卡贝）等之急进社会改革论，孔特之新社会组织观及新宗教论等是其著例。所以法国的国民性与英德两国相较又另成一种轮廓了。

抑尚有一义。哲学与人生乃共负有一种创造的精神者，其故因哲学与人生都是一种艺术。哲学能使我们的生活丰富，能使人生的趣味隽永，能使荒凉的世界、煞风景的宇宙，不感着寂寞悲哀，能使走马灯似的经验事实，不感着厌倦烦闷，不感着矛盾冲突，这完全是它一种艺术的职能。再观察人生，亦复如是。人生虽似与动物的生活无别，但忽而笑，忽而悲，忽而舞，忽而蹈，忽而弄月吟风，委随天地之大化，忽而神工鬼斧，创成宇宙之奇观，这又完全是它一种艺术的职能。哲学与人生既同具有这种职能，所以都能担负一番创造的事业。哲学能使人生观念化、美化、深化，是哲学能使低级的人生创造一种高贵的人生；人生能使哲学具体化、净化、纯化，是人生能使想入非非的哲学创造一种现实的哲学。所以二者交相为用，便成功一种创造的进化。那就更可想见二者关系之密切了。今天因时间短促，内中有几处未能畅快地发挥，望诸君见谅！

尼采思想与吾人之生活①

1920 年 10 月

兄弟去国恰好八年了，今日得和诸君一堂聚首，真是说不尽的心中愉乐。此次邀罗素先生一同到湖南，我想罗素先生一定有许多好教训，使诸君知识上得个满足。若兄弟此次回湘，不过与在乡父老兄弟姊妹，谈一谈别后的感想；至论到讲学，实在惭愧得很。今日兄弟所讲的题目，是"尼采思想与吾人之生活"。因为尼采现在受一般人的攻击，但我以为尼采的思想，倒很可以救我们中国人许多的毛病，所以提先讲演。我还有许多别的感想，这几日内陆陆续续发表出来，和诸君商量商量。

我国自五四运动以来，学术界骤生了长足的进步，凡杜威、詹姆士、柏格森、倭伊铿一班人的学说，都有人出来介绍；独尼采的学说，没有一个人敢提一字，这也可怪。因为谈及尼采的学说，不仅是全国人反对，即全世界也必反对。但我个人觉得他的学说，在学术界实在占有重要的地位，便大胆在《民铎》杂志上出了一期"尼采号"。今日所讲的，泰半取材于此。

尼采（Nietzsche）何以成为世界的公敌呢？因为他倡"力"的哲学、"战"的哲学。所以大家都拿前回欧战的罪恶归咎他，非难他。好像没有尼采，欧战就不会发生似的。关于这种非难，我记得杜威曾著了一部书，叫作《德意志哲学与政治》。他把欧战的原因归咎于康德的理

---

① 本文是李石岑在湖南省教育会的演讲。

性论。后来费希特（Fichte）、黑格尔（Hegel）等，都本康德的意旨，发为"国家无上命令"说，谓国家对于个人有绝对权，我们只以从属国家为第一本务。德国人受了这种国家绝对说的鼓吹，所以只要能把德国弄到最高的地位，就是与世界宣战，亦所不惜。这样看来，可知欧洲战争，完全是受了康德一派学说的影响，与尼采学说究有什么相干？

尼采不特不任受一般人的非难，反而要招一般人的崇拜。就是他所倡"力"的哲学，有许多是和现代思潮相发明的。席黎（Thilly）著了一部哲学史，把尼采列于詹姆士和杜威之次，称为实用派的健将。意大利人亚里倭达（Aliotta）也说尼采和柏格森、席勒一流的学说相合。即此可知尼采在学术界的位置了。

以上不是本题的话，不过把尼采学说的真相，略为表明，现在和大家讨论本题。

我们的生活，实在是很平凡的；我们的幸福，实在是很浅薄的。我们把过去的事，回头想想，就可以知道。今年如此，明年也如此，再过几年也是如此。我们个人生活平凡，一国生活也平凡，到底是什么缘故呢？就是因为我们没有创造的精神，没有改造生活的宏愿。我们要想有创造精神，有改造宏愿，不可不找那与改造生活有关系的学说，加以研究。

尼采的思想，便是教我们改造生活最有力的。他的思想，原出于叔本华（Schopenhauer）的生活意志论。叔本华以为世界之本体，便是意志。我们心中所映出来的事物状态，便是意志之表现。意志没有理性，没有目的，只是一意求存在、求生活之一种努力。这种努力，不限于生物，便是水之流动、星之运转，都莫不是这种努力之表现。你看一个人壮年的时候，固属怕死，便是老态龙钟，他还只怕一朝气接不上，忽然一病，与世长辞。这可见生活意志，实在是人的本质。但意志既为一种努力，而努力乃是由于有所不满足，时时感受不满足，便成痛苦。我们的努力，既得不到终极之满足，那我们一生，岂不是终究脱不了痛苦。这样看来，世界是一个苦海，所谓快乐，都不过是忘却痛苦的时候，偶然有这种感觉而已。所以我们想免掉终生的痛苦，只有否定意志，超越现世，除此再没有别法可设。这是叔本华生活意志论的大略。

尼采受了叔本华的影响，于是由他的生活意志论，进而组织他的权力意志论。叔本华否定生活，尼采乃进一步肯定生活。譬如叔本华觉得我们的努力，既属无意识、无目的便无终极之满足，那我们的生活，便终久免不了痛苦。尼采不然，尼采以为我们无终极之满足，正足以使我们不得不有无止境的奋斗。我们生活的后面，便是奋斗，换句话说，便是权力意志。所以叔本华生活意志论的思想，到尼采手中，便成为一种权力意志论。譬如叔本华说我们的生活，横竖是没意思，不如消极自杀的好；尼采便说，你觉得自杀是消极，在我看来，自杀也是积极的意志之表现，也即是权力意志之表现。因为非具有最大的意志的人，不会肯干自杀的事。

尼采的"权力意志"怎么解呢？他说：人是有潜伏力的，这力就是生生不已、自强不息的一种活势力。人有这种力，所以理性智慧等才能发生。这力的功用有两种：一种是"征服环境"，一种是"创造环境"。人被环境征服，所以生活无趣味，要想生活高尚，就要征服环境，进一步就要创造环境。所以我们如要打破习惯，改造社会，就靠这种力，就靠这"权力意志"。

尼采又受达尔文进化论的影响，提倡超人论。但他所倡的"超人"，并不是跟着进化论所说由虫类进化到鱼类，由鱼类进化到两栖类，由两栖类进化到哺乳类，由哺乳类进化到猿猴类，由猿猴类进化到类人猿，由类人猿进化到人类的那种进化，另外有一种超越人类之特殊动物出现，这点大家不要误会。他所倡的"超人"的意思，就只不过是一种"距离之感"罢了。人能发展这"距离之感"，就是超人。譬如20世纪的人回头看十五六世纪的人，文明人看野蛮人，都不免有一种距离之感，不过不像超人那样发达罢了。

现在把达尔文的进化论和尼采的超人论比较比较。进化论的原理，可分几项来说：一、生存竞争；二、适者生存；三、自然淘汰。尼采对这几种都持反对的态度。他对于生存竞争之说，以为人若只为生存而竞争，殊属毫无意味。人当于生存竞争外，进而为生存以上之权力竞争。我们生活之理想的开展，乃在不断之征服和创造；那征服和创造，便不能不靠这权力。所以权力比生存，还竞争得有价值。他批评适者生存，也说他有错误。适者生存，原是强者征服弱者的意思。然而有时强者与强者相争，反被弱者所乘，反被弱者征服。并且强者未必适于生存，弱者未必不适于生存，如学问好的人，有时反不适于生存，罗素就是一个好例。他在英，不但不为英政府所优待，且反被英政府所监禁，社会一般人也觉得他怪物似的，不多给他以援助。我们中国有句古话"白玉不可为，容容多后福"，可见强者得不到幸福，弱者转可多得幸福了。自然淘汰说，他也认为有错误。自然淘汰，是适应环境的意思；照这样说，环境便是转移我们的，那就未免看重了外部的影响，而忽略了内部的潜势力。我们自己本身，常有日进不已的欲求，生物的生殖，就是创造之欲求的一种表现。可见我们的内部，是对于进化最有力量的。我们的生活，所以很平凡的缘故，就因为太没有把内部的力量表现出来。换句话说，就是只晓得适应环境，而不晓得征服环境和创造环境。所以我们的生活，也不容易向上了。

习麦尔（Simmel，现一般译为齐美尔）批评达尔文、斯宾塞尔、尼采、柏格森各家的进化说。以为达尔文、斯宾塞尔二人的进化说，不过是机械的说明，无甚意思。柏格森的进化说，虽较为进步，但他不免把目的看作终止，仍有不能自圆其说的地方。只有尼采的进化说，真正透辟极了。他把目的看作进行，他说目的只不过是长途的一段一段。所以有些人说，达尔文的进化说，是为生命保存而进化，尼采的进化说，是为进化而进化。要像尼采这样的说法，才不失进化的真意义了。

生物学家以为生物为生殖才有营养，为繁荣才有生殖。但为什么缘故求繁荣，就难得说明了。这就不能不借重尼采的说法。尼采以为生物所以生殖、所以繁荣，都是由于我们有一种"生活力"。用这种"生活力"去说明，就处处都能自圆其说了。所以尼采的思想，只可用内部的生活力去解释，不可用生物学家的眼光去说明。这就是尼采与达尔文根本的异点所在。

尼采看得最重的，便是本能说。诸位要知道，本能说是近来思想家提倡最力的。柏格森的哲学，完全以本能做他的骨子，和尼采的见地相同。不过柏格森说本能是变化的、持续的；尼采说本能是征服环境、创造环境的，其用力有不同罢了。本能要使用才能发达，不用便渐渐失其功能。昆虫的本能，是比人类发达多了。这也是由于使用它的机会多。我们固有的本能，不知道常常使用，所以终于甘心降伏在环境里，这也是提倡改造生活的人，不可不知道的。

我们想真正改造我们的生活，更不可不重视尼采的实用主义。尼采的实用主义比詹姆士的更彻底。他立了一个新价值表。新价值表是对于从前的宗教、道德、哲学、艺术所表现的价值，通同给他破坏。另立一个新价值，叫作一切价值之变形（umwertungaller werte）。价值以"地"与"时"而定。譬如刍豆，羊认为有价值，狮子则不认为有价值。又譬如兔子，狮子认为有价值，而羊又不认为有价值。可见得羊认为善的，狮子不认为善；狮子认为善的，羊又不认为善。推而言之，人类认为善的，动物不认为善；文明人认为善的，野蛮人不认为善；此国人认为善的，他国人不认为善；这时候认为善的，那时候又不认为善，所以善恶没有一定，推之真理也没有一定，所以各种宗教、道德、艺术、哲学所表现的价值，都要随时修改的。这样看来，我们的生活又安能不时时改造。所以尼采的实用主义，却于我们生活的改造有莫大的关系。尼采以为我们的生活高尚不高尚，就是我们人类尊贵不尊贵的一个标准。但是人类尊贵不尊贵，不是由外面的规定看出来的，是由内面的性质去观察的。尼采以为于今高倡的平民主义是有毛病。因为平民主义只看重外面的规定，却没有留心到内面的性质。要知道我们对于外面的各种规定，虽主张"平等"，但是内面的性质，我们却反要主张"阶级"才是。因为我们做赤裸裸的活动的时候，总要有一种阶级的意味伏在里面。我们想求"征服"和"创造"的不断进化，那更非"阶级"不可。倘若我们人类是本质的平等，那就"进化"这一宗事，一辈子办不到了。尼采以为流动和生成，当然弄到不平等，不平等在强弱的意味，便成了阶级。这样看来，我们不断地进化，乃是无数阶级的表现。尼采发挥"阶级"二字，无异于发挥"人格"二字。因为人格是全凭内面的努力，才能办得到的。

尼采所说的阶级，便是努力。换句话说，便是竞争的意思。我们的人生，无时无刻不在竞争场里讨生活。克鲁泡多金倡互助说，诸位要知道，"互助"也要把"竞争"做骨子，互助才行得通，不然，互助不过是一个好听的名词罢了。讲互助的人，都是能互竞的人，不是互竞的人来讲互助，便是跛足的互助，那互助绝行不久长。所以我们要时时有内部的竞争，换句话说，时时有内部的阶级，那我们的人格才得高尚，我们的生活，才不会粘固，才能活动，才能向上。

尼采主张超人论也是由阶级的意味发出。所以把他的学说推论到极处，便主张锄弱留强。他这种议论，虽不免有点过火，但为发挥他"力"的哲学起见，不得不如是。这点我们要原谅他。若学说主张到中途，便讲调和，那便是主张不彻底了。

他一生无论发什么议论，最厌恶讲调和、讲妥协的。因为调和、妥协，究其实得不到真理。

他一生最反对基督教。因为基督教喜欢说博爱。"博爱"二字莫说是靠不住的，就令靠得住，也只足养成人类的惰性。因为博爱最重怜悯，而怜悯实足以减杀我们的力量，其结果不过教我们一个一个地堕落罢了。

他一生不看重天，只看重地。因为天是虚渺的，地是着实的。他又不信灵，只信肉。因为灵是摸不着的，肉是摸得着的。把他的学说合拢来看，无非是处处发挥他"力"的哲学，权力意志之哲学。我们陡然听到他的学说，必不免有些奇怪。但是平心静气，一毫不带过去的着色眼镜去细按起来，也未始不含真理；况且他求他学说的一致，自然不得不主张到这种地步。他的学说，原是想冲撞我们日常不变的生活的，那更无怪乎他的学说含有兴奋剂了。

青年与我①

1920 年

"我"是什么？手吗，足吗，头吗，心吗，诸君思之，究何所指？孩提之童，尚不知什么为我，及与事物接触，方能逐渐明了。如用手触灯，灯灼手痛，然后知灯所灼者是我的手；推而至于足，至于头，至于皮肤，而后方知全身皆是我的身。更进一步想，我不仅专属本身，即附于本身的衣服，也都认为我；又不仅附于本身的衣服，即贴近我身旁的父母兄弟姊妹推而至于亲戚朋友，也莫不认为我。于是"我"的界限渐渐地扩大。这处正好借美国心理学家詹姆士（James）的"主""客我"来说明。詹姆士论"客我"有三种：一、物质的客我。物质的客我居于首位的，当然是身体，次之便是衣服。古谚有云"人类为精神、身体、衣服三者之结合物"，这句话虽近谐谑，却自有真理。我们对于衣服最感亲密，并有时把衣服和身体一样看待。譬如终生着褴褛不洁之衣，即忘其貌之美；终生着清洁美丽之衣，即忘其貌之丑，这便是明证。再次之便是家族，因为父母妻子，都是和我骨肉相通的，所以他们的死亡，觉得就是客我一部分的损失，他们的恶行，觉得就是我本身的耻辱。再次之便是家屋，家屋为我们生活的一部分，因为可以保护我自身和家族，所以很有一种亲密的情感。尚有一种和家屋相同的便是财产的储蓄。财产虽是加入客我的范围，却不一定都生亲密之感。但论到亲密便又有时比任何物更加亲密的。如昆虫学者冒风雨所采集的昆虫标本

① 本文是李石岑在镇江第六中学及醴陵县教育会的演讲。

45

而遭破坏，或如历史学家经长年月从古书中所摘录的笔记而被火灾，都不免要生一种伤感，且有因而堕落的，更有因而自杀的，可见这种客我，亦不可忽视。二、社会的客我。社会的客我，是起于一种同类意识。我们人类不仅是相集合而群居，并常有想望别的同类对自己加一种注意的性质。譬如我在稠人广众之中，无一人睬我，我发言无一人听我，我做事无一人信我，你看这时是何等的不幸，何等的失望，这便是社会的客我受了损失。社会人众有贵贱尊卑、男女老少之不同，因此社会的客我亦有不同，各人对于客我之感情，也因客我阶级之异而异。社会客我中有足惹起我特别注意的，那就对他不免要发生特别感情。名誉不名誉等，都属于社会的客我。譬如法律家因虎列拉之流行，可以避居他所，但医生如果因流行病远避，就有点不名誉。医生因战线扩大可以避匿，但军人如果因战事避匿，就有点不名誉。在个人虽爱汝，然在官却不能赦汝；以政治家论，你虽是我的同党，但以道德家论，你却是我一个仇敌。这就因为有社会的客我存在。所以同职制裁，在人类生活中占有大势力。盗可盗物，而不盗盗物；博徒虽穷，而不负赌债，这就是为着社会客我的关系。推而言之，社会间时时刻刻有一种社会的客我存在，一觉悟便不肯放任，可见关系也是很大的。三、精神的客我。精神的客我，不是说各瞬间的意识经过状态的一二种，乃是合意识的诸状态，心的性能，心的倾向全体而言。这种集合的全体，无论何时，都可为思想的对象，和别的客我一样地可以唤起亲密的情感。譬如以我自己为思想主，那就别的客我，都比这思想主的客我要觉得疏远。但精神的客我里面，有种种不同的部分，那就它所唤起的情感，也因种类不同而生差别？譬如感觉性能比情绪欲望就觉得疏远，知的作用比有意的决断就觉得疏远。总之，意识的状态，愈为活动的，就愈接近精神的客我之中心。而立于正中以成客我之中轴者，乃是“活动之感”。具此“活动之感”的意识状态，别有一种内的性质，就是想和别的经验事实碰着而自发地涌现之性质。这便是詹姆士所说的精神的客我。总上面所述的三种，无论为物质的、社会的、精神的，都是客我，非主我。什么是主我？就詹姆士所示，主我即是思想主。客我是“所意识的”，而主我是“能意识的”。詹姆士剖析自我为主客我，又剖析客我为三种客我，都富有卓识，可惜他对于“主我”并没有十分说明。他对于那些把“主我"当作恒久的实在者，或当作超绝的自我，或当作灵魂，或当作精灵的，都存而不论，只认定这种主我的研究是个很难的问题，所以关于自我的修养，终于不易叫我们得到什么启示。此外像温特（Wundt）、敏斯特堡、斯道特（Stout）诸人，虽是对于自我的观念，发挥得很多，却是一样地不能叫我们得到什么启示，且所发挥的转不如詹姆士所说的亲切有味。现在我想就詹姆士所说的进一步讨究，并参以瞽说，以说明这种主我，然后讲到修养上面。我以为詹姆士所说的精神的客我里面，就可以找到主我。因为精神的客我，既是就意识的诸状态，心的性能，心的倾向之全体而言，而所谓客我之中轴，又是一种"活动之感"，那么，活动本身，究是何物？活动如何产生？追问到此处，主我就出来了。活动便是一种意志，宇宙就是这种意志的发现，我们人类便以表现这种意志为职能，主我就是能充分表现意志的东西。由意志的动向，发而为意识的诸状态，以成精神的客我。客我由意志所产生，而主我足以充分表现意志，所以主我可转移客我。譬如精神的客我是一种知的作用，而我可以用意志决定之，于是主我无时不具有发动力。既认定主我是属于意志方面的东西，那就好进一步讲到修养的方法。所谓主我，便是真我。孔子曰"三十而立"，便是孔子的"我立"，这个"我立"，就是孔子的"真我"。青年要立定脚跟，求各人的真我所在，要知宇宙间一切震耀耳目的事业，都是从真我得来的。现在将真我修养的方法，说个大概；非敢说有所箴劝，不过就我个人的所信陈述一二而已。

一、剑气。剑气也可叫作"大意力"。大意力是意志里面一种潜在的性能，非经强度的锻炼即不易发现。如当冬天的时候，裸体跣足，鹄立于雪上，必不胜其寒，倘使疾行数里，自然各部分都能发热，以御寒冷，不仅不畏寒，且将有怵热之势。又如习拳术，我们都知道由熟练而能发生一种特殊的势力，由熟练的结果，虽是一个小小的指头，都不难凿穿一扇墙壁，这种事也是常有的。这都是出于一种强度的锻炼。但亦可得之于偶然，如骤遇猛虎，便可越河，忽闻火警，即能高跃，虽在绝险，亦所不避，卒亦不致受何种伤损，这都是大意力的表现。我们用功夫，要时时如在冰雪之上，时时如立危墙之下，以锻炼这种大意力。我今年游泰山，曾发生一种特别的感想，便是大意力之养成。我觉得泰山的雄壮伟大，都可以说是大意力的象征。"经石峪"书法雄厚，"舍身岩"危峦峭壁大有天地一吾庐之概。孔子虽天纵大圣，但当日由泰山所给他伟大的暗示一定不少，所以他说"登泰山而小天下"。我深愿诸君无论读书治事，须本此大意力，始终无间，则小之可以谋个人功业的成就，大之可以谋人类全体的升进和强烈。诸君读书之外，尤当注重游览，譬如泰山这种名胜，最好诸君能够有机会做一次远足旅行，那就诸君更易领取我区区提倡"大意力之养成"的本意了。

二、奇气。奇气也可叫作"创造力"。我们想做一个不平凡的人，就靠这种创造力做骨子。但创造力培养于思想和生活里面。我们的思想，固贵能改造我们的生活，但我们的生活，也贵能改造我们的思想，这话是怎么说法呢？我们的思想要与生活打成一片，我们思想到哪里，生活便到哪里，当下思想，便当下生活，这才叫有思想的人。思想是给我们的"新意义"的；我们生在世界上，不需论年龄的多寡，但当论"新意义"的多寡。若是醉生梦死，虽活千百年也没有什么趣味，如果能日新又新，即是短命，亦大可创成特种样式的生活。所以"新意义"是最可宝贵的。这是就思想方面说。更就生活方面论之，我们的生活，贵能增加思想上的新佐证，更贵能开辟思想上的新天地。如果饱食终日，无所用心，这种人不仅生活平凡，而且会感着寂苦，因为无事的苦，比什么苦痛还要感着没趣，还要感着悲哀。我们在繁忙中的苦痛，苦痛之后，还可得着精神上的慰安，我们若感着无所事事的苦痛，那就不仅当时发生一种萧条落寞之感，而且即伴有世界将要快到末日的隐痛。我想无论何人，都容易发生这种情感的。至论到生活平凡，那便是陷我们的知情意各种生活不能发展的鸩毒。譬如既已饱食暖衣，则得衣得食的智慧不会发达，既无所求于人，则涵养感情、磨炼意志的机会不生，试问这种人的生活如何能改造，更何能说得上影响到思想？如果要求一个不平凡的生活，那就要在生活上求多种样式的发展，把社会上生活的价值，都要重新加一番估定，把智、愚、贤、不肖、圣者、狂者、天才、白痴等一切社会上的评价，都要给他一个翻案，要是这种多面式的生活，才能补思想之不足，才能说得上由生活改造思想。这是就生活方面说。总之，思想与生活，须互做一种创造的事业。思想可以创造生活，生活也可以创造思想。古来不平凡的人，都莫不具有这种创造的要素。讲到这点，那就我们臧否人物，不可不另拿一种眼光对待了。

三、骨气。骨气也可叫作"偏"。我生平最主张"偏"，但偏要一偏到底方有价值，若是庸庸碌碌的"中"，那是最可鄙视的。中庸的中，与庸碌的中是绝对不同的，能将中字坚持到底，这个中也是偏的中。偏的精神，任在何种有价值的学问里面，都可看得见。譬如学哲学的人，总离不了唯心论、唯物论各种派别；唯即是偏。唯心论是说宇宙的本体是精神，凡物质的现象，都不外是精神作用，这就是偏于精神方面；唯物论是说宇宙的本体是物质，凡精神的现象，都不外是物质作用，这就是偏于物质方面。又譬如佛学上所主张的万法唯识，就是说一切万有都由识所造，这又是出于一种偏的精神。总之，无论哪种学问，没有不是拿定偏的精神做标帜。所以学术能偏到底，那种学术才有精彩，才有独到之处。我们做人，亦复靠这个偏字做骨子。偏就是个性。各人因遗传、环境、教育等的不同而成功各人的个性，我们发挥这种个性，就成功一种人格。反之，如果破坏这种个性，就无异破坏一种人格，换句话说，如果损伤我偏的精神，就无异损伤我的人格。所以偏字在我们人格上是发生绝大的意味的。一个人的中途变节，就明明是他那种偏的精神不能拿定，偏的精神一经消失，则凡随俗浮沉、与时俯仰的乡愿式生活，便都无所不为。所以偏的功夫极为重要。能偏则不陷入矛盾，我且举一个有趣味的例以证明此语。我有一友好吃素，我偏吃荤。我问他说，什么是素，什么是荤？他答有生物为荤，无生物为素。更问什么是有生，什么是无生？他答有知觉为有生，无知觉为无生。更问剪你（指友）的头发和指甲，你必以为无知觉，若劈你的头，则你有知觉；剪草木的枝叶，固无所谓知觉，若伐其条干，焉知它无知觉呢？且生物的范围很大，人是生物，动物、微生物，都是生物，若持不杀生之戒，设微生物群集目中，将任其繁殖等待目瞽呢？还是杀尽微生物，而保持目明呢？这便不免陷入于矛盾。于是友人反诘我说，人是生物，动物亦是生物，你吃动物，何异吃人，人可吃吗？我答他说，人也可吃，但求有益于人类。如昔张献忠将屠城，对某僧说，你（指僧）若吃人，则全此城，你若仍吃素，则立屠此城，设你处某僧地位，将吃人而全此城，还是吃素而待城屠呢？你要说当然吃人，我想诸君这时也都说要吃人，则人明是可吃的了。这是拿饮食来说偏字。诸君由此可知道偏字的精神；可不必问吃荤吃素，但求吃后有益无益，如有益于人类，虽吃人不辞。这便是偏到底的精神。总之，偏里面确有无穷意味，不过我们每为成见所蔽，不肯设想到一般所反对的东西里面能找出一种意义而已。

四、义气。义气也可叫"愚忠"。我生平认愚忠是人生莫大的美德。愚忠是走的一条笨路，但笨路是靠得住的，不会走错的，捷径虽可走，却不如笨路靠实。所以尽愚忠绝不会上恶当。愚忠不仅施于人类，即对于学术亦宜尔。如演习数学题目，我们须抱一片愚忠，从演题最初至最末，逐加练习，方有心得；但天资较高的人，每于习题中，选几个较难的去演习，其较易的则略去，卒之，演题中的要点，随手遗忘。这便由于对数学未尽愚忠之故。所谓义气，只择其宜，事果宜行，即便行去，见义不为，是谓无勇。所以好侠任气的人，他的行事，每出于人之所不知，这即所谓愚忠。人不知而独能行义，这便是道德的最高境界。关于这上面的话，我国伦理学书中阐发最详，恕不具引。

以上所述剑气、奇气、骨气、义气四项，可以说是我个人的信条。我认为真我的修养，要当从这四气入手。因为这四气都是注重意志之磨炼，而由上述知真我——主我——为能充分表现意志之物，则由这四气以修养真我，真我当益能发挥的于圆满之域。真我若不能积极地发挥，完全听凭客我行动，是谓之堕落。通常称嫖赌吃着为堕落，实则嫖赌吃着尚不得谓之堕落，而真我丧亡，乃为真堕落。我们自省如果一种行动，不是由真我去决定的，都可说是在堕落中讨生活。真我关系人生之大如此，深望青年三复思之。

卢作孚
(1893—1952)

生平简介

卢作孚（1893—1952），原名魁先，别名卢思，四川合川（今重庆市合川区）人。爱国实业家、教育家、社会活动家，民生轮船公司的创办者，中国航运业先驱，被誉为"中国船王""北碚之父"。幼年家境贫寒，辍学后自学成材，自己编著多本教材。1910年加入同盟会，从事反清保路运动，投身辛亥革命。1914年担任合川中学教师，之后先后任报纸编辑、主编、记者。1919年加入少年中国学会，后任泸州永宁公署教育科长。1924年任成都民众通俗教育馆馆长。1925年10月在合川集资创办民生实业股份有限公司，任总经理，陆续统一川江航运，迫使外国航运势力退出长江上游。1935年10月任四川省政府委员、建设厅厅长。1937年七七事变后，出任国民政府交通部次长。1938年秋领导民生公司组织指挥宜昌大撤退，保存了中国民族工业的命脉，被历史学家评为"中国的敦刻尔克大撤退"。1940年出任全国粮食管理局局长。抗战胜利后，经营远洋航运。1950年6月在中共地下组织安排下由香港秘密返回内地，出席了全国政协第一届二次会议，被补选为全国政协委员。后返回重庆处理民生公司工作，被任命为西南军政委员会委员，并继续担任民生公司总经理。1951年春逐步将滞留香港的船只驶回内地。1952年在"五反"运动中被诬陷，不甘受辱，于是年2月8日在重庆服安眠药自尽，终年五十九岁。

中国人并不自私自利，
只看社会的影响如何

1935 年 4 月 9 日

中国人并不自私自利。他平日异常节约，绝不享受。吃得很坏，粗粝仅够果腹，但一旦遇到做寿、送丧、娶妻、嫁女，公共享受的时候，却吃得很好了。穿，平常也是很坏的，哪怕是补过的破衣。即有一件新衣，父传其子，兄传其弟，爱惜珍宝样，到极点。但每到新年初一，因公共要求的缘故，穿也变好了。而且当着这些机会，还要比赛着某家做寿的人数多寡，席数多寡；某家嫁女的妆奁多寡，贺客多少。这都是为了社会环境的要求而如此。平时自己极少数的需要，拼命节省，节省来有机会公共享用，甚至于举债亦无所愿〔顾〕惜。

某次毕启（成都华大校长，美国人）曾在青年会演讲，他认为中国人的弱点，即是"自私自利"。当时个人在座，听后曾经发表意见，谓中国人并不如是，所举出的理由，有如上说。现在又寻觅着更多的例子。

昨日由北碚返渝，同船有位程孔嘉先生，曾任合川税局局长，平常并不积钱，所有收入，大都散而帮助他人。最近，他还送了一千元的留学费给前瑞山校校长丁秀君。最近十余年来，很多的人，本身一钱不名，而可以留学北平、上海，甚至于欧美各国，这当然是要依赖别人的帮助。由此可以证明，帮助人求学的那些人，绝不自私自利。虽然，我们还总以为中国人所帮助的不外是个人的亲戚、邻里，绝少有帮助事业、国家的。谁知今天大谬不然了。现在更有实例在，由周围到民生公司都可举出热烈地帮助社会、牺牲个人的实例。

北碚要建筑一条路，积极的意义，因为人口渐多，扩充市场；消极的意义，因为嘉陵江每值暴涨，北碚市地势较低，有淹没的可能。这条路修筑完善后，即遇涨水，市民可由此迁往高地，不致危险。在修筑此路时，当中有不少可歌可泣的事实。由此可证明，中国人确实能够牺牲自己，帮助社会。修路既经决定，当时即组织一个委员会，召集一度市民大会来讨论进行方法，议决路基泥土，由各市民挑往填筑。最初以为一定无人愿挑，殊到后来，竟有预先挑来预备起的。其次又感觉无款，复议决将私人所有的公共厕所，收归公有，就是厕所出款，全由公家收入，每年只付相当租金于业主。一时北碚的公共厕所，统统被没收了，大家都高兴赞成。

夏溪口，宝源煤矿公司修有铁路，用人力来拉炭车，路的地基，是向各地主租用的。后来因路线略有变更，把原租路基地皮退还。甚〔当〕时驻夏溪口的特务队队长，商量各地主，就此旧路基，另修一条公路，由运河直至公园。初以为不易办到，殊各段地主，以事属公共建设，不但愿意，而且不取租金，自愿捐出地段。而这条公路线中间某一段，又恰恰与铁路改道后的路线重复，势必要另外通过一段地方修造，觅出路线上的各地主，也愿意捐出地段，并正在土中的青苗都不取值。这种乐于公共建设的情况，中国人何尝自私自利！

今天以前，平时刻苦节约来的做寿、送丧、娶妻、嫁女，才有亨用的兴趣，现在，确实转移到修路及整理公共事业的方面去了。

公司也有不少的例，去年到上海，坐的"永年"。上船一看，客多，船员的寝室都多让与客人住了。到上海之后，曾向外国人说起，说"永年"的经理、领江、账房、茶房，于客人多时，竟肯让出自己的房间的情形。当时，外国人很稀奇，他绝不相信既是涓滴归公的客票，而船员却愿意让房间给客居住。他以为如此热忱招待，那客票费一定是由船员自己取得。由此更可看出，中国人有超过世界各国人的精神，绝不自私自利。

走小河的几只船，船上设有贩卖部，每月盈余，以前由管理、账房、茶房分配。小河船上的管理账房，每月待遇不过十余元，至多三十元，则这笔收入，不无小补。然而，现在通通变了，所有贩卖来的盈余，都用作制备茶房制帽、鞋子和公共用的球类、公共用的书籍纸笔等等。

由这些事实看来，我们觉得，某种社会产生了之后，无论何人都能牺牲自己的利益，以为此社会的利益。中国人确实富有牺牲个人的精神，何尝自私自利？不过方法和地方未加选择而已！新方向终竟要产生出来的。现在的交通、生产、经济……各方面都压迫起来了，压迫到使我们不能把以前为做寿、送丧、娶妻、嫁女而牺牲的精神，转移到另一个新的方向，造成一个新的社会。

刘鸿生先生向我谈过，他的公子，初在上海，穿必洋服，出必乘头等车。其后到日本留学时，却不能不降格相从了。何以呢？因为日本学生皆着制服，他就不能不着制服了；日本学生皆坐三等车，他也不能不坐三等车了。这可证明某种社会的兴趣一经建立，人们便随之而来。即是说，如果我们也能建立起一种新的正当的社会兴趣，那什么事都也会照着我们所建立的而兴起来了。

现在日本兴起的一桩事，是日本的青年训练所。日本何以成功一个现在的日本？因为它一切都是受过训练的青年在活动。他们所授的课程，并不是如何为个人，乃是如何为家、町、县、府，乃至国家。又由交通、产业陆军、海军……直讲到日本与世界的关系，才算完毕。因此，日本成功了现在的日本。人是社会训练成功的。可惜，直到今天，中国还未创造出此种社会来。

日本青年训练所，除了在知识方面注重，还用力于技能方面，有军事的技能、职业的技能。现在日本人，几无一个不是由此训练出来的。

马君弼先生曾经谈过，德国也正积极从事于训练青年。世界不许可德国征兵，他就变更方法征工，凡十八岁至二十五岁的青年，必被征工两年，来做筑路、建桥、垦荒等最苦的粗工，实际即施以严格的军事训练。德国青年凡未经过此种训练的，欲谋升学，全国学校皆不收。

苏联的青年，也训练成功两个完整的战线：文化战线和经济战线。文化工作的先锋队，莫有资金做文化运动，乃约集多数青年，先事垦荒一百万公顷，以做文化基金。莫斯科有次遇到国家大庆典，工厂放工，全市人皆沉醉于庆祝，却有几万青年，不去参加，不去休假，而仍努力工作，把那一天的工资捐作文化运动。这是何等感动人的行动！

青年，不是日本、德国、苏联才有，中国一样的也有。然而，中国的青年在做什么？都在浪漫的地方放任着个人的生活，萦绕着个人的问题。这是什么原因？为什么不牺牲了自己热烈地为着社会？实是中国还未创造成功一种新的社会。

　　假如我们要想产生出如日本、德国一样的社会，只要有个人或一部分人造起兴趣，不难影响全国。全国青年都变化了，中国的前途，绝不至于无办法。不过，现代的社会要如何才创造得出来？这绝不是可以坐着等待的，急切需要从我们本身做起。

顾颉刚

(1893—1980)

生平简介

　　顾颉刚（1893—1980），原名诵坤，字铭坚，江苏苏州人。历史学家、民俗学家、古史辨学派创始人，中国现代历史地理学和民俗学的开拓者、奠基人。1912年秋入上海神州大学，醉心于文学。1913年入北京大学预科。1915年因病回家，完成《清代著述考》二十册，对清代学术有较深领会。1916年转北大本科，读哲学。1920年毕业，历任厦门大学、中山大学、燕京大学、北京大学、云南大学、兰州大学等校教授，中山大学历史语言研究所主任、齐鲁大学国学研究所主任等职。1920年开始考辨古史，次年提出"层累地造成的中国古史观"论点，在史学界引起争论。后编入《古史辨》（八册），自己和他人研讨争辩文章。1934年初与谭其骧等人筹备组织禹贡学会，创办《禹贡》半月刊，制定"禹贡学会研究边疆计划书"，为挽救民族危亡致力于边疆和民族历史与现状的研究。《禹贡》刊物成为当时中国历史地理、边疆和民族史研究的总汇，培养了一代历史地理学人才，并创立了中国的历史地理这门学科。1937年七七事变后转入内地。主编过《中山大学语言历史研究所周刊》《燕京学报》《边疆周刊》《齐大国学季刊》《文史杂志》等。1949年后曾任上海市文管会委员、上海图书馆筹备委员、中国史学会上海分会常务理事、中国科学院历史研究所研究员、中国民间文艺研究会常务理事、全国政协文史资料委员会副主任。1980年12月25日在北京病逝。著有《秦汉的方士和儒生》、《三皇考》、《史林杂识初编》、《中国历史地图集》（古代史）、《孟姜女故事研究集》、《吴歌甲集》等。

圣贤文化与民众文化①

1928 年 3 月 20 日

我今天所以演讲这个题目——"圣贤文化与民众文化"，是因我研究历史感着痛苦的缘故。我们现在研究历史，最没法措置的是记载的偏畸。譬如《史记》这书，在中国历史界的地位总是很重要的了，但这书中所标举的本纪、世家、列传等，都是关于贵族方面的材料——本纪记帝王，世家记诸侯，列传记士大夫；要找到一般民众生活文化的材料，很不容易。《史记》尚是比较能留心民众的，它肯记及货殖与游侠，其他的史书便连这一点也没有了。就是记载地方情形的志书——省志、县志等，所标举的门类，如选举、仕宦、列女、第宅、坟墓之类，又何尝不是为贵族做记载，为贵族的家谱做汇合的记载呢？

贵族的护身符是圣贤文化。什么是圣贤文化？我们把它分析一下，大约可分为三项：

一、圣道；

二、王功；

三、经典。

这三种东西，在民众方面可说是没有多大关系的；但在一班圣贤文化的传承者看来，却是神圣不可侵犯的天经地义。所谓圣道，就是所谓从羲农传到尧舜，从尧舜传到禹汤，从禹汤传到文武，从文武传到孔子，更从孔子传到孟子，传到周程张朱的道统。所谓王功，就是尧舜的

---

① 本文是顾颉刚在岭南大学学术研究会的演讲。

禅让，汤武的征诛。所谓经典，就是《诗》《书》《礼》《乐》《易》《春秋》六种书。

道是什么？就是主义。主义是跟着时势变的。各时代有各时代的时势，所以各时代有各时代的道。因此，孟子的道已非孔子的道（孟子专言王道，孔子推重霸主；孟子专志圣人，孔子好言君子），孔子的道如何可以算是羲、农、尧、舜、禹、汤、文、武的道呢（假定羲、农们真有其人，汤、武们真有其道）？所以"天不变，道亦不变"，不过是一句夸诞的梦话！至于禅让制度，明白是战国时的"士"想出来的道德与阶位合一的制度，希望道德最好的成为阶位最高的，使得平民有做帝王的资格，而天下国家永得平治。汤伐夏，武王伐商，这原是一出后代历史所惯演的争地夺国的把戏，没有什么特别可以歌颂的地方，不过他们既有意把圣道拍合到帝王身上，所以把它粉饰得惊人的漂亮罢了。说到六经，那更是没有什么神圣的意思。我们只要看古代的知识阶级，便可知道这些经典的由来。古代的知识阶级并没有崇高的地位，他们只是一班贵族的寄生虫。贵族要祭祀行礼，于是有祝宗。贵族要听音乐，于是有师工。贵族要占卜，要书写公牍，于是有巫史（古代巫与史并无严密的界限）。有了这一班人，就有了六经：《诗》与《乐》由师工来，《书》与《春秋》由史来，《礼》由祝宗来，《易》由巫来。这些书和孔子有什么关系！它们所以会得和孔子发生关系，只为孔子以后的儒者把这几部书当作他们的课本（说也可怜，那时可读的书实在只有这几种），因为重视它，便把它和先师的圣道（这圣道当然也是后儒的理想）胶合为一物，于是六经就都成了孔子的创作了！

由此看来，圣贤文化的中心，并不是真的羲、农、尧、舜、禹、汤、文、武，也不是真的孔子，只是秦汉以来的儒家积累而成的几件假史实（假的圣道王功，假的圣人的经典）！

我们现在平心而论，圣贤们所想象的世界并非不好，只是不适合于人性，不能实行。试举数例。如汉代行了举孝廉的制度，那时民间就有一句谚语，说道"举孝廉，父别居"，这不是很滑稽的事吗？又如《儒林外史》所记王举人迫着女儿殉节去求旌表的故事，更可以做圣贤文化的失败的铁证。在礼教之下，不知残害了多少人的生命。更如尧舜的禅让，在书本上看真是好到不能再好的地步，但后世实行的只有王莽及六朝时代的许多伪禅让而已。"伪道学"何以成为一句通行的谚语？只为想做道学家的非矫揉造作便做不像。我们要堂堂地做个人，为什么甘愿在作伪的世界中打圈子！

民众的数目比圣贤多出了多少，民众的工作比圣贤复杂了多少，民众的行动比圣贤真诚了多少，然而他们在历史上是没有地位的。他们虽是努力创造了些活文化，但久已压没在深潭暗室之中，有什么人肯理会它呢——理了它不是要倒却自己的士大夫的架子吗！直到现在，中华民国成立，阶级制度可以根本推翻了，我们才得公然起来把它表彰。我们研究历史的人，受着时势的激荡，建立明白的意志：要打破以贵族为中心的历史，打破以圣贤文化为固定的生活方式的历史，而要揭发全民众的历史。

但是我们并不愿呼"打倒圣贤文化，改用民众文化"的口号，因为民众文化虽是近于天真，但也有许多粗劣、许多不适于新时代的，我们并不要拥戴了谁去打倒谁，我们要喊的口号只是：

> 研究旧文化，
>
> 创造新文化。

所谓旧文化，圣贤文化是一端，民众文化也是一端。以前对于圣贤文化，只许崇拜，不许批评，我们现在偏要把它当作一个研究的对象。以前对于民众文化，只取"目笑存之"的态度，我们现在偏要向它平视，把它和圣贤文化平等研究。可是，研究圣贤文化时，材料是很丰富的，中国古来的载籍差不多十之八九是属于这一方面的；说到民众文化方面的材料，那真是缺乏极了，我们要研究它，向哪个学术机关去索取材料呢？别人既不能帮助我们，所以非我们自己去下手收集不可。以前我们在北京大学，曾开手做过这种运动，设立了一个风俗调查会和一个歌谣研究会。后来因经济及种种关系，没有干出很好的成绩。现在中山大学有民俗学会的组织，就是立意在继续北大同人所要做而未成功的工作。我们现在所要调查收集的材料，约可分为三方面：

一、风俗方面（如衣服、食物、建筑、婚嫁、丧葬、时令的礼节……）；

二、宗教方面（如神道、庙宇、巫祝、星相、香会、赛会……）；

三、文艺方面（如戏剧、歌曲、歌谣、谜语、故事、谚语、谐语……）。

这种材料，随处皆是，并且无论谁都是知道一点，只要肯去收集，就会有相当的成绩表见。我希望各学校都立一个同样的学会，一同致力于此种工作。我更希望贵校——岭南大学——早日成立这种学会，与我们中山大学提携并进，因为我们两校是广东全省最高的学府，容易造成空气。我们能搜集文化的材料，才能批评文化的价值；能批评文化的价值，才能创造出新文化的方式。

八年前的五四运动，大家称为新文化运动，但这是只有几个教员学生（就是以前的士大夫阶级）做工作，这运动是浮面。到现在，新文化运动并未成功，而呼声则早已沉寂了。我们的使命，就在继续声呼，在圣贤文化之外解放出民众文化；从民众文化的解放，使得民众觉悟到自身的地位，发生享受文化的要求，把以前不自觉地创造的文化更经一番自觉的修改与进展，向着新生活的目标而猛进。能够这样，将来新文化运动就由全民众自己起来运动，自然蔚成极大的势力，而有彻底成功的一天了。

我今天没有预备，又向来不善于说话，所以只得约略地说了这一点，请诸位原谅！

孔子何以成为圣人[①]

1931 年

我今天所拟讲的题目，原来是"春秋时的孔子和汉代的孔子"，可是今天时间不多，恐怕不能讲完，所以现在更改一个"孔子何以成为圣人"的题目来和诸位谈谈。这个问题给信仰孔教的人看来，是不成问题的，因为他们知道孔子的本质是圣人，不必别人替他赞助成功。但我们研究历史的人就不能这样，我们对于一件事情，要知道它的原因，要知道它的结果。孔子的本质固然是圣人，但何以孔子以前不用圣人的名来称后世所承认的几个古帝王（如尧舜禹汤文武周公），又何以孔子以后再没有圣人出来？在这上面看，可见圣人的出身，不是偶然，必须在孔子这个时候，就是春秋之末。

孔子以前没有圣人吗？不然，孔子以前的圣人多得很。但孔子以前的圣人不即是孔子的圣人。我们可以从古书里寻出一点材料。

我们先看《诗经》。《诗经》的《大雅》《小雅》，都是西周后期的诗。《小雅·正月》篇说，"召彼故老，讯之占梦，具曰予圣"，这就是说故老和占梦，都自己看作圣人。又《十月之交》篇，是骂卿士皇父的，其中说"皇父孔圣"，孔，甚也。这是说皇父自以为甚圣。又《小旻》篇说，"国虽靡止，或圣或否"，这是说国虽不定，然而做官的人也有圣的，也有不圣的。《小宛》篇说，"人之齐圣，饮酒温克，彼昏不知，一醉曰富"，这是说，齐圣的人喝了酒，还能够保持温文的样子，

---

① 本文是顾颉刚在厦门大学发表的演讲。

61

那种昏乱不知的人，就一天比一天醉得厉害了。在这些材料里看，圣似乎只是聪明的意思，并没有道德怎样好的意思，在西周时无论哪个人都可自以为圣人，正和现在无论哪个人都可自以为聪明人一样。北京话中有一句说叫作"您圣明"，意思是"你是明白人"，就是这个意思。

最显明的，是《大雅》中的两首诗。《抑》篇说："其维哲人，告之话言，顺德之行，其维愚人，覆谓我僭。"哲，知也。这是说有知识的人，告了他话，他就可以顺了德而行，没有知识的人，若告了他，他就反说我差了。《桑柔》篇说："维此圣人，瞻言百里，维彼愚人，覆狂以善。"这是说圣人所看见的、所说的可以烛照得很远，愚人不知祸患将临，反要狂而喜了。《抑》篇以哲人与愚人对举，《桑柔》篇又以圣人与愚人对举，可见圣人和哲人的意义相同。哲也是只有聪明的意思，并没有道德好的意思。《大雅·瞻卬》篇说："哲夫成城，哲妇倾城，懿厥哲妇，为枭为鸱。"那时人是不要女子有知识的，所以说聪明男子造成了城，给聪明的女子推倒了；聪明的女子乃是恶鸟。圣哲只是本能的敏捷，不是德行的美满，说得非常明白。

再看《尚书》，《多方》说："唯圣罔念作狂，唯狂克念作圣。"这是说圣人没有了念，就要做狂变人（这狂人便是"覆狂以喜"的愚人），狂人能够动念也就变了圣人。可见圣人和狂人，只是有念与无念的分别。《秦誓》说，有容量的人是"人之有技，若已有之，人之彦圣，其心好之"。这是说对于有技艺的人看作自己有的一般，对于彦圣的人，心里边便欢喜他。彦圣与有技并举，而且这种人是很容易碰见的，可见圣人不是"旷世而不一见"的人。《洪范》里以"貌、言、视、听、思"列为五事，而曰"思曰睿，睿作圣"。貌言视听思，是个个人有的，只要把"思"用得好，就可以睿，就可以作圣。下边列休征咎征，以圣列休征，与蒙的咎征对举，蒙，昧愚也，在它对面的当然是聪敏。

圣人只是聪明人，是极普通的称呼，为什么后来会得变作"神化无方"的、不可捉摸的人呢？这是有复杂的原因在里面，我且简单地说一点。我们读《论语》，便可捉住它的中心问题——造成君子。一部《论语》，提出君子的有七八十条，但说到圣人的不过五条。把这七八十条提出君子的话归纳起来，可以得到几条主要的观念：（一）有礼貌（恭敬），（二）有感情（仁惠），（三）有理智（知学），（四）有做人的宗旨（义勇）。这实在是切实的人格陶冶，但君子一名也是由别种意义变化来的。《先进》篇说："先进于礼乐，野人也；后进于礼乐，君子也。如用之则吾从先进。"照这条看，似乎孔子不赞成君子；其实这个君子便是君子一名的原始意义。君子，是国君之子，是一国中的贵族，与公子王孙等同义。因为是贵族，所以君子可以与野人（平民）对举。但后来意义变了，凡是有贵族的优美的风度和德行的，都可以称为君子。这君子便成了陶冶人格的目标。凡《论语》中所载，都是向着这方面走的。

《论语》中的圣人，比了《诗》《书》中的圣人，确是改变了意义了。孔子说："圣人，吾不得而见之矣，得见君子者斯可矣。"子夏说："君子之道，孰先传焉，孰后倦焉，譬诸草木，区以别矣。……有始有卒者，其维圣人乎！"可见他们确以圣人置于君子之上。君子既是陶冶人格的目标，而圣人又在其上，可见圣人成了理想中的最高的人格，不是普通人能够达到的。子贡问道："如能博施于民而能济众，何如？可谓仁乎？"子曰："何事于仁，必也圣乎？尧舜其犹病诸！"孔子又道："若圣与仁，则吾岂敢；抑为之不厌，诲人不倦，则可谓云尔已矣。"在这两条上面看，可见圣在仁上，虽以尧舜这种伟大的人物，而对于博施济众的这种圣人的事情，还感受困难，可见圣人的高不可攀。

但《论语》中有一条似乎还沿着《诗》《书》中的圣人的原意，太宰问于子贡曰："夫子圣者与？何其多能也？"子贡曰："固天纵之将圣，又多能也。"子闻之曰："太宰知我乎！吾少也贱，故多能鄙事。君子多乎哉，不多也。"在这三个人说的话中，孔子是自居于君子，谦言君子不必多能。子贡说天要将他做成一个圣人，多能不过是些余事。太宰的话则以多能为圣人的标征，因为见孔子多能，所以疑心他是一个圣人。这三种话是三个意思，竟不连接。以多能为圣，似乎奇怪，其实也平常。试看周公，孟子是以他列为三圣之一的，但《尚书·金縢》篇他自称"且外材多艺，能事鬼神"，《论语》上又说，"周公之材之美"，可见材美的人也是可以做到圣人的。和《诗》《书》中的话合看，就具备了圣人的条件。但这是古义，我们不必再讲。

我们所要知道的，何以子贡会说"固天纵之将圣"一句话？我们知道，天是空的，所谓天纵之将圣，实即是"人纵之将圣"。春秋战国间，因为交通的便利、土地的开发，社会的文化和人民的智识渐渐地高了起来。但因为国家很多，终年征战，国内阶级又很多（《左传·昭公七年》载："人有十等，……王臣公，公臣大夫，大夫臣士，士臣皂，皂臣舆，舆臣隶，隶臣僚，僚臣仆，仆臣台。"），人民苦痛得很。自从春秋末期以至战国末期，三百余年之中，他们长有天下统一的要求，有铲除阶级的要求。因为要求统一，所以有禹的分划九州，有尧的协和万邦之说；因为要求平等，所以有尧舜禅让、墨子尚贤之说。孟子要求以王政定天下，又说舜发于畎亩之中的故事，即是代表这两种要求。春秋末期人民的苦痛，固然没有像战国时那样厉害，但仪封人已说，"天下之无道也久矣，天将以夫子为木铎"，可见那时苦于天下无道，大家希望有一个杰出的人出来，收拾时局。孔子是一个有才干的人，好施行他们的教化来救济天下。在孔子成名以后，原已有过许多民众的中心人物，如宋国的子罕、郑国的子产、晋国的叔向……齐国的晏婴、卫国的蘧伯玉都是。但是他们一生做官，没有余力来教诲门弟子，唯有孔子，因为他一生不曾大得志，他收的门弟子很多，他的思想，有人替他宣传，所以他的人格格外伟大。自从孔子殁后，他的弟子再收弟子，蔚成一种极大的势力，号为儒家。自春秋末到秦汉，儒家之外有势力的只有一个墨家。儒家以孔子为圣人，墨家以墨子为圣人（《庄子》上说墨者"以巨子为圣人"，巨子即墨家中之首领）。

孔子被许多人推作圣人，这是他自己料想不到的。我们读《论语》，便可知道他修养的意味极重，政治的意味很少。不像孟子，他终日汲汲要行王政，要救民于水火之中。这是时代的关系，我们是很了解的。但那时的人哪能这样，他们以为孔子也是像孟子这般的。恰巧有一却〔部〕儒家所传习的鲁史记《春秋》，度是孔子所作，于是就在这一部书上推求孔子的政治见解。在《论语》上，我们绝没有看见"春秋"二字，在《左传》上，我们也没有看见孔子作《春秋》的事。但《孟子》上却说："世衰道微，邪说暴行有作，臣弑其君者有之，子弑其父者有之。孔子惧，作《春秋》。《春秋》，天子之事也。"后人更从他的话上阐发，于是说哀公十四年西狩获麟，就是孔子受天命，他受了命，自号素王，于是作《春秋》，变周制，自作新王。他是不肯直言的，私下把这番意思告给弟子，换作"微言"。弟子口头相传，到汉始写出，即是《公羊传》。这种话可靠不可靠，我们现在不必去讨论，我们只要知道古代的儒者对于孔子曾经有过这一种揣测罢了。

我们知道，孔子是切实的人。他对子路说："知之为知之，不知为不知。"他所不说的有四种："怪、力、乱、神。"又说："我有知乎哉，无知也。"又说："学如不及，唯恐失之。"又说："吾尝终日不食，终夜不寝以思，无益，不如学也。"又说："未知生，焉知死？"在这种地方，都可见他是一个最诚实的学者，不说一句玄妙的话，他绝不是一个宗教家。他自己既不能轻信宗教（"敬鬼神而远之"，"祭如在，祭神如神在"），做一个宗教的信徒，又不能自己创立一种宗教吸收信徒。他只是自己切实地求知识，更劝人切实地求知识。但是以君子自持的孔子，固然可以持这样的态度，而以圣人待他的一班人都不能如此。他们总觉得圣人是特异的人，应当什么都知道，不能说"无知"；应当多说宇宙间的神秘现象，不能说生死和鬼神之事是不愿讲的。因此，当时对于他的传说，就有两方面的发展，一方面是前知，一方面是博物。《左传》上说鲁国的桓僖庙灾，孔子在陈，闻鲁火，说道："其桓僖乎？"《国语》上说季桓子穿井获羊，对孔子道，吾穿井而得狗。孔子答道，以我推来，是土怪羵羊。吴伐越，获大骨，去问他，他又说：这是禹致群神于会稽之山，防风氏后至，禹杀之，其骨节专车。这种话都是和《论语》上的孔子绝不相同的。推其所以致此之故，实在是一般人对于圣人的见解本来如此。《庄子·胠箧》篇道："跖之徒问于跖曰：'盗亦有道乎？'跖曰：'何适而无有道耶！夫妄意室中之藏，圣也。入先，勇也。出后，义也。知可否，知也。分均，仁也。'"这几句话里，以圣与知分立，可见圣与知的意义不同。妄意室中之藏，即是未卜先知之术。以未卜先知为圣，可见民众对于圣人信仰的真谛。孔子既是圣人，孔子也应当未卜先知。

这还是战国时的话呢。到了汉朝，真是闹得不成样子了。我们只要把纬书翻出一看，真要笑歪了嘴。他们说，孔子母征在，游大泽之陂，睡，梦黑帝使请已〔己〕。往，梦交，语曰，"汝乳必于宫桑之中"，觉则若感，生丘于宫桑。他们说他的头像屋宇之反，中低而四方高。身长九尺六寸，人皆称为长人，他的胸前有"制作定，世符运"六字之文。

坐如蹲龙，立如牵羊。海口，牛唇，虎掌，龟脊，辅喉，骈齿，面如蒙供。他们说，孔子生之夜，有二苍龙自天而下，有二女神擎赤雾于空中以沐徵在。先是有五老列于庭，则五星之精。有麟吐玉书于阙里人家云，"水精之子，继商周而素王出，故苍龙绕室，五星降庭"。征在知其为异，乃以绣绂系麟角而去。至鲁哀公十四年，鲁人锄商田于大泽，得麟以示夫子，夫子知命之终，乃把麟解绂而去，涕泗焉。他们说孔子作《春秋》，制《孝经》，既成，使七十二弟子向北辰罄折而立，使曾子抱河洛书北向。孔子斋戒，簪缥笔，衣绛单衣，向北辰而拜，告备于天曰："《孝经》四卷，《春秋》《河》《洛》凡八十一卷，谨以备。"天乃洪郁起白雾摩地，赤虹自上下，化为黄玉，长三尺，上有刻文，孔子跪受而读之曰："宝文出，刘季握。卯金刀，在轸北。字禾子，天下服。"拿这种话和《论语》上的话一比，真要使人心痛，痛的是孔子受了委屈了。他们把一个不语怪力乱神的孔子，浸入怪力乱神的酱缸里去了。但是我们要知道，孔子若不受他们的委屈，给他们作弄，孔教的一个名词是不会有的。经他们这样地造了谣言，于是孔子便真成了黑帝之子，真成了孔教的教主。到现在，你去随便问一个乡下人，"文字是什么人造的？""是孔夫子。""书籍是什么人做的？""是孔夫子。""礼仪是什么人定的？""也是孔夫子。"这便是孔教的势力。若是永远从《论语》中去看孔夫子，民众所需要于孔子的乃一无所有，孔子绝不会得到纤毫的势力。

　　但是，孔教是一个没有完工的宗教。何以说是没有完工？这和汉朝的经学很有关系。西汉的经学本来就是宗教，董仲舒是《春秋》大师，而他会求雨止雨。翼奉是《诗经》大师，而他会用时辰卜来客的邪正。王莽之时，假借符命以图篡位，图谶大盛。有一人名哀章，作铜匮为两检，署其一曰天帝行玺金匮图，其一署曰赤帝行玺邦，传于黄帝金策书，书言王莽为真天子。图书皆书莽大臣八人，又取令名王兴、王盛，章因有窥姓名，凡为十一人，皆署官爵为辅佐。他衣了黄衣，持匮至高庙。明天，王莽至高庙，拜受金匮神禅，下书曰："皇天上帝，隆显大佑，符契图文，金匮策书，神明诏告，嘱予以天下兆民。予甚祗畏，敢不钦受。"遂即真天子位，定国号曰新，哀章封国将，美新公。因为这种事做得太多了，又太显明了，所以一般的民众有了觉悟，每每相戏道："独无天帝降书乎？"向来这种话集中于孔子，倒很可加增人民的信仰，到这时成了日常的事情，于是大家不由得不信用起来。恰巧这时经学方面有一个新派——古文家——起来，于是这一个派里就绝对不收进神话的材料，只顺着经书的文字释义，把经书看成了历史。经这样一干，孔教的势力就失掉了。宗教一面的材料没有寄顿之处，就改拉了老子做教主，成就了道教。有了道教，于是民众的信仰一齐流了进去，孔子就成了士大夫的先师了。

我们在这一讲里，可以知道：春秋时的孔子是君子，战国时的孔子是圣人，西汉时的孔子是教主，东汉后的孔子又成了圣人，到现在又快要成君子了。孔子成君子并不是薄待他，这是他的真相，这是他自己愿意做的。我们要崇拜的、要纪念的，是这个真的孔子！

汤用彤
(1893—1964)

生平简介

汤用彤（1893—1964），字锡予，祖籍湖北省黄梅县，生于甘肃省渭源县。哲学家、佛学家、教育家、国学大师。1908年入北京顺天学堂（今北京市第四中学），接受新式教育。1916年毕业于清华学校（今清华大学）。1918年留学美国，入汉姆林大学、哈佛大学深造，获哲学硕士学位。在哈佛大学期间，与陈寅恪、吴宓并称"哈佛三杰"。1922年回国，执教于国立东南大学（1927年后改为国立中央大学）哲学系，1925年任系主任。1926年因东大学潮，转任南开大学哲学系教授、系主任。1927年再回中央大学（1949年更名南京大学，1962年在台复校）哲学系，任教授、系主任。1931年至北京大学哲学系任教，自1934年起任系主任。1938年任北大参与合组的西南联合大学哲学心理教育系主任，兼北大文科研究所所长。1945年代理西南联合大学文学院院长。1946年任北京大学文学院院长。1948年当选中央研究院第一届院士。1949年1月被推选为北京大学校务委员会主席（校长）。1955年当选中国科学院哲学社会科学部学部委员（院士）。1951年10月后担任北京大学副校长，直至1964年病逝。主要著作有《汉魏两晋南北朝佛教史》《印度哲学史略》《魏晋玄学论稿》等。

隋唐佛学之特点[①]

1944 年

今天讲的题目是"隋唐佛学之特点"。这个题目有两种讲法：一种是把特点做历史的叙述，从隋初到唐末，原原本本地说去，这叫作"纵的叙述"；一种说"横的叙述"，就隋唐佛学全体做分析的研究，指明它和其他时代不同的所在。原则上这两种方法都应该采取，现在因为时间限制，只能略略参用它们，一面讲线索，一面讲性质。即使这样讲，也仍然只能说个大概。但是先决问题，值得考虑的是：隋和唐是中国两个朝代，但若就史的观点去看，能否连合这两个政治上的朝代作为一个文化学术特殊阶段？就是隋唐佛学有无特点，能否和它的前后各朝代加以区别，我们研究的结果，可以说佛学在隋唐时代确有其特点。这一时期的佛学和它的既往以及以后都不相同。平常说隋唐是佛学最盛的时候，这话不见得错，但是与其说是最盛，倒不如拿另外的话去形容它。俗话说"盛极必衰"，隋唐佛学有如戏剧的顶点，是高潮的一刻，也正是下落的一刻。所谓"分久必合，合久必分"，隋唐佛学的鼎盛，乃因在这时期有了很高的合，可是就在合的里面又含有以后分的趋势。总括起来说，隋唐佛学有四种特性：一是统一性；二是国际性；三是自主性或独立性；四是系统性。若欲知道这四种性质及其演变，便也须知道佛学在这一时期之前与以后的趋势。

---

① 本文是汤用彤在西南联大发表的演讲。

先说统一性。隋唐时期，佛教在中国能够在各方面得以统一，扼要说来，佛学本身包含理论和宗教两方面。理论便是所谓哲理，用佛学名词说是智慧。同是佛教本为宗教，有种种仪式信仰的对象，像其他宗教所供奉的神，以及有各种功夫如坐禅等等。所以佛教既非纯粹哲学，也非普通宗教。中国佛教对于这两方面，南北各有所偏，又本来未见融合，可是到了隋唐，所有这两方面的成分俱行统一。从历史上看，汉朝的佛教势力很小，到了魏晋南北朝虽然日趋兴盛，但是南北渐趋分化。南方的文化思想以魏晋以来的玄学最占优势，北方则仍多承袭汉朝阴阳、谶纬的学问。玄学本比汉代思想超拔进步，所以南方比较新，北方比较旧。佛学当时在南北两方，因受所在地文化环境的影响，也表现同样的情形。北方佛教重行为、修行、坐禅、造像。北方因为重行为信仰，所以北方佛教的中心势力在平民。北方人不相信佛教者，其态度也不同，多是直接反对，在行为上表现出来。当时北方五胡很盛，可是他们却渐崇中国固有文化，所以虽然不是出于民族意识，也严峻地排斥佛教。南方佛教则不如此，着重它的玄理，表现在清谈上，中心势力在士大夫中，其反对佛学不过是理论上的讨论，不像北方的杀和尚、毁庙会那样激烈。并且南方人的文化意识和民族意识也不如北方那样的强，对外来学问取容纳同化态度，认佛教学理和固有的玄学理论并没有根本不同之处。换言之，南方佛学乃士大夫所能欣赏者，而北方的佛学则深入民间，着重仪式，所以其重心为宗教信仰。

到了隋唐，政治由分到合，佛教也是如此。本来南方佛教的来源，一为江南固有的，另一为关中洛阳人士因世乱流亡到南方而带去的。北方佛教的来源，一为西北之"凉"的，一为东北之"燕"的。南方为玄学占有之领域，而"凉"与"燕"则为汉代旧学残存之地，佛教和普通文化一样，也受其影响。但是自从北朝占据山东以及淮水流域，有时移其人民，南方佛教也稍向北趋；又加以南方士大夫逃亡入北方的也不少，俱足以把南方佛学传入北方。所以，北朝对佛学深有研究者多为逃亡的南方人。再其后，周武帝毁法，北方和尚因此颇多逃入南方；及毁法之事过去，乃学得南方佛学理论以归。到了隋文帝，不仅其政治统一为南北文化融合之有利条件，并且文帝和炀帝俱信佛教，对佛学的统一都直接有很大的功劳。文帝在关、洛建庙，翻译经典，曾三次诏天下有学问的和尚到京，应诏者南北都有。以后炀帝在洛阳、江都弘扬佛教，置备经典，招集僧人，而洛阳、江都间交通很发达，南北来往密切，已不像隋以前的样子，这也是南北文化统一的主要因素。

就佛教本身说，隋唐的和尚是修行和理论并重。华严的"一真法界"本为其根本理论，可是其所谓"法界观"，乃为禅法。天台宗也原是坐禅的一派，所尊奉的是《法华经》，它的理论也是坐禅法，所谓"法华三昧"是也。法相唯识，本为理论系统，但也有瑜伽行观。禅宗虽重修行，但也有很精密的理论。凡此俱表明隋唐佛教已统一了南北，其最得力之口号是"破斥南北，禅义均弘"。天台固然如此，华严也可说相同。唐代大僧俱与南北有关。天台智者大师本为北人，后来南下受炀帝之优礼；唐玄奘在未出国前曾到过襄阳和四川，襄阳乃南方佛学的中心。菩提达摩本由南往北。三论宗的吉藏本为南人，后来隋文帝请他到北方，极受推崇。法照乃净土宗大师之一，本为北人，也曾到过南边。表面看，北方佛教重行为信仰，仍像旧日的情形，可是实在是深入了。这时仍同样造佛像，建庙宇，势力仍在平民；却又非常着重理论，一时天台、华严诸宗论说繁密，竞标异彩。南方佛学，反而在表面上显现消沉。却是对后来的影响说，北方的华严、天台对宋、元、明思想的关系并不很大，而南方的禅宗则对宋、元、明文化思想的关系很大，特别关于理学，虽然它对理学并非起直接的作用，但自另一面看，确是非常重要。

再说国际性。隋唐时代，中国佛学的地位虽不及印度，但确只次于印度。并且当时中国乃亚洲中心，从国际上看，中国的佛教或比印度尤为重要。当时所谓佛教有已经中国化的，有仍保持印度原来精神的。但无论如何，主要僧人已经多为中国人，与在南北朝时最大的和尚是西域人或印度人全不相同。南朝末年的法朗是中国人，他的传法弟子明法师是中国人，但是他最重要的弟子吉藏是安息人，为隋朝一代大师。隋唐天台智者大师是中国人，其弟子中有波若，乃是高丽人。唐法相宗大师玄奘是中国人，其弟子分二派，一派首领是窥基，于阗人；另一派首领是圆测，新罗人。华严智俨系出天水赵氏，弟子一为法藏，康居人，乃华严宗的最大大师；一为义湘，新罗人。凡此俱表示当时佛教已变成中国出产，不仅大师是中国人，思想也是中国化。至若外国人求法，往往来华，不一定去印度。如此唐朝西域多处的佛经有从中国翻译过去的。西藏虽接近印度，而其地佛教也受中原影响。朝鲜、新罗完全把中国天台、华严、法相、禅宗搬了去。日本所谓古京六宗，是唐代中国的宗派。而其最早的两个名僧，一是传教法师最澄，一是弘法大师海空。其所传所弘的都是中国佛教。所以到了隋唐，佛教已为中国的，有别开生面的中国理论，求佛法者都到中国来。

佛教到隋唐最盛。佛教的势力所寄托，到此时也有转变。因此接着谈到它的自主性或独立性。主要的是，这时佛学已不是中国文化的附属分子，它已能自立门户，不再仰仗他力。汉代看佛学不过是九十六种道术之一；佛学在当时所以能够流行，正因为它的性质近于道术。到了魏晋，佛学则倚傍着玄学传播流行；虽则它给玄学不少的影响，可是它在当时能够存在是靠着玄学，它只不过是玄学的附庸。汉朝的皇帝因信道术而信佛教，桓帝便是如此。晋及南朝的人则因欣赏玄学才信仰佛教。迨至隋唐，佛教已不必借皇帝和士大夫的提倡，便能继续流行。佛教的组织，自己成为一个体系。佛教的势力集中于寺院里的和尚，和尚此时成为一般人信仰的中心。至于唐朝的皇帝，却有的不信佛教。高祖仅仅因某种关系而中止毁灭佛教。唐太宗也不信佛教，虽非常敬爱玄奘，但曾劝过玄奘还俗。玄奘返国后，着手翻译佛经，要求太宗组织一个翻译团体，太宗便拿官话搪塞玄奘，意思是你梵文很好，何须他人帮忙。据此，足见太宗对佛教的态度如何了。玄宗虽信佛教，可是信的是密宗，密宗似道教，实际上信道教才信佛教。唐朝士大夫信佛教的也不多，即有信者也对于佛学理论极少造诣。士大夫排斥佛教的渐多，且多为有力的分子。加以道教的成立，使阴阳五行的学者另组集团来反对佛教。儒教则因表现在政治上，和佛无有很大关系。因之佛教倒能脱离其他联系，而自己独立起来。另一方面，佛教这种不靠皇帝、士大夫，而成独立的文化系统、自主的教会组织，也正为它的衰落的原因。即缘佛教的中心仅集中于庙里的和尚，则其影响外界便受限制。和尚们讲的理论，当时士大夫对之不像魏晋玄学之热衷；平民信仰佛教的虽多，然朝廷上下则每奉儒教，不以事佛为主要大事。这些实在都是盛极必衰的因子。本来佛学在中国的表现，一为理论，二为解决生死问题，三为表现在诗文方面的佛教思想。可是到了向下衰落的时候，理论因其精微便行之不远，只能关在庙里；而生死问题的解决也变为迷信。这时只有在文学方面尚可资以作为诗文材料，韩昌黎虽然排佛不遗余力，倒常采取佛学材料作些诗文赠给和尚。

最后谈到系统化。印度佛教理论，本来有派别的不同，而其传到中国的经典，到唐代已甚多。其中理论亦复各异。为着要整理这些复杂不同的理论，唐代的佛学大师乃用判教的方法。这种办法使佛教不同的派别、互异的经典得到系统的组织，各给一个相当地位。因此在隋唐才有大宗派成立。过去在南北朝只有学说上的学派（Sect）。例如六朝时称信《成实论》者名成实师，称信《涅槃》者名涅槃师。而唐朝而成立各宗，如天台、禅宗等等，每宗有自己的庙、自己的禁律，对于佛学理论有其自己的看法。此外每一宗派且各有自己的历史，如禅宗尊达摩为祖宗，代代相传，像《灯录》里所记载的。这也表明每派不仅有其理论上的特点，而且还有浓厚的宗派意识，各认自己一派为正宗。此种宗派意识，使唐朝佛教系统化，不仅学术上如此，简直普及到一切方面。华严、天台、法相三宗，是唐朝最重要的派别。另一为禅宗，势力极大。天台、华严不仅各有一套学理，并且各有一个全国性的教会组织，各有自己的谱系。华严、天台、法相三宗发达最早。华严上溯至北朝，天台成于隋。它们原来大体上可说是北统佛教的继承者。禅宗则为南方佛学的表现，和魏晋玄学有密切关系，到中唐以后，才渐渐盛行起来。原来唐朝佛学的种种系统，虽具统一性，但是南北的分别，仍然有其象迹。唐朝前期佛学富北方的风味，后期则富南方风气。北统传下来的华严、天台，是中国佛学的表现；法相宗是印度的理论，其学说繁复，含义精密，为普通人所不易明了。南方的禅宗，则简易直截，明心见性，重在觉悟，普通人都可以欣赏而加以模拟。所以天台、华严那种中国化的佛教行不通，而来自印度的法相宗也行不通，只有禅宗可以流行下去。禅宗不仅合乎中国的理论，而且合乎中国的习惯。当初禅宗本须坐禅，到后来连坐禅也免去了。由此也可见凡是印度性质了，佛教终必衰落，而中国性质多的佛教渐趋兴盛。到了宋朝，便完全变作中国本位理学，并且由于以上的考察，也使我们自然地预感到宋代思想的产生。从古可以证今；犹之说没有南北朝的文化特点，恐怕隋唐佛学也不会有这样情形；没有隋唐佛学的特点及其演化，恐怕宋代的学术也不会那个样子。

舒新城
(1893—1960)

生 平 简 介

　　舒新城（1893—1960），原名玉山，学名维周，字心怡，号畅吾庐，曾用名舒建勋，湖南溆浦人。出版家、教育家。1908 年入学溆浦县立高等小学。1917 年毕业于湖南高等师范学校。后在长沙兑泽中学、湖南省立一中及福湘女学等校任教务主任。曾办《湖南教育月刊》。1920 年应张东荪之邀任吴淞中国公学中学部主任。1923 年任南京东南大学附中研究股主任，推行道尔顿制，并赴上海、武昌、长沙等地讲演，编写《道尔顿制研究集》和《近代中国教育史料》，成为教育界名人。1923 年 11 月由恽代英介绍加入少年中国学会。1924 年 10 月应吴玉章之邀，赴成都任高等师范学校教授。1925 年返南京专门从事著述。1928 年应中华书局总经理陆费逵之聘，任《辞海》主编。1930 年起任中华书局编辑所所长兼图书馆馆长，全力主编《辞海》。新中国成立后，曾当选为全国人大代表、政协上海市委员会副主席、《辞海》编委会主任委员。1960 年 11 月 28 日在上海病逝，享年六十七岁。主要著作有《现代心理学之趋势》《近代中国留学史》《教育通论》《人生哲学》《中华百科辞典》《近代中国教育思想史》等，另外他还是中国摄影史上的一位先行者，著有《摄影初步》《晨曦》《习作集》《美的西湖》等。

我 与 教 育

1930 年 12 月 5 日

今天所以要谈这个题目，可以说有几个动机：第一，我对中国目前的教育，实在怀疑，昨日"中华学艺社"年会上我曾发表一点意见，他们都很注意而赞同，在晚宴的谈话里，并且和我讨论。第二，近来《生活周刊》上，有一个"文凭问题"，主张要的有朱经农氏，主张不要的，我也是一个。……因了这些问题，常想把"我与教育"的态度、意见，写了出来。今天各位要我来讲演，所以就想了这个问题。

"我与教育"的"我"，有两个意义，一是指我自己，就是我自己对于教育的经过与经验和由此经过与经验所产生的教育观念。一是指普通的"我"，既是任何人都有一个我，那各个我对于教育，当然也有不同的观念。我不是你，也不是他，所以别人对于教育的观念如何，我不知道；我所知道的，只是我自己个人的意见，今天所讲的，便是我自己对于教育的观念。

教育的范围很大，我又不是一个专门学教育哲学的，现在所讲，只是愿意发表我的意见，这意见曾经在三四年前陆续地写成文字，诸君或者已有看过的。

现在开始说"我与教育"。

我过去的历史很多，要想在此详细地说，是不可能的，今天只好做一个简短的叙述。说起我来，第一请诸君不要把我看作一个"教育家"，我不是"教育家"，而且不能做"教育家"，我只因生活上种种关系，对于教育有些直觉的意见而已。我的意见是根据我的思想来的，且思想实在由于社会上各方面的情形所造成的，所以我今天发表对于教育的意见，除报告我的生活经过，或者也许可以反映出近数十年来中国社会的一些情形。

为什么说我不是教育家呢？

第一，我不够做教育家，第二，我不愿做教育家。

我不够做教育家。就是因为我对教育没有深切的研究，我并没有进过中学，只在宣统元年，进过本县的小学，可是刚刚进了两年，便因闹风潮而被开除。后来借了一张文凭考入湖南高等师范学校，而且学的是英文科，没有研究过什么教育。虽然后来写过许多书，然而这些书的写成，第一是因为做生活的工具，第二不过是"代圣人立言"，自己的话不过百分之一二。对于教育，只有这样很浅薄的认识，根本说不上研究，当然不配做教育家。其次，我的性情常是很浪漫的，我看不起一切社会的信条、法律，我非常喜好文艺，我看的文艺作品要比教育书来得多，可是因为生活的缘故，写的教育书反而很多，这样为生活而做教育家，既非我力之所能，更非我志之所愿，所以把我和教育家联在一起，实在是一个大误解。

我以为教育家是循规蹈矩的正人君子去做的。从前我写过一篇《致青年教育家》登在《教育杂志》上，谁知登出之后，那里编辑便接到质疑问难的信，有数十封之多。只因为他们的立场和我相去太远，所以那些信，我都未复。

我对于中国现在的教育的意见怎样呢？

我认为现在的教育，根本不是人的教育，而只是贵族的教育，普通人没有机会受教育，无钱人没有资格受教育，现在的教育是贵族的。

我现在为什么有这样的思想？

这由于我已往的历史。

我的父亲、祖父、曾祖父都是农人，而且是小农。到我的父亲，才算读书识字，但识字很有限，仅仅可以写信而已。父亲只有我这个单传子，所以便想叫我去读书，目的不过是要我进个秀才、举人，是没有别的希望的。

我十二岁时读《纲鉴》，但是读不出趣味，后来读了一篇《神灭论》，很得意，从此乃大做起文章。十三岁入小学后，直使我无聊，先生一小时教的，我三五分钟便把它看完，且更没有趣味，于是乃大闹起所谓革命来，结果被开除，但因此我想："书就应该这样读的吗？"

离开小学校后便跑到长沙，想考学校，但因没有文凭，不能考；于是又跑到湖北去，学了一个多月的英文，后来又借了一张假文凭，考入湖南高等师范学校。考取以后，有人告发我是假文凭，学校又要开除我，我就对校长说：文凭是假的，不错；但考取是不是假的呢？校长一听也觉得不错，就此算了。但此后我对读书乃是发生问题，上课究竟干些什么？每天不问你喜欢不喜欢，只是照例去上那规定的课程，于是我又不高兴起来。因为湖南高等师范是以历史上有名的岳麓书院为校址，里面藏书甚多，我便常到图书馆去翻书。那里的书籍，真是诸子百家，非常之多，我最喜欢庄子，所以上课呢，我喜欢便去，不喜欢就不去，这样也混到毕业，成绩倒也不错，然而因此我对教育便怀疑：教育这东西，究竟有用无用？又因为我的家庭虽是小康之家，但我入了都市以后，却成了贫穷，我尤其怀疑的：

"这样学校就叫作教育吗？教育和金钱的关系怎样？"

毕业以后便是当教员，当了教员也觉得无趣，所以一年或两年便跑开，但做事的兴趣虽没有，却很有读书的兴趣，于是尽力看书，先看中文的教育书，看了一些，知道都是抄写的，无足看。以后我因到某教会学校讲演，因了校长的器重，便在那里做教务主任，乃多读外国书；可是后来又因事走开。后在湖南第一师范教教育学，以后便是中国公学、东大附中，最后到成都高师，在那里几乎碰到危险，以后就不多谈教育了。

然而我对教育仍旧是怀疑：学校究竟应该怎样办？教育究竟是什么东西？教育和金钱的关系究竟怎样？……我为解答我的疑问，于是多搜罗书籍，想求得一个解答。

果然，民国十三年以后，我对"教育是什么？"有些意见了。这些意见是根据我的思想，我的思想是根据我过去农村经济中的小农社会生活的经验，和处处所感到的现在教育的不合理。

我对教育的认识怎样呢？

在我的《教育通论》上曾有一个定义是：

教育是改进人生的活动，其目的在于为社会创造独立的个人，创造互助的社会，其方法在利用环境（自然的、社会的）的刺激，使受教育者能自动解决问题，创造生活。

教育既是改进人生的，所以凡对于人生有所改进的，都有教育的意味。个人离不了社会的，所以任何社会，资本主义也好，共产主义也好，都需要能自立的个人，男人女人也好，天才低能也好，都需要互助的社会；创造自立的个人，为个人创造互助的环境，便是教育唯一的使命。其所以求达目的的方法，则在利用环境的刺激，以使受教育者能自动解决问题，创造生活。我以为人生之所以异于禽兽者，在其有无限的创造性。以前我在《人生哲学》上也曾讲过：

人生即在发现此无限的创造性，不断地改进物质生活与精神生活，故解决问题，创造生活，实为人生最重要之问题。

我对于教育的认识，即如上述。所以我以为合于此种条件的是教育，否则不是教育。我相信学校出来的学生，到了社会上，不能自动解决问题，创造生活，那么，学生变为字纸篓，教育变为废物。

教育，它一方面是个人，一方面是社会，要认识教育，更需从这两方面加以透彻的观察。

先说个人，教育的直接对象便是人，所以要知道教育，先要知道个人，个人是什么？若从生理学、心理学上讲，特点很多，但这都是量的，而非质的。所谓质的便是指这无限的创造性。但个人是不能孤立的，所以个人离不了社会，教育也离不开社会。

社会是什么？社会也一样的不易了解，但可以知道它是人群的集合体，所以一切人群事业都脱离不了社会，教育也是同样包括于社会以内的，而非包括社会或在社会以外的。

可是有人偏偏不懂这些。

有人说：教育是独立的。大错大错！教育哪能独立？教育是社会生活的一种，它是跟着社会走的，是受经济政治的支配与影响的。你试打开教育史一看，你可以发现，何以过去东方教育有书院私塾？何以十九世纪工业革命后有新教育制度？又何以中国近几十年来有这样的教育？你可以想：在帝国主义下能否提倡民生主义？在资本主义下能否提倡共产主义？你可以相信教育不能独立、不该独立。

有人说：教育是万能的。这也不对，教育只是很平常的一种社会生活，它的功能是有限度的，它只能为人生、为社会尽它所能尽的职务，没有什么神奇，当然说不上万能。

有人说：教育是神圣的。这更谬误，教育是人生的一件事，而无所谓神圣。盖只有精神而无物质是神，只有物质而无精神是物，而人生全非此二者，乃介于其间的。教育的宗旨，跳不出政治的影响，教育的方法，逃不了社会的背景，更何神圣之有？

又有人说：教育是救国的。更有些主观的夸大。这犹之乎提倡陆军的说陆军可以救国，提倡海军的说海军可以救国，是一样地陷于谬误，一样的欺人之谈。

我们承认教育不是独立的，乃受经济政治的支配的；教育不是万能的，乃是平常的一种社会生活；教育不是神圣的，乃是人生的必需品；教育是不可凭主观来夸大与藐视的。

记着：教育是离不开人生的，教育是社会生活的一种，真正的教育，须与现实的人生相呼应，与当前的社会相吻合，不如此便是假的教育、无用的教育。

所以，研究教育者，从事教育者，要知道：

现实人生是什么？

当前的社会是什么？

青年们！青年的教育家们！要学教育，不要只看重了教育，教育的本身是空无所有的，教育哲学吗？人人有的，乡下老太婆也有她的教育哲学，你看她教她的孙儿敬菩萨，这便是她敬菩萨的哲学。其实教育哲学只是教育的理想，理想是各人都有的，各地不同的。可惜到现在，还有许多人，还不懂得这些。教育科学呢？也一样是空的，找不着，摸不着，试看调查实验是根据科学的；教育目的是根据现实社会的；教育方法是依着社会需要的……所以我常对学教育的人说：要多研究教育，毋宁多研究一点自然科学、社会科学、哲学……和现实社会的情形。知道了当前社会，然后才可知道教育。

其次，我更希望学教育的人，多学一点文艺，才可对于人生有更好的认识，或者有人以为是荒谬，须知道教育生活（尤其是教育家），实在枯寂得很，因为从事教育的，大半是所谓师，师者人之模范也，所以处处要表现得非常尊严，无论你自己愿意与否，事实非逼着你如此不可。不但行为这样，学问上亦复如是，因为是师，因为是模范，所以要强不知以为知，以维持师之尊严。这样一来，所谓教育家，便成为乡愿了。教育家的生活，也成为虚伪的生活了。

其实做事与做人不同，做事是一事，做人又是一事。要生活当然不能不做事，但也不能因做事而牺牲了做人，二者不可偏废。但一般人多昧于此。所谓"家"，乃是做事，是一种职业，而做人乃是对于人生的真实体验，而对人生有真实体验者则莫若文艺家。吾人为职所限，虽不能做文艺家，但至少亦须能欣赏领略，以充实人生。故教育家除职业外，对于生命之文艺作品，应有领会之能力。再从科学与文艺的不同性质说，科学是部分的、分析的、现实的，文艺则为整个的表现，完满的、理想的、真实的。Ideal truth 完美的人生，吾人虽不必如看了《红楼梦》就要学贾宝玉的故事，但可以从中体验人生的复杂广博。

以上所讲的是从教育的意义，说到教育与人生与社会的关系，而说到教育家，而说到如何学教育。

其次，谈谈中国的教育问题。

根据前面所述：教育的对象，一面是个人，一面是社会，所以我们对于任何教育的价值，教育的制度、方法，皆要根据于现实的人生与社会加以估值，而判定它的是非优劣。诸位此时学教育，将来就要办教育，究竟现在的中国的教育应该怎样办，这是值得考虑的。

再看教育的本身，教育仍是一种应用的科学，而非纯粹的科学，它虽也能改造社会，但最大的功能，却在适应社会。说明白些，就是它虽有些力量，但不是无限的，所以它主要的功能，是在适应社会之中改造社会。

社会进步有两个方法：一个是演化（Evolution），一个是革命（Revolution），其实教育只有演化的力量，而无所谓革命；教育可以改造社会，但要跟着政治经济走，不能把社会整个推翻。一方面对于旧社会要继续去适应，一方面跟着政治经济建立新社会的理想。所以社会理想的造成，不是只赖教育的，主要的还是政治、经济、社会各方面来决定，所以教育的理想、教育的方法，须与社会相呼应，然后才能适应社会改造社会，而无各不相谋之弊。

现在要看中国教育与中国社会是否相适应。

翻开近代中国教育史一看，中国之兴新教育，实非常奇特。教育之进步，当然一面要自己慢慢发展，一面搬人家的以资借鉴；但过去中国新教育是整个地"搬"，成功不成功，在非所问；与社会适应不适应，更无人知道。它唯一的动机，是由于外侮。清末自鸦片战争而后，无时不为外侮所逼，甲午之战，日本竟以弹丸小邦击败老大帝国。于是我国朝野震惊，于是模仿日本，于是变法，兴新教育，名之曰"西学"。新教育初兴时，有很多好笑的事，如光绪二十七年钦定学堂章程规定小学校每十日放假一次，这是仿效西洋教育的星期办法而未全的，改学堂没有学生，便把各州府县的书院，一律改成大、中、小学，而使秀才、举人入学。最可笑的，中国兴新教育不是从小学起，而是自大学改起。毕业学生，仿是奖以举人、秀才，而为变相的科举。总之，当时的兴学，是逼于外侮不得已的糊涂的仿效。好在那时社会还没有大的变动，学生尚无失业问题，及至社会根本慢慢发生变化，这样教育制度的毛病，便渐渐显露了。

然而现在还有许多所谓新教育家，仍旧是搬，仍旧是做梦，仍旧不明了教育与社会的关系。

须知中国现在的新教育制度，乃是一种工业社会的产物，乃是西洋工业革命后而产生的。但是中国的社会，乃属于农业社会，而且是小农制度。我曾到湖南、四川，以及中国北部、中部，大概都是这样，因此，中国社会与新教育制度完全不相合，不能适应，（中国虽有几个大都市像是工业社会，这是少数）而发生问题了。最明显的是都市人口集中，新教育亦最适应此等社会，要受教育的，只有到都市中去，乡村人民受教育的机会渐渐减少。其次都市和乡村生活渐渐分化而不同，乡村生活的程度低，食衣住行非常简单；都市生活便不同了，生活程度是高的，处处需钱的，而且需要很多的钱。这样一来，在乡村是富的，到都市便不算富，小富的到都市便成穷，乡村的农人子弟何能到都市去读书？乡村教育如何能发达？

这便是中国新教育不能适应中国社会所产生的一个病症。

目前注音符号、识字运动，总算轰轰烈烈了，但我以为现在收效必不大，何以故？因为乡村农人，他们根本就不需要文字，要使他们愿意识字，必须根本从改造社会上着手。从前庚子赔款退还的时候，我极力主张筑路，也是为此。筑路以后，交通便利；交通便利的地方，识字需要便随着来了。那时你不提倡运动，他也要自动地读书。

其次，中国社会逐渐在变质，教育的变质更明显。虽然有人说中国没有资本家，但教育逐渐向资本主义的道路上走，确是事实。不说旁的事，就看诸位能进大学读书，每年至少需四五百元，这四五百元在大都市、在资本主义社会，原不算什么，但在内地，尤其是乡村里，确是很多，我要问是不是除诸位以及其他大学生之外，还有许多的青年，他的聪明才智不配进大学？这一定不是。然而为什么诸位能得天独厚？这是很明显的原因，第一是要金钱，第二是要资格（文凭）。没有钱，没有资格，任你是"天字第一号"的天才，任你是神仙，也妄想受教育。到此，教育失了它本身的意义，而变成了商品，学生和学校是买卖的关系，这便是所谓的"教育商品化"。

教育商品化的事实很多，再拿师生的关系上说，以前"封建势力"支配下的社会，师生关系和父子是一样，所以很少反对教师的话，师生冲突也少有，主要的是他们并非买卖的关系，教师虽也要吃饭，但束脩直接取自学生的父兄和学田，和学生不发生金钱的关系。现在所谓新教育，便大大不同了。因了教育商品化，学校便成了商店，校长便成了经理，教师变成了货物，学生变成了顾客，学校、教师与学生的关系，是很明显的买卖关系。有钱可以来照顾一下，没有钱不要问津。当教师的也是一样地被人买卖到这里，明年被购买到那里，学生对于所信仰的教师，要想发生真实的关系，实不可得。

这又是中国的新教育不能适合中国社会所发生的一个病症。

在此我又想起过去的一件事，民国十六年全国教育会议开会。我曾有一个提案，这个提案虽被合并而等于无，打消，但可代表我从上所经验出的意见。那提案是"各级学校一律免费"，我的理由是："人"和"国民"不是一件事，自然人可说无受现在教育的需要，国民才需要现在的教育，比如执政者，因想建设一个理想的中国，乃有其教育宗旨；

因要国民守法律，才须由教育来训练，所以目前的教育，大都是为国家而设，而且国民既对国家负了纳税、服从等义务（若纯粹个人可以不要），那么，一定要享有教育的权利，父兄不过供给其生活罢了。所以一切教育费，都该由国家负担。

上面这个意见，还不是根本的企图，根本企图还是由经济政治做起。

空想教育普及，是不行的，现在限于金钱与资格的商品化教育，固然没有希望，就是将这点改革（如前例所述），还要国民根本需要教育才行。要国民有需要，必须从经济政治改革起。假如中国最近能做到交通便利，工商业发达的地步，舟车来往，不识字便不行，于是要识字；不知时刻的便不行，于是要守时……用环境的刺激使国民根本需要教育，是中国教育建设的第一步。

国民不需要教育，一切教育事业都难办。就拿中华书局说，书局是一种文化事业，自然不能徒然牟利，但也不能只是赔本。现在的中国，一种书籍至少需要销到三千份，才能够本。而销路的广狭，则全看国民的教育程度与需要而定。在日本《皇帝杂志》年销一百余万份，《妇女评论》年销八十万份，然在中国书籍的销路便不行，有时有价值的作品，因为销路的关系，也不能接受，实可痛心。其实这与教育是同样由于整个的经济政治问题。

要中国教育有办法，须根本从经济建设和政治建设着手，也就是中国教育建设的根本工作。

最后，谈谈我对于中国教育设施的意见。

我有一个理想的教育设施，就是普遍地设立三馆，乃是：

一、图书馆；

二、科学馆；

三、体育馆。

我所说的三馆，不是像现在各大学设立的，这三馆乃是知识的产生地、教育的公开场所，每个馆里各有许多教师或管理员，他们的职责，不只是管理，他们应该负有教育的全责，受人民的质疑问难。或者有人说，现在的中国恐怕没有钱做这个。其实钱是有的，只要将庙产、公产等切实清查移归正用便行了。（据庙产兴学促进会的统计，只江苏一省的庙产价值已属可惊。）此后尽可不设学校，而专事建设此事。

若依前面所说，能有很好的经济建设与政治建设，而国民皆有受教育的迫切需要，不受教育便不能生活，于是从事职业之余，乃不自禁地要到图书馆、科学馆、体育馆去。在日本东京之帝国图书馆，就可见到很多劳动者一齐到图书馆去，如此而不花钱地受教育，教育普及当非难事。

若实行普及三馆的计划，同时要厉行考试制度，由国家规定各级学校的标准程度，无论什么人都得经过考试及格，才可充任国家公吏，社会各界的用人也以此为准则。

由于我的理想的设施，以为学习都是自己的需要，与今日求学者受父母之命来混资格者有别。同时可以解除中国教育之病症。

要说的话，暂止于此。

总结言之，中国教育不能与中国社会相适应，所以我们要找出路，要找出路必须根据以往的成败的经验，认识目前的社会，求所以适应之道。

我之所以有以上的主张——对于教育，对于中国教育——全由于我所长成与生活的经验及社会背景所造成。

如有闲暇，我当详细地写出来。

杨虎城

(1893—1949)

生平简介

　　杨虎城（1893—1949），原名忠祥，号虎臣，陕西蒲城人。抗日爱国将领、民族英雄。1908 年在家乡组织以打富济贫为宗旨的中秋会。1911 年武昌起义爆发后，率会众参加陕西民军与清军作战。1913 年退伍回乡，因打死恶霸秀才，落草上山，成为同州一代著名的刀客。1915 年率众参加陕西护国军，在华县、华阴等地截击袁世凯军。次年所部被编为陕西陆军第三混成团第一营，任营长。1917 年参加护法战争，任陕西靖国军左翼军支队司令。1922 年加入国民党，拥护孙中山的联俄、联共、扶助农工的三大政策。1927 年参加国民革命军。1929 年任国民党第十七路军总指挥。1930 年 10 月被任命为陕西省政府主席。1931 年九一八事变后，反对蒋介石的"攘外必先安内"政策，积极主张抗日。1932 年 1 月任西安绥靖公署主任。1933 年曾请缨抗日，遭冷遇。1935 年任陕西绥靖公署主任，同年 4 月被授为陆军二级上将。是年当选为国民党第五届中央监察委员。1936 年 12 月 12 日同东北军将领张学良一起发动西安事变，扣留了蒋介石，逼迫其接受停止内战、一致抗日等八项救国主张。西安事变和平解决后，被蒋介石逼令辞职"出洋考察"，抗日战争全面爆发后回国，即被长期监禁。1949 年 9 月 17 日重庆解放前夕，在中美合作所被国民党反动派秘密杀害，时年五十六岁。

国庆纪念日的奋勉①

1935 年 10 月 10 日

武装同志们：

今天 10 月 10 日，是我们的国庆日，就是庆祝我们中华民国成立的二十二周年纪念日。值此内忧外患，相乘迭来。我们举行这次国庆纪念，诚令人发生无限的感慨。

回忆我们中华民国十一年以前，吾民族犹屈从于满清专制淫威之下。我们中国濒于危亡者，不绝如缕。于是我们总理孙中山先生暨诸先烈，痛国家民族之衰弱，兴起奋斗。历经艰险，壮烈牺牲，屡仆屡起。卒于辛亥年 10 月 10 日武昌之役，推翻满清，打倒专制，获得伟大之成功。此役所得之结果：一、为荡涤二百六十余年之奇耻大辱，使国内诸民族一律平等。二、为铲除四千余年君主专制之流毒，开始民主政治之基础；且结果之伟大，洵足为中国历史上最光荣、灿烂之纪录，而为我们所永远庆祝者也。然而回顾国内现状，殊令人痛心疾首，不胜感慨。总理手定革命进行之时期为三：一、军政时期；二、训政时期；三、宪政时期。此为涤荡旧污，促进民治，所必要之历程。辛亥以后，忽视此革命方略，于是野心军阀及官僚政客，假民治之名，行专制之实；争夺政权，殃民祸国，演成十余年兵连祸结、黑暗紊乱之局面。直至十七八年本党北伐成功，统一全国。国家民族，始获一大转机。

唯近年以来，国内纠纷时起。训政进行，仍不免横生障碍。益

① 本文是杨虎城在前线对部队发表的讲话，略有删节。

以……日寇侵凌，祸患相逼，迄未稍纾。国庆之日，丁此空前未有之时艰，凡我袍泽，自应痛加奋勉，振作图强，铲除防止国家进行之障碍，完成辛亥革命未竟之全功。

吾人纪念国庆，尤应发扬总理暨诸先烈革命建国之精神，并须合力维护民族和平统一之基础。现在国难日深，我们应当在本党领导之下共为有组织、有计划、有步骤之奋斗，使国内永绝内战，以促进民众于长治久安之坦途。倘有丧心病狂、争权夺利者，阋墙相侮，是则全国之公敌，当共诛之。

日本帝国主义，肆其暴力，侵占我东北四省，迄今已有两年。现仍本其所谓"大陆政策"，侵凌无已。而环顾国内，农村破产，……在在均为危亡之朕兆，是以吾纪念国庆尤必须秉承总理暨诸先烈之遗志，奖勤奋发，集中全力……为保卫国家民族独立生存之最高使命，负重忍辱，生聚教训；充实国家力量，谋长足之进展，以纾空前之国难。

抑犹有助者，卫国保民，为军人天职。现在强邻环伺，国家危如累卵……人民陷于水火。全国兵数殆二百万。如此巨量之军队，不但不足以御外侮而保国家……此我全体武装同志尤常引为奇耻大辱必思雪者也。

务望我全体武装同志，念金瓯之破碎、民族之阽危，枕戈待旦，矢志救国。持之取坚毅卓绝之意志，赴之以忍苦耐劳之精神。希望于明年今日，不但纪念国庆，而且庆祝收回失地及取消各种不平等条约。望我们武装同志，共勉之！

团结一致，抗日救国①

1936 年 12 月 15 日

国难日亟，自 12 月 12 日张主任委员和我应西北各界救亡团体的要求，毅然树起抗日的旗帜。其重大的意义，已于 12 日的通电及昨日张主任委员的广播词中很诚恳地说明了，全国自然都有了深刻的认识。我再郑重向大家报告一下。同胞们，我们中国目前的国势已到了什么地步了？是不是被日本帝国主义者无厌的侵略，眼看就要亡国灭种了？我们救国的方针除了全国一致，不分派别，向同一的目标，对准中华民族的敌人日本帝国主义抗战以外，实在再没有第二条生存的道路了。现在南京政府在蒋委员长控制之下，他们一贯的政策究竟怎么样呢？他们的口号就是"安内攘外"。同胞们，我们平心静气地想想，日本帝国主义的积极进攻，亡国灭种的惨祸就在目前了。所谓"安内"仍然是中国人杀中国人，将来的结果，也只有同归于尽，还谈什么"攘外"呢？

蒋委员长这次到西安来，张主任委员就很恳切地谏诤过多次，无奈他不但不采纳，反而变本加厉地在学生群众请愿出兵抗日中竟使警察对着手无寸铁的青年实行枪杀，这是多么不幸的事情！蒋委员长是我们平素所拥护的，我们拥护他是希望他能领导我们救亡图存，复兴中华民族。他这样的错误政策，我们决不能以感情作用，使总理手创的中华民国陷于万劫不复的地位。我们这次的举动是完全出于救国救亡的热诚，绝不是对蒋委员长个人的。我们的愿望是在抗日的旗帜下，全国同胞一

---

① 本文是杨虎城在西安事变发生后对全国发表的广播讲话。

致团结，不但是不分派别，即就是不抗日的，我们也希望唤醒他们来抗日。纵然他是汉奸，我们也还要拿出良心来激动他们，使他们能够回到我们的这条抗日战线来。双十二的举动，在意义上完全是为爱护蒋委员长而发动的，即是我们不忍坐视他的政策错误到底，做了中华民国的罪人。至于我们提出的八项主张，在昨天张主任委员广播中已经说明了。现在已组织了抗日联军，准备先向目前侵略我们绥远的敌人抗战。希望全国同胞一致团结起来，不分派别，共同负起抗日救国的责任，争取最后的生存。南京政府对我们这次的举动听说还有不谅解的人。同胞们，我们是抗日，不是内战。所以张主任委员昨天说，我们就是剩下一兵一卒，也必须用在抗日疆场上。我同样具此决心，只要中华民族能够争得生存，对个人为功为罪，是不计较的。希望全国同胞加以指导，使我们在抗日战线上不致有什么错误，那是十二分感谢的。

在西安市民大会上的讲话^①

1936 年 12 月 16 日

全体同胞们：

今天开市民大会，兄弟受到各位同胞热烈的欢迎，觉得非常之惭愧。我们应该知道，12 日的举动是一个具有伟大革命意义的义举。所有经过，方才张主任委员已报告得很清楚了，现在不必再来重述。兄弟现在所要说的约有几点，希望全体同胞们加以特别的注意：

第一点，我们今天在什么地方开市民大会？（下面群众一致答：革命公园。）死难的先烈，都是为革命而奋斗，为民族解放而牺牲的爱国志士。现在我们既然在这个富有革命性的地方开市民大会，我们唯一所要认识清楚的就是我们国家民族今天到了怎样的地步了。各帝国主义，尤其是日本帝国主义更扩大了向我们的武装进攻，国家民族的危亡，就在目前了。所以今天在革命公园开会，我们就不应忘记先烈伟大的革命精神，大家都踏上先烈为我们打开的血路，一致团结起来，努力抗日，才不负今天这个地方开会的意义了！

第二点，兄弟看到今天会场的热烈情形，使我非常感动。我们记得，过去在这里开会的时候每次所听到的都是"安内攘外""敦交睦邻"这些口号，群众受到环境的压迫，丝毫没有自由表示自己的意见。若干年来，就在这样口号下，几乎要把中华民国断送完了。直到今天，

---

① 本文是杨虎城于西安事变后第四天在西安革命公园民众大会上继张学良讲话之后发表的演讲。

我们才能真实地表示我们的救国意见，毫无虚伪地提出我们的主张，这才可以说是第一次的民众大会。第一次的民族得到自由的大会。这是今天兄弟觉得非常高兴的。双十二的义举，是真正民意的表现，更是民众自己起来抗日救国热忱的表现。我们的主张就是抗日。因为蒋委员长对外政策的错误，经过多次劝谏，仍然无效，后于万不得已中才有了这次谏诤了。所以我们的义举是以国家民族为前提的，绝不是对蒋委员长个人而发的。这一点，张主任委员和我是可以质之天日而无愧的。在过去国家的形势上说，西北各省只是抗日的后方。自日本帝国主义武装进攻绥远以来，西北也就跟着形势的转变而变为抗日前线了。我们的民众在这种形势下，就应该认清西北民众切身的利害，西北的民众就要团结起来，巩固国防，担负起西北的责任，就应该准备拿起武器，和日本帝国主义拼命，以保全国家民族。我相信西北民众是认清了时代的，是决不怕牺牲的。（会场群众高呼：不怕牺牲！）革命不只是理论和口号所能成功，必须拿热血与头颅硬干才能取得胜利。我们的张主任委员很坦白地表明了他的爱国赤诚，并了解西北民众革命的伟大精神，极力帮助我们。我们要拥护我们的领袖张主任委员，我们要拿出我们的牺牲精神，在他的领导下收复东北失地。我们更应知道，双十二义举是代表了全国人民的愿望，我们更应当扩大一步团结全国同胞，为完成这一伟大任务而努力。

傅东华
(1893—1971)

生平简介

　　傅东华（1893—1971），本姓黄，过继母舅，改姓傅，又名则黄，笔名伍实、郭定一、黄约斋、约斋，浙江金华人。作家、翻译家。1914年起先后在东阳中学、北京平民大学附属中学、北京高等师范学校教英语。1920年在北京加入文学研究会。此后，在上海大学、上海中国公学任教并从事著译，一度任商务印书馆编译员。1926年起任北京中国大学、复旦大学教授。1933年任《文学》月刊执行编委，并为《世界文库》和《小说月报》撰稿。1935年春任暨南大学国文教授。1936年发起组织文艺家协会，号召文艺家共赴国难。八一三事变后，参加上海市文化界救亡协会，任《救亡日报》编委，参与翻译斯诺《西行漫记》。上海被日本侵略军占领后，翻译《飘》《业障》等，编辑出版丛书"孤岛闲书"。新中国成立后任中华书局《辞海》编辑所编审、中国文字改革委员会研究员等职。1971年9月9日在上海去世。译有《堂吉诃德》《失乐园》《伊利亚特》《红字》《飘》《夏伯阳》《虎魄》等十几种，著有《文学批评 ABC》《国文法程》《字源》《李白与杜甫》《李清照》《山核桃集》等。

什么是革命文艺①

1927 年 3 月 15 日

我看见本校所贴的标语里面，有一条是建设革命文化，因想起"革命文化"里面当然是包含着"革命文艺"的，所以今天就把这个题目拿来跟大家谈谈。

不过，当现在这种人人都有些紧张的年头，提起"文艺"两个字，是稍微有点危险的，虽然上面戴着"革命"两字的帽子。

"老兄真是闲情别致得很！"——

我仿佛已经听见这样的冷笑了。所以我们现在应该有个前提，就是：文艺的问题，现在是否值得讨论？换句话说，就是我们应该问：文艺在革命的时代是否有它的相当地位？

对于这个问题，我们可以暂时借屈洛斯基在他的《文学与革命》的导言里的几句话来做一个答复。他说：

"（革命以后的）艺术的地位，可用一种理论来决定它。

"假如已胜利的俄国无产阶级不曾产生它自己的军队，那么这个劳动者的国家早就已经死灭，而我们现在，也不会在这里讨论经济问题，更不用说知识问题和文化问题了。

"又假如无产阶级的独裁在最近数年里面要是不能组织它的经济生活，并不能替它的民众至少谋得一个极小限度的物质上舒服，那么这个无产阶级的政治，必将不可避免地化为灰尘。所以经济问题，在目前是

---

① 本文是傅东华在武昌中山大学发表的演讲。

一切问题以上的问题。

"但是，即使关于衣、食、住的初步问题，并至普通教育的问题都已得着一个成功的解决，也仍旧不足以显示这个新的历史的原则——就是社会主义的原则——的完全胜利。唯有等科学的思想已向全民众的范围进展，等有一种新的艺术已经发达，这才足以显示这个历史的种子不但已经生长，并且已经开花了。就此义而言，艺术的发达，便是每个时代的生机和意义的最高试验。"

他接着又说："文化是以经济的液汁为养育的，而一种物质上的余裕为所必要，盖唯如是，则文化可以生长、可以发达、可以精深。……艺术是需要舒服的，甚至于是需要余裕的。"

我们看他这段理论，最要防备着一种误解。我们不要把屈洛斯基的意思当作主张，做了一件再做一件——就是先把经济的问题解决了，再来解决文化的问题或艺术的问题。但是，他也并非是主张将这个问题同时来解决。他的意思，只是说革命的建设达到某种程度的时候，自然社会有一种新的文化和新的艺术产生出来，而这种新的文化和新的艺术，就是革命建设成功的证据。这个道理很容易明白。因为我们当然承认"文化是以经济的液汁为养育的"，"艺术是需要余裕的"。那么等到艺术发达的时候，至少可以证明"经济的液汁"，已经有"余裕"了。

所以如果有人说我要"提倡革命的文艺"，那就简直是一句废话。或说文艺的问题是个应该"解决"的问题，也同样是一句废话。我们可以提倡女子剪发，可以提倡做白话文，却断断不能提倡什么什么的文艺。因为文艺是一个时代的表现；无论是古典主义、写实主义、浪漫主义、神秘主义、未来主义，以至其他什么什么的主义，必都要等它的机会成熟才能产生的。换句话说，就是必定要得"时代"的允许才能产生的。再者，一个时代的文艺，或丰富，或荒歉，也完全是时代的结果——就是时代的表现。近几年来中国的文坛所以荒歉到如此田地，就因为它"应该"荒歉。上海滩上所以还有那种讨论扶乩和"同善社"的"自由谈"，以及那种专替卖淫妇做起居注的《金刚钻》一流的刊物，就是因为"时代"还容许它们生存——因为还有一部分的读者会维持它们的生命。这是我们绝对勉强不来的。

所以我今天把这个题目提出来讨论的意思，并非说我要"提倡革命文艺"——这一层大家千万不可误会。我的意思是：我们这个时代如果没有文艺产出则已，如果有文艺产出的话，那么必须如此如此的才是反映时代的真正文艺，才足为"时代的生机和意义的最高试验"的文艺。而这种真正的文艺，我们可以称它为"革命文艺"。

我们要晓得，革命文艺和跟五四运动差不多同时产生的"文学革命运动"，并不是一件东西。文学革命运动有两个目的：其一，是要对传统的文学工具革命；又其一，是要创造一种"有物"的文学，来代替从前那种"无物"的文学。这个运动的第一个目的，总算完全成功地达到了。至于它的第二个目的，却可说是完全没有成功。原因在它当初并没有明白规定这个"有物"的"物"到底是什么，所以结果，只产生一大批用新工具来做的"风、花、雪、月"的文学。这在提倡这种运动的人，当初是万万料不到的；他现在看见他的运动得到这样的结果，也不免要皱着眉摇着头深悔不该的。但我们若是仔细研究他这部分运动所以失败的原因，就可见他把文学的建设当作一种运动来做便是根本错误。因为文学是时代的表现，并非是造成时代的因素；你要改造文学，就须先改造时代，单从文学上去做改进的运动，是断乎不能成功的。

近来我有一个朋友，鉴于文学革命运动之无成绩，由于没有规定"物"是什么，所以他揭橥了"革命的文学"一个名词来号召大家；他主张革命文学应该是一种"血和泪"的文学。但是结果，只博得一班"为艺术而艺术"的作家的冷嘲热讽，终于也叫唤不出什么"血和泪"的文学作品来。那些"为艺术而艺术"的作家，究竟是何居心可以不问，我这个朋友确乎也跟当初文学革命运动犯了同样的错误——就是不该把这件事当作一种运动来做。因为若是一个作家，本来没有血和泪，你叫他怎么做得出血和泪的作品呢？用洋红水充当的血和用生姜汁涂眼睛逼出来的眼泪，又有什么用处呢？所以我们现在所急的，是在使较多的作家能有真正的血和泪可流。到那时候，就自然而然——不待提倡——会有真正血泪的文学出现了。至于目前，不但那些向来服侍资产阶级和在官僚军阀幕下寄生的选学家和古文家不敢饶舌，就是一班"为艺术而艺术"的新文学家也被革命的猛烈的怒潮怔得无话可说了。但这有什么要紧呢？

总之，我们现在只能把革命的文艺当作一种标准；我们看革命文艺发达的程度怎么样，借以测验我们的革命的成绩怎么样。但是要确实定个标准，就是要解答什么是革命文艺一个问题！这就是我今天这个题目的本意。

我们的革命文艺的意义是极其宽泛的：它不必一定是纯文艺（诗、小说、戏剧），就是报纸上的一篇论文、一个宣言、一张图画、一场演说，也可以归入这个名词底下。而且它竟不必是一种具体的作品，无论什么活动，但能收"文艺的"效力的，都可以称为革命的文艺。我们晓得，我们这次的革命，比辛亥年的第一次革命，什么方面都要进步得多：例如革命工作的组织，革命宣传的方法，无不有极大的进步。这一部分是革命的科学的进步，而一部分就可说是革命的"文艺的"进步。而这种科学的和文艺的进步，就足以证明我们这次的革命已有更好的训练和更深的了解。

若从纯文艺的观点而论，我们又可以引屈洛斯基的几句话来确定革命文艺的性质。他说："新的艺术，是要开辟新的境界的，是要推展创造艺术的途径的，所以只能由那些和时代精神合一的人产生出来。"

又说："……艺术家不要再把革命当作一种表面上的不幸结局。……新旧诗人和艺术家的同行'应该'成为革命的、活的、组织的一部分，并且晓得从里面——不从外面——去看革命。"

又说："这种新艺术是写实的、积极的、有生机地集合的，而且充满着一种对于'将来'无限创造的信仰的。"

诚然，凡是有生机的、真正的文艺，必都只能"由那些和时代精神合一的人产生出来"。但是我们现在这个时代，以及跟现在这个时代紧接的将来，到底是个什么时代呢？在这个时代里面，怎么样才算跟时代精神合一的文艺呢？对于这个问题，屈洛斯基也曾有答复。他说："革命已把中产阶级推翻了。（这一层中国尚未实现，但不久就要实现了。）……以中产阶级为中心的文学已不复存在了。……中产阶级既然不复存在，那么文学的中心，只能是除开中产阶级的民众了。但是，哪种人是民众呢？第一就是农民，而一部分都市的小公民也可以算在内；其次，就是那些跟农民和平民的原形质不能分离的劳动者了。这个民众，就是凡革命之文学的'同道者'的根本接近点。"

俄国是我们的革命的先进国。它的革命的成绩，比我们的要好得多，所以屈洛斯基的话未必完全都适用于中国。但是他的原则，是我们应该无条件地采取的。我们根据这个原则，应该注意下列的两点：

一、封建时代的田园诗人的作品，不能算是以农民为中心的文艺，因而不能算是革命文艺。陶渊明的那个桃花源，莫说现在，就是在当时也已寻不着的了。就是他那种"采菊东篱下，悠然见南山"的生活，现在也是不可能的了。现在的社会潮流是无处不波及的，是无人不受着的；你要想逃避它，是断乎逃避不了的。那些身受着这种潮流而毫无感觉，或佯为不感觉的人们，就要算他们已经丧失感觉力，就是已经是一种僵尸，所以绝对没有做革命文艺作者的资格。所谓田园诗人，总都是跟班会，尤其是跟社会的变动远隔的，所以他们的作品断乎不能冒充革命文艺。

二、我们应该谨防着一种投机的革命文艺家。上海滩上的文丐最会投机；他们的本领大得很，无论碰着什么机会都能做出长篇累牍的应景文字来的。例如遇着七月七，他们就能搬出一大套关于乞巧的典故。将来革命的潮流波及他们的时候，他们为维持他们的文艺生活起见，难免要把我们的口号乱喊起来，这是我们应该注意的。不过这种投机的革命文艺，实在是骗不过明眼的批评家的。明眼的批评家对于一件冒牌的作品立刻就能辨出，因为他晓得不是真正体验过革命的人，绝不能做出真正的革命文艺。

我们根据同是这个原则，又可以把革命文艺的内容和做法，略略说一说。

革命文艺并不一定要拿革命来做题材的。例如从前《新民业报》上所载的"新中国"及"中国魂"一类的革命小说，由文艺的观点论，其效力远不如鲁迅那篇以一个乡下姑娘做主人翁的《离婚》（刊入《彷徨》）。他这篇小说是并题目也暗示革命的。因为我们寻常听见"离婚"两个字，心目中便仿佛有一个穿西装的漂亮青年 Mister 什么和一个头发蓬蓬、旗袍、丝袜、高跟漆皮鞋、受过高等教育的 Miss 什么；大概总因为 Mister 嫌 Miss 到卡而登饭店跳舞的回数太多，或是因为 Miss 嫌 Mister 跟她 Kiss 时口里有点不好的气味，于是就提出离婚；而他们离婚，手续也必定是很"文明"的！或者登报声明，或者请律师，到法庭。却断断料不到这"离婚"两个字会应用在一个"龙船模样摆成八字的脚"的乡下姑娘，因为势利的男家不容而在"太爷"威吓之下退了婚的一幕悲剧。然而鲁迅先生偏要想：为什么乡下姑娘就连享用这个名词的权利都该剥夺了呢？于是他毅然地——充满着革命精神地——给她用上了。所以，所谓革命文艺，不必——且由某一种意义，竟可说不该——描写黄克强（记得《新中国》里有这个人物）怎样开会，黄花岗怎样殉难，或者武汉怎样攻打下来的。革命文艺的题材只要不忘记它的中心点，只要能暗示革命及表现革命时代的精神的，便什么都可用。

说到革命文艺的做法，那我现在当然不能做出一部革命文艺的修辞学来。不过有一点可以确定，就是凡真正的革命文艺，必都是"悲剧的"。寻常人把悲剧两个字都理解错了，以为悲剧必定是描写悲惨的事迹，表现悲哀的情绪的。其实并不如此。悲剧的特征，就在它是描写"真实"的；悲剧和喜剧的分别，在前者对真实的社会有向心力，后者对真实的社会有离心力。革命文艺是要对社会有向心力，所以革命文艺必定是悲剧的。从世界的文学史看，希腊悲剧发达的时代，就是民气最强旺的时代；后来讽刺的喜剧出来，就是民气不振的象征了。革命是强硬的；既革命就用不着讽刺，犹之既革命就用不着请愿。所以革命的文艺不是喜剧的，是悲剧的。悲剧的大原则就是"不团圆"；"不团圆"能够给人以一种不满于现实的暗示——就是革命的暗示。金钱万能的美国出产的电影，差不多完全是团圆的，因为美国的社会是以现实为满足的，所以不愿意他们的和平的心境因艺术而搅动。至于真正表现革命时代的文艺，那就愈能搅动人们的心境愈有价值，所以革命文艺是不团圆的、悲剧的。鲁迅的《阿Q正传》的"大团圆"，就是大不团圆。

此外，当革命文艺发达到相当程度的时候，我们料到必有一班真正的批评家出来跟它合作，并促进它的进步。而这一班批评家，必定是社会主义的批评家或表现主义的批评家；因为前者能使文艺和社会接触得更密切，后者能防止一班投机的作家来混充。至于这两种批评家的性质如何，那只得等改日再讲了。

我今天所讲的，差不多是一种预言。我们希望我们的革命继续前进；我们希望我今天的预言早日实现，借以证明我们的革命的成功！至于将来并世界的革命都完全成功之后，那么这"革命文艺"四个字当然也就不成名词。彼时的文艺要变到什么样子，我们就不能预料了。然而，我们的革命当然要在历史上划出一个时代的，所以"革命文艺"至少要在将来的文艺史上占据一章的地位。

傅葆琛

(1893—1984)

生平简介

　　傅葆琛（1893—1984），字毅生，成都市双流县人。平民教育家、乡村教育家、教育学家。1916 年毕业于清华大学，并成为清华预备留美学生。1918—1924 年先后于美国俄勒冈农科大学森林学院、耶鲁大学森林研究院、康奈尔大学农学研究院毕业，获森林学硕士、乡村教育学博士学位。其间 1918—1921 年兼驻法华工队青年会干事及《华工周报》编辑。1924 年回国，先后在清华大学、北平师范大学、北平燕京大学、北平辅仁大学、山东齐鲁大学等高等院校执教，并和我国著名的平民教育家晏阳初合作，在河北定县领导和参加平民教育实践，推行"乡村教育""乡村建设"。1924 年 10 月出任中华平民教育促进会总会乡村教育部主任。抗日战争全面爆发后回成都，执教于四川大学。曾搜集有关农耕园艺方面的书报以及房契、婚书、历书、借据、请帖等多种乡村应用文件，从中选取一千五百字用来编纂《农民千字课》。1939 年冬天在傅家坝办起私立乐育小学，亲任校长。不久又附设幼稚园。1941 年创办乐育中学，直至解放前夕，共招收初高中二十二个班，男女学生七百八十九人。1955 年退休后仍热心于社会活动，历任成都市西城区五届政协委员、西城区扫盲学校校长。1963—1965 年以七十高龄义务担任成都军区总医院的英语教员，贡献余热。1984 年 8 月因车祸不幸去世。著有《乡村民众教育概论》。

为什么要办乡村平民教育

1924 年 11 月

诸君！你们都知道中国现在是个"民国"。什么叫作"民国"？就是我们这个国是"民"的国；为"民"而立的国；也是"民"所立的国；换句话说，就是"民有"的、"民享"的、"民治"的意思。"民"是谁？就是我们"老百姓"们。但是这些大多数的"老百姓"们在哪里？

你们都知道中国有四万万同胞。这四万万人里头，只有六七千万人在城市里住，其余的人都住在乡村里。就是说中国一百个人里头，有八十多个人是做庄稼的。中国乡村的人既是这样多，他们担负的责任自然也很大。所以中国的前途，还要靠这大多数乡村的人民。他们强，中国也就强；他们富，中国也就富；他们弱，中国也就弱；他们穷，中国也就穷。我们想一想：中国乡村的人民现在是强吗？是富吗？咳！不说还好，说起来真要教人伤心呢！

你到各处去看我们乡下的同胞：遭了旱灾，又遭水灾；遭了水灾，又遭兵灾；真是"天灾人祸，民不聊生"。他们所受的苦，算是达到极点了。再看一看他们自己，一百个里头有八九十个都是目不识丁的"睁眼瞎子"。因为他们不识字，信、账既不会写，报纸也不会看；世情不懂得，国事也不晓得；把别人说的话当作新闻，是非真假全弄不清楚；遇着那些土豪劣绅，受了欺骗，还把他们当作好人。你说可怜不可怜！这样用耳朵代眼睛的人，几同五官不全。不识字的害处，真是说不胜说。像这样受人支配，不能自立的人，如何说得到"具世界的眼光，负国家的责任"呢？

诸君！你们没有听说现在西洋教育普及的国家像英、美、德、法等国，还有我们东洋接邻日本国，他们国内的人民，无论男女老少，无论什么职业的人，都能识字读书么？单是我们中国的教育，到现在不但还没有普及，而且进步非常迟慢，因此我们中国就赶不上东西洋各国。他们又富又强，我们又穷又弱，怪不得人家都瞧不起我们，把我们叫作什么"东亚病夫"。日本一个小国，面积人口不过我们一省的大小，倒算是个头等国。我们偌大一个中华民国，反倒列在日本之下。我们连小小日本都不如，可耻不可耻啊？

我们说到这里，就不能不归罪于我们中国人没有见识，把读书这件事，看作一种行业，只是当"士"的才应该读书，其余当农、工、商的人，是可以不必读什么书、研究什么学问的。这种见解是全然错了。他们不晓得一般农、工、商也要有农、工、商的知识学问，才能进步。要是没有必需的知识学问，农、工、商就永远不能改良了。

单就农业说，中国是自古"以农立国"的国家。但是现在各国的农业都很发达，我们中国的农业，因为多数农民不识字，不知道各种改良农业的科学方法，到如今还是守着老法子，一点儿没有改变，所以渐渐地衰败下来，弄得农民吃穿都不够，饥寒困苦，达到极点。

热心教育的爱国同胞啊！你们必须赶紧去设法帮助那些不识字的同胞识字读书，使他们得着实用的知识，学些新法子来，应用到他们的实业上去，我们中国的农、工、商、矿各业，才有振兴的希望！国家也才有富强的可能啊！

"知识"是竞争生存必不可少的东西。无论个人，无论国家，"知识"完备的，才能占优胜；"知识"缺乏的，必定遭失败。我们若是要生存，一定要有相当的"知识"。要得着"知识"，第一步必须认得传播知识的"文字"，"文字"如同一把钥匙，有了它，才能去开知识的宝库。

世界上文明强盛的国家，差不多人人都能识字。英、美、法、德各大国暂且不说，就是日本小国，连拉车的人也能看报。我们看一看中国不识字的人究竟有多少？我们不知道还好；知道了，真要吓得胆破心寒！原来中国现在还有三万万两千万不识字的人！这些不识字的人，拿起书来不能读，拿起报来不会看，虽然有眼睛，却和瞎子一样；他们听有知识的人谈论国家和世界上的事情，茫然不懂，虽然有耳朵，却和聋子一样；他们自己有什么话，不能发表出来，又不能把自己的意思讲明白，虽然有嘴，却和哑子一样。诸君！请想一想，中国有这样多的瞎子、聋子、哑子，哪能同别国的人并驾齐驱呢？

说到这里，我们就知道治这些瞎、聋、哑，"对症下药"的方法没有别的，就是"教育"。"教育"是人类生存进化必不可少的工具。无论什么民族，要想在世界上占一个位置，必得先有这样的工具。在民治的国家，"教育"更为重要。我们中国现在社会上的种种扰乱，政治上的种种腐败，外交上的种种损失，都是因为民智低下、教育堕落。所以我们要想改造中国，第一步应该做的事，就是要提高民智，普及教育。现在中国虽然有许多学堂，但是教育不普及，识字读书的人太少。中国是个"民国"。"民国"的人应该平等。平等的人民却不能受平等教育，怎么能算得一个"民国"呢？

中国许多人不识字、不读书的缘故，并不是因为他们不知道识字读书的好处。我们有一句常说的话："万般皆下品，唯有读书高。"可见得我们中国人把识字读书是看得很重要的。但是从前读书的人，专门读书，不做别的事，有时还要靠别人的资助。所以有钱的人，才读得起书；穷苦的人，哪里有读书的机会！可惜许多聪明的人因为没有钱上不起学，不能发展他们天赋的才能。诸君啊！在那些不识字没有机会求学的同胞中，不知埋没了多少"英雄""豪杰""发明家""制造家"！世界上的损失还有比这个损失更大的吗？

许多人因为"穷"，读不起书。还有许多人因为"忙"，也就不去读书。所以我们到乡下去，常听见务农的朋友们说："我们从早到晚，耕田，种地，放牛，割草，哪里有工夫读书？"我们到城里，又听见做工的朋友们说："我们整天靠着两只手做活，挣钱，忙个不了，要想读书，却没有时间！"

在"穷"和"忙"这两班人以外，还有许多人把读书看得太难。他们说："你没有看见那些读书的学生吗？他们就像坐牢念咒一样。况且我们的年纪已经大了，记性也不好了，哪能够学小孩子的样子捧着书本去求教先生？读书这件事我们简直是无福消受。"

请君！诸君！读书到底是不是一件很难的事？做工和穷苦的人，是不是没有一点儿读书的机会？

我们要回答这两个问题，先要研究几件事：

第一层，我们要读多少书才够用？

第二层，我们要费多少时间去读书？

第三层，我们要花多少钱才能读书？

我们若是把这三件事解决了，我们就知道读书并不是一件难事，也不是一件很无味、很费时间的事，也不是一件要用许多钱才能做到的事。至于讲到年纪，就是大些，也不要紧，因为从来年纪大的人造成很好学问的很多。诸君还有人记得《三字经》上的"苏老泉，二十七，始发愤，读书籍"吗？至于不因穷苦丧志，勤学成名人的也很多，像那些"如囊萤，如映雪，家虽贫，学不辍"，或是"头悬梁，锥刺股，彼不教，自勤苦"，还有那些"如负薪，如挂角，身虽劳，犹苦卓"。再考察欧美名人的传记，什么大政治家、大科学家、大企业家，由做工务农出身的人不知有多少！俗话说得好："天下无难事，只怕有心人。"不管是谁，不论有钱无钱，只要立志读书，是没有不会成功的。

读书不但要有志向，还要有简便适用的方法。从前许多人读了几十年书，"之乎也者矣焉哉"的，背得很熟，却是连封平常的信都写不通，普通的常识也不全。因为他们所读的书本太不适用。"经、史、子、集"，这些书都是古代的伦理、哲学、政治、历史。而且这些书上的文字，与现在通用的文字，也差得很远。把这些书拿来给小孩子和初学的人读，他们自然是莫名其妙。这些书是应该让给专门文学的人去研究的，不应该当作国文初阶进阶的。所以我们对于选择课本，不能不十分注意。孔夫子曾说过："工欲善其事，必先利其器。"我们若要使中国人人都识字读书，应该用什么工具呢？

诸君！你们知道现在我们国内教育家组织了一个会，叫作平民教育促进会。这个会的目的，就是要使全国人人识字，建立普及教育的基础，改进生计，消弭乱源，奠定国本。换一句话说，就是要使我们中国四万万人无论贵贱、贫富、男女、老少，都有普通常识，能处理日常生活、写信、记账和别的应用文件，并且培养他们有继续读书、看报和领略优良教育的能力，也就是使他们有人生与共和国民必不可少的精神、态度、知识、思想和技能。平民教育促进会对于课本、时间、经费、校址、教师等事，都有详细的研究，又时时改良，所以成效一天比一天显著。现在把平民教育办法的特点列下：

（一）课本。平民学校用的课本，叫作《平民千字课》，是用白话编成的。课本里头的字，是根据日用最普通一千多个字。这些字是用科学方法研究，在五十多种白话书报里头挑选出来的。这些字可以说是我国文字中的"基本字"，认识了这一千多个字，凡是平常日用的文字，如写信、记账、看报，都可够用。每课又插有图画，引起学生兴趣，帮助他们了解和记忆。

（二）时间。这部千字课，一共四本，每本有二十四课，共计九十六课。若是每天上一课，只要十六个星期便可读完。无论怎样忙的人，一天总可匀出一点钟出来，比在寻常学校里读书的时间少了好几倍，而且一天只读一课，每课至多不过十二三个生字。上课的早晚，也可照地方情形酌定。这样办法，对于我们一般平民做工谋生，一点都没有妨害。读书做事，两无冲突。从前读书的人，读书便不能做事；做事的人，做事便不能读书。现在读书的人也可以做事，做事的人也可以读书了。

（三）经费。一部千字课只要一角二分钱，不过够印刷的工本。平民学校一概不收学费。教书的先生，都是尽义务，不要薪水。平民学校需用的房屋，各处已经办平民教育的，都是借现有的学校，或是庙宇，或是祠堂。至于灯油、炭火、纸、笔等项，花的钱有限。若是本地热心公益的绅商，随便捐助些，便"绰绰有余"了。

平民教育有上列的几个特点，把"文字""时间""经费"，这三个难题，都打破了。亲爱的同胞们啊！平民教育是普及教育的利器。南京、上海、烟台、长沙、天津、杭州、成都、南昌、广州，几个都会地方，都已举办，成绩很好。各处城市正在仿照推行。但是中国在城市住的人民，只有十分之二三；在乡村住的人民，要占十分之七八，所以推行平民教育，不但应该注意城市，更要特别注意乡村。如果城乡各界人士联合进行，有钱的人快慷慨捐钱，有知识的人快出来尽义务教书，失学的人快发奋读书，非达到全国男女人人识字的目的不止。能够这样办去，中国才有不瞎、不聋、不哑、有知识、能自立的国民。有了这样的国民，才能办地方自治，监督政府，防御外侮，改良社会，发展农、工、商、矿各种实业。然后政治才得清明，民生才得充裕。现在的种种国耻、种种困苦，也就不除自除，不去自去！我们中国自然而然会变成一个富强的国家。

诸君啊！请你们发一个"见义勇为"的志愿，负一个"先觉觉后"的责任，出来替不识字的苦同胞尽点义务，做他们的明灯，引导他们离了黑暗悲惨的景况，进到光明快乐的境界。中国的前途，全看我们能不能在四万万人中，把不识字的人去掉，能不能把"平民教育"普及全国。

许地山
（1894—1941）

生平简介

　　许地山（1894—1941），名赞堃，字地山，笔名落华生，籍贯广东揭阳，出生于台湾。作家、学者。1894 年中日甲午战争爆发后，举家迁回大陆，于福建落户。1913 年受聘到缅甸仰光华侨创办的中华学校任职。1915 年 12 月回国，曾在漳州华英中学任教。1917 年考入燕京大学文学院，1920 年毕业留校任教。1921 年 1 月和沈雁冰、叶圣陶、郑振铎等人在北平发起成立文学研究会，创办《小说月报》。1922 年 8 月与梁实秋、谢婉莹（冰心）等到美国哥伦比亚大学研究院哲学系学习。1924 年获文学硕士学位，并以"研究生"资格进入英国牛津大学曼斯菲尔学院研究宗教史、印度哲学、梵文、人类学及民俗学，两年后又获牛津大学研究院文学学士学位。1927 年回国，在燕京大学文学院和宗教学院任副教授、教授，同时致力于文学创作。1935 年应聘为香港大学文学院主任教授，遂举家迁往香港。在港期间曾兼任香港中英文化协会主席。1937 年七七事变后，发表文章、演讲宣传抗日，反对投降。皖南事变发生，即与张一麈联合致电蒋介石，呼吁团结、和平、息战。同时担任中华全国文艺界抗敌协会香港分会常务理事，为抗日救国事业奔走呼号，展开各项组织和教育工作。1941 年 8 月 4 日在香港病逝，葬于香港华人基督教联会薄扶林道坟场。一生著作颇多，有《空山灵雨》《缀网劳蛛》《危巢坠简》《道学史》等。

原始的儒、儒家与儒教^①

1923 年 6 月 10 日

一

在原始社会中，凡长于一技、精于一艺的人，他必定为那群众中所敬重。因为他能办群众所不能的事，所以他在那社会中的地位最高，且具有治人的能力。在草昧时代，人民最怕的是自然界一切的势力，疾风、迅雷、景星、庆云乃至山崩、河决，无一不是他们所畏怖的。他们必要借着"前知"或"祈禳"的方法来预防，或解救那一切的灾害。然而"前知""祈禳"的事不是人人能办的。在一个团体中至多不过是三五个人而已。这样具超常人能力的人，必能制度创物。这等人在中国古代，高明者为"圣人"，次者也不失为"君子"。但无论是圣人也罢，君子也罢，他们的地位即是巫祝，是宰官，或者也是君王。女娲炼石、神农尝药、蚩尤作雾、史皇（仓颉）制书等等，都是圣人能作物的；同时，他们是君主（史书多说蚩尤好乱喜兵，少说到他的好处，可是他也不定是很暴虐的人。他也是个儒者，《管子·五行》："昔者黄帝得蚩尤而明于天道，得大常而察于地利，得奢龙而辩于东方，得祝融而辩于南方，得大封而辩于西方，得后土而辩于北方。黄帝得六相而天地治，

① 本文是许地山在燕京大学发表的演讲。

神明至。"看来蚩尤还是一位助人君知天时的人哪)。时代越下,依圣人曾经创作的事物而创作的人越多,"圣人""君子"的尊号,当然不能像雨点一般,尽落在这些不发明而制物的人的头上,于是古人另给他们一个名字叫作"儒"。

"儒"这个字,《说文》解作"术士"。依这两个字的解释,是办事有方法的人的意思("术",《说文》解作"邑中道",《广雅》解作"道"。"术""道"相通,可见"术士"即是"道士")。从制字的本义说,"儒"从人需。"需",《易》象说是"云上于天",《序卦》说是"饮食之道"。由前说是天地之道,而后说是人道,那就是说,儒是明三才之道的人。这个意思,汉朝的扬雄给他立个定义说"通天、地、人曰儒"(《法言·君子篇》)。最初的儒——术士——都是知天文、识旱潦的。他的职分近于巫祝,能以乐舞降神。他是巫官,是乐官,又是教官,《虞书》载舜命夔典乐教胄子,以谐神人即是此意。其后衍为司乐之官,"掌成均之法,以治建国之学政,使有道有德者教国之子弟,死则为乐祖,祭于瞽宗"(《周礼·大司乐》)。儒者皆以诲人为职志,其渊源未必不在于此。怎么说最先他也不过是巫觋瞽蒙一流人呢?古人以衣冠为章身序官之具,因其形式辨别那人的职分。儒者所戴的帽子名"术氏冠",又名"圜冠",圜冠是以鹬(翠鸟)羽装饰的帽子,用来舞旱暵求雨的。《庄子·田子方》有一段话说:"儒者冠圜冠者知天时,履句屦者知地形,缓佩玦者事至而断。"可见周代的儒,虽不必尽为舞师之事,而他的衣冠仍然存着先代的制度,使人一见就可以理会他是"通天地人的人"(参看章太炎《国故论衡·原儒》)。又《诗传》所谓"建邦能命龟,田能施命,作器能铭,使能造命,登高能赋,师旅能誓,山川能说,丧纪能诔,祭祀能语,君子能此九者,可谓有德音,可以为大夫"。这九能中,巫祝之事占了一大半,然而不失其为大夫、君子。

儒者既为术士的统称,所以凡有一技一艺之长,对于所事能够明了、熟练和有法术能教人的都可以称为儒,称为术士。故"教之以事,而谕诸德者"为师(《文王世子》文),"有六艺以教民者"为保,保就是儒。"艺""术""道"三字,在典籍中几成为儒者的专卖品。《天官·大宰》职说"儒以道得民";《地官·保氏》职说"养国子以道,乃教之六艺"。这里的"道"，是技术、才艺的道。《晏子春秋·内篇第五》说："燕之游士，有泯子午者，南见晏子于齐，言有文章，术有条理。巨可以补国，细可以益晏子者三百篇。"又《吕氏春秋·博志》："孔、墨、宁越，皆布衣之士也，虑于天下，以为无若先王之术者。"我们可以看出泯子午所有的是补国益身的法术；孔、墨、宁越所学的是先王的经术。"法术""经术"都是儒者的职志，是圣人所务的。《礼记·乡饮酒义》说"古之学术道者，将以得身也，是故圣人务焉"。"术道"就是艺术。到这里，我们不能不略讲一点"艺"的意思。

保氏所授的是艺。《汉书·儒林传》："古之儒者，博学乎六艺之文。六学者，王教之典籍，先圣所以明天道、正人伦、致至治之成法也。"明六艺是先圣致治的道术，是世儒所习所教的。六艺是改教学艺的基础，自来就有今文、古文两派说法。主道说的，为"纯乎明理"，为今文六艺；"兼详纪事"，为古文六艺。此外还有保氏所教的六艺——礼、乐、射、御、书、数，《大戴礼》有"小艺""大艺"的分别，故此，我以为六艺可以分为小学六艺和大学六艺。小学六艺是小艺，就是童子八岁出就外舍所学的五礼、六乐、五射、五驭、六书、九数。大学六艺是大艺，即所谓六经，是束发时在大学所学的《易》《书》《诗》《礼》《乐》《春秋》。不过大学所习的大艺，古时只有四样，《王制》：

乐正崇四术，立四教，顺先王诗、书、礼、乐以造士。

《庄子·天下篇》也说：

古之人其备乎！配神明，醇天地，育万物，和天下，泽及百姓，明于本数，系于末度。六通四辟，小大精粗，其运无乎不在。其明而在数度者，旧法世传之，史尚多有之。其在于诗、书、礼、乐者，邹鲁之士、缙绅先生多能明之。《诗》以道志，《书》以道事，《礼》以道行，《乐》以道和，《易》以道阴阳，《春秋》以道名分。其数散于天下而设于中国者，百家之学，时或称而道之。

这里明明有大小艺的分别，"其明在数度"即是先圣遗留下来，揖让、升降、舞勺、诵诗、白矢、连参、谐声、转注、鸣惊、逐禽、均输、方程等等技艺的成法，所谓"六通"，是通于此；世人所传，也是传此。至于载于竹帛的诗、书、礼、乐，是古圣政事、典章、学术、名理之所从出，要辟这四艺非人大学不成，故只为邹鲁一部分的士和缙绅先生所能明。道阴阳的《易》和道名分的《春秋》，本不在大学六艺之列，也许因为这两样是卜史所专掌，需要在官然后学习的缘故。韩宣子观《书》于鲁大史氏，见《易》象与《鲁春秋》（见《左》昭公二年传，这时孔子十一岁）。孔子晚年才学《易》，删定《春秋》，足见这两书不藏于王宫，孔子在大成之年也未必猎涉过的。

二

凡是一种理想，都是由许多成法挤出来的。六艺既是先王经世的成迹，那钻研经术的儒生在习诵之余，必要揣摩其中的道理。于是在六艺中抽出一个经纬天下的"道"，而"道""艺"的判别，就越来越远了。这个"道"是从六经产出，是九流百家所同宗的，所以不习六艺所产的"道术"观念就不能观九家之言，即不能明白儒家的渊源。百家所持，原来只有从六艺产出的一个"道"字，这个"道"本不专为一家，乃是一个玄名，自刘向以后，始以老庄之说为道家，《汉志》说"道家者流盖出于史官"，其实古代神政，能诵习典册的也只有祝史之流，正不必到衰周王官失守，然后流为一家之言。且在官者皆习六艺，各家的思维也是趋于大同，也是"违道不远"的。

"道"是什么意思呢？说起来，又是一篇大文章，我只能将它的大意提些出来和儒家所主的比较一下而已。道只是宇宙间唯一不易的根源，是无量事物之所从出的。《韩非·解老篇》："道者，万物之所然也，万理之所稽也。"《庄子·天下篇》说："古之所谓道术者，果恶乎在？曰无乎不在。"又《在宥篇》说："一而不可不易者，道也。"《中庸》："天命之谓性，率性之谓道，修道之谓教。"《易》说："一阴一阳之谓道。"又说："立天之道，曰阴与阳；立地之道，曰柔与刚；立人之道，曰仁与义。"这阴阳、柔刚、仁义之道，是一般术士所传习的，所以道家主柔弱，说"致虚极，守静笃"，而"儒"训为"柔"。道主"无为"，而孔子说"无为而治者，其舜也与？夫何为哉？恭己正南面而已矣"。道推原于天，如《天道篇》说："古之明大道者，先明天，而道德次之。道德已明，而仁义次之。……以此事上，以此畜下，以此治物，以此修身，知谋不用，必归于天，此之谓太平，治之至也。"而儒以顺阴阳为职志，故《祭义》说："昔者圣人达阴阳天地之情，立以为《易》。《易》抱龟南面，天子卷冕北面，虽有明知之心，必进断其志焉，示不敢专，以尊天也。"《易》是中国最古的书，是六艺之祖。百家，尤其以道家的思想都从这里出发的。孔子所修的道，多在实用方面，故说"修道以俟天下"。而他的行教目的，也是要和这经纬六合之"道"同流的。看他所说"吾道一以贯之"和"志于道，据于德，依于仁，游于艺"四个大教义，也可以理会得道儒之分别。

我们既然知道，"艺""术""道"是一般儒士所常道的，儒不过是学道人的名称，而后人多以儒为宗师仲尼的人。这是因为孔子和他的门人自己认定他们是儒的正支，是以道艺教乡里的。孔子对子夏说"女为'君子儒'，无为'小人儒'"。因为子夏当时设教，夫子告以为儒之道，教他要做识大体而可大受的"君子儒"。此后社会上就把儒这个字来做学"孔子道"的人的专名（见《淮南·俶真训》"儒墨"注）。原来在孔子以后不久，这字的意义就狭窄了。孟子自己说他的道理是儒，而墨者夷子亦称孟子所传为"儒者之道"（参见《滕文公上》《尽心下》）。儒既成为学"孔子道"的专名，所以《汉志》说："儒家者流，盖出于司徒之官，助人君顺阴阳，明教化者也。游文于六经之中，留意于仁义之际，祖述尧舜，宪章文武，宗师仲尼，以重其言。于道最为高。"又应劭《风俗通》说"儒，区也。言其区别古今，居则玩圣哲之词，动则行典籍之道。稽先王之制，立当时之事，此通儒也。若能纳而不能出，能言而不能行，讲诵而已，无能往来，此通儒也"。训儒为"区"，明其对于道与诸家有不同的地方。这和犹太教中一部分持律的人自以为

"法利赛"的意思相仿。至于"通儒""俗儒",仍是孔子"君子儒""小人儒"的意思。

儒这个名字,怎样到孔子以后就变为一种特殊的教义呢?这有三个缘故。

(一)当时社会的光景,使他成为一家之说。要知道孔子正生于"天下无道"的时代,他对于当时的人民要积极地在思想和行为方面去救度他们。他对于邪说、横议,要用"正名"的方法去矫正,要为他们立一个是非的标准,故因鲁史而寄他"正分名""寓褒贬"的大意思。孟子发明孔子作《春秋》的意思说"孔子成《春秋》,而乱臣贼子惧",又说"王者之迹熄而《诗》亡。《诗》亡,然后《春秋》作。晋之《乘》,楚之《梼杌》,鲁之《春秋》,一也。其事则齐桓、晋文,其文则史。孔子曰,'其义,则丘窃取之矣'"。孔子用这个方法,本来是很好的,因为人都愿意留个好名声在史册上,若个人的善恶行为在史册上都有一定的书法,实在可以使"乱臣贼子惧"。我见这个比舆论更有势力。

(二)他要实行他师儒之职,以道德教人。道德不是空洞的,是要举出些人来做榜样的。所以他所立的标准人物是古代的"圣人""君子"。他要"祖述尧舜,宪章文武",可见还是行着师保之职,只以先圣的道艺教人。《汉志》说儒家盖出于司徒之官,这"盖"字用得很好,因为儒者都以教学为职志如司徒的属官一般,儒者既是"游文于六经之中,留意于仁义之际",故凡事必师古,从典籍上传来的成法,都要学的,"子所雅言《诗》《书》《艺》《札》"。为重先王之典训,故"正言其音",也是为学的方法。

(三)他对于政教的理想是偏重《书》的。胡适说孔子对于改良社会国家的下手方法全在一部《易经》。但"《易》的思想",是士君子意识中所共有,在百家中没有一家不归根于《易》的。我以为儒所以能成为一家,是出于孔子的"《书》的思想"。就是他所解说的《易经》,也是本着这个去解释的。《尚书》即所谓古昔圣贤的典型,孔子说到政事或他的理想的时候,少有不引它来做佐证,或摄取其中的意思说出来。

（一）孔子第一个政治理想是"孝友"，看《为政》载：

> 或谓孔子曰："子奚不为政？"
>
> 子曰："《书》云：'孝乎唯孝！友于兄弟，施于有政。'（逸《书》，东晋伪古文采入《君陈》。）是亦为政，奚其为为政？"

孔子这段逸《书》，意思说政治的根本是在"孝于父母，友于兄弟"。因为孝友是齐家的要政，孝悌既"不好犯上"，那也就"不好作乱"了。所以孝悌之道明，则天下后世的"乱臣贼子"无所养成。

孔子的孝说，也是托于《尚书》的。孝是儒教的重要教义，也是要入儒教团体（做圣人之徒）的人所当履行的。儒者看父母像天神一般的不可侵犯，在生时固然要尽孝尽敬，死后也不许你一下就把他们搬在脑后，要终生追慕他们，——形式上要行三年的丧服。这三年丧服的观念也是出于《尚书》的。《说命》载"王宅忧，亮阴三祀。既免丧，其唯弗言"，引起子张的问（文在《宪问》）。以后孟子更伸引《尧典》"二十有八载，放勋乃徂落，百姓如丧考妣。三年，四海遏密八音"（见《万章》，原文今入《舜典》。伏生《尚书》原只《尧典》一篇，无"曰若稽古帝舜"二十字，至齐建武年，始误分为二篇）的话，历说舜禹，行三年之丧的事实。

三年之丧是否儒家"托古改制"的一例，自来就是一个疑问，毛奇龄《剩言》有一段，很可以帮助我们。

> 滕文公问孟子，始定为三年之丧，固是可怪，岂战国诸侯皆不行三年之丧乎？若然，则齐宣欲短丧，何与？然且曰吾宗国鲁先君亦不行，吾先君亦不行，则是鲁周公伯禽、滕叔绣并无一行三年之丧者。……往读《论语》子张问高宗三年不言，

夫子曰"何必高宗，古之人皆然"，遂疑子张此问，夫子此答，其在周制当必无此事可知。何则？子张以高宗为创见，而夫子又云"古之人"，其非今制昭然也。及读《周书·康王之诰》，成王崩，方九日，康王遽即位，冕服出命令诰诸侯，与"三年不言"绝不相同。然犹曰，此天子事耳。后读《春秋传》晋平公初即位，即改服命官，而通列国盟戒之事，始悟孟子所定三年之丧，引"三年不言"为训，而滕文奉行。即又曰"五月居庐，未有命戒"，皆是商以前之制，并非周制。周公所制礼，并无有此，故侃侃然曰，周公不行，叔绣不行，悖先祖，违授受，历历有词，而世读其书，而通不察也。盖其云"定三年之丧"，谓定三年之丧制也。然则，孟子何以使行商制？曰，使滕行助法，亦商制也。

看来，"三年之丧"是儒家"好古敏求"的事实。大概古来只行于王侯辈，不过儒家把它推行到士庶身上，为的要"民德归厚"便了。

（二）孔子第二个理想是法天。《泰伯》载夫子赞美尧的话说："大哉，尧之为君也，巍巍乎，唯天为大，唯尧则之。"这是发明《尧典》"乃命羲和，钦若昊天，历象日月星辰，敬授人时"的意思。以后他在《易·系辞》上说，"古者，包牺氏之王天下也，仰则观象于天，俯则观法于地"。又说，"黄帝、尧、舜，垂衣裳而天下治，盖取诸乾坤"。又《尧曰》全章（"尧曰"至"公则说"，是一篇《论语》后序。《论语》自微子说夫子之言已讫，故《子张问》皆记弟子之言。至此更集夫子遗语遗意缀于册末，以为后序。可惜文字脱佚不少，后人遂把《子张问》并在里头。《子张问》以下，古原分则为篇，因书成后才得着，故附于后序之后）是总结孔子政教思想的全部的，我们看在这零篇断简中，出于典、谟、诰、范的也不为少。

（三）第三是孔子的"富教主义"，《洪范》所陈第九畴的五福——寿、富、康宁、攸好德、考终命——是一个具足生活顺序的理想。说人先要多寿（健全的生命），然后能享诸福。既有了生命，不可不有资生的财禄。既有财禄，当使之身心没有疾病、忧患。衣食既足，身心既

116

健，然后教之，使好好德。这个理想变成孔子的话，看《颜渊》：

> 子贡问政。子曰："足食，足兵，民信之矣。"

又《子路》有一段，也可以说明这个意思：

> 子适卫，冉有仆。子曰："庶矣哉！"
> 冉有曰："既庶矣，又何加焉？"
> 子曰："富之。"
> 曰："既富矣，又何加焉？"
> 曰："教之。"

（四）第四孔子的"礼乐主义"也是出于《尚书》的。礼乐是陶冶品性、养成道德习惯的利器。我们借着礼乐可以调节身心，更能发展我们道德意识的习惯。所以要调节的缘由，是因人从天地的气质受生，性格的刚柔厚薄，各个不同，务要使大家达到一个中和的地步。礼是要实践的，一个人有没有礼，只要先看他的容貌行为如何。孔子服膺典读里所言九德——宽而栗、柔而立、愿而恭、佩而敬、扰而毅、直而温、简而廉、刚而塞、强而义。——所以他自己是一个"温而厉，威而不猛，恭而安"（《述而》）的人。他的学生子夏也说"君子有三变：望之俨然；即之也温；听其言也厉"（《子张》）。要这个样子才能达到中和的地步。不然孔子就说"恭而无礼则劳，慎而无礼则葸，勇而无礼则乱，直而无礼则绞"（《泰伯》）。又说，"敬而不中礼谓之野，恭而不中礼谓之给，勇而不中礼谓之逆"（《仲尼燕居》）。

礼乐本是相为表里的，所以虞舜令夔典乐，对他说："夔，命汝典乐，教胄子，直而温，宽而栗，刚而无虐，简而无傲。诗言志，歌永言，声依永，律和声，八音克谐，无相夺伦，神人以和。"（《舜典》）孔子以为"达于礼而不达于乐"的是"素"，"达于乐而不达礼"的是"偏"。夔只达于乐，没有办到舜所嘱咐的话，只说"于——予击石拊石，百兽率舞"。所以说他是"偏"（参照《益稷》和《仲尼燕居》）。

礼乐本是儒者旧业（巫史之事），不过孔子特别提了出来，且变本加厉，把它们纳入他的中心教义"仁"字里头。他说礼节是"仁之貌"，歌乐是"仁之和"（《儒行》）。又说："人而不仁，如礼何？人而不仁，如乐何？"（《八佾》）因为礼乐所以饬仁，故只有仁者能行礼乐。

孔子以孝悌和礼乐的教义，传授弟子们。但在他生时，弟子也未必都服从他一切教训，如漆雕开、颛孙师是其最著者。自他死后，派别渐多，二百年间已有八派。《韩非·显学篇》："自孔子之死也，有子张之儒，有子思之儒，有颜氏之儒，有孟氏之儒，有漆雕氏之儒，有仲良氏之儒，有孙氏（荀卿）之儒，有乐正氏之儒。"诸儒的派别，据《群辅录》说："夫子没后，散于天下，设于中国，成百氏之源，为纲纪之儒。'居环堵之室，荜门圭窦，瓮牖绳枢，并日而食'，以道自居者，有道之儒，子思氏之所行也。'衣冠中，动作顺，大让如慢，小让如伪'者（说明子思、子张学派的话都出于《小戴·儒行》），子张氏之所行也。颜氏传《诗》为道，为讽谏之儒。孟氏传《书》为道，为疏通致远之儒。仲良氏传《乐》为道，以和阴阳，为移风易俗之儒。乐正氏传《春秋》为道，为属词比事之儒。公孙氏传《易》为道，为洁净精微之儒。"录中所列八儒，与《显学》互有出入，所说"纲纪之儒"是孔子的正传，亲自随从夫子学过度的。说孟氏传《书》，很有道理，因为《书》的思想，到孟子以后更成正统派儒家的专用品了。诸家宗旨，许多已经失传了，我们念《显学篇》《儒行》《荀子》《儒教》《非十二子》诸篇，大概还可以窥探一点。

无论什么道理，若经多人公订，或实现于行为之后，必要发生"劳相"，不是趋于极端，便是因循故事。荀卿讥子张派只会装圣人的威仪、子夏氏务于沉默、子游氏只图哺啜，说："弟佗其冠，神襌其辞，禹行而舜趋，是子张氏之贱儒也。正其衣冠，齐其颜色，嘫然而终日不言，是子夏氏之贱儒也。偷儒惮事，无廉耻而耆饮食，必曰'君子固不用力'，是子游氏之贱儒也。"漆雕氏一派很有儒侠之风。他所传的，是儒行所谓"儒有委之以货财，淹之以乐好，见利不亏其义；劫之以众，沮之以兵，见死不更其守"一流的人。故韩非给他们的评语说："不色挠，不目逃，行曲则违于臧获，行直则怒于诸侯。"以后这派流为任侠。

118

荀卿的辅弼信陵，也带着几分侠气（参看太炎《检论·儒侠》）。又孔子的正传，孝悌思想的毒焰，到现在还没有完全熄灭。这因当时曾子一流的人物把"孝"字看得太重了，结果使人只存着"身为父母之遗体"的观念。走到极端，反动便来了。这反动形成了《大学》《中庸》的教义，《大学》《中庸》是明"修己""治人"的方法的。为什么要修身？为的是事亲、知人、知天。以身为一切行为思想的基础，早已把正教的"孝"改换过来了。孝是"家人的"，身是"个人的"。这注重个人的教义，开了孟子、荀子以后的派别。

《大学》《中庸》的思想，简明而有系统，我们可以不费工夫来讲它们，只要列个表出来，就够了。

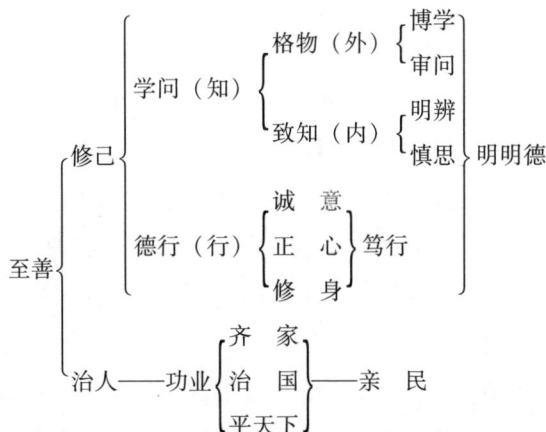

```
                                    ┌ 格物（外）┌ 博学
                        ┌ 学问（知）┤           └ 审问
                        │           │           ┌ 明辨
                ┌ 修己 ┤           └ 致知（内）┤        ┐ 明明德
                │       │                       └ 慎思  │
                │       │           ┌ 诚  意           │
        至善 ┤       └ 德行（行）┤ 正  心  篤行
                │                   └ 修  身
                │               ┌ 齐  家
                └ 治人──功业 ┤ 治  国 ──亲  民
                                └ 平天下
```

《大学》《中庸》的主养在使人止于至善，而其方法只用一个"诚"字。"诚"是个人天性尽量的表现，这成为后来儒家重"心术"的源泉。孟、荀二家就是从这潮流中泛出来的。孟子、荀子生于战国之世。天下儒术，几于废黜，他们两个幸而生于齐鲁附近的国，故能沾一点"圣泽"。孟子之学是出于子思的。荀子的师承不明，但他的书中常以仲尼与子弓（有人说是仲弓）并称，也许是出于冉雍之门。孟子的思想，还是《尚书》的，所以对于修己、治人之道，主用仁义，而称先王。冉子曾学《礼》于孔子，假使荀子之学，是从他出来的，那么，他的《礼》论就有出处了。因为他是主礼的，礼于三代犹有所损益，故先王之典型不尽是可法，当法后王（后王不是未来的王的解法，只是

119

指近代的王。荀子的意思大概是指文、武）。

自孟、荀以后，我们又要顾一顾战国末年和秦代的一般思想和社会，知道儒教在那时期的境地如何。对于这个我们应当从几方面看。

（一）在公元前4世纪至3世纪，中国正是要从分割归一统的时候，人民因厌乱而起出世思想，神仙的迷信大为盛行。尤其以山东诸国为最。神仙之说，本出于江汉的巫祝或灵保，以后渐向北方蔓延的。照当时光景，登莱半岛是最适于神仙观念发展的地方。因为那时齐国是收海利的，许多人入海，入海的人难免不会到了一个他们所不曾到过的境界。加之，海边的蜃楼，悬在天上，要使不明白物理的人不猜到那是神山，也是不可能的。于是有一派人造出求仙之说，说仙人有灵药，人服了可以长生不老。有些自说到过神山，见过仙人，仙人授给制药之方，回来就大讲起炼丹的道理。这一等人，即所谓"方士"者。

（二）从《易经》产出来的阴阳思想，充满了当时人的脑筋。《易》有《连山》《归藏》《周易》三种，虽是一部极古的字书，其中寄托许多神话和哲学思想，然而许久就给人当作卜筮之书了。《周易》是成周王朝所用的卜筮书，当时的侯国也少有知道这书的底细的。当惠王五年（前672，鲁庄公二十二年），周史始以《周易》见陈侯。灵王二十四年（前548，鲁襄公二十五年）流行于齐，景王五年（昭二年）韩宣子始在鲁国见着《易象》。可见《周易》这书流通得很晚。而在列国中，得着孔子所解释过的，恐怕很少。《易》仍然以卜筮书的资格流行，是意中的事。《周易》此后，渐渐流入民间，因时代关系，一变而为阴阳五行之说。所谓阴阳家，即起于此。

（三）儒教虽然不语神怪，而其教义的实行，却立在古代遗下来的祖灵崇拜和自然崇拜的基石上头。他们对于丧礼、祭礼，都变本加厉地奉行。加以当时淹中、稷下儒墨的接触频繁，于是在思想行为上，二家互为影响。天、帝、鬼、神、报应等等观念都为二家所乐谈，不过儒家少说天帝，多说天命而已。

儒家对于天的观念，多是从《诗》《书》来的。孔子因《召诰》"天其命哲，命吉凶，命历年"的话，说"天生德于予"。他以为天既生得他那么明哲，吉凶自有天命在，不能为人事所转移的。又"居易以俟命"(《中庸》），"夭寿不贰，修身以俟之，所以立命"(《尽心》）等等，都是从《诗》《书》的"天秩有礼""天生烝民，有物有则"一派的遗训生出来的。

（四）谶纬说的成立，影响了秦汉的儒教不少。谶的意思，是"执后事以验前文"，与《老子》所谓"前识"、《中庸》所谓"前知"相似。战国末年，大有复现少昊时代"民神杂糅，家为巫史，民渎斋盟"的光景。所以太史公述荀子著书的意思说："荀卿嫉浊世之政，亡国乱君相属，不遂大道，而营于巫祝，信机祥，鄙儒小拘，如庄周等。又滑稽乱俗，于是推儒墨道德之行事兴坏，序列著数万言而卒。"（《史记·荀卿列传》）是当时上下笃信机祥，侈言豫察。于是大多数的儒生多用这样的话语来做经籍的"索隐"。以后今文家用谶说经的时候尤其多。

四

经学分古文今文始于秦。但起先不过是传写文字的不同，后来今文经生以图谶之说教乱经义，致二家分途而行。图谶本不是儒家所有的，看《中庸》"索隐行怪，吾不为之"，和夫子言"天道不可得闻"的话可以知道，秦人信神仙，采纳方士之说，故秦的诸生皆通其学术。《史记·始皇本纪》所载博士为仙真人诗，博士言"水神不可见，以大鱼、蛟龙为候"，是知当时所谓诸生、博士，于经学外实兼明推步占候之术。图谶之起，根于纬书。《隋书·经籍志》说"孔子既叙六经以明天人之道，知后世不能稽同其意，故别立纬及谶以遗来世"。纬书托于孔子的缘故，是因"孔子道"在战国末年已形成了一种特殊的教门。六艺虽是孔门的经典，然而为诸儒所共有，单说经文，不足以号召异学，加之孔子自己说过"圣则吾不能""述而不作"，他又不是帝王，习孔子道者以为这空前的教主既不是王，又不做圣，乍能擅革典章，来言行他做君做师的职务，敢不得加之以"素王"之号，强派他有写纬书的事实。这意思，我们可以在郑玄的话探出来，《礼记》孔疏引郑玄释"三时田"说，"孔子虽有圣德，不敢显然改先王之法，以教授于世。若其所欲改，阴书于纬藏之，以传后生"。其实孔子何尝不敢改作旧贯，只因当时，一方面看他过于神圣，一方面又要用"非天子不制度，不考文"的律令来科他，所以有这个结果。纬书既经流行，又加上方士的迷信，于是图谶大有决河东下之势，浸润了一班明王贤师的头脑了。

秦朝的期间很短，可是做了一件惊动天地的事，始皇三十四年（前213）因厉行"同文"和"挟书"之令大烧书籍，又明年，大坑儒生，以致经学博士们死的死，逃的逃，经籍也随着失散了许多。秦楚之际，项羽焚秦宫室，萧何入关只顾收检秦丞相、御史所掌的律令图籍，于是六艺存在官府的也没了，所留只有少数私自埋藏着的和几位老博士的记忆。儒教受这样大的迫害，自然是很恨秦廷。故陈涉一起兵（秦二世元年，前209），鲁国诸儒抱着孔氏的礼器去归附他，甚至孔君的八世孙孔甲也愿意去当他的博士。

原来孔子死后（敬王四十一年，前479），弟子们不但为他服心丧二年，且当他的坟墓为圣地，弟子们和鲁国的人甚至于搬家到他墓边住去。因就孔子旧宅立庙，以岁时奉祀。诸儒亦在那里讲礼，如乡饮、大射之类，都照时节举行。这个宗教团体平平安安地继续了二百多年。孔子的嫡派子孙简直和传经的祭司没有什么区别。自挟书和偶语诗书弃市的律令行了以后，这儒教的"正教会"也就几于离散了。

汉高帝十二年（前195），自淮南过鲁，始以太牢祀孔子，是帝王对于孔子第一次的祭祀。但高帝起先也是厌恶儒术的。《史记·郦生传》说"沛公不好儒。诸客冠儒冠来者，沛公辄解其冠，溲溺其中。与人言，常大骂"。又骂陆贾说："乃公居马上而得之，安能事诗书?"（《史记·陆贾传》）叔孙通以儒服见他，他很厌恶，乃变服短服。这都是高帝不知"皇帝之贵"以前，对于儒术的态度。惠帝四年（前191，自令行至是凡二十三年），始除挟书律，然而朝廷并未显然以"孔子道为重"，文帝和窦皇后都不是儒者，他们夫妇二人雅好黄老之学。文帝临崩，遗诏短丧，显与孔门教义牴牾。而《汉书·外戚列传》说"窦太后好黄帝老子之言，景帝及诸窦不得不读《老子》，尊其术"。又以议明堂事下赵绾、王臧吏；问辕固《老子》，对不称意，命他入圈刺豕，足见窦后对于儒术窘迫得很厉害。

自文景以后，儒教渐见尊崇，但武帝既好儒术，又好神仙，于是谀儒多以"曲学阿世"。董仲舒以大经师犹身为巫师，做土龙以求雨，侈陈灾异，其他更可想而知了。儒生以曲学阿世的结果，一方面虽使经义淆乱，而他方面又使儒教增几分势力。文景以前百家都是平等的，到武帝时，才推崇儒术，罢黜百家，使不得在学官之列。由是只有六艺的博士，其余的，都归失败了。

在这个"罢黜百家，表章六经"的关键中，和儒家抗衡得最厉害的是黄老和法家。汉家以阴谋得天下，开国元勋多是这一流人物，忽然要使这班仗着一张嘴谈仁说义的儒生来做士林的纲领，势必惹起许多反动。宣帝好以刑名绳天下，太子劝他进用儒生。他很生气地说："汉家自有制度，本以霸王道杂之，奈何纯任德教，用周政乎？且俗儒不达时宜，好是古非今，使人眩于名实，不知所守，何足委任？"他甚至说"柔仁好儒"的太子会乱汉家天下。看来，宣帝时代还不是很崇儒术的。但他也不是绝对排斥儒教的，如信梁丘贺的筮法，至以他为大中大夫。甘露三年（前51）又召诸儒讲五经异同于石渠阁，都可以看出他对于六艺也不忽视。元帝、成帝都是好儒术的。元帝遵儒教的事实很多，如永光三年（前41）因贡禹的奏章，而罢在郡国的祖宗，以应古礼。复以韦玄成议，毁太上皇、孝惠诸寝庙园，是他服膺儒道的表现。他又诏褒成侯霸，以所食祀孔子，这是世爵奉祠之始。成帝河平三年（前26），以中秘书颇散亡，使谒者陈农求遗书于天下，命刘向、刘歆父子操校理的责任，由是尊儒的政策大告成功。不幸儒教正在公布成立的时候，王莽早又怀着"周公辅成王"的心事。因为这个，不得更崇孔子，所以在平帝元始元年（1）追谥孔子为褒成宣尼公。孔子有谥号，实从此始。

孔子道给王莽借用了不少：他假《符命》四十二章以愚民，故能偷了十几年的天下。西汉的儒者，不过推步灾异，缘饰阴阳，犹不敢以偏说淆乱先王旧典。自王莽引经作谶，以《易·巽卦》"伏戎于莽"为己之应，而图谶之说大行了。光武之兴，本不必假借纬候，但以王氏既假符命灭汉，故亦欲假符命以明汉氏之当再立，互为提倡，便形成东汉道士派的儒学了。东汉经师每信图谶，如郑康成以经学大师，且为纬作注，其《六艺论》至云"六艺，皆图所生"是很可怪的。这派道士的儒学实为儒教正式成立后的神学。明帝永平二年（59）始命辟雍及郡县学校，行乡饮酒礼，皆祀周公、孔子，牲用犬。国学郡县祀孔子自此始。十五年帝东巡，过鲁，始以七十二弟子从祀。此后，所有的衣冠制度，都就了孔子道的范式，再没有何等迫害了。

讲了半天，儒的道理的精华处到底是哪一点呢？我可以说是在君师的理想上头。我们所学所问，不是专为学问而学问，是要致用的。致用是在齐家、治国、平天下上头。学的是古典谟，而功业在当世，所以说"修己以安百姓"，"恭己正南面"。这儒的君师理想，弥漫了我民族几千年的头脑里头。我们当以为单是学问不能算为学问，非得把它现于实用才算，历来在政府有势力的，所谓负有经时济世的才干的都是大儒者。章太炎、康有为、梁启超乃至胡适们，都是不以他们的学问为满足，都怀着不同的治人理想的。太炎自己承认他是政治家，若说他的政见不能比他的学问强，他就不高兴了。儒教里头，积聚了许多可贵的道理，可惜现在只有少数人从事寻绎，而多数人正在做西方文化的转运手，把它鄙弃了。

儒教在今日若能成为一种宗教，那它就是一个具社会灵魂的宗教，它所求的只在社会的安宁，和"立身、行道、扬名于后世"这样的名誉恭敬。它的运动方向只以社会安宁为至善鹄的。至于人和宇宙间更深远玄渺的联络，个人对于"我"的去处，是儒者所不乐道的。伦教运动，计起来似乎要比神教运动更合理性，但人生本是很滑稽的，我们常不能满足于这样不玄的动作。科学家说花是某某等原质凑成的，要怎样培养它才能使它好看，但这只是讲堂内和园丁的事，一般人都是赏花的。一般人对于花，各个心中只有个别的奇妙理解和欣赏赞叹罢了。我不是要儒教做出些神怪，或印行些感应篇，只是要它在人群上找一个更高的联络，因为社会在宇宙间本算不得什么，本不是生活的根源。要万事治理，需从根源起，治末梢是不中用的。儒教能用宋儒的精神，用新宗教的方法去整理它的旧教义，它便能成为一个很高尚的宗教。

中国文化的特质

1933 年 12 月 8 日

今日所讲的题目，预备略为匆促，故所讲或不能详尽。

近几年间，对于中国文化的问题，有许多人研究，且各有主张。我今日讲这条题目的内容，并不打算有何主张，只打算对于中国文化的特质加以分析。

讲中国文化者，常与欧西比较。中西不同之点甚多，好像中国穿长袍，欧人穿短衣；欧人见面时握手，中国人见面时作揖；中国人把带缠着腰，西人却把带缠着颈，从各方面看都有许多不同。但欧洲人则进步异常迅速，日新月异；中国人则迟滞不前，二千年来并没有什么变化，且衰弱日甚，其故安在，其与本国文化的关系在哪里？

从中国人的生活讲来，应分三方面，即个人生活、家庭生活及群众生活。中国只注重家庭生活，而缺少国家生活。中国以农立国，故是一个农业社会，一切风俗习惯，均以农业为出发点，如正月之舞龙，五月之扒龙船，均与农业有关，而是农民的业余娱乐。群众生活可以从这里看出来。

说到家庭方面，谁都知是大家庭制度，所过生活是大家庭生活。大家庭自然以父母为主体，故一切事业均以"扬名声显父母"着眼，所谓"君子病殁世而名不称"，中国全受这种理想所支配，只求家庭生活之满足，享乐亦要家庭之享乐。既以家庭为范围，故只求衣食住之安宁而无缺乏，便算满足，不求进展。但现在因受经济之影响，大家庭制度，已日趋没落。这便是中国之注重家庭而忽略国家生活的情形。

中国从前有许多道德、政治理想，均已破坏。在学术上，在固有的中国的宗教里，对于来世生活并无说明；只讲求今生，讲究生活状况，不问来世。虽然也有讲死后生活的，但其所信者只是"鬼"。这样崇拜已死之祖先，并无伟大之宇宙信仰，至多不过是先人之信仰。在宗教的理想上、宗教的行为上，都宗道教。但考察道教内容，并无向上的一层，都是"少民寡国"的思想，完全向着自己，只求自我生活之安宁，人不侵己，己不犯人，所以中国缺少发为世界的理想。西方的哲学里，有宇宙论、本体论，中国便没有，后来虽然也有，但是从佛教传过来。对于宇宙之解释，是拿人与人之关系为解释的。对于宇宙之信仰，即寄付于机械的信仰，自相信福善祸淫，以至占卜来推测未来的休咎，都是以这种信仰为基础。我们讲一个民族的文化，当然不能用受过教育之人为标准，应从民间的行为习俗做标准。而民间却有如此的原始信仰，他们不是承受孔子、墨子、庄子或佛教之教训，只信一部历书，所以历书虽每年受政府的禁卖，而流行如故。还信巫师可以祈福祷祸。归根说来，中国人是信定命论的，一个人死了，便以为这个人是"数尽该死"，无论什么都以"该"字解释，所谓"天何言哉？四时行焉，万物生焉"。此种自然运行、自然生灭的思想便是中国人的宇宙观与人生观。

在思想方面，既是现实的、现生活的，全没有来世的理想，所以伟大的哲学不能出于中国。中国人既相信命运，以为一切都早已决定于命运，此命运便范围住人生，一切听其自然，不求改进。一切生活，凡任其自然则是好的。除儒家的孟子、荀子等以外，思想家都抱住此种主张，不求从教育上改造。中国数千年来虽说是接受儒家教义，实在所信的只是道家之思想。因为道家的思想是代表原始的思想，一任于自然，而以世界为一生死场所，故只求长生，保性命，求不死之药，求天然之享受。此种思想便大大地阻碍中国之发展。因为无论什么都"不敢为天下先"，只有跟着人走，全失却自刚自强的理想；所信所行都是一种柔弱主义，所信者为天道而非人道，君道而非群道。人人都存一种得过且过之观念，只求衣食住之康宁便不再求发展。相信风水，尤以南方为最，以为子孙之盛衰，早已决定于风水。又多少是信有神仙的，但所信的神仙并不如西方童话里的形式，而是长生不老，能永远享生之乐。

在艺术上的表现，亦是如此，如《春夜宴桃李园记》这篇文章便充分地表现出来，认天地为逆旅，人生为百世之过客，只游戏于人间，如李白、陶渊明等都是尽情的享乐家。此种理想普遍于中国，无论在茶楼酒馆，都悬挂着此等文字。全世界中善于享乐的当推中国第一，人家所发明的东西中国很快便享受到，譬如汽车、电影等等物质享用，都是人家发明的东西，而自己却不愿努力去发明。多数中国人是只求自身的福禄寿康宁，对于物质生活尽情地享受，尤其是食与色二事；否则希望多积财产以遗给子孙而已，对于社会的福利是漠不关心的。

中国文化里头虽缺少宇宙论和本体论，但对于社会生活经验则甚多，一切都看得很透彻，故结果便觉得顾住自身和家庭为高见。中国文化是家庭式之文化，一切生活与享乐均以家庭为中心，如果能使家庭生活满足，不受外界侵犯，便于心已足。所以对于国家的理想，亦以不至受到外族侵凌便算满足；如受到外族侵犯，则以逃避为上。皇帝与人民的关系，在欧洲的是主奴的关系，在中国的是父子之关系；政府与人民的关系亦然。欧洲的既是主奴的关系，所以一切都是主人对付奴仆的手段，无论什么都讲章程、法规，所以欧洲要法治；而中国却什么都讲人情，因为是父对子的关系，是以情面为治的，所以中国不能讲法治，中国自从光绪末年起议立宪，可是直至现在一条的宪法都没有成立。中国是随天地之运行以为管理的，绝不能定立法则。中国的法只是情感的、血统的。向中国人只能讲情理不能讲道理。凡事要立规则法律，极不合中国人的脾胃。如果从人情天理讲，事事都可办得到。中国的政府，始终是家庭的政府，所谓"有治人，无治法"。如果官执着犯法之人，若与自己没有什么关系的，便依正处罚；若是与官有什么亲戚关系，往往可以徇情，一以情面做出发点。对于人民亦然，如以亲子的关系指导则受，若以法治便引起反抗。所以理想的政府对于人民是很少干涉的，要任其自然。在丰年时，便依例纳税；歉收时，可以免赋税；遇凶年甚或开仓放赈。比之欧西则大大不同，欧洲以政府等于商店，政府要替你办事，你也要依照手续缴纳各种费用，政府为人民做些小事都要征费。中国政府现在也有种种征费的名目，乃是从西方学来。中国历来最好的政府，除了为非作歹，不得不执法外，皆以"无为"为上。从来的政治理想，无论儒道，均已"无为而治"为最高原则；若样样都加以干涉，便违反中国的民族性了。老子所举的例很贴切，他说为政好像煎一条小小的鱼，要任其自熟才得完整，若少为翻弄便糜烂了。

我常用一个例子来譬喻中西文化不同之处：好像有蚊的地方，西方要穷有蚊的原因，或是地方卑湿，或屋后沟渠，必想方法把孑孓清除，使蚊断绝；而中国则用蚊帐，做消极的、治标的防止，如能使自己安枕熟睡的，不致受蚊的蜇刺的，便不理蚊在帐外嗡嗡如雷鸣，如受到蚊的侵犯，始将其拍死。这全是人不犯己、己不犯人的态度，以为"上天有好生之德"，只要自己不吃亏，便任它作怪。此种态度不若印度之彻底，印度的思想是以生命之价值是平等的，如有蚊吸我之血，我便以利他之心任其吸吮，并不因其侵犯自己而拍死它。中国人既然是信机械论，所以对人生是不乐观的，看人生是无意义的，天地不过是逆旅，人生不过是百世之过客，所以一切都得过且过。但他既不乐观又不厌世，于这种不彻底的态度，却称之为"中庸之道"。对付什么事体都以骑墙的态度取决，过不好，不及也不好。此种态度便养成没有正确的是非观念。

由此看来，对于中国的固有文化，最重要的应该重新估定一种理想。中国文化没有"来世"的理想不要紧，但对于人与人的关系应该从新确定。是非应当看得分明，纵使人在此世真为过客逆旅，也得将此旅舍整顿得洁净优美，与同侪能互相爱、交相利才不白生白死。

现今的青年，应多努力于解放民间生活痛苦的事上。古时最好的生活标准为正德、利用、厚生，故青年的责任在引导人民大众循着这三个条件向前发展。中国既是以农立国，自以农民为构成中国社会的重要分子。现在农村经济日趋崩溃，其弊在农人中读书的人太少；尤其弊在读书之人与耕田之人太过隔绝。现在读书人的责任在研究如何使农人少做几点钟工作，有两三点钟或五六点钟的空闲去学些智识。我们如在实验室里能研究出如何使泥土直接化为淀粉，使人在田间少操动物式的劳动，那便是为学的本意。我们读书要为人，不要只是为己。这便是青年应有的责任。今日家庭生活之破坏，事实显然，无法防止，而此现象仍基于乡村生活之破坏。我想我们的乡村制度，应当设法保存之并发展之，并刺激村人有向上的理想。顺着我们民族文化的特质去指导他们是青年的应负的责任。

造成伟大民族的条件[①]

约 1937 年

有一天，我到天桥去，看那班"活广告"在那里夸赞自己的货色。最感动我的是有一家剃刀铺的徒弟在嚷着"你瞧，你瞧，这是真钢！常言道:要买真钢一条线，不买废铁一大片"。真钢一条线强过废铁一大片，这话使我联想到民族的问题。民族的伟大与渺小是在质，而不在量。人多，若都像废铁，打也打不得，铸也铸不得，不成材，不成器，那有什么用呢？反之，人少，哪怕个个像一线的钢丝，分有分的用处，合有合的用处。但是真钢和废铁在本质上本来没有多少区别，真钢若不磨硬、锻炼也可以变为废铁。废铁若经过改造也可以变为真钢。若是连一点也炼不出来，那只可称为锈，连名叫废铁也有点够不上。一个民族的存在，也像铁一样，不怕锈，只怕锈到底。锈到底的民族是没有希望的。可是要怎样才能使一个民族的铁不锈，或者进一步说，怎能使它永远有用、永远犀利呢？民族的存在，也像"逆水行舟，不进则退"，退到极点，便是灭亡。所以这是个民族生存的问题。

民族，可以分为两种，就是自然民族与文化民族。自然民族是"不识不知，顺帝之则"的。这种民族像蕴藏在矿床里的自然铁，无所谓成钢，也无所谓生锈。若不与外界接触，也许可以永远保存着原形。文化民族是离开矿床的铁，和族外有不断的交通。在这种情形底下，可以走向两条极端的道路。若是能够依民族自己的生活的理想与经验来保持他

---

① 本文是许地山对北京大学学生所做的演讲。

的生命，又能采取他民族的长处来改进化的生活，那就是有作为、能向上的。这样的民族的特点是自觉的、自给的、自卫的。若不这样，一与他民族接触，便把自己的一切毁灭掉，忘掉自己，轻侮自己，结果便会走到灭亡的命运。我们知道自古到今，可以够得上称为文化民族的有十个。

第一，苏摩亚甲民族（Sumerian Akkadian）。这民族文化发展的最高点是从西纪前三千二百年到一千八百年。

第二，埃及民族（Egyptian）。发展的顶点是从西纪前二千八百年到一千二百年。

第三，赫代亚述民族（Hittite Assyrian）。起自小亚细亚中部，最后造成大利乌王（Darius）的伊兰帝国。发展的顶点是从西纪前一千八百年到八百年。

第四，中华民族。发展的顶点是从周到汉，就是西纪前一千一百二十六年到西纪二百二十年。

第五，印度民族。发展的时代也和中华民族差不多，但是降落得早一点。

第六，希腊罗马民族。这两民族文化是一线相连的，所以可以当作一个文化集团看。发展的顶点是从西纪前约一千二百年起于爱琴海岸直到罗马帝国的末运，西纪二百九十五年。

第七，犹太天方民族。这民族的文化从西纪前六百年起于犹太直到回教建立以后几百年间。

第八，摩耶民族（Maya）。发生于美洲中部，时间或者在西纪前六百年，到新大陆被发现后，西班牙人把这民族和文化一齐毁灭掉。

第九，西欧民族。包括日耳曼、高卢、盎格鲁撒逊诸民族。发展的顶点从西纪九百年直到现在。

第十，斯拉夫民族。这民族的文化以俄罗斯为主，产生于欧战后，时间离现在太近，还不能定出发展的倾向来。

我们看这十个文化民族，有些已经消灭，有些正在衰落，有些在苟延残喘，有些还可以勉强支持，有些正在发生。在这十个民族以外，当然还有文化民族，像日本民族、斯干地那维安民族、北美民族等都是。但严格地说起来，维新以前的日本文化不过是中华文化的附庸，维新后又是属于西欧的。所以大和的文化或者还在孕育的时期吧。同样，北美和北欧的民族也是承受西欧的统系，还没有建立为特殊的文化；美利坚虽然也在创造新文化的行程上走，但时间仍是太短，未能如斯拉夫民族那么积极和显明。此地并不是要讨论谁是文化民族和谁不是，只是要指出所举的民族文化发荣时期好像都在一千几百年间，他们的兴衰好像都有一定的条件。若合乎兴盛的条件，那民族便可以保存，不然，便渐次趋到衰灭。所以一种文化能被维持得越久长，传播越广远，就够得上称为伟大。伟大的和优越的文化存在于伟大的民族中间。所谓伟大是能够包容一切美善的事物的意思。所谓优越是凡事有进步，不落后的意思。包容的范围有广狭，进步的程度有迟速，在这里，文化民族间的优劣就显出来了。进步得慢，包容得狭，还可以维持，怕的不能包容而且事事停顿。停顿就是退步，就容易被高文化的民族，甚至于野蛮民族所征服。然则要怎样才能使文化不停顿呢？不停顿的文化是造成伟大民族的要素。所以我们可以换一句话来问，要具什么条件才能造成伟大的民族？现在且分列在下面。

一、凡伟大的民族必拥有永久性的典籍和艺术

典籍与艺术是连续文化的线。线有脆韧，这两样也有久暂。所谓永久性是说在一个民族里，从他的世界观与人生观所产出的典籍多寓"恒久之至道，不刊之鸿教"（《文心雕龙·宗经》）；艺术作品无论在什么时代都能"奋至德之光，动四气之和，以著万物之理"，乃至能使人间"耳目聪明，血气和平，移风易俗，天下皆宁"（《礼记·乐记》）。典籍和艺术虽然本身含有永久性，也得依赖民族自己的信仰、了解和爱护才能留存。古往今来，多少民族丢了他们宝贵的文化产品，都由于不知爱惜，轻易舍弃。我们知道一个民族的礼教和风俗是从自有的典籍和艺术的田地发育而成的。外来的理想和信仰只可当作辅成的材料，切不可轻易地舍己随人。民族灭亡的一个内因，是先舍弃自己的典籍和艺术，由此，自己的礼俗也随着丧失。这样一代一代自行摧残，民族的特性与特色也逐渐消灭，至终连自己的生存也陷入危险的境地，所以永久性是相对的，一个民族当先有民族意识然后能保持他的文化的遗产。

二、凡伟大的民族必不断地有重要的发明与发现

学者每说"需要是发明之母",但是人间也有很需要而发明不出来的事实。好像汽力和电力、飞天和遁地的器具,在各民族间不能说没需要。汽力和电力所以代身体的劳力,既然会用牛马,便知人有寻求代劳事物的需要,但人间有了很久的生活经验,却不会很早地梦想到利用它们。飞天和遁地的玄想早已存在,却要到晚近才实现。可见在需要之外,应当还有别的条件。我权且说这是"求知欲"与"求全欲"。人对于宇宙间的物与则当先有欲知的意志;由知而后求透彻的理解,由理解而后求完全的利用。要如此发明与发现才可以办到。凡能利用物与则去创物,既创成又能时刻改进,到完美地步都是求知与求全的欲望所驱使的。中华民族的发明与发现能力并不微弱,只是短少了求全的欲望,因此对于所创的物、所说的物,每每为盲目的自满自足。一样物品或一条道理被知道以后,再也没有进前往深追究的人。乃至凡有所说,都是推磨式的,转来转去,还是回到原来那一点上。血液循环的原理在中国早已被发现,但"运行血气"的看法于医学上和解剖学上没有多少贡献。木鸢飞天和飞车行空的事情,自古有其说,最多只能被认为世界最初会放风筝的民族,我们却没有发展到飞机的制造。木牛流马没有发展到铁轨车,火药没用来开山流河,种种等等,并非不需要,乃因想不到。想不到便是求知与全的欲望不具备的结果。想不到便是不能继续地发明与发现的原因。

然则,要怎样才能想得到呢?现代的发现与发明,我想是多用手的缘故。人之所以为人,能用手是主要的条件之一。由手与脑联络便产生实际的知识。古代文明与现代文明的区分,只是偏重脑与偏重手的关系。古人以手作为贱役,所以说劳力者是役于人的。他们所注重的是思想,偏重于为人间立法立道,使人有文有礼,故此哲学文学艺术都有相当的成就。现代人不以手做劳动为贱役,他们一面用手,一面用心,心手相应的结果便产出纯正的科学。不用手去着实做,只用脑来空想,绝不会产生近代的科学。没有科学,发明与发现也就难有了。我们可以说旧文化是属于劳心不劳力的有闲者所产,而新文化是属心手俱劳的劳动

者的。而在两者当中，偶一不慎便会落到一个也不忙、也不闲、庸庸碌碌、混混沌沌的窠臼里。在这样的境地里，人做什么他便跟着做什么，人说什么他便随着说什么。我们没有好名称送给这样的民族文化，只可说是"嘴唇文化"、"傀儡文化"或"鹦鹉禅的文化"。有这样文化的民族，虽然可以享受别人所创的事物，归到根底，他便会萎靡不振，乃至于灭亡，岂但弱小而已！

三、凡伟大的民族必具有充足的能力足以自卫卫人

一个伟大的民族是强健的、威武的，为维持正义与和平当具有充足的能力。民族的能力最浅显而具体的是武备，所以说，"兵者，国之大事，死生之地，存亡之道，不可不察也"。（《孙子·始计》）伟大民族的武备并不是率禽兽食人或损人肥己的设施。吴起说兵的名有五种："一曰义兵，二曰强兵，三曰刚兵，四曰暴兵，五曰逆兵。禁暴救乱曰义；恃众以伐曰强；因怒兴师曰刚；弃礼贪利曰暴；国乱人疲，举事动众曰逆。"（《吴子·图国》）战争是人类还没离禽兽生活的行为，但在距离大同时代这样道阻且长的情形底下，人不能不戒备，所以兵是不可少的。禁暴救乱是伟大民族的义务。他不能容忍人类受任何非理的摧残，无论族内族外，对于刚强暴逆诸兵，不恤舍弃自己去救护。要达到这个地步，民族自己的修养是不可缺乏的。他要先能了解自己，教训自己，使自己的立脚处稳固，明白自己所负的责任，知道排难解纷并不是由于恚怒和贪欲，乃是为正义上的利人利己。我们可以借佛家的教训来说明自护护他的意义。"若自护者，即是护他；若护他者，便成自护。云何自护即是护他？自能修习。多修习故，有所证悟。由斯自护，即是护他。云何护他便成自护？不恼不恚，无怨害心，常起慈悲，愍念于物。是名护他变成自护。"（《有部毗奈耶下十八》）能具有这种精神才配有武备。兵可以为义战而备，但不一定要战，能够按兵不动，用道理来折服人，乃是最高的理想。孙子说："百战百胜，非善之善者也；不战而屈人之兵，善之善者也。"（《谋攻》）这话可以重新地解说。我们生在这有武力才能讲道义的时代，更当建立较高的理想，但要能够自护才可以进前做。如果自己失掉卫护自己的能力，那就完了。摩耶民族的

文化被人毁灭，未必是因为当时的欧洲人的道德高尚或理想优越，主要原因还是自卫的能力低微罢了。

四、凡伟大的民族须有多量的生活必需品

物质生活是生物绝对的需要。所以天产的丰敛与民族生产力的强弱，也是决定民族命运的权衡。我们可以说凡伟大的民族都是自给的，不但自给，并且可以供给别人。反过来说，如果事事物物仰给于人，那民族就像笼中鸟、池里鱼，连生命都受统制，还配讲什么伟大？假如天赐的土地不十分肥沃，能进取的民族必要用心手去创造，不达到补天开物的功效不肯罢休。就拿粮食来说吧，"民以食为天"，没的粮食是变乱和战争的一个根源。若是粮食不足，老向外族求来，那是最危险不过的事。正当的办法是尽地力，尽天工，尽人事。能使土地生产量增加是尽地力，能发现和改善无用的植物使它们成为农作物是尽天工，能在工厂里用方法使一块黏土在很短的期间变成像面粉一样可以吃得的东西是尽人事。中华古代的社会政策在物质生活方面最主要的是足食主义。"国无九年之蓄曰不足；无六年之蓄曰急；无三年之蓄曰国非其国也。"（《礼记·王制》）无三年之蓄即不能成国，何况连一日之蓄都没有呢？在理想上，应有九年之蓄，然后可以将生产品去供给别人，不然，便会陷入困难的境地，民族的发展力也就减少了。

五、凡伟大的民族必有生活向上的正当理想，
不耽于物质的享受

物质生活虽然重要，但不能无节制地享用。沉湎于物质享受的民族是不会有高尚的理想的。一衣一食，只求其充足和有益，爱惜物力，守护性情，深思远虑，才能体会他和宇宙的关系。人类的命运是被限定的，但在这被限定的范围里当有向上的意志。所谓向上是求全知全能的意向，能否得到且不管它，只是人应当努力去追求。为有利于人群，而不教自己或他人堕落与颓废的物质享受是可以有的。我们也可说伟大的民族没有无益的嗜好，时时能以天地之心为心。古人所谓"明明德，止

至善"，便是这个意思。我信人可以做到与天同体、与地合德的地步，那只会享受不乐思维的民族对于这事却不配梦想。

六、凡伟大的民族必能保持人生的康乐

人生的目的在人人能够得到安居乐业。人对于他的事业有兴趣才会进步，强迫的劳作或为衣食而生活是民族还没达到伟大的境地以前所有的事情，所谓康乐并不是感官的愉快，乃是性情的满足，由勤劳而感到生活的兴趣，能这样才是真幸福。在这样的社会里，虽然免不了情感上的与理智上的痛苦，而体质上的缺陷却很少见。到这境地人们的情感丰富，理智清晰，生无责求，死无怨怼，他们没有像池边的鹭鸶或街旁的瘦狗那样地生活。

以上六条便是造成伟大民族的条件。现存的民族能够全备这些条件的，恐怕还没有。可是这理想已经存在各文化民族意识里，所以应有具备的一天。我们也不能落后，应当常存着像《礼记·杂记》中所记的"三患"和"五耻"的心，使我们的文化不致失坠。更应当从精神上与体质上求健全，并且要用犀利的眼、警觉的心去提防、克服别人所给的障碍。如果你觉得受人欺负而一时没力量做什么，便大声疾呼要"卧薪尝胆"，你得提防敌人也会在你所卧的薪上放火，在所尝的胆里下毒药。所以要达到伟大的地步，先得时刻警醒，不要把精力闲用掉，那就有希望了。

青年节对青年讲话

1941 年

在二十二年前的今日也是个星期日，我还在燕京大学读书。当日在天安门聚齐，怎样向东交民巷交涉，怎样到栖凤楼去，到现在还很明显地一桩一件出现在我的回忆里。不过今天我没工夫对诸位细说当日的情形与个人的遭遇，所要说的只是五四运动的意义，与今后我们青年人所当努力的事情。

大学生对于社会与政治的关心，是我们自古以来的传统理想，因为求学目的是在将来能为国家服务，同时也是训练各人对于目前的政治与社会问题的态度与解答。当国家在危难时期，尤其需要青年对于种种问题与实况有深切的了解与认识。他们得到刺激之后，更能为国认真向学与努力做人。我们常感觉到年长的执政们，有时候脑筋会迟钝一点，对于当前问题的感觉未必会像青年人那么敏锐，又因为他们的生活安定了，虽然经验与理智告诉他们应当怎样做，他们却不肯照所知所见与所当走的路途去做去行。因此，青年人的政治意见的表示，就很可以刺激他们，使他们详加考虑和审慎地决断。五四运动的意义是在这点上头，不幸事件的发生，不过是偶然的。若以打人烧屋来赞扬五四运动当日的学生，那就是太低看了那次的学生行为了。

五四运动的光荣是过去了。好汉不说当年勇，我们有为的青年应当努力于现在与将来，使中国能够发展成为一个近代的国家。我每觉得我们国民的感觉太迟钝，做事固然追不上时间，思想更不用说，在教育界中间甚至有些人一点思想、一毫思想都没有。教书的人没有教育良心，

136

读书的人没有学习毅力，互相敷衍，互相标榜，互相欺骗。当日"五四"的学生，今日有许多已是操纵国运的要人，试问他们有了什么成绩，有许多人甚且回到科举时代的习尚，以为读书人便当会作诗、写字、绘画，不但自己这样做，并且鼓励学生跟着他们将有用的时间，费在无用或难以成功的事情上。他们盲目地鼓吹保存国粹，发展中国固有文化，不知道他们所保存的只是国渣滓而已。试拿保存中国文字一件事来说，我如果不认定文字不过是传达思想的工具，就会看它为民族的神圣遗物，永远不敢改变它，甚至会做出错误的推理说，有中国文字然后有中国文化，但是我们要知道中国文字并未发展到科学化的阶段便停止了。生于现代而用原始的工具，无论如何是有害无利的。现代的文明是速度的文明，人家的进步一日万里，我们还在抱残守缺，无论如何，是会落后的。中国文字不改革，民族的进步便无希望。这是我敢断言的。

我敢再进一步说，推行注音字母还不够，非得改用拼音字不可。现在许多青年导师，不但不主张改革中国文字，反而提倡书法，以为中国字特别具有艺术价值，值得提倡。说这样话的人们，大概没到过欧美图书馆去看看中古时代，僧侣们写的圣经和其他稿本。写的文字形式一样可以令人发生美感。古人闲得很，可以多用工夫消磨在写字上。现代人若将时间这样浪费，那就不应当了。文字形式的美，与其他器具，如椅桌等的一样，它的美的价值与纯艺术，如绘画雕刻等不同，因为它主要目的在用而不在欣赏。我们要将用来变成欣赏也未尝不可，甚至欣赏到无用而有害的东西，如吸烟、打吗啡之类，也只得由人去做，不过不是应当青年人提倡的种种。近日有人教狗虱做戏，在技巧方面说是可以的，若是当它作艺术看那就太差了。提倡书法也与提倡做狗虱戏一样无关大雅，近日人好皮毛的名誉，以为能写个字，能画两笔，便是名家。因此，不肯从真学问处下工夫，这是太可惜、太可怜了。

青年节是含有训练青年人的政治意识与态度的作用的。我们的民族正入到最危难的关头，国民对于民族生存的大目标固然要一致，为要达到生存的安全也要一致地努力，但对于国家前途的计划，意见纵然不一致，也当彼此容忍，开诚布公，使摩擦减少。须知我们自己若不能相容，我们便不配希望人家的帮助与同情。我们对内的严重症结在贪污与政治团体的意见分歧与互相猜忌，国防只是党防，抗战不能得预期的效果多半是由于被上头所指出的贪污的绳与猜忌的索的绊缠，这样下去，哪能了得？前几日偶然翻到日本平凡社刊行的百科大事汇，在缅甸一条里，论者说缅甸人性好猜忌，是亡国民族的特征。编者对缅甸人的观察与判断我不敢赞同。但亡了国之后，凡人类所有的劣根性都会意外地被指摘出来。我也承认亡国民族有它的特征，而这些都是积渐发展而来的。前七八年我写了一篇《伟大民族的条件》的论文，在《北平晨报》发表过，我的中心意见是以为伟大民族不是天生成的，需要劣根性排除，自己努力栽培自己使他习惯成自然，自然就会脱离蛮野人与鄙野人的境地。我现在要讲亡国民族的特征，除了上头所讲的两点以外，我们可以说还有五点：

一、嫉妒。没落的民族的个人总是希望人家的能力、学力等等都不如他。凡有比他好的，就是一分一毫，他也很在意。他专会对别人算账，自己的糊涂账却不去问，总要拿自己来与人家比，看不得一件好事情、一个好见地给别人做了或提出来了，他非尽力破坏不可。这是亡国民族的一个特征。

二、好名。亡国民族的个人因为地位上已有高下，尤其喜欢得着虚名，但由自己的努力得来的名誉是很少见的。名誉的来到，多是由于同党者的互相标榜。做事不认真，却要得到人家的赞美。现在单从学术的研究来说，我们常常看见报上登载的某某发明什么东西比外国发明更好。更好，固然是应该，但要不自吹。东西真是超越，也不必鼓吹。而且许多与国防上有关的发明，若是这样大吹大擂地刊报出来，岂不是大有损害？我们看见这样大吹大擂地报，总会感觉到只是发明家的好名，并非他真有所发明。

三、无恒。亡国的民族个人多半不肯把一件事情做好。他做事多半为名为利，从不肯牢站在自己的岗位。凡事，只要能使他的生活安适一点，不一定是能使他的事业更有成就的，他必轻易地改变他的职业。这样永远只能在人支配之下讨生活，永不会有什么成就的。

四、无情。中国一讲到无情便联想到无义，所以无情无义是相连的。一个人对别人的痛苦艰难，毫不关心，甚至只知道自己的利益与安适，不顾全大局，间接地吃人肉，直接地掠人财。在这几年的抗战期间，出了一批发国难财的"官商"与"商官"！他们的假公济私，对于民众需要的生存与生活资料用巧妙的方法榨取与禁制，凡具有些少人心的人，对于他们无不痛恨。这种无同情心的情形，在亡国的民族中更显现得明白。

　　五、无理想。每一个生存着和生长着的民族必定有他的生存理想。远大的理想本来不容易生产，不过要有民族永远地生存就得立一个共同的理想。在亡国民族中间，"理想"是什么还莫名其妙，那讲什么理想呢？因为自己没有理想，所以自己的行为便翻来覆去，自己的言论便常露出矛盾的现象。女人们都要争妇女地位，反对纳妾，可是有多少受高等教育的女子们，愿意去做大官阔贾的"夫人"，只要"如"字不要，便可以自欺欺人。她们反对男子纳妾，自己却甘心做妾。还有许多政客官僚，为自己的地位与权力，忘记了他们平日的主张，在威迫利诱之下，便不顾一切，去干卖国、卖群的勾当。

　　"五四"时代热心青年中间不少是沉沦了的，这里我也不愿意多说了。以上所讲的几点，不是说我们的民族中间都已有了这些特征，只是为要提醒我们，教大家注意一下。我们不要想着亡了国是和古时换了一个朝代一样。现代的亡国现象，绝不是换朝代，是在种族上被烙上奴隶的铁印，子子孙孙永远挣扎不起来。在异族统治底下，上头所举的几个劣根性，要特别地被发展起来。颓废的生活，自我的享受，成为一般亡国民族的生活型，因为在生活的、进展的机会上，样样是被统治了的。第一是学术统治。近代的国家，感觉到将来的战争会趋于脑力高下的争斗，凡有新知识，已经秘藏了许多。去外国留学已不如从前，那么容易得人家的高深学问，将来可以料想得到，除掉街头巷尾可以买得到的教科书以外，稍为高等和专门一点的书籍，恐怕也要被统治起来，非其族人，决不传授。这样的秦皇政策，我恐怕在最近就会渐渐施行起来的。学力比人差，当然得死心塌地地受人家支配，做人家的帮手。第二是职业会受统治。就使你有同等学力与经验，在非我族类的原则底下，你是不能得到相当的职业的。有许多事业，人家决不会让你去做。一个很重要的机关，你当然不能希望进得去那门槛。就是一件普通的事业，也得尽先用自己的人，这样你纵然有很大的才干，也是没有机会发展出来了。第三是经济的统治。在奴主关系民族中间，主民族的生活待遇不用说是从奴民族榨取的。所以后者所受的待遇绝不能比前者好。主人吃的是肉，狗啃的是骨头，是永世不易的公例。经济能力由于有计划的统制，越来便会越小，越小就越不敢生育。纵使生育子女，也没有力量养育他们，这样下去，民族的生存便直接受了影响。数百年后，一个原先繁荣的民族，就会走到被保存的地步。我很怕将来的中华民族也会像美洲的红印第安人一样，被划出一个地方，作为民族的保存区域，留一百几十万人，作为人类过去种族与一种文化民族遗型，供人家的学者来研究，三时五时到那区域去，看看中国人怎样用毛笔画小鸟，写草字，看看中国人怎样拜祖先和打麻雀。种种色色，我不愿意再往下说了。我只要提醒诸位，中国的命运是在青年人手里。青年现在不努力挣扎，将来要挣扎就没有机会了。将来除了用体力去换粥水以外，再也不能有什么发展了。我真是时时刻刻为中国的前途捏一把冷汗。

青年节本不是庆祝的性质，我们不是为找开心来的。我们要在这个时节默想我们自己的缺点与补救的方法。我们当为将来而努力，回想过去，乃是帮助我们找寻新路径的一个方法。所以青年节对于我们是有意义的。若是大家不忘记危亡的痛苦，大家努力向前向上，大家才配纪念这个青年节。我们可以说"五四"过去的成绩，是与现在的青年没有关系的。我们今后的成绩，才与现在青年节有关系。

胡先骕

(1894—1968)

生平简介

胡先骕（1894—1968），字步曾，号忏庵，江西省新建县人。植物学家、教育家、文化学者；中国植物分类学的奠基人；首次鉴定并与郑万钧联合命名"水杉"和建立"水杉科"。1912年和1923年两次赴美留学，获哈佛大学农学博士学位，1925年回国。1918年起先后任南京高等师范学校、东南大学、北京大学、北京师范大学等校教授，中正大学校长，中央研究院评议员、院士。1923年与邹秉文、钱崇澍一起合编我国第一部《高等植物学》。1928年起先后创办了中国科学院生物研究所、静生生物调查所等多所科研机构。1933年翻译出版了哈第所著《世界植物地理》。中华人民共和国成立后，任中国科学院植物研究所研究员，先后编写《种子植物分类学讲义》《中国植物分类学》等著作。1951年创建多元植物分类系统，提出著名的被子植物出自多元的分类学系统理论。"文革"期间被迫害，于1968年7月16日含冤去世，终年七十四岁。1979年中国科学院为其平反昭雪。著有《经济植物学》《植物分类学简编》等。

四川农村复兴问题之讨论

1934 年

　　本年中国科学社在四川开第十八届年会，个人和其他社友能到"天府之国"的贵省来是非常荣幸的。不过在这民生凋敝，工商业极度崩溃，农村经济极度破产的四川，为空口侈谈某种建设不依科学原理，那是不容易的一回事，所以今天才拟这个关于农村方面的题目来向诸位谈谈。

　　中国以农立国，四川更以农为本，但一般人不知应用科学，不努力于阐发原理，甚且具有"科学是神秘的"错误观念，无怪中国农事不振，殊为可惜。四川呢，面积这么大，人民又这么聪明，在昔有司马相如、扬子云之辈，现在也有许多科学家和产生科学人才的发源地，如川大、师大、华大、重大等校。四川既"有土有才"兼以蕴藏极富，那么就应该应用科学的方法去利用天赋的地方和才力，来建设一番新的大事业，把四川弄成光明的四川，使它不带灰色，这才是科学家的使命。殊不知川省年来变乱不常，遭受政治、军事影响，许多事业，不能建设，而不能建设的最大原因，即是农村经济破产。二十年来如一日，继续演延下去，将来更不知伊于胡底。现在如要把四川弄好，非从农村下手不可，这才是对症下药的方法。

　　至于四川农村如此破碎的根本原因，我觉得是养兵过多和牢不可破的防区制度所致。据我所感觉到的，有下列四种恶劣现象。

　　第一，预征粮税。我刚到四川来，即闻有某县征粮至五六十年之多。这种制度的损失，元气当大受损伤，这种无底漏卮，廿年也填不满。又四川各地的关卡要算最多了，一百里一关，两百里一卡，即如我们住在巴县中学，如有什么物品运输出城或入城，也要抽税，岂不笑话？此种苛征之结果，不特农民受损，即本身剥削阶级亦因之受损不小。何以呢？因赋税过重的影响必使农产价值增高，农民消耗能力减少，输入远过输出，以致成生产过剩，农村经济破产，那还谈得上建设么？

第二，烟税问题。世界上无一个国家的健全经济、健全文化是建筑在烟税上面的。这种非正当的税收，只有中国的四川，四川的重庆才算最多。据说此地一隅，每年收八九百万元，较之云贵或成都，要多若干倍，几乎相当云贵各省全年的正式收入，其数之巨，可以想见。据执政者之意，以为在这作奸犯科者之身上取此区区之数，不过略示"寓禁于征"之意云耳。甚有某某等县（非重庆所属），勒取有所谓窝捐懒惰捐者，似这样病民害民的举动，不特不能寓禁于征，恐因此而民穷财尽，农村破产，而酿其他变化，政府本身的痛苦，或不能因此而减少吧？我感觉这种苛捐税，徒以病民，非自觉地速为取消不可。最好是另辟生产路径代替此项收入。再据北平协和医校某教授实验之结果，吸鸦片者，其脑细胞已起剧烈变化，神经起了变态，精神萎靡，迥异寻常。此即所谓"瘾"，亦即烟毒之所以深而甚于洪水猛兽者也。此乃一切建设文化之根本病源，不可不速除去的。

第三，受全世界经济恐慌之影响。此节现有许多专门学者在悉心研究，并有专书讨论，为社会问题之一部门，固毋庸个人喋喋。并且所谓水灾、兵灾，一切天灾人祸，各省皆有，备极昔遍，确非四川一省所特具的形势，然而其使农村经济破产，则四川数居第一而无愧。

第四，人口分布不平均。这一层农人于无形中受损失甚大。因川省幅员广大，农民人口稀密不同，开垦与未开垦之地，农民分配亦迥异，其结果是贱地农民每人耕种广阔之山土，繁盛区域则每人又不够分配。平均计之，种二三十亩者，生活也不过水平线上之生活而已，这样人口不平均的弊端，影响农民殊大。

以上四点，是劳苦农民和研讨农村问题的致命伤，是形成农村经济破产的必要条件。以农为本的四川民众受此压榨，所以什么建设也谈不上。现在我们既将病民的症结寻着，那么欲想恢复四川农村经济这大问题，非赶快努力去做怎样消灭症结之所在这步工作不可。

现在来谈谈最切实际的怎样建设四川（或者范围大一点也可说西南）的农事吧。我们要知道，解决人口不平均的问题，首在开发西北和西南。诸君试想，松潘、峨、马、雷、屏、西昌、会理及打箭炉等地，空地是怎样的宽，均没有开垦，且昔日即有"打开万担坪，世上无穷人"之谣，自可想见蕴藏之富。又如在西北地带种植马铃薯、养乳牛制牛油必可获大利，因马铃薯适宜于寒冷地带也，且该地民众性近牧畜，则选择优美之牛羊品种，如荷兰牛、美国牛，及肉用、乳用等牛羊，使该地民众牧畜之，则将来之毛骨角皮，获利当属不少。至牛奶事业，获利尤大，蒙古牛奶油在北平卖价一元余一斤，已可想见利润之大。至于西南除畜牧外尤应多种热带果品，以增加民食；种棉麻，以增加衣料（下文另有专条讨论）。曾记去年我有一学生，到川边会理采集标本，发现许多稀奇之果品如万寿果、番石榴等，均热带产之植物。现在菠萝纯为檀香山、台湾之专利品，以情形看来，该地或亦能产生，可见四川南部亦能栽培热带植物，如在那些地方做大规模的种植起来，对于国计民生，自有相当的裨益吧。但猓猓在该地势力甚大，其性情又最爱砍树放火，故森林很少，如欲做这"垦殖运动"的工作，非与猓猓疏通情感，设法合作不可，否则亦难济于事也。此后进一步，即开发西康。西康幅员数千里，物产亦富，故中央有置省之举。川省如能政治清明，军事统一，很可努力去干开发西康的工作，使在川之过剩农民得以安插，消耗能力得以增加，是又一极堪注目之国计民生大道也。

要复兴四川的农村，要使四川的农业工业化，主要的工业化农产品，有以下的几种：

（一）糖。四川出口的大宗，当然以糖、棉等首屈一指。内江、川南一带产糖最盛，惜均墨守旧章、不图改良，致产量极少，品质低劣，如用新的方法制造或大规模的设备，我想以这样多的原料——甘蔗，定可制出大量的精而美的品质了。曾记我赴爪哇太平洋科学会议时见彼邦人士对于糖业异常努力，机械亦新颖奇特。仅见彼辈以甘蔗用汽车从机器的这一方面送进去，顷刻间面糖即由另一方面出来了，较之川省制法，其迟速何啻天渊。我想四川的糖业，将来是很有扩充可能的，只要热心实业的人努力提倡，无有不成功者。此若做到，很可抵制一切荷兰糖、台湾糖了。因它输入中国的内地太多了，且占有相当的势力咧。

（二）棉。日本棉制品最多，以中国为尾间，中国枉称地大物博，全国产量不能供给自用，故日纱遍布中国。四川每年棉产物输入在四千五百万，查其产量太少原因，实一般农民多不注意此物，很少种植所致。四川土地肥沃，产棉适宜，若一方面改良种棉，一方面办大规模纺纱织布厂，不但五千万元的漏卮可塞，而且四川棉织品可广销西南及西北，此项富源，尽可取鸦片而代之。

（三）茶叶。四川亦产茶区域，唯不及江浙之盛，且品质坏，其畅销地为西藏。但印度用科学方法制茶，价廉物美，而交通又便利，倘若不求制作改良，西藏茶市一定为印度所夺。但是诸君要知道，中国茶确比锡兰茶好，如龙井、下关沱茶之类，在世界上真脍炙人口，视为珍贵，惜我人不知改进之方，殊觉憾事。四川若能用科学方法制茶，并设大规模的机器茶厂，出产必可增多，价钱也可减低，必可抵制印度同锡兰的茶，而为四川增加富源。

（四）烟草。诸君想想，中国内地每日消耗纸烟是怎么多，每时每刻每分是消耗怎么多，这种统计，恐怕有些惊人，但原料完全仰给于外人呢，此项漏卮，如何填补？四川烟草出产甚多，倘若办了大规模的纸烟厂，一定可以增加四川的富源。

（五）丝。列位不要数典忘祖吧，四川的丝，出产要算最早了。四川不如江浙，中国不如日本，这两重耻辱，我们都备受齐了。此中虽因蚕病的问题要占多数，而我们自身的不努力，又怪得谁呢？以前英国某学者有一发明，证明用苎麻叶养蚕比用桑叶好，我们应试验一次，如果成功，将来桑可不种，而只种苎麻，真真一举而两得其利了。又山蚕丝吾人尤应研究，中国现有少数人正从事于此。四川人亦有陶、曾二先生在中山大学及河南大学努力研究，将来如有相当成功，亦丝业界之福也。

（六）造纸。谈到中国纸业问题，真令人痛心疾首。中国纸张之不够用，完全仰给于外人，几成一定不易的事实。试想国内各书局、各报社，何一不是用西洋纸与日本纸？试一计算，每年需用好多，每月每日又需用若干。这利权的外溢，是怎样一个可惊的数目？然而本国并非无原料呀，即以四川来说，夹江、洪雅、广安、铜梁、梁山，以及江、巴、璧、合、綦、涪、泸、绵等地，均造纸原料的策源地也。惜因资本缺乏，主办人不力，在该地仅有小规模的手工业制造厂，出量既少，品质亦劣，当然不敢与西纸竞争，致小小的四川一省的新闻纸，亦不敷用，良深浩叹！实业部虽有在浙江温州办一规模比较宏大的造纸厂的计划，但浙省之森林只有宜于作建筑用，终非造纸之地。四川呢，除以上所举各县外，再加上森林最多、造纸原料最丰富的川西打箭炉一带，若在这些地方，用科学的方法，做大规模的计划，以最新的机械办一纸厂，造出精美的纸张来，一定可供全中国之用，而做强有力的抵制外货的输入咧。

（七）桐油。乃川中大宗出产，每年出口在二三千万斤以上，由万县一地即可看得出来，此在工业上的用途很大。外国油漆亦即桐油所制出，美国需用此物尤甚，常在四川做大量的收买。故美人常说"你们中国出了许多，我们即需要许多"，可见他们之需要了。但美人非傻子呀，近年在他的本国着手，英国亦在非洲的属地，普遍地尽量种植起来了。不数年间恐也不需乎我们的供给了吧。所以我们要维持桐油事业，一定要办大规模的油漆厂才有希望。

（八）橘柑。种橘乃生产事业之一，唯不懂果树学、园艺学、整枝学、病虫学亦属空事，结果一定不佳。即以四川人用橘子制果干一事言之，诚属笑话。查橘系汁贵，根本非做果干之物，今将其汁放出而制成所谓"橘子干"者，是即去精留窬，宁不可惜？至保存及窖藏之法，总以除去病虫害为原则。摘取时切不可伤及皮面，即可藏储很久的时间。如欲运输异地，即以纸皮包好，木箱装好，如美国橘子之远涉重洋，亦无太损。外国果品能储藏许久，而中国果品，稍久即腐烂者，即在保存之法"科学"及"慎密"与否为断耳。又川省橘种，多而优美，实驾全国而上之，即綦江之广柑，味亦鲜美，惜人多不知改良及储藏之法，致不能运输出外，销售各省，殊为憾事。大家尤应注意者，川中所有橘种，均为冬橘，而无夏季出产者，我们如将美国的夏季橘种移植得来，一定可获大利。同时在橘树下面所养的蜜蜂，其蜜香甜，而花又可造香水，一事业即二事业，此亦发达工业之一途径也。

以上八点，是将我来川后所感觉到的约略一说了吧，也即是怎样使四川成为一个工业化、农业化的四川的一些切要问题。诸君如能脚踏实地地做去，那也未始非救济这农村经济已经破产，政治军事渐臻崩溃，工商事业发现裂痕的四川一服兴奋剂！只要四川的农工问题解决了，他如怎样挽救颓势，怎样振兴实业，自有具体的计划，那么，建设新的四川，才有成功的一日咧。

现在，我来谈谈关于复兴四川农村事业的基本组织吧。因为四川民众对于农工问题，实在太漠不关心了，对于这些知识，实在可说太缺乏了，没有这类人才出来实际提倡和宣传四川终觉没有多大办法，因此我觉得实有组织大规模的改良农业机关的必要（如农业院之类），借此以资实地提倡。我前在江西提倡组织农业院，用意亦在此。此种农林行政机关，须无官厅习气而有充分权力，总以研究农村生产事业及农村经济问题为职责，而将其结果实际施之于农村本身上去，以使农民得到实惠。说到这里，我见到四川这样的恶劣环境，我不得不为这机关的主持的人要求几个条件：（一）院长不限定四川人；（二）待遇从优；（三）事业巩固。

这是什么缘故呢？因为国人思想狭隘，多存地域观念，以为这么一个颇有"办法"的机关，非本省人把持不可，有这么一个恶劣观念，事业还办得好么？所以对这人选问题，我主张以人为标准，不管他是本省人或外省人，只要学识充分，能够胜任就行了。再四川用人，薪水很薄，这是它一最大危机，大概每月收入百元，不足维持生活。我认为在川做事，每年至少非二千金不能生活，何况第一等的人才平常都不肯来深在内地的四川，因此我为他们力争待遇从优。第三，这更重要了。凡在川中做事，事业多不巩固，大有"五日京兆"之势，因一般人对于做事者，多有一种误解，以为凡做一事，非马上成功马上见效不可，否则事业即不稳固。例如此地之中心农事试验场，里面重要职员，我听说一学期聘任一次，似此任期过短，对于事业，他怎的能专一呢？要知道，现在寻找农业人才，是请他"设法"而不是"实行"此种专家之于事业，不是限定若干年即须成功的，而是缓缓来的，如他对事业稍有挫折，便予以更换，那是永无结果。以上是我为复兴四川农村问题所建筑的基本组织和培植基本势力——设立农林行政机关的一种建议和感想。

我总觉得四川人太能干，太聪明了。贵省卢作孚先生，他做事负责任，有勇敢，多经验，我真佩服。他倡办西部科学院，我在静生生物调查所，相隔很远，但我特别尽力帮助他，希望列位也取法他的精神和毅力，四川才有办法。今天兄弟说话太多了，其实也不外是些老生常谈的话，请原谅。末了我要说的是我们须要有俄国的建设精神，我们的口号是：建设！建设！第三句还是建设！

精神之改造

1940 年

我们在这个抗战建国的时候，非但应该动员全国的人力和物力，尤其应该动员全国国民的精神。根据抗战四十个月来的经验，我们知道精神力量是何等伟大！我们的物质虽不如人，可是因为我们同仇敌忾的精神，始终坚强如一，遂能支持如此之久，而使强敌处于必败之地！由此可见，我们每个国民的精神健全与否，在今日不仅是个人和家庭的问题，而是有关国家民族绝续存亡的问题。本席今天所要讲的，就是如何使我们每个人的精神更趋健全，也就是如何改造我们的精神。

第一，醉生梦死的生活必须改正——没有合理的生活，绝不会有健全的精神。一般地说来，国人的生活，自抗战以来，都过着一种简单质朴的生活，自然是一种好现象；然而仍旧有一批人，尤其是那些靠国难发财的奸商和贪官污吏，仍旧过着纸醉金迷的醉生梦死的生活。在上海那是在特殊环境下，一班人依旧沉溺在声色货利中，丝毫看不出抗战的新气象，且不必说它；但是在大后方的几个大都市中，也不乏这些醉生梦死者流。听说有些大都市里，有些人听到警报一响，就躲到很坚固的地下室里，开上电灯，打起牌来，那是多么足以寒心的事！希特勒说法国只有两种人，一种人进跳舞厅，一种人上咖啡馆，虽未免形容过火，但法国人的萎靡颓废，可由这句话里看出来！希特勒看准了这一点，所以不顾法国边境上有怎样坚固的马奇诺防线，终于在两三个月内，把整个法国占领了下来。古罗马的文化之发达，是我们大家所熟知的，然而到了后来，因为太平已久，人民的生活就骄奢淫逸起来；在罗马快要衰亡的时候，那些上层阶级，蓄上成千成百的奴隶，所过的豪华挥霍的生活，非我们所能梦想，终于被野蛮民族所灭亡。由此，我们可以知道，个人家庭的醉生梦死的生活，对于国家民族的前途，影响多么重大！

第二，奋发蓬勃的朝气必须养成——抗战以前，云贵一带的机关，非到下午没有办公的人；一般人民也都有晏起的习惯，那种暮气沉沉的景象，至今犹留着若干痕迹。这自然是要不得的！然而所谓朝气，不仅起得早就行；在心理方面，我们须养成坚忍不拔的自信心，和奋发图强的进取心；在生理方面，须养成整齐清洁的习惯。现在有些人居然以不修边幅为自豪的，认为这样才足以表示他的清高、他的不凡，这是错误的心理，应该加以纠正！此外，守时守信的习惯，也必须养成的！这在社交中，是最低限度的礼节。讲到国家民族中最是朝气蓬勃的，莫过于美国；在这一方面，英国也不及美国，记得在某一个万国博览会中，英国的陈列品竟有高尔夫球棒。英国人星期日早饭在床上吃，到十一点才起床，可见英国悠闲自在的风气，故此次也会受到德国的侵略。

第三，苟且偷生的习惯必须革除——人终有死的一天，与其默默无闻地生，不如轰轰烈烈地死！所以苟且偷生，是大可不必的！中国民族并不是苟且偷生的民族，至今赣南一带械斗之风依旧很盛，这一姓的人往往因细故与另一姓的人结为世仇，聚集数千百人斗争到数千百年不休，这自然是不可长之风！然而由此可以证明中国民族并不是懦怯的民族。这种风气若能因势利导，亦未尝不可以使这些人成为抗战前线的健将。从历史上讲，中国民族的勇武的壮举，至今犹为世人所传颂，不胜枚举。唐太宗派高仙芝越过帕米尔高原以征服异族，是史所罕见的奇迹，比起汉尼拔越过比利牛斯山征伐罗马，不知艰难多少倍。据军事专家的意见，以那时候的交通工具，率领大军经过帕米尔高原，简直是令人难以置信的事！我们的历史上也不乏凭着一股正气，视死如归，以与异族抗衡的忠烈，文天祥、史可法便是最好的例子。至于像法国那样，拥着一百五十万精兵败于一旦，在中国历史上是从未见过的！

第四，自私自利的企图必须打破——以个人的劳力工作，掘取社会的酬报，以供养家庭，不能算是自私自利；唯有贪图过分奢侈的生活，以不光明的手段，获取非分的利得，那才是自私自利。一切自私自利的企图，都是从挥霍浪费的生活所产生的，所以我们要消灭那一种企图，首先须过俭朴的生活。中国的士大夫是不以贫为耻的！无非要养成勤俭质朴的风气，论语上所谓"一箪食，一瓢饮，在陋巷，人不堪其忧，回也不改其乐"，是中国士大夫安贫乐道的最好的例子。我们自古有一句最好的成语，叫作"俭以养廉"。现在的一班汉奸，如已死的黄秋岳、陈篆，偷生着的汪精卫、梅思平、周佛海之流，若能过俭朴的生活，不专为个人的名位利欲打算，便也不至于去做汉奸了。

第五，纷歧错杂的思想必须纠正——青年人免不了有好高骛远的思想；几乎每个年青人的脑子里，都有着一个乌托邦，所谓"二十岁左右的人不革命（这革命是指激烈的暴动而言），是无血性，四十岁的人还谈革命，便是不通世故"，足见每个人都会经过思想上发生变化的阶段。然而在今日的中国的青年，是不必有纷歧错杂的思想。譬如日本人所倡导的大亚细亚主义，无论说得怎么天花乱坠，其目的无非想由日本来统治中国。然而究竟几千万人口的国家能不能来统治四万五千万人口的国家？就文化而言，所谓日本文化，除去了中国文化，与因袭的欧西文化，究竟还剩些什么？所谓大亚细亚主义，实在是不值一驳的！中国只有大贫、小贫之分，并没有欧美资本主义国家中的资产阶级。三民主义中已经有防止资产阶级产生的"平均地权，节制资本"的规定，欧美资本主义国家对于均富这一点，也采着渐进的办法，其中最有效的手段是征收遗产税。美国遗产税的累进率非常高，譬如一万万元的财产，遗产税就要抽百分之八十七，那就是说，有一万万遗产的人，子女只能得一千三百万，因此美国的资本家对于社会事业的捐输，非常慷慨，像洛克费罗，像梅隆，几乎全世界的文化事业都沾着他们的光。这样，也自然而然地走向均富的路上去了。所以以社会主义建国，虽是全世界的趋势，但达到此目的，自有和平稳健的路径。明白了这层，尤必须纠正纷歧错杂的思想了。

如何获得丰富快乐之人生

1940 年

诸位听了我上次讲话以后，或者以为我主张统制教育；换句话说，以为中正大学的教育方针，是不许学生思想自由。实则不然！要知道讲自由而没有经过精神上的训练，结果只有紊乱。我们应当重视自由，但是我们决不容许紊乱。青年人富于热情，思想不免偏激，总觉得年纪大一点的人是守旧的；我比诸位的年龄大得多，但我一生对于学问不断地吸收，我的思想也不断地演变，不断地进取。我的志愿在根据我的学识和经验，领导诸位走上中正和平之路。上次所讲的是偏于消极方面的，今天所要讲的是积极方面的，题目是"如何获得丰富快乐之人生"。

一个人立志要高尚远大。一般人固不免是平庸的，但在座几百同学中，一定不乏天才；然而天才在年青时是不容易自知的！有天才而不求上进，便会埋没了一生，而与常人无异。苏格拉底尝教人"知道你自己"，这句话的意思就是要充分省察，充分了解自己，善于利用你自己的长处，修正你自己的短处。所以人生于世，须立定高尚目的，努力修养，以求进取，始可获得丰富快乐的人生。但是丰富快乐的人生，并不是指物质享受而言，物质享受是一种低级趣味。物质享受很高的人，并不一定能获得丰富快乐的生活。许多同学来校求学的目的，只为求得一点生活技能，将来好找个职业，赡养家庭，这未免志向太低，将来绝难获得丰富快乐的生活。有一个很好的例子，可为证明：美国有个贫贱起家的工程师，到了相当年龄退休以后，钱是有了，可是整天没有事做，不知道如何支配时间。起初买了一辆汽车，到各处兜圈子；过了相当时候就厌了，就买了一架留声机，可是从小没有音乐的修养，不知道如何欣赏音乐！而看书的习惯是从来没有的，对于美术又毫不发生兴趣，终于郁郁而死。从这个故事看来，足以证明丰富快乐的生活不在物质的享受。

古今中外名人乐于过简朴生活的，不胜枚举。颜回一箪食，一瓢饮，丝毫不改其乐，这是因为先圣先贤在精神上修养很深，自有其快乐的所在，绝不如一般人只注重物质享受。孔子曰："朝闻道，夕死可矣。"圣贤一生所追求的是"道"，绝对不是名利。儒家追求道，我们可以比之于希腊人之追求"真美善"：真理的获得，美的欣赏，善的修养。从事真美善的追求，便是最为丰富快乐的生活。然而世上没有绝对的真美善，因为人类为知识所限，还不能达到绝对真美善的境界。但几千年来以中外贤哲的研求，人类已获得相对的真美善；而这相对的真美善，已经尽够我们一生的追求，哪里还顾得到争名夺利？

现在让我们先讲真。所谓真，就是真理。真理可以分作两类，一类是精神上的理，也可以说是宗教伦理上的真理；古今中外关于这一类的著作，便是中外先圣先贤留给我们的遗产，值得我们一生的研究。另一类是自然界的真理，范围更广，简直非我们有涯之生所能探究其玄妙高深。以天文学而论，这个无涯的太空中，单讲我们太阳系所在的星宇宙，由这一端的星球到那一端的星球，其中的距离便有十万光年。所谓光年，就是以光的速度一秒钟走十八万英里计算，十万光年便是光由星宇宙的这一端至那一端，便需走上十万光年，这个星宇宙之广大可知！然而这个星宇宙，不过是整个宇宙中的一个单位，天文学上称之为 Island Universe，一个孤岛宇宙。像这样的星宇宙，还有千万个散布于不可思议的空间之中。在这样大的宇宙中，我们人所占的地位，真小得太可怜了！沧海一粟，着实不能形容其比例，而人类从事科学研究，至多只有万把年的历史，凭着这点薄弱的知识，去追求这无穷的自然界真理，又能够知道得多少？所以我们放大眼光来观察宇宙，便知道所谓富贵功名，在人生过程中，实在只等于零。

科学不但能够研究最大的物体，同时也可研究最小的物质。世界上最小的物质是电子，是我们肉眼所不能看见的！化学上的九十二种元素，都是电子所组成；我们人的肉体，也是电子所构成。宇宙间的物质，实际上除微小的电子外，便是广大的空间。在某一种质地极密的"白小"星上的物质，花生米那么大的一块，便可重至一吨。若照这个比例，我们的身体若压至同等的密度，真不过芝麻大了！但电子虽那么小，物理学家却能研究它的性质，其组织为各种元素，排列异常复杂，其学理异常精微奥妙，尽够我们毕生探讨的。

再论生物学，普通我们所用的显微镜，放大不过数百倍至数千倍，但现在最新式的显微镜，有放大至十万倍的。在十万倍的显微镜下，看起伤寒菌来，大得可观！不但伤寒菌细胞内部的组织，可以看得清清楚楚，并且可以看清伤寒菌如何一滴一滴地排泄出毒汁来。在显微镜下观察微生物，实在是最为有趣的事。普通我们看见一泓清水，不过是一泓清水罢了，但我们如果取一滴放在显微镜下观察，便可以看到各种各样的微生物，其形态构造的美丽，远非人类的美术品所可比拟！前几年地质调查所在山东北部调查地质的时候，发现了一种岩石，是一片一片很整齐的土片所构成的，内部有各种植物的叶花果的化石；经我研究结果，证明它是数千万年以前的化石。我发现这时代山东北部的植物，同现在扬子江流域的植物十分相似；由此可以证明那时候山东北部的温度和湿度，与现在扬子江流域一带相似。这种在数千万年以后研究而断定数千万年以前某地的气象生物的情形，实在是寻求自然科学的快乐。生物学是最有趣的一门科学，中国地大物博，动植物种类十分丰富，尽够我们研究的！中国植物，欧美人士已经研究有三百多年，而我国国人研究本国的植物，只有二十余年历史，但中国植物学进步是相当迅速的！至于昆虫学，在中国进步的速度，远不及植物学，至少较植物学还迟五十年；因为昆虫的种类太多，全世界至少有百万种，中国至少亦有十万种。静生生物调查所曾替胡经甫先生印了一部《中国昆虫学目录》，共有很厚的六大本，还只能够包括已经知道了的一小部分。欧洲某昆虫学家说，中国的蛾类，十种中便有九种是新种，于此可见其众多。总而言之，自然界的真理，广大无垠，是尽够我们毕生研究追求的！

其次，讲到美的欣赏，范围也很广。单以中国论，在诗、文、词、曲、绘画、雕刻、刺绣、建筑各方面，我们的祖宗莫不有很好的遗产留给我们，尽够我们去钻研欣赏的！若将我们的智识范围扩大，再去研究西欧希腊罗马的艺术，我们便会不知不觉地被它的丰富美丽的内容所吸引。此外东方的印度，也是一个有悠久历史的民族，其文学艺术，亦有特殊的成就，也尽够我们钻研欣赏的！以上不过就古代而论，现代各国美术上的成就，亦甚可观；虽在某方面不及古人，但亦有超越古人之处，如文学中的小说，便非古人所能及。世界上美术的成就，已如此之伟大，这全是我们精神上的食粮。我们除了从事职业之外，在余暇的时候，应该努力研求文学美术，不但要研求本国的美术，还要去研求外国美术，不但研求近代的美术，还要去研求古代的美术，这样才能充实我们生活的内容，不致感到单调乏味。

再讲善（moral teaching）。中外先圣先贤于百年来的教训见于书册的，真可谓汗牛充栋。我们的道德理论，与其他民族国家之道德理论虽有不同，但在各宗派教人辨别善恶、修养身心、求善的方法是一致的！以中外先哲的遗书做指导，加以我们内心的灵感，这善的道理，尽足我们一生的时间去追求。

总括起来说，我们一生的精力不应该限于职业，在从事职业之暇，应善自利用时间，去追求真美善，去追求世上无穷的知识。我国历代的士君子，总是手不释卷的！在茶余酒后，欧阳文忠甚至于在厕上，也手不释卷，不忘对于真美善的追求，这是我们应该取法的！英国的大哲学家穆勒·约翰，做了一辈子东印度公司秘书，但他一方面做事，一方面从事哲学的研究，后来成了英国十九世纪有名的哲学家，至今很少人知道他曾做过东印度公司的秘书。由此可见一个人的成就，并不限于职业；副业的成就，往往可以大于正业，因为正业是赖以维持生活的，副业才是精神所寄托的！中国的儒家，正业多半是政治，副业才是各种专门的学问，但是他们借以名垂不朽的，还多半是他副业的成就。所以我们应该尽力养成精神所寄托的副业，去获得丰富快乐的人生。

建设新中国的基本要素

1941 年

今天是中华民国卅年的元旦，在全国欢欣鼓舞的庆祝声中，到处呈现一番新气象。想起《诗经》上的"周虽旧邦，其命维新"这两句很有意义的话，我们今天在这里迎接抗战胜利的新年，自然更具无限的热情，盼望光明灿烂的新中国之来临。现在我想趁此机会，来和诸位谈谈建设新中国的基本要素——地方政治。

我们国家的建设，可以分精神、物质和政治三方面来说。精神建设如精神总动员、实行新生活等是；物质建设如发展农业、振兴工商业、促进交通、开发富源等是；政治建设如改良政治、经济、教育制度等是。若从主管者的政治地位来分，又可分为中枢建设和地方建设两种；前者属中央，后者属各省市。我国自戊戌政变到民国卅年，都是努力中枢建设，对于地方建设事业做得很少。

我国典籍中，记载制度的书，以《周官》一书最为详尽。这书真假，传说不一，我们现在且不必去管它，但看那里面所记载周代的政治制度，可以知道当时文化之高，并可以知道周代不但重视中枢建设，对地方建设也一样重视。那时无论农工教育各方面，可以说整个人生活动，都设有官员管理，所以社会秩序非常好，无怪孔子对于周代的政治称美不置。周代的政治制度颇为健全，这与当时的封建制度不无关系。封建制度在现在看来，当然是不适合时代潮流而应该被遗弃的，可是这种制度也有它的好处：（一）地域小——商诸侯三千，周七八百，那时天子所管辖的王畿，不过千里，还不及江西一省大，诸侯的领地只有百里，顶多不过几百里，子男只有五十里。因为每个单位的地域很小，易于管理，于是官制完备，政治制度自然良好。（二）各爱其地——无论天子、诸侯、卿大夫的领地，都是世袭的；既系私有，对于他所管辖的地方，就非常爱护，一代一代地传下来，政治制度经过不断的改进，得臻完善。我国那时候的封建制度，很像日耳曼联邦；而那样完整的政治制度，只有古希腊的城邦（City States）差可比拟。

秦始皇废封建设郡县，虽是一件很好的事，但封建制度的优点也随之消灭。中央集权的结果，地方政治权力遂很有限，一方面因为中央的官吏多不明了地方情形，形成中枢与地方隔离的局面；另一方面因为经几百年而有一次内乱，人民流离失散，文物制度摧毁殆尽，地方政治遂益发不可收拾。汉高祖入关后，萧何首先搜罗各种文件，目的就在想参考旧有制度，然而中国历代政府，一到治平之世，就高谈黄老之治。因循苟且，不思建树。旧朝代过去，新朝代成立后，地方制度无从稽考，一切只好去问地方上一班残余的书吏，这都是些不安分的人，凭他们信口雌黄，会得着什么道理？于是那时的政治只有因循苟且，这是中国地方政治的致命伤。

再则我国自唐以后，以文章词赋取士，做官的人用非所学，对于政治毫无经验，便只好依赖幕僚，便是清朝所谓绍兴师爷。这种人有其专门的技能，如刑名师爷、钱谷师爷，事实上就是现在的法律财政专家，但因为地方官事事都得依赖他们，他们就借此舞弊敛钱。自宋以来，这种人在社会上有着很大的传统的势力，经明清以至民国，几百年来都是如此的。又因为这种人有权力无责任，只知道舞弊，不知改进，问题太大的，便不去解决，以致土地测量和人口调查这一类的重要工作，都没有进行，还谈什么地方政治。

民国初年袁世凯曾经想重新测量土地，设立过经界局。因为中国的土地，可说从来未有系统地测量过，土地的面积，是从粮局中统计而来的，然而中国田地契据中的面积，又绝对的不准确，一张契据沿用几百年，传了不知多少代，或转卖了不知若干户，明知不准确，也从未加以改正。还有许多地方有"买田不买粮"的情形，田早易了所有主，粮仍由原主还着。至于调查人口，也已经有一二百年没有举办。地方政治的紊乱可见一斑。加以在民国十六年以前，政治不稳定，做官的都存

"五日京兆"之想，更谈不到积极的地方建设。直到国民政府成立之后，我国的政治才渐渐走上轨道，才着手研究地方政治改革的方案。可是因为地方太大，困难太多，一时也不易卓有成效。现在政府非常重视地方政治，所以虽在抗战期内，还要推行新县制。推行新县制，自然是改善地方政治的良策，然而欲求地方政治健全，必须普及国民教育，而办理国民教育，教师和经费又是不可少的要素。我们要在地方政治方面有所成功，就要做基本的工作，先要从精神建设做起，然后再谈物质建设。

总之，建设新中国的基本要点，横的方面是精神建设和物质建设，纵的方面是中枢建设和地方建设。物质建设、中枢建设易，精神建设、地方建设难。而地方建设中最难的是人口调查和土地测量，就是因为我们的人口众多，土地广大的缘故。我国人口究竟有多少，至今无定论，有的说三万万，有的说四万万，也有人说四万五千万或五万万，相差竟达一二万万之巨，就因为没有正确的调查，但凭估计，终是靠不住的。再说土地测量，也因从未有系统地测量过，至今二十几省的田赋各不相同，而这不同，并未依土质的优劣分定。田赋以江浙两省最重，因为江浙反对满清最力；以四川最轻，所以四川的军阀可以一收几年，有的地方早收到民国六十年，而地方尚不至于十分疲敝，就因为田赋特别定得轻。在这种情形下，新县制之推行，真是困难万分。但我们既然知道了这些困难，就应该针对这些困难，力求解决，地方政治之改善，方有成功之望。

上面的话，卑之无甚高论，但建设新中国，实在就须从这上面着手。

我国战时经济状况及节约运动之重要

1941 年

决定两国战争的胜败，不外六种要素：（一）民气与士气；（二）兵力与兵之素质；（三）主帅之谋略与将领之能力；（四）武器；（五）资源；（六）政府之机构与效率。我国这次抗战，除了武器不及敌人以外，其他几种要素都胜过他，所以我们的胜利是毫无问题的。今天只就有关资源这一个要素，来和诸位谈谈，题目是"我国战时经济状况及节约运动之重要"。

资源可以分为四类：（一）现金；（二）外币；（三）国外投资；（四）物资。全世界的金银产量，比较是金少银多，而藏银最多的国家为我国和印度。我国实行法币制度之后，以法币吸收民间的存银，作为法币的基金，同时换取外汇，以购买必要的货物。我国民间的藏银是有大量的，因此我们法币的基金是极端充足的。我国所存外币不多，但华侨从国外汇回来的外汇，每年达数万万之多，这是我们获得外汇一种主要来源。关于我国货币方面大概的情形如此。

然而货币不过是换取物资的工具，一个在和敌人作战的国家，更需要的还是物质的供给，所以物质与战争的关系至为密切。物资中最主要的是粮食、棉花、汽油、煤、铁等类，根据"足食足兵"这句成语，我们可以知道粮食更是一个国家在战时不可缺少的。我国粮食的产量颇多，但如广东省则食米常感不足，每年要赖国外供给，输入洋米平均达一千万担，流出现金一万万元。这是我们一个很大的漏卮。但是我们在抗战的前后，接连有四年丰收，故粮食不成问题，这也是天助我们。本来华北华南和长江黄河下游是常患水灾的，去年华北的水灾、东三省的旱灾，都很厉害。但是这些地方都已沦陷，对于我们战时粮食毫无影响，却可以引起在伪政府之下的同胞对敌伪怀着更深的怨恨和反感。明朝末年有许多地方发生旱灾，当时清兵入关，凡是他们所占领的地方，都碰着丰收，满人遂得收服民心，夺取明朝的天下，统治中国二百六十余年。现在我们抗战以来，得天独厚，年年丰收，粮食不虞缺乏，战事尽可持久，而敌人天灾频至，粮食不足，民心动摇，愈战愈困，情形恰恰和我国在明末的情形相反。我们这次抗战能够维持到今日，粮食丰收是一个很重要的原因。我国近十年来棉花原可以自足，不要外国供给。自华北产棉区沦陷后，政府便在大后方各地从事植棉，譬如近年来陕西一省，每年已经可出产一万万元的棉花，将来的发展，更是无可限量。在抗战期内衣的问题，是有办法的。

国家战时经济的一方面是资源，另一方面是政府的财政。通常政府财政之来源有三：（一）税收；（二）公债；（三）通货。我国对于人民的资产，从未切实调查，政府的机构未能近代化，所以一到战时，要增加税收，就有许多困难。发行公债，因为我国一般民众还是保守旧日的习惯，成绩也不很好。除此以外，只有增发通货比较的便利。

抗战以来，我国各地物价逐年高涨，究其原因，不外（一）物资缺乏，尤其是粮食。只拿江西来说，江西本来粮食是很充足的，除了供给本省的需要之外，还有剩余可以接济广东、浙江、福建诸省，可是去年秋季歉收，便无余粮接济邻省了。（二）通货相当的膨胀。抗战以后，我国因事实的需要，增发了相当数目的通货，虽然并不多，对于物价自然也起作用。（三）交通困难，使货物不能流转。记得民国九年我曾在江西内地旅行过一次，看见许多乡民挑着米由遂川赴广东南雄出售，因为缺乏交通工具，这样长的路途完全靠人力运输，结果米价随着路之远近而高涨，这种情形现在更加普遍。（四）囤积。一班奸商为图个人利益，不论货物、粮食都囤积起来，想借此抬高物价，至今四川尚有一部分残余军阀暗中囤积粮食，这是使物价高涨一个最大的原因。抗战后江西的物价较战前涨约四五倍，重庆涨九倍，昆明涨十倍，这并不是说川滇两省物资缺乏比江西有两倍之甚，而多由于囤积之故。（五）取缔走私过严。敌货走私当然应该取缔，但用不着绝对地取缔，要看清走私的敌货是否能应我们真正的需要。假如走私的敌货是军火、粮食、汽油，这些东西正是我们需要的，就不应该取缔。战事开始的时候，我们对于走私取缔过严，我曾和政府某要人谈过这个问题，他也认为我们过去那样绝对取缔走私是错误的。总之，我们对于不需要的敌货走私，要严厉取缔，如果是日用必需品的走私，则应该奖励。现在我政府准许汽油自由进口，英美两国也正在积极防止重要的物资由走私流入轴心国家，也就是这一个意思。

现在有许多人把物价高涨完全诿过于通货膨胀，实在是错误的。上面已经说过，我国物价高涨的原因很多，增发通货不过是其中一个原因，现在我们撇开物价问题不谈，单论通货膨胀，实在也有其好处，如（一）政府财政可以运用自如。我国现在不特要抗战，同时还要建国，所需的资金当然甚巨，而加税和发行公债都有相当困难，所以不如增发通货。为了发展生产事业，增发通货实有利而无害。（二）减少外货的输入。因为通货膨胀，汇率减低，亦即购买外货的力量减低，这样外货输入自然可以减少，使人民不得不用国货。（三）减少通货落入敌手。敌人原想在沦陷区尽量吸收我国的法币，去换外汇，现在因为通货膨胀，我国法币的汇率贬低，他吸收去了反而要吃亏，这样他自不会去做那样的呆事，而我国的通货就不致转入敌手。

通货如果无限制地膨胀，那是很危险的，但我国绝不会这样，因为第一，第一次世界大战以后，德国因为要付协约国的赔款，德国政府便使通货无限制地膨胀，这是一种策略，而我们并不需要用这种策略；第二，我们的钞票多半是在美国印的，印一张一元的钞票，要五六角的成本，假如我们印一百万元一元一张的钞票，成本就要去掉五六十万，这是极不经济的事。从上面两点看来，我国的通货是不会走上恶性膨胀那一条路的。

最后，我们要说到节约运动。节约可以防止浪费，减少经济恐慌，对于战时经济异常重要。现在我们先说物资节约，可分三种：（一）日用必需品之节约：如吃糙米，不但可以节省粮食，而且糙米内含有维他命很多，最有营养。此外如限制制酒、制米糖，也都可减少食米的消耗。至于衣服，在战时为了节约，不妨穿破旧点。（二）奢侈品之节约。既是奢侈品，不但应该节约，最好能够不用。（三）外国制造品之节约。譬如西药，有许多可用国药来代替的。除了物资节约，还有一种节约的好方法，就是储蓄。通货发行得多，并不可怕，只要人民肯储蓄，通货仍然可以收回，减少市面上通货流通的数额，物价自然会低下去。所以储蓄既可自己节约，又可减少通货之发行，使物价降低，同时减轻政府发行通货之负担，于公于私都有利益。

现在我们政府正在提倡节约储蓄运动，我们应该踊跃响应，努力推行，以促成抗战胜利、建国成功早日的来临。

经济植物与农业之关系[①]

1942 年

各位农科同学当然都学过植物学，不过对于分类学多不注意，故有许多植物学上的基本学问反不知道。农学家不知道分类学是常要闹笑话的。例如外国有个花卉的育种专家，看到野生的 Violet 异常美丽，即以人工育种的方法来交配做了许多实验，总未见有结果。后来他去问植物学家，才知道 Violet 有二种花，在上端所开美丽的花是不结果的，下端所生的隐性花（cleistogamous），无花瓣，不美观，但可结子；用美好的花来交配，故不能结实。又有一位农艺学家，他著书谓竹之有一节生二分枝者是雌的，仅长一枝者是雄的，实则竹为雌雄同体。还有一个留法国的农艺学家，小麦被认为种子，其实小麦为一果实。其他如问到学农的人大小麦之区别如何，就有很多人答得不对。所以我觉得研究植物分类是很重要的。经济植物学是以植物分类学为根本的。所谓经济植物学者，即识别植物之种类，以研究其经济之价值的一种科学。兹就作物园艺及森林方面，为诸同学一述研究经济植物学的重要。

经济植物学与作物学之关系较少，因为大多数可栽培做作物的植物，已研究得很详尽，仅有少数未被利用而已；但为增加全国之生产量起见，仍须加以研究。俄国之黄豆研究所，专以中国之黄豆为研究对象，收集我国黄豆，多至五千多种（我国自己采集者亦无如此之多）。他们又派人至各处搜集可种于寒冷地带之植物，如马铃薯原产于南美，

---

① 本文是胡先骕在中正大学农学会的演讲。

每年收获极多，俄国以气候关系，不宜栽此，但其终在南美之安底斯高山中找到一种很适合俄国之气候者。我们政府欲开发西康，但其地人口很少，近把四川之建昌道划入，始略有基础。不过其地气候干燥而寒冷，虽可栽大麦、裸麦，而可栽之面积并不大，生长期又极短，青海亦然。如我们能找到如俄国之耐寒马铃薯或生长期较短之大麦，则该地开发之前途，必大有希望。其他如四川松潘亦同此情形。至于研究变种，即更为经济，如工业用的烟叶（Nicotiana）一属，美国加利福尼亚大学教授曾往南美采集的种类甚多，有高大如小树的，长叶极多。其他未被利用之野生作物极多，例如木豆在印度甚多，四川、云南亦有，学名称为 Cajanus Cajan，为多年之灌木，年年可开花结实，其豆一样可供熟食或做豆腐。此外尚有许多作物，在外国栽培而中国犹未及见者，其产于亚热带之作物，吾人如能加以研究而栽培之，定可增加我国之生产量不少。南洋有一种瓜，其果及宿根均可食，果仅一子，云南有之，但他处尚未见有此物。我国之可做作物的植物未被利用者仍多，如最近王育三先生自龙泉归谈，其地苦荒，竟有以毛竹磨粉食者，终致罹病而死。如果能好好去找寻，必可找到很多可食之物。中国古书有所谓《救荒本草》《野菜博录》，由此可见我国古人之研究精神。《野菜博录》为明朝隐士所著，其自耕自食，研究种种可食之东西，有毒的如何去毒，都亲自尝过，以备救荒。毛茛（Ranunculus）是有毒的植物，但先煮数次，去毒即可食；其种子研细，竟可当辣椒食。最近永嘉闹荒，曾以一种植物之球根食之，当地一元可买二十斤，须煮二十五次方可食，其物虽毒，但颇多赖此而生者。此或似泰和近地之老鸦蒜（Lycoris radiata）。又有一种天南星科之蒟蒻，又称为麻芋（Amorphophallus konjac），湖南、四川等省人士均食之。此物为宿根植物，块根极大，像芋头，开花时无叶，叶柄花梗上色斑如虫蛇，很似有毒的样子，其开花甚美，其根可煮去多汁，其粉甚细，可做豆腐。我曾在崇义采集，其地有从湖南桂东来的麻芋粉卖，日人将此做雨衣，盖涂此粉于布外可不透水。在上海有极便宜之雨衣，即用此物做的。气枕头及飞机翼涂麻芋粉即不透气。我在北平时，法使馆西贡植物园曾托余买此根二百公斤。但此均非正规之农作物。我国两广及云南南部有称为参茨者（Manibot），为一种大戟科植物，乃有毒之多年生的草本，地下有块茎，有掌状复叶，根有小粉，一定要煮得很久，然后毒去可食，或做成珍珠米（Tapioca），煮后发胀可食。此种植物，云南南部有之，但不多。现在吾人要用红薯做酒精，其实用此物做酒精亦不错。在中美洲及南美洲有些土人则靠此为食粮。我国又有所谓葛粉者，为生复叶藤本植物之地下茎，内含淀粉很多，各地亦有少量出售，但并不多，学名为 Pueraria thunbergii。此外尚有两物甚奇者。一为何首乌粉。何首乌为多年生藤本，学名为 Polygonum multiflorum，俗云食之可长生不老，但至少有淀粉可食。此植物各处均有，但仅在南京市上见有出售。一为天花粉，为一种瓜类之地下茎。患发热病者有用之为药。在南翔则当作藕粉出售，学名为 Trichosanthes kirilowii，但均未作大规模之用。再有蕨粉者（Fern starch），在修水县有此出产，但蕨类在任何地方之阴湿处皆有之。此粉如藕粉状，黏性很大，味虽稍差，然亦可资救荒之用。

园艺方面范围颇广，兹分果树、蔬菜及花卉三方面来讲。果子方面，中国已经利用的种类很多，但尚有很多野生的品种未能好好利用。前几十年美国的植物学家至中国宜昌，发现一种野生柑橘，名为宜昌柠檬（Citrus ichangensis），为柑橘之最能耐寒者，美人视之如珍宝，以与其他之品种杂交而得很好之品种。但起初发现的还是栽培的，后来中山大学陈焕镛先生于民国十二年间在宜昌发现真野生之宜昌柠檬二株于山谷中。此外尚有可食之野生果子，为杨桃或苌楚，或称京梨，西人称为 Tchan gooseberry。江西很多，学名为 Actinidia sinensis。另一种 Actinidia villosa 亦可食，为藤本，果稍于小鸡卵，略似梨，肉色绿，多芝麻大之小籽，味酸带甜，糖分不足，味则尚可，在中国有十余种，内三四种可食。牯岭果子成串，长约一尺许，产量甚多，为小果（Small fruit）中之优良者。在小果中，尚有多种为 Rubus，称为栽秧藨或悬钩子。在外国有二种种得很多，一为白悬钩子，一为黑悬钩子，在汽水中可饮到之桑葚水者，即用此物做的，并非真正之桑葚。在中国此类颇多，如上述之栽秧藨于插秧时成熟，味酸带甜，多种野生者皆可食，如再加以人工改良，一定更好；此物中国人不大食而西洋人多食之。此外尚有一种为越橘科的植物 Vaccinium bracteatum，南昌靠山低山处均有，果为酱黑色，修道者每以此蒸饭供客，号为青精饭。可见野果子中尚有许多可利用而未被利用者。中国又有一种很普通之树，为黄楝树，或称楷木，学名为 Pistacia sinensis，自山东至广东一带均有，在上海一带以嫩叶盐渍之可食。但在热带尚有一种著名之干果，名为阿月浑子，英名称为 Pistacia nut，为热带之名产。此物可嫁接在楷木上。尚有一种野生小果子为柑橘类植物，学名为 Fortunella hindsii，土名为金豆或岩珠，为小灌木，果大如樱桃，熟时全红，其味又香又甜，赣州有制成糖果者。尚有在广东、广西一带已被利用的，而在印度更用得普遍的一种果子名为桃金娘（Rhodomyrtus tomentosa），所开之花很美丽，状似桃花，有五瓣，结果状似葡萄，可食。印度人取之以制果酱。江西赣南一带，在山上常见有此，然无人食之。此外有坚果如珍珠栗（Castanea henryi），果圆锥形，小于普通之栗，此树多为野生者，为最好之乔木，造林甚佳，高可二百尺，赣北颇多，但其果无有出售者。在杭州可见平常不易见之三种果子：一即为珍珠栗。二为榧子（Torreya grandis），属于松柏科之乔木，大可合抱，分布甚广，江西、浙江、安徽均可。安徽产者，果子特大，名为寸金榧子，徽州今尚有数株。在诸暨栽培榧树甚多，变种亦多，味多良好，我想在江西方面，可以大规模栽培之于赣北。另有一种为山核桃（Carya cathayensis），为 1915 年美国植物学家在浙西发现，今昌化、徽州等处均有之，此属美国有二十多种，有曰 Pecan 者，味甚佳，我国亦可以栽培之。

在蔬菜方面，野生可食者极多，如大黄一物（中国为药）外国人有以其叶柄和糖煮食之者。中国西北之大黄品类极佳，然无人食其叶柄。马齿苋为普遍之野生菜，在法国已成很好之蔬菜。荠菜此物亦仅华北人栽培之，华南人则只食野生的。更有称豆瓣菜者（Nasturtium SP.），属十字花科，南昌所食之沙菜亦为 Nasturtium 之一种，味较荠菜为美。此外可食之野菜指不胜屈。

在花卉方面，我国种类更多，外国人尝试"无中国花不成花园"。外国有专研究杜鹃花者，此属在中国即有三百多种，学名 Rhododendron，花极其美丽。行道树之最美丽者西洋人推珙桐树，学名 Davidia involucrata，生于湖北西部及四川，全世界仅一种。属于 Nyssaceae，花开时每花序有二白色苞片，一大一小，垂下时远望如一群鸽子，状稍老则色变蓝。但中国少有人利用之，如移植于公园之路旁，定为人所欣赏。

森林方面，中国树木过多，美国有树六百多种而中国则有二千种。虽无如美国之高至三百英尺之世界爷，但中国亦有二百英尺高之台湾杉。其他松柏科奇特种类则更多。华南有水松（Glyptostrobus pensilis），广东河岸均植之，不怕水浸。水松为热带产物，但江西亦能种植。

此外我国尚有很多牧草及杀虫用之植物未被利用，兹因时间关系，不及细述。我希望大家能多多学得植物学之基础，多认识些植物，裨将来对于植物之经济方面有所贡献。

科学研究与中国新农业之展望[①]

1944 年

去年 6 月在美国开了一个联合国的粮食会议，确定了人类应有之最低营养标准。就此标准而言，我们中国人在肉类的消耗上恐仅及其五分之一，至于牛奶，更因吾人从无食奶之习惯，恐怕仅有其标准之百分之一。一个民族的生活方式或文化，据经济植物学者谓可分为哥伦布以前及其以后的两个时代（Pre-Columbian and Post-Columbian Period），而以哥伦布发现美洲做一个划时代的发现。由此一发现，在农业上遂引起了很大的变迁，如今日各处所认为必不可少的烟草、玉蜀黍、茄子、南瓜、番薯、马铃薯、辣椒、番茄等皆为哥伦布发现美洲大陆以后的东西。又如我们中国古代的文化乃一蚕桑文化，自黄帝时起即有蚕桑，至孔孟时代则盛极一时，衣服原料几皆为丝帛，甚且用为货币。后来乃有一划时代的东西出现，即木棉。在唐韩文公作《原遭》时中国尚无木棉，故见有人穿一棉袍即视为稀奇，其时仅长江以南一带才有，盖木棉乃热带植物也。迄有宋以至于元，各地始广植木棉。结果在我国经济文化上乃开创一木棉文化时代，给蚕桑文化一大大损害，男耕女织条件为之打破，以丝帛为货币的制度亦因之而崩溃，其势几几乎打倒蚕桑文化。所以说，只要在农业上有一二点大改革或输入一二种新东西，即会影响一个民族的国民经济而改变其生活方式。如在哥伦布以后时代，中国始先后有了番薯及马铃薯等。马铃薯在外国乃重要粮食品之一，在中

---

① 本文是胡先骕在中正大学农学会的演讲。

168

国一般地看来，其地位却不及玉蜀黍重要，甚至连辣椒还不如。实则今日赖马铃薯为生的地方亦不少，例如鄂西恩施、归州一带与四川交界之山地农民，因缺少农田而致贫苦不堪，后有一天主教士输入马铃薯栽种之，结果竟成为该地之主要粮食，人口即因之渐趋安定而繁衍起来。后以该区马铃薯突然因疫病流行而遭大损失，竟亦致使百姓逃亡躲避，昔日繁华之区，一旦几成荒地，由此足见马铃薯地位之重要也。再如西康土地贫瘠，气候寒冷，仅能种植大麦，牦牛奶虽然出产不少，但人口仍不多。近乃闻美国农业专家正输入大量优良马铃薯种在西康一带种植，基于气候适宜之故，很可能由此而建立西康新的农业基础。马铃薯为耐寒作物，俄国西伯利亚以之为主要粮食。俄国更为欲垦殖北冰洋沿岸地带，乃在南美安第斯山获得一更耐寒之马铃薯品种，可在北极圈内种植，因之而能垦殖其地带。最近我国向澳洲输入耐寒牧草种子以繁殖于西北，此与复兴西北畜牧事业大有关系。又在农林部未成立以前，经济部曾请一英国顾问前往贵州谋解决农业问题。此顾问见该区地势高而贫瘠，不可种稻，乃谓其地如输入英国之春小麦栽种，必可解决黔省之粮荒。凡此种种事实，皆系其例。最近在中国农产制造上有一事值得注意，即广西不产葡萄而在桂林市上可买到葡萄酒。后经调查，知在广西特产一种桃金娘（Rhodomyrtus tomentosa），为野生灌木，花开五瓣，浆果很大，广东、广西以及江西大庾等处皆有生长，除当野果卖外，从无大加以利用。今日桂林市上之葡萄酒，即系用此种桃金娘果实酿造而成者，其成品之色香味均与红葡萄酒无异。

由上举的各种事实看来，在中国将来的农业决不可再墨守成规，而应当特别注意者有三事：

（一）中国地大物博，应如何设法利用今日尚未利用的动植物富源。

（二）研究中国的自然环境，如何输入及利用外国的经济植物。

（三）如何利用科学方法以创造新的农产品种。

以上数点，兹略论之如后：

（一）利用中国原有之天然物产。如用桃金娘酿酒事业，在战后必须使其能继续维持下去，并且须要发扬光大，使之成为一伟大事业，如桂粤以及湘赣南部之山坡荒地，均可开辟大量栽培桃金娘。又如静生生物调查所王启无先生在滇桂交界处发现一种很有经济价值之胡氏核桃（Huocarya）（注：胡氏核桃之命名，乃郑万钧博士用以纪念胡先骕博士者），为很大乔木，果大如胡桃，可在华南石灰岩区栽培，如加以研究，也许由胡氏核桃可在中国南部建立一新的坚果业。如嫌其树过高，则用山核桃（Carya cathayensis）或四川野胡桃（Juglans cathayana）为砧木即可得到矮性而结果多之胡氏核桃。关于此类实例甚多，可知将来之农业尚有很多新途径有待于吾人去开辟也。在农产制造上有一可为之事，即制罐业。如吾人有企业之雄志，则可联合全国人才，集中大量资本，从事调查各地之特产，如川之大梨、甘之醉瓜、新之哈密瓜、闽粤之糯米瓷荔枝、浙平阳之绿竹笋等皆可入选，分别制成罐头，并向国际间广事宣传，以资推销，如此则我国所有名产皆可扬名于世界而不致湮没无闻矣。关于此点，世界粮食会议亦主张中国应尽量发展农业及农产加工业。在水产方面亦大有可为，如温州产一种小墨鱼，其味极美，而他处皆不知之，甚至不至瑞安、永嘉一带，连其名亦不得而闻。反之，日本对于利用水产却非常注意，如日本此次入侵中国后，即在华北各地市场销售许多从不输入中国而为中国沿海均有之海产。又如福建产之"西施舌"素著声誉，但外省人亦无缘欣赏此类海产，货弃于地，殊为可惜。又如四川灌县、西康打箭炉及云南丽江一带产牦牛奶甚多，战后如有人携离心器（Centrifuge）前往制取奶油或开厂制奶粉或炼奶，必可大量运销全国以满足中国之需要。裨益国计民生，良非浅鲜，个人利市百倍，犹其余事也。

（二）在中国建立新的农产品，即外国之可在中国生长之农作物均应输入栽培以增加吾人之享受，如陈焕镛先生能在广州将檬果栽培成功，即其一例。盖檬果乃热带植物，在广州栽种则嫌温度不够，陈氏乃在与广州温度相差不远之锡兰岛半山输入一种檬果，在广州栽植遂获成功，且其味较普通檬果尤佳。

现在中国研究农业者，甚少从事中国等温线与等雨线之研究，或比照外国等温线与等雨线以探讨外国哪些植物可在中国哪些地方生长，这项工作实非常重要。如我国皖浙一带所产之山核桃不甚有名，而美国南部却有一种山核桃（Carya pecan），名为皮甘，其味尤胜于胡桃。此种在我国赣、湘、鄂、桂各省应皆适于栽培，如加以研究，将来即可正式输入繁殖而成为我国之名产。陈焕镛氏尚有很多产于国外之热带果树都可在中国栽种，如粤闽所产之菠萝及番木瓜远不若檀香山所产者，均应设法输入改良之。又如锡兰所产之 Lipton 红茶（味太浓，不合国人口味，英人加用白糖则味甚佳）销行甚广，其实为云南之普洱茶［Camellia（Thea）assamica，此茶与普通茶 Camellia sinensis 却系两样东西］，仅发酵不同而已，故用云南之普洱茶亦可制成 Lipton 而行销国外。

在食用作物方面，如黑麦为很好粮食，滋味及营养均佳，而在中国竟无人去种，此点实不妨研究一下。又如燕麦之营养亦佳，苏格兰人普通身高六英尺，彼等即以燕麦为主要粮食，为何在中国却无人从事研究？更为何燕麦不能向他区域逐渐扩充其栽种面积？此皆值得吾人深切注意者。还有如俄国从安第斯山所找得之耐寒马铃薯品种，是否可在西康一带繁殖，亦不妨一试也。

（三）要创造新品种，即利用植物育种（Plant Breeding）之方法以产生新品种。可是毋忘于人已到了划时代的时候，不可再走旧路。如今日已经开始利用秋水仙素（Colchicine）溶液浸种，由此而可以产生多倍染色体之突变（Polyploid mutants）即能获得新的变种。其原理即秋水仙素能刺激细胞中之染色体分裂而细胞自身则不分裂，因此染色体即可由两倍（diploid）而变成多倍（polyploid）。利用此法可使植物生长强盛，产量增加，如以之培育树种，将大量增加林产，将来或须用此法以解决煤炭荒也。今日西南联大及四川大学已在做此项工作，但我们应广加研究，如蔬菜、花卉、果树等都可借此法以产生新种。今日又有借宇宙线放射以产生新品种的方法。近年美国加利福尼亚大学罗兰士教授发明原子破坏机（Cyloctron），利用放射线以破坏原子之组织，由此种放射线亦能产生农作物变种，且已获得成功。我国野生之花卉种类甚多，如能善为利用及研究，将来很可以迎头赶上欧西各国。又近来美国加利福尼亚大学杰律克教授（Prof. Gericke）发明一种"水中种植法"（Hydroponics）以栽培农作物，其法为设置水门汀之水池，内贮水及各种植物所必需之无机盐类，其上架以铁丝网，于其中即可栽种谷类与蔬菜。由于此法之成功，将来很可在大城市中建设屋顶菜园；在西北一带雨量稀少的地方，更可利用"水中种植法"以种五谷，因水门汀之地面较土壤为易于保持水分而不至于流失也。

在这次战争中，另有一新发明，即为将农产品中之水分用法提出以减少运输量，迨到达目的地后再加水进去而能恢复原状，如运输时间不长，其色香味均不至有大改变。其方法或系为利用真空挥发器在低温下以使水分蒸发，此种方法在将来的农产制造上实有很大的价值。

予今日所言者，不过为播点种子，希望由此而引起大家之好奇心与兴趣，并启发各位，明了新农业应该如何发展，而不再一味陈陈相因，墨守成法，种种农业上之问题，在将来都有好多创造与发明的可能。过去之中国留学生，在外国学了某一套学问技术，回国后则终生总是弄此一套，绝不敢越雷池一步，天天高唱育种，而实际收效甚鲜，此可谓之正统派。此辈正统派人士予实不敢十分赞同。但愿在场之数百人中有十个八个于将来有一番划时代之作为与成就，即不负予今日之一席话矣。

邓中夏

(1894—1933)

生平简介

邓中夏（1894—1933），原名邓康，字仲懈，湖南宜章人。中共早期领导人之一。1917年考入北京大学中文系。1919年参与发起五四运动，是火烧赵家楼事件的主要参与者之一。1920年协助李大钊成立了马克思主义研究会，成为中国共产党的创始人之一，同年末领导长辛店铁路工人罢工运动。1922年7月在中国共产党第二次全国代表大会上，被选为中央执行委员会候补委员，进入中共主要领导行列。1923年8月在中国社会主义青年团第二次全国代表大会上当选为中国社会主义青年团中央局成员。1924年在上海加入中国国民党。1925年被派往广州领导省港大罢工，担任罢工委员会委员、党团书记。1927年7月20日参加九江会议，后与李立三一同被派遣赴庐山向中共实际最高领导人瞿秋白汇报；8月7日，在八七会议上被选为赴上海担任临时中共中央政治局候补委员，其后，先后兼任中共江苏省委书记和广东省委书记，参加了广州起义。1928年赴苏联参加中国共产党第六次全国代表大会。1930年回国，被派往湖北洪湖担任红二军团政治委员。1933年5月15日在上海被捕，9月21日被国民政府枪决于南京雨花台，时年三十九岁。

劳动万岁①

1922 年 9 月

　　今天中国劳动组和书记部与各地工会代表为劳动立法事招待议员先生，承议员先生惠然肯来，我们十分感谢，而且很荣幸的。我们为什么要招待议员先生呢？诚恳地来说：中国劳动阶级法律上向来是没有保险的，约法上未订，天坛宪法上也未定，我们认为极不满意。幸此次议员诸君来京重新制宪，十分可庆，但是我们必定要求为劳工规定权利。这个有种种理由。简单来说：中国既为民国，所谓实行全民政治，当然全国人民皆有权利。即退一步讲，根据"谋最大多数的最大幸福"的原则，劳动阶级实占人民的绝对多数，如只少数人得利益，实在不平之极。而且，劳工是社会的柱石，没有劳工，也就没有社会了。这还是就理论上讲，即按人情来说，劳工每天做工卖力气而视同牛马，未免太不平等了。没有劳动阶级，便没有社会，世界全由劳工造成，利益当然要定。况且工人每天做工十余小时，困苦不堪，工资甚少，养己且不足，甚且家困以至于死，此更就事实上看，于正义人道方面，对于规定工人权利不能说不是应当的。不论说理说情，都应该为我们规定劳动立法。但是也许有人以为照劳动法所定，八小时工作，在工业未发达的中国，未免反使实业不能发达，而且出席国际联盟会议中之中国无聊代表，且曾言中国不适宜于八小时工作，实在不对。因为时间减少，未必出产减少，且依照欧美往事记之，反见产品精良，因人在疲倦时候做工，总是

---

　　①　本文是邓中夏在劳动界招待议员开会时的讲话。

做不好的。又有人以为工人利益太多，资本家自然损失太大，于是他们不愿拿钱出来办实业，岂不更为害工人，实在也错了。资本家有钱，决不愿不使之生利，更不能由工人利益稍多于他们；只有些须损失，而不使生利，欧美便是前例。但在此我们希望应有极大觉悟，就是我们中国在此国际资本主义掠夺与压迫之下，想照欧美资本家那样发达，是不可能的。所以不但是劳工之苦，实亦中国资本家之苦。故中国资产阶级，亟应觉悟非与本国劳动阶级携手，即不能使中国产业发达，因非如此不能打倒国际资本主义，否则便是自杀政策，所以我们希望中国的资产阶级觉悟起来，与劳动阶级携手，一起打倒国际资本主义。我们的要求，在各方面来看，都是应该的。诸君七八年来，为国奔走，饱经忧患，我们希望诸君不愧为人民代表，把中国绝对多数人民的幸福，切实制定一下。我们的请愿书，想早已在洞鉴之中，我们要求的要点是：第一要求工人集会言论的自由，因各界都有会社，而独于工会禁止，实为不平。第二要有同盟罢工权，这也是为了生活不得已而为之。年来国务院、参谋部、教职员均有罢工，而独于工人罢工，视为骚扰罪，殊非合理。第三要有团体的契约缔结权，因工人个人与资本家结的契约多吃亏。第四要求国际联合权，资本家可以有国际联盟，我们就不可以吗？第五要求八小时工作，此在欧美已通行，且有六小时者，我们此举，并不过分。第六要求增加工资，因为物价贵了，不如此不能维持生活了。第七要改良待遇，如卫生法、工厂法均须规定。第八要有参加工厂管理事务之权。第九工厂要有受教育的机会。大体如此，我们希望并相信议员先生，肯本良心的主张，达到我们的期望，并乞赐教。

最末，主席希望议员先生们真诚地援助我们，不要欺骗我们。我们已觉醒了，知道何好何坏了。赞助的我们知道，当感谢；不赞助我们或欺骗我们的，我们也知道，当有相当方法对待；而且还有一层，劳动法即能成立，可否实行，实不敢言，约法便是前例。为其阻碍的，便是军阀，我们打倒军阀，我们费千辛万苦幸而成功的劳动法，必为军阀不费气力地推倒，而且在国际帝国资本主义压迫之下，我们做外资的奴隶，军阀依为护符，以致内乱迭次延长，至无已时，所以国际的资本主义不打倒，军阀也难打倒，而我们劳动立法上的幸福，也实难享受。最后，主席请大家起来高呼"打倒军阀""打倒国际资本主义""劳动万岁"！

在省港工人代表联欢会上的演讲①

1925 年 7 月 26 日

诸位工友：

今天省港工友开联欢大会，是很难得的，兄弟很高兴将第二次全国劳动大会情形报告各位知道。全国劳动大会已开过了二次了，第一次是前三年的 5 月 1 日，第二次是今年的 5 月 1 日。为什么隔三年才开呢？我们知道，中国是帝国主义、军阀、资本家共同压迫的国家，我们时常受他的摧残。第一次全国劳动大会原决议翌年在汉口开第二次全国劳动大会，不幸翌年便发生最可痛心的"二七之变"，京汉工友为了要成立总工会，直系军阀吴佩孚不准，京汉路举行大罢工，为争自由而奋斗，结果被汉口英国帝国主义唆使军阀吴佩孚打灭了。是役被枪击毙四十余人，斩首数人，法律顾问施洋同志亦遇害。从此次罢工以后，京汉及武汉的工会完全被封禁，北方各铁路、各城市亦连带受其影响，由公开变为秘密。我们经过二年之严重压迫，到今年才能继续开第二次全国劳动大会。这又是什么原因呢？因为去年冬"北京政变"，军阀吴佩孚、曹锟倒了，曹、吴倒了不算什么一件事，就无人压迫我们了吗？不然。不过曹、吴倒了，新兴军阀的势力尚未稳固，无暇压迫我们；帝国主义在中国在政治上的势力也发生变化，无法压迫我们；国民运动的势力却高涨起来了，中山先生北上更使北方的民众觉醒。有此三因，我们工人阶

---

① 本文是五卅惨案后，邓中夏在广州香港工人代表联欢会上的演讲。

176

级于是利用时机，重振旗鼓，又由保守的状态而变为进攻的形势了。北方自"北京政变"后，今年春北方铁路工会完全恢复，上海纱厂发生五万人的大罢工，北京、武汉、山东各处也发生罢工，证明我们到了复兴时期了。但各自为战，是不能打胜敌人的，全靠工人大联合，共同作战。第二次劳动大会就应时而生，就是为了完成工人阶级大联合的目的。

这次大会开了十多天，各重要产业以及各城市都有代表参加，总共到代表二百七十余人，代表有组织的工人群众五十四万。这次大会是很有成绩的，通过议案十三个，个个都是重要而切实的。这次大会的几个大结果，一是全国工人大团结，组织成一个"中华全国总工会"；二是工农兵大联合，因为我们要联合世界上被压迫的阶级一致起来，共同打倒资本帝国主义，所以我们中国工会一致加入赤色职工国际。这一种策略，我相信人家都很赞同的，因为它实在是解放我们工人阶级唯一的出路。其中还有为了广州问题与香港问题的两个决议案，决议的意思是第二次劳动大会听了香港广州的工友代表报告，工会很不统一，所以要泯灭门户之见，统一起来。但从大会到现在已二月了，仍未能实行，希望今天的会是实行决议的第一步。如果不去实行，决议案不过白纸写成黑字，都是没有用的。

现在我要不客气地将不能统一的原因说说：广东最不好的、最可痛心的现象，就是工会与工会之争，如土木建筑之争、茶面粉之争、锦纶机织之争、油业机器之争、中山县鲜鱼之争、果菜之争。为什么工会与工会发生这么多的争执呢？第一原因，是工人不明白工会的组织，第二次大会明白规定工会是与帝国主义、军阀、资本家斗争的团体，不是工会内自相争斗的。其组织原则如下：

（一）凡新式产业，须绝对采用产业组合；

（二）小工厂手工业，可酌量采用职业组合。

平心而论，产业组合比职业组合好，何以呢？如一条铁路，不论是机务、车务、工务、养路各处的工友，都加入铁路工会，这就叫作产业组合。若以职业分组，则铁路上之木工、电器工、机器工与轮船厂、纱厂、船厂之木工、电气工、机器工，各组织木匠工会、电气工会、机器工会，乃叫作职业组合。我们比较一下，如系产业组合一致起来罢工，一定可致资本家的死命，职业组合则因势力之分散，就不可以了。不过职业组合，也有相当的用处，如小工厂手工业，他们若是每一个机关组织一工会，力量就小了，一定要联合起来，按地方组织一工会，如理发工会、铁匠工会等。试问几个建筑工会为什么不可联合，茶居面粉为什么不可联合，这都是因为不明白组合的道理。第二原因就是广州有政治自由，工人谋自由组织工会，资本家无可奈何，所以资本家只好利用或另组别的工会来破坏我们的团结。工会内的领袖，论理只有牺牲自己的利益，为工人谋利益，不要为谋自己个人的利益，然而有些工会领袖，却不是这样，专门为了个人地位，用工会打工会了。第三原因就是无工会统一的机关，如是一班官僚从中偏袒拨弄，引起工人自己打自己，前几天工人打死自己工人，这是如何不幸的事，如果我们工人被资本家打死，是很快活的，现在却自己打自己，同是被压迫阶级的苦兄弟，而自己打起来，无怪资本家在那里狞笑道："请看！神圣打神圣，好呀!"工友们！你们听了惭愧不惭愧？痛心不痛心？现在有二件事要希望各位不可忘记的。

第一，广州有政治自由，我们要更加努力去整顿我们的组织，统一我们的组织。你们想北方各地工友，没有政治自由，是何等痛苦啊？你们为何还要自暴自弃？

第二，罢工是对付敌人的，今则以罢工对付自己兄弟，不要被全世界的人笑死。

最后，我希望从今天起，大家彻底觉悟，痛改前非，整理工会的组织，促成工会的统一，然后今天的联欢，是永远联欢。联欢者，联合则欢也，反面就是离苦，分离则苦也。工友们！大家努力！我在此高呼敬祝：

广州工会统一万岁！

香港工会统一万岁！

无产阶级解放万岁！

在省港罢工委员会召集各界联席大会上的演讲①

1925 年 10 月 3 日

今天兄弟乘此盛会，亦拟说几句话。此次反对帝国主义罢工实力的宏大，无论是谁，都已知道。即才来省之港商代表，亦都知道。兄弟今日以同胞的资格，与港代表说几句话。我们很欢迎港商同胞到这里来和我们联络一齐救国，这是值得我们永远记得的，其中有很重大的意义。因为我们同是中国人，应该同爱中国，方可以恢复国家自由平等的地位。在此时期，我们的势力，已非常发展。现在我们有三个大目的：第一是取消不平等条约；第二是解决上海、沙基等处的惨杀案；第三是解除我们目前的痛苦。现在我们已有了办法，对于第一、第二两项，已交托北上代表团联络全国人民共同做去，这当然可在北京提出解决。现在要解决的，就是省港罢工的条件，罢工以后非独工人受尽痛苦，即商人亦然，但是有什么方法使省港罢工工人解除痛苦呢，那就要得到这个条件的胜利。今日到此，已可见得各界同胞之切实拥护这个条件，我们又很希望香港代表能够召集大会一致来拥护这个条件，如今日之情形一样，我以为这就是港商代表之第一的任务。其次我希望港商代表回去之后，应该压迫香港政府承认此条件，如果香港政府不承认，则我们另有对付的方法。

我们知道，帝国主义最惧怕的就是我们的大团结，所以港商代表回

---

① 本文是邓中夏对广州、香港两地罢工代表会议的一次重要演讲。

去后，要很好地团结商界同胞，一致进行，开一示威大会，压迫香港政府承认我们所提出的条件。或者有些人觉得在香港政府压迫之下，不易做到这地步，其实不是的，只要我们同胞能团结一致，便可以做到。香港罢工的工友，亦是如此。我们已经有绝大的决心，所以便不恐怕他，而有此次的大罢工，弄得他们无法可以压迫我们，港代表明白了上述的意思，则可大着胆放心做去。我们知道，工人有很大的势力，即商人亦有与工人同等的势力，在此反帝国的罢工中，已表现得很明了了，所以很希望港代表回去之后，亦设法表现出这种势力来。香港政府的内容，我们已经很明白，我们毋庸去重视他。香港政府表面上似一只老虎，但这个老虎，各位应知是纸老虎。以前英国商人曾请其政府派兵来压迫我们，但到了现在仍不能做到，那么这个纸老虎被我们看穿了。他们的本身，如各处殖民地，亦迭起革命了，所以这个纸老虎，并不要害怕。

我们知道商人联合的力量很大，若工商联合起来，则其力量更大，将所向而无敌。所以很希望港商同胞，能联合以压迫香港政府，如果香港政府复敢压迫我们的港商同胞，我工人全体当出死力以为帮助。我们知道港商同胞以前所受的痛苦太甚了，这些痛苦，不敢向纸老虎诉说，只有自己暗中忍受。现在应该改变方针了，即要向这纸老虎反抗了。港商本有很大的力量，务须利用这个力量以压迫香港政府，此即是兄弟小小的意见，敢贡献于我很亲爱的旅港同胞。我们高呼：

工商联合万岁！

中华民族解放万岁！

工人阶级是国民革命中的主要力量[①]

1926 年 1 月

刚才承各位代表赐教一切，我们是非常之感谢的。我们一定遵照各位赐教的，更加去努力奋斗。

在各位代表演说之中，有一个共同之点，就是说工人阶级是国民革命中的主要力量。

是的，这一点，我们一年以前曾经这样说了。不过那时还只是一个理论，没有事实证明。所以一般大学教授听了此种说话，无不嗤之以鼻，说是工人阶级自己吹牛。现在经过刘杨战争、五卅运动，种种实际的争斗，果然证得明明白白了，事实还是事实，事实是任何人都不能够加以抹杀的。所以一般大学教授在反帝国主义斗争紧急的时候，也变更态度，说工人不错，工人很有力量，工人阶级是国民革命中的主要力量，他们也不能不在事实上很恭顺地加以承认了。

既然如此，既然工人阶级是国民革命中的主要力量，刚才有几位代表提到国民革命不应反对阶级斗争，使我们联想到一块，发生一个深切的感想，也不能不略为说说。

国民党中有一位负过盛名的先生另创新说，劝工人阶级不要"为了阶级斗争，打破国民革命"。我们对于这位先生说话，只有表示惋惜，表示遗憾。为什么？我们即不站在无产阶级的观点上，就是站在国民革命的观念上，认为这位先生的话，是太欠考虑，太欠明了。国民革命原

---

① 本文是邓中夏在中华全国总工会欢迎国民党全国代表时的演讲。

181

是要联合各阶级的力量，共同战斗，但是事实上今日中国社会各阶级因为经济地位的关系，不是妥协性极重，便是战斗力极弱。中国不言国民革命则已，若言国民革命，只有靠革命的工人阶级提携着农民阶级加入战争，才有成功的可能。

大凡一个军队，都要给养，才能作战。既然要工人阶级这一支军队加入国民革命的战线，做国民革命的主力队伍，岂可不善其给养，即提高其地位，改善其生活？中国工人阶级的生活状况是如何，痛苦或是舒泰，大家都是知道的。枵腹露体是可以作战的吗？只有容许改善经济条件的阶级斗争，可以使工人运动更加进展，工人组织力与战斗力更加雄厚，就是说使国民革命的势力更加强旺。阶级斗争是妨碍国民革命的吗？今乃反对工人阶级为稍稍改善经济条件，增加其组织力、战斗力的阶级斗争，老实说，就是不愿意工人运动之发展；不愿意工人运动之发展，老实说，便是破坏国民革命的力量。国民党中那位先生说"为了阶级斗争，打破了国民革命"。我们得了一相反的结论，却是"为了反对阶级斗争，打破了国民革命"。

但是那位先生的反阶级斗争论，工人阶级绝不受其欺骗与迷惑，这是可以担保的。工人阶级很明白他自己历史的使命。对于此种破坏国民革命的说话，只有表示惋惜，表示遗憾。他并且很明白绝不因国民党中那位先生个人破坏国民革命的说话，而减少他对国民党之同情与帮助。工人阶级的态度是鲜明的，只要国民党是革命的，他必同情到底和帮助到底。

不堪闻的痛苦，能奋斗八九月，试问哪一位大人先生能够做到呢？况我们是为着各阶级而奋斗，这样看来，可算世界上最奋斗、最牺牲的革命分子了。自经这次罢工后，能把自己的地位抬高起来，使到各界都知道我们工人的力量，我们的胜利就近目前了。

现在我们对面的敌人帝国主义又强硬起来，但我们群众已受恐吓多次，受了残杀多次，无论怎样横蛮的强硬，我们都不怕了。现帝国主义之强硬，换句话说，即是"人将死的那时，都要把脚儿一伸"而已。但现在用了这等伎俩，即是表现求解决罢工的意思。我们要知道，不理他什么狡猾的伎俩，我们都不要着急；只可帝国主义强硬一分，我们团结十分，如果帝国主义强硬十分，我们团结百分，就不能不将帝国主义打倒啊！我们欢迎工友们的意义，可分几点：一是欢迎打倒帝国主义为民族解放的先锋队；二是欢迎我们罢工工友一致奋斗到底，表示工农联合向帝国主义进攻之意了。望罢工工友能够把我们革命的精神，更勇敢一点，把香港帝国主义置于死地，统一中国。

叶圣陶
(1894—1988)

生平简介

　　叶圣陶（1894—1988），原名叶绍钧，字秉臣，江苏苏州人。著名作家、语文教育家、编辑家、出版家、政治活动家，中国第一位童话作家，有"优秀的语言艺术家"之称。1907年考入草桥中学。1916年进上海商务印书馆附设尚公学校执教。1918年发表了他的第一篇白话小说《春宴琐谭》。1919年加入了北京大学的新潮社。1921年与茅盾、郑振铎等人发起组织"文学研究会"，提倡"文学为人生"。是年冬开始尝试童话创作，推出了他的第一篇童话《小白船》。1923年进入商务印书馆从事编辑出版工作，发表了长篇小说《倪焕之》。1930年转入开明书店，主办《中学生》杂志。1931年九一八事变后，发起成立"文艺界反帝抗日大联盟"。抗战期间前往四川继续主持开明书店编辑工作，同时还参加发起成立"文艺界抗敌后援会"。1939年任中华全国文艺界抗敌协会理事。中华人民共和国成立后，曾担任出版总署副署长、人民教育出版社社长、教育部副部长。他也是第六届全国政协副主席、第五届全国人大常委委员、第五届全国政协常委委员、民进中央主席。1988年2月16日于北京去世，享年九十四岁。

欺人的与被人欺的[①]

1926 年 3 月

我想见你们激昂而又悲愤的面容，我想见你们高亢而带辛酸的呼号，我想见你们各含着一腔不平的气，我想见你们各怀着一颗纯赤的心。我又想见奴隶的奴隶狠毒地抬起枪支来，我又想见那些枪支里射出无论如何总归是罪恶的子弹。啊！不堪再想，但是又怎能不想。我想见你们震怒地跌倒了，死的死了，伤的伤了。我想见鲜红的血淌在你们身旁，还在突突地沸腾。我想见你们的眼睛大大地睁着，还是怒对着仇人。我唯有十二分地悲悼，十二分地虔敬，来对待这严重的惨酷的新闻！

他们杀伤你们，我知道也会杀伤我。你们遭到枪击而死而伤，难道单只是你们的命运么？我知道，凡是要这个民族，要这个国家的，对于奴隶们的措施一定会反对。开一个会，聚起许多人来游行，正是反对的初步表示，可谓平常之至，当然之至。但是他们丧了心，昏了头，就会叫他们的奴隶开枪！那么，我如果在那里，死伤的就是我；我的邻居如果在那里，死伤的就是我的邻居；全国的非奴隶们如果在那里，死伤的就是全国的非奴隶们。你们的死伤，是代表这么多的人吃苦受辱；对于你们，固然十二分地悲悼，但是可悲悼的仅止于你们的死伤么？他们开枪，表示他们已经下定决心敌对这么多的人；杀伤你们，固然十二分地可恨，但是可恨的仅止于杀伤你们么？

---

① 本文是叶圣陶在追悼北京"三一八"惨案死伤同胞时的讲话。

我相信世界上只有两类人，欺人的与被人欺的。缩小范围来看，这个国度里也清清楚楚认得出这两类人的界线。命令放枪、赞同放枪这件事的，乃至于微微觉得这件事有点儿快意的，自然都是"欺人的"。他们有顽固的头脑，有卑劣的贪欲；他们不要这个民族，不惜让它衰微，他们不要这个国家，愿意促它灭亡；同时他们是别人的奴隶。你们死了的，伤了的，我的许多认识的不认识的朋友，以及我，不用讳言自然都是"被人欺的"。但是我们有深刻的悲悯，有坚强的意志；我们要这个民族，希望它会壮健；我们要这个国家，相信它会永存；我们始终不肯做别人的奴隶。只有两类人，非此即彼，非彼即此，绝没有徘徊于两类之间的。3 月 18 日北京的枪声就像归队的信号。在我们这边的，已经听见信号而且嗅到我们的代表的血腥了，赶快集合起来吧！

　　我们再不用多说废话了。要是责备他们不该放枪，说他们没有道理，我就认为这个意思不必说。他们是我们的仇人，当然我们也是他们的仇人，仇人相见还该让座献茶么？唯有放枪才是他们的正经事、他们的道理。我们只消问自己：仇人当前，情势严重，如何才是我们眼前的正经事，我们应当尽的道理？

　　北京死伤的同胞们，我听见了你们的惨酷的消息，悲悼地虔敬地作如是想。

开明书店二十周年纪念会上的答谢词

1946 年 10 月 10 日

我现在自荐，代表开明同人对诸位先生的指导答谢一二。

话再重说几句，假如锡琛先生不离开商务，便没有开明。锡琛先生的所以离开商务，因为在《妇女杂志》上写的文章不合当局的眼光。他们认为妇女问题如此讲，实为世道人心之忧，社会要受到坏影响的。照现在看来，他们的见解是错的。《妇女杂志》中所讲的独立自由种种权利，都很平常。锡琛先生为此离开商务，编刊《新女性》，仍旧保持同样的作风。可见开明在开始的时候，就跟一般目光短浅的保守不好的传统的人不同。

今天承诸位先生的指导，我们诚恳接受。在以后悠长的岁月里，当仍旧保持原有的作风，不加改变。讲到开明同人的作风，有四句话可做代表：是"有所爱"，爱真理，爱一切公认为正当的道理。反过来是"有所恨"，因为无恨则爱不坚，恨的是反真理。再则是"有所为，有所不为"，合乎真理的才做，反乎真理的就不做。一般朋友中间做人是这样的。虽无标语，但确实以此态度做人，以此态度做出版编书等事，这是可以告慰于诸位先生的。

在朱自清先生追悼会上的致辞

1948 年 8 月 30 日

前两年文协为闻一多先生在这儿开追悼会，过了两年多几天，咱们又在这儿追悼朱自清先生了。朱先生是清华大学的教授，对于中国文学极有贡献。因为他们两位对于文学贡献大，所以咱们要永远追念他们。

我常想，追悼会与死者是完全不相干的。未死的人因为死了一位忘不了的朋友，心里难过，要解除、发泄，开一个追悼会抒发哀感，死者已经无知无识了，实际上对死者毫无关系了。一个人，生的机会只有一次，死者已经将这机会放手，咱们未死的人无法把他追回来了。咱们与死者生时能聚在一起，可说是有缘，今天开追悼会，无非聚友追念之意。追悼不同于祭祀，却不外乎孔子所说的两个字："如在。"咱们今天开追悼会，正是用"如在"的心情来追念死者。

我现在不说颓丧伤感的话。记得一位朋友来信，有两句话可以说给未死者听听："倒下去的一个一个倒下去了。没有倒下去的，应该赶紧做一点事。"愿咱们大家保持这种心情，实做下去。

洪　深

（1894—1955）

生平简介

　　洪深（1894—1955），学名洪达，字浅哉，江苏武进（今常州）人。电影戏剧理论家、剧作家、导演，中国现代话剧和电影的奠基人之一。1912 年考入北京清华学校，在校期间热心新剧活动。1916 年毕业后赴美国留学，就读于俄亥俄州立大学化工系陶瓷制造专业。1919 年考入哈佛大学，师从贝克（George Pierce Baker）教授，改学戏剧，并获硕士学位。1922 年回国，先后加入上海戏剧协社和南国社。1928 年任中华电影学校校长、明星电影公司编导主任。1930 年参加左翼作家联盟，8 月与田汉等发起成立中国左翼剧团联盟。此后在复旦大学、暨南大学、山东大学等校任教。抗日战争全面爆发后辞去教职，组建抗敌演剧队，进行抗日救亡宣传。抗战胜利后先后在复旦大学、厦门大学任教。1949 年 9 月出席中国人民政治协商会议第一届全体会议。新中国成立后任教于北京师范大学外语系，曾任文化部对外文化联络事务局副局长、中国戏剧家协会副主席、中国人民对外文化协会副会长。1955年 8 月 29 日因患肺癌在北京去世。主要论著有《洪深戏剧论文集》《编剧二十八问》《电影戏剧表演术》《电影戏剧的编剧方法》等。

戏剧与人生

1936 年

戏剧与人生是有着极密切的关系的，把它总说起来可以得到下列三点：

（一）一切戏剧都不能脱离人生的。

（二）·戏剧的内容是在表现人生一切的状态。

（三）戏剧的组织完全是情感的，能支配观众的心理，激起他们的感情。

讲到戏剧的历史，那我们就得说到跳舞，在最早的野蛮时代，无所谓政治和法律等等，只有部落的组织，那时也许还穿着兽皮，吃生食，住帐篷哩！但常有跳舞的举动，这种情形在电影上也时能见到的，那么这种跳舞究竟有什么用呢？他们那时的生活中大概有二件最要紧的事：第一是打猎，是供给他们生活原料的；第二是战争，就是抵御敌人，不让外人侵入。要做这二件事，必须行动一致，但上面已说过，那时还没有军队的组织，政治、法律还没发明哩！所以他们是用跳舞来替代的，跳舞的作用在最初是有二种：一方面借此操练身体，一方面就是利用它使大家团结，行动一致的。因为跳舞能使人兴奋，激起人的情感，他们乘情感激动得最厉害、最兴奋的当儿冲出去，可以增加战争的力量，并使他们行动一致。

渐渐地，舞蹈的功用还不止这二样，他们往往在打猎之后或战争得胜之后跳舞，庆祝胜利，例如有的人扮水牛，有的人扮英雄打仗的情形，使观众看了自然而然会受感化，模仿祖先的德行，忠于部落，所以说，跳舞能表现出一切生活的状态，一方面又暗示出应付环境的方法，是含有教训的意味的，跳舞确是一个部落组成的必要事件。

跳舞的成分，包括动作、扮演、事实三部分，从这里我们就能看出戏剧的意义是什么啦。一个故事经扮演者用动作演出，来支配观众的情感，就叫作戏剧，上古时代跳舞，亦即戏剧的雏形。

希腊的古戏剧中有一个叫"Promises Bound"，是一只极著名的剧本。内容叙述一个本领挺大的人，到天上去偷取火到人间来，自此以后人类的生活才能增加了不少幸福，可是天神知道后便用酷刑责罚他，把他捆在海边的大石上，使凶恶的鹰啄食他的肚肠，一定要逼他说出秘密——谁能打倒天神，但那人虽然备受痛苦而始终没说出来。这故事虽是一个神话，但确有相当的价值，我们知道，人类最早的文化便是火的利用，自从火被发明后，人类的生活便改良了许多，得到了不少幸福。这个剧本，一方面在表演人类最早的生活和文化的初启，一方面又在描摹人类的前进的精神，虽然受到种种的虐待和苦楚，始终不屈服。同类的戏剧很多，都能发扬出古民族的美德。

到了中古时代，一般戏剧大半是带宗教性质的，往往扮演《圣经》里的故事来教训后人，在英国女王依利萨伯（伊丽莎白）时代的戏剧也多数在发扬英国当时的强盛和特色。至于正式的剧本，则开始于小仲马的《茶花女》。

戏剧感化人的方式有三：（一）喜剧；（二）悲剧；（三）用喜剧的方式来描写当时的生活，而实际上具有悲剧的内容的。

喜剧的作用在讽刺，它能刺激观众的理智，使观众明了什么是愚蠢的，那么自己当然不会再这样做了。

悲剧的作用在激起观众的情感，现在举一个例给各位听：

从前有一个巨贼，自己发明了一件偷东西的利器。他的本领真大，什么东西都能偷，可是曾经有一次破过案，监禁了几年，但刚满期的时候，便有三家大银行同时失窃。事情是这样的严重，便有最著名的侦探出来侦查，但没有着落。至于那个贼呢，偷了巨款之后，便带着他的利器到另外一个城市里去了。一天，他看见了某一个银行行长的女儿，便突然改过自新起来，在那里开了一个皮鞋店，开始过诚实的生活，几年之后，这城市里大家都知道他是一个老实可靠的人了。一天，他的故友

（也是一个贼）来信向他讨偷东西的利器，他便约这个朋友在某日某处来取这副利器，因为他自己已经放弃做贼的生活，这东西对于他也便没有用处了。那天他正带了利器想去赴约的时候，银行行长偏又邀他去看新建成的保险箱了。行长非常高兴，把亲戚一起叫着参观，因为这保险箱的构造神妙极了，在规定的时候中间，是无论如何开不出的。他们正在欣赏的时候，谁知侦探已站在门口守候了。本来不容易抓住他，因为他已经换了诚实的生活，可是今天有证据在身，却就不怕他再脱逃了。同时有二个行长的小外孙也在这里面玩耍，谁知乘大人们没留心的当儿，他们却跑到保险箱里面去了，而且箱子的门已经关上，非到明天不能开箱子。大人知道了便急得要命，可是无论如何开不开。若是去叫制造这箱子的工人来呢，也得一天半工夫，而且能不能并还是另一个问题。那时那个曾经做贼的人便拿出他的利器来试着开箱子，一回〔会〕儿之后箱子真的开了，他救了孩子的性命，大人们当然是十二分感激他的啦。箱子开了之后，他带了利器出去在银行门口碰到侦探。他自己也很明白，不等侦探开口，便先说道："你等了我几年了吧，现在我可以跟你走了。"但是那侦探却说道："你弄错人了，我并不要找你。"说着走了。

诸位听了感动不感动？这就是悲剧的方式。

第三种方式是用喜剧的形式而具有悲剧的内容的，现在也讲一个例子：

有一个小偷，性情很懒，不肯做工，到了冬季天气已冷了，他没有厚的衣服和暖的房屋过冬，无可奈何，便想有意犯些小罪，到监狱里去过冬。那边虽然苦些，却没有冻死和饥饿的忧虑，想着便故意把砖瓦敲击公司的玻璃窗，但结果并没被警察抓进去。后来他想尽了方法，故意在警察附近犯罪，谁知偏没有抓去。慢慢地天却晴了，他没有过夜的地方，蹲在一只礼拜堂的阶沿上，静静地听着礼拜堂里的钟声，突然之间他觉悟了，他知道倦厌工作的错误，已经立志明天去找寻工作了。谁知正在这个时候，却有一个警察跑来把他拉进监狱里去了，他说，在这黑夜间一个人蹲在阶沿上，一定不是好勾当，所以把他带走了！

这是第三种方式，形式上似乎很滑稽，但在滑稽之外，还有一种情绪会抓住观众的心理，这种心理我想诸位也自会领略，不必我多说。

以上所讲的，都是戏剧感化人所用的不同的方式。但还有一点必须注意的，那就是迎合时代性。《三娘教子》等旧戏现在不是没有人要看了吗？为什么呢？就是因为它不合时代。换句话说，也就是要切合人生。无论什么戏剧，一旦脱离了人生便没有生气了。由此我们也愈能看出戏剧对于人生的关系是何等的大了。

袁同礼
(1895—1965)

生平简介

　　袁同礼（1895—1965），字守和，河北徐水人，生于北京。图书馆学家、目录学家，被认为是中国现代图书馆事业的先驱。1916年毕业于北京大学，入清华大学图书馆工作。1917年升任为清华学校图书馆主任，并于1918年获选为北京图书馆协会会长。1920年获奖学金前往美国深造，入哥伦比亚大学和纽约州立图书馆专科学院攻读，1922年获文学士学位，翌年获图书馆学学士学位。1923年毕业之后前往欧洲各国考察图书馆与博物馆。1924年回国，历任广东岭南大学图书馆馆长，北京大学图书馆馆长兼目录学教授，中华图书馆协会董事、执行部长等。1926年后长期担任北京图书馆（现国家图书馆）副馆长和馆长职务，在任期内建立了图书馆各种规章制度，广泛罗致人才，派员出国学习进修，创办馆刊，进行学术研究，编辑多种卡片目录、联目录和书目索引等，树立了中国现代图书馆之管理典范，获得图书界和学术界的好评。1949年赴美国定居，曾先后在美国国会图书馆和斯坦福大学研究所工作。1965年在华盛顿去世。著有《永乐大典考》《宋代私家藏书概略》《西文汉学书目》《国会图书馆藏中国善本书目》等。

现代图书馆及博物馆之重要与管理^①

1935 年 8 月 13 日

今天所讲的是"现代图书馆及博物馆之重要与管理"。我为什么要提出现代图书馆及博物馆之重要与管理的问题来呢？因为图书馆和博物馆，对于文化，都有密切的关系。我们知道中国这几十年来，对于欧美各国教育的方法，都已搬来用过，结果并不见得好，这固然是我们中国自有其环境，但教育之不能普及于一般民众，也是一个要因。所以我们无论谈什么的建设问题，都非从"教育"入手不可，因为教育，是治国之本；而教育的设备，最重要的，是由幼稚园到小学、中学、大学以至于研究院，每一个国民，能受到这么的教育，才算是人才。然而，中国毕竟是贫苦的民众居多，那么，只有设立图书馆和博物馆了。

图书馆，有如商业的无限公司一样，是不论年龄的老幼、金钱的有无，都可以进去看书、阅览，大家得到机会均等的教育，所以我们要普及国民基础教育，就不能不靠于图书馆；但图书馆，不只是普及教育一件最好的工具，并且还可以提高一般民众的程度。因为在二十世纪以来，科学的研究比以前多为精密，有的用文字上来发表，有的却搜集古今名人的著作、珍贵的宝物等等，来供给大家研究，这在学识的研究上，确是省掉了好多的困难。古人说"工欲善其事，必先利其器"，所以我们要研究高深的学问，要提高民众的程度，也只有设备很完全的图书馆之一途。

---

① 本文是袁同礼在国民党广西省党部大礼堂的演讲。

外人有几句话说"图书馆是个国民大学，这个大学，是不收费用，不拘年龄，普通的，平等的，使大家都有享受机会"，观此，图书馆之设立，非常重要；同时，我们中国已有了几千年的历史文化，我们要把它发扬光大和复兴中华民族，也只有实施学校教育之外，更须普遍设立图书馆，以普及教育，充实力量。

次说到博物馆的重要和图书馆并不有两样。这几年来，大家对于博物馆都认识了它的力量很大，因为它用一种很好的科学方法，搜集得到的一切器物，都一一陈列出来，供大家观赏研究。话说"百闻不如一见"这话倒还有理，因为我们无论在校或其他地方，听讲虽然很清楚，但有机会去博物馆参观一次，记忆程度，却比我们高得多。在外国的每一个地方，都设立有极完备的博物馆，供一般民众都得到增加知识的机会，并且已经收到了很大的效力，所以博物馆给予教育的功用，十分重大。

同时，想中华民族的复兴，我觉得博物馆，更有提倡设立的必要。谁都知道，我们中国过去的民族的精神，是如何的伟大！假如我们能够在民族史上，找出各种强有力而且提高民族意识的艺术器物来，比方，我们就拿宋代的瓷器来说吧，我们承认宋代的瓷器，有些确比现在还精美，这就是文化退步的一个特征。然而我们如果能够广为搜罗古代文化器物，陈列在博物馆里，那么一般民众见了，一定会生出一种观感，从而设法努力去改良。我们古代的各种宝物，在报纸上，不是时常见到外国人买去了吗？中国宝物而落于外人之手，这是一件多么可惜的事情！所以我们今后要发扬我们固有的文化，激发我们民族的精神，就非设法去保存不可。

上面我们已讲了图书馆和博物馆的重要，现在是要讲到管理方面来了。关于图书馆的管理，在中国从前曾经有人说过"管理图书，也和管理军队一样"，所以我们要管理图书，并且使它科学化，是一件不容易的事。可是为着不容易，我们就不去设法解决了吗？当然小小的图书管理，并不是什么了不起的一回事，我们只要对于图书管理稍有兴趣的人们，都能够解决这个问题。可不是吗？图书管理学告诉了我们的方法：第一，要把图书分类清楚，注明号数。第二，要编好图书目录，安置妥适。第三，要管理人有服务的精神，再进而谋来看书的人舒适。比方，光线要充足，库位要适量，以及什么样的人应该看什么书，这都是对于图书馆管理方面，有着极大的关系。

至于博物馆的管理，大致和图书馆的管理差不多。不过因为现代科学的发达，物品种类繁杂，我们要把它科学化，比方关于美术的、生物的，以及关于供历史上、考古上等标本，一一分部陈列，并且多设法搜集源源不断的材料，充分给大众的观赏，引起大众的兴趣与研究，那么，于教育上、国民的智识程度上，才有着莫大的进展。

我们中国对于图书馆、博物馆的管理，还感到十分幼稚，并且各省设立的也不多。我们希望能够把图书馆和博物馆的运动，普遍到全国，特别是希望着广西的当局，先做全国各省的模范。我们现都见到，广西在教育上，已极力做大规模的推动，再能够把图书馆和博物馆普遍设立，那么，将来对于教育，也可以说对于国家民族收得的效果，一定很大。

金岳霖
（1895—1984）

生平简介

金岳霖（1895—1984），字龙荪，原籍浙江诸暨，生于湖南长沙。哲学家、逻辑学家。1911年考入清华学堂。1920年获美国哥伦比亚大学政治学博士学位。1921年在伦敦大学经济学院听课。1926—1929年受聘清华大学，讲授逻辑学。1926年秋创办清华大学哲学系，任教授兼系主任。1936年，所著《逻辑》一书由商务印书馆列入"大学丛书"出版。1938年任西南联大文学院心理学系教授兼清华大学哲学系主任。1940年，所著《论道》由商务印书馆出版，获最佳学术著作评选二等奖。1948年当选中央研究院第一届院士。1950年任清华大学文学院院长。1952年，全国高校院系调整，全国六所大学哲学系合并为北京大学哲学系，任系主任。1955年9月底任哲学研究所副所长兼逻辑研究组组长。1965年，所著《罗素哲学批判》一书完稿。1977年任中国社会科学院副所长兼研究室主任。1983年，所著《知识论》由商务印书馆正式出版。1984年10月19日在北京寓所去世，享年九十岁。金岳霖是最早把现代逻辑系统地介绍到中国来的逻辑学家之一，他建立了独特的哲学体系，并且培养了一大批哲学和逻辑学专门人才。现设立有金岳霖学术基金会。

中国哲学

1943 年

一

在三大哲学思想主流中，人们曾经认为印度哲学是来世的，希腊哲学是出世的，而中国哲学则是入世的。哲学从来没有干脆入世的；说它入世，不过是意图以漫画的笔法突出它的某些特点而已。在懂点中国哲学的人看来，入世的说法仅仅是强调中国哲学与印度、希腊的各派思想相比，有某些特点，但是对于那些不懂中国哲学的人，这个词却容易引起很大的误解。它的本意大概是说，中国哲学是紧扣主题的核心的，从来不被一些思维的手段推上系统思辨的眩目云霄，或者推入精心雕琢的迷宫深处。正像工业文明以机器为动力一样，哲学是由理智推动的，这理智不管是否把我们赶进死胡同，总可以把我们引得远离阳关大道、一马平川。而在理智方面，中国哲学向来是通达的。

人们习惯于认为中国哲学包括儒、释、道三家。这三家在单提的时候又往往被说成宗教。在早期，儒家和道家本是地道的哲学，因此是先秦百家争鸣的两家。那个时期的学派纷纭是中国历史上无与伦比的。由于词语未尽恰当，我们不打算对此做任何描述。把一些熟知的哲学用语加之于西方哲学，足以引起误会，用于中国哲学则更加不妙。例如，有人可以说先秦有逻辑家，这样说就会引得读者以为那时有一些人在盘算三段推论，研究思维律，甚至进行换质换位了。最近有一篇文章把阴阳家说成科学的先驱，这也不是全无道理，于是这样一来，阴阳家就成了某种严格说来从未实现的事业的先驱，读者如果根据描述，把阴阳家想象成古代的开普勒或伽利略，那是接受了一批思想家的歪曲观点。

儒家和道家是中国固有的，是地道的国货。释家则是从印度传入的，不知能不能算中国哲学家。传入外国哲学与进口外国商品不完全一样。例如在上个世纪，英国人曾经惊呼德国唯心论侵入英国，他们说："莱茵河流进了泰晤士河。"但是英国人尽管惶恐，他们的泰晤士河并没有就此变成一条莱茵河。英国的黑格尔主义虽然承认来自外国，是外国引起的，却分明是英国哲学，尽管它的英国色彩不像洛克哲学和休谟哲学那样鲜明。释家在中国，无论如何在早期是受到中国思想影响的，实际上有一段时间披上了道家的法衣，道家可以说成了传播佛法的主要代理人。但是释家有一种倔强性格，抵制了道家的操纵，因此它虽然在某种程度上变成了中国哲学，在基本特色方面，却不是与固有中国哲学没有区别的。

下面几节要挑出几个特点来讨论。我们尽可能不用固有名词，不用专门术语，不谈细节。

二

中国哲学的特点之一，是那种可以称为逻辑和认识论的意识不发达。这个说法的确很常见，常见到被认为是指中国哲学不合逻辑，中国哲学不以认识为基础。显然中国哲学不是这样。我们并不需要意识到生物学才具有生物性，意识到物理学才具有物理性。中国哲学家没有发达的逻辑意识，也能轻易自如地安排得合乎逻辑。他们的哲学虽然缺少发达的逻辑意识，也能建立在已往取得的认识上。意识到逻辑和认识论，就是意识到思维的手段。中国哲学家没有一种发达的认识论意识和逻辑意识，所以在表达思想时显得芜杂、不连贯，这种情况会使习惯于系统思维的人，得到一种哲学上料想不到的不确定感，也可能给研究中国思想的人泼上一瓢冷水。

这种意识并不是没有。受到某种有关的刺激，就不可避免地要发生这种意识，提出一些说法，很容易被没有耐性的思想家斥为诡辩。这类所谓诡辩背后的实质，其实不过是一种思想大转变，从最终实在的问题，转变到语言、思想、观念的问题，大概是领悟到了不碰后者就无法解决前者。这样一种大转变发生在先秦，那时有一批思想家开始主张分别共相与殊相，认为名言有相对性，把坚与白分离开，提出有限者无限可分和飞矢不动的学说，这些思辨显然与那个动乱时代的种种问题有比较直接的关系。研究哲学的人当然会想到希腊哲学中的类似情况。从这类来自理性本身的类似学说中，可见他们已经获得了西方哲学中那种理智的精细，凭着这些学说，哲学在某种意义上变成了锻炼精神的活动。然而这种趋向在中国是短命的，一开始虽然美妙，毕竟过早地夭折了。逻辑、认识论的意识仍然不发达，几乎一直到现在。

其所以如此，可以举出一大堆原因。但是不管出于什么原因，哲学和科学受到的影响确实是深远的。科学在西方与希腊思想有紧密联系，虽然不能把前者看成后者的直接产物，却可以说前者的发达，有一部分要归功于希腊思想中的某些倾向。实验技术是欧洲文化史上比较晚起的，尽管对科学极为重要，却不是产生科学的唯一必要条件。同样需要的是某些思维工具，人们实际提供的这类工具，很可以称为思维的数学模式。微积分的出现是对科学的一大促进，这表明处理数据的手段，同通过观察、实验收集数据同等重要。欧洲人长期用惯的那些思维模式是希腊人的。希腊文化是十足的理智文化，这种文化的理智特色，表现为发展各种观念，把这些观念冷漠无情地搬到种种崇高伟大的事情上去，或者搬到荒诞不经的事情上去。归谬法本身就是一种理智手段。这条原理推动了逻辑的早期发展，一方面给早期的科学提供了工具，另一方面使希腊哲学得到了那种使后世思想家羡慕不已的惊人明确。如果说这种逻辑、认识论意识的发达是科学在欧洲出现的一部分原因，那么这种意识不发达，也就该是科学在中国不出现的一部分原因。

中国哲学受到的这种影响同样是深远的。中国哲学没有打扮出理智的款式，也没有受到这种款式的累赘和闷气。这并不是说中国哲学土气。比庄子哲学更土气的哲学是几乎没有的。然而约翰·密德尔敦·墨雷曾说过，柏拉图是个好诗人，黑格尔则是个坏诗人。根据这个说法，也许应该把庄子看成大诗人甚于大哲学家。他的哲学用诗意盎然的散文写出，充满赏心悦目的寓言，颂扬一种崇高的人生理想，与任何西方哲学不相上下。其异想天开烘托出豪放，一语道破却不是武断，生机勃勃而又顺理成章，使人读起来既要用感情，又要用理智。可是，在惯用几何模式从事哲学思考的人看来，即便在庄子哲学里，也是既有理智的寒光，而又缺少连贯。这位思想家虽然不能不使用演绎和推理，却无意于把观念编织成严密的模式。所以，他那里并没有训练有素的心灵高度欣赏的那种系统完备性。

然而，安排得系统完备的观念，往往是我们要么加以接受，要么加以抛弃的那一类。作者不免要对这些观念考察一番。我们不能用折中的态度去看待它们，否则就要破坏它们的模式。这里也和别处一样，利和害都不是集中在哪一边。也许像常说的那样，世人永远会划分成柏拉图派和亚里士多德派，而且分法很多。可是撇开其他理由不说，单就亚里士多德条理分明这一点，尽管亚里士多德派不乐意，亚里士多德的寿命也要比柏拉图短得多，因为观念越是分明，就越不能具有暗示性。中国哲学非常简洁，很不分明，观念彼此联结，因此它的暗示性几乎无边无涯，结果是千百年来人们不断地加以注解，加以诠释。很多独创的思想，为了掩饰，披上古代哲学的外衣，这些古代哲学是从来没有被击破，由于外观奇特，也从来没有得到全盘接受的。中国历史上各个时期数不清的新儒家、新道家，不论是不是独创冲动的复萌，却绝不是那独创思想的再版，实际上并不缺乏独创精神，只是从表面看来，缺少一种可以称为思想自由冒险的活动。我们在这里谈的并不是中国哲学长期故步自封的实际原因。早在某些哲学蒙上宗教偏见之前，用现存哲学掩饰独创思想的倾向，已经很显著了。不管出于什么现实的原因，这样的中国哲学是特别适宜于独创的思想家加以利用的，因为它可以毫不费力地把独创的思想纳入它的框子。

三

多数熟悉中国哲学的人大概会挑出"天人合一"来当作中国哲学

最突出的特点。"天"这个词是扑朔迷离的，你越是抓紧它，它越会从指缝里滑掉。这个词在日常生活中用得最多的通常意义，并不适于代表中国的天字。如果我们把天了解为自然和自然的神，有时强调前者，有时强调后者，那就有点抓住这个中国字了。这天人合一说确是一种无所不包的学说；最高、最广意义的天人合一，就是主体融入客体，或者客体融入主体，坚持根本同一，泯除一切显著差别，从而达到个人与宇宙不二的状态。恰当地表达这个观念，需要用一整套专门术语，本文不打算一一介绍。我们仅限于谈谈它的现实影响。如果比较满意地达到了这个理想，那就不会把自己和别人强行分开，也不会给人的事情和天的事情划下鸿沟。中国哲学和民间思想对待通常意义的天，基本态度与西方迥然不同：天是不能抵制、不能反抗、不能征服的。

西方有一种征服自然的强烈愿望。人们尽管把人性看成卑鄙、残忍、低贱的，或者把人看成森林中天使般的赤子，却似乎总在对自然作战，主张人有权支配整个自然界。这种态度的结果，一方面是人类中心论，另一方面是自然顺从论。这对科学的影响是巨大的。促进科学的因素之一，是获得征服自然所需要的力量。没有适当的自然知识，就不能征服自然。只有认识自然规律，从而利用自然，人才能使自然顺从。一切工程奇迹，一切医药成就，实际上，全部现代工业文明，包括功罪参半的军事装备，至少在某种意义上都可以看成用自然手段征服自然，以达到人类愿望的实例。从自然与人类隔离的观点，产生的结果是清楚的——胜利终归属于人类。但是从人类有自己的自然天性，因而也有随之而来的相互调节问题这个观点，产生的结果就不那么清楚——甚至可以变成胜利者也是被征服者。

自然与人分离的看法，带来了西方哲学中彰明昭著的人类中心论。说人是万物的尺度，说一物的本质即是其被感知，或者说理解造成自然，人们就以为自然并非一成不变。在哲学语言中，自然概念包含一种可以构造的意思，心智是在其中自由驰骋的；在日常生活语言中，人类所享有或者意图享有的自然，是可以操纵的。我们在这里说的，并不是唯心论或实在论，那毕竟是意识的构造物。我们是说中国和西方的态度不同，西方认为世界当然一分为二，分成自然和人，中国则力图使人摆脱物性。当然，中国的不同学派以不同的方式解释自然，给予自然不同程度的重要性。同一学派的不同思想家，同一思想家在不同时期，也可以对自然有不同的理解，可是尽管理解不同，都不把人与自然分割开来，对立起来。

到此为止，我们仅仅接触到了人性。西方对自然的片面征服似乎让人性比以往更加专断，带来更大的危险。设法使科学和工业人性化，是设法调和人性，使科学和工业的成果不致成为制造残忍、屠杀和毁灭一切的工具。要保存文明，就必须设法控制个人、控制社会，而唤醒人们设法这样做的则是一些思想家。我们应当小心谨慎，不能随便提征服。在一种意义上，而且在一种重要的意义上，人的天性和非人的天性是从来没有被征服过的。自然规律从来没有为了人的利益，顺从人的意志而失效或暂停，我们所做的只是安排一个局面，让某些自然规律对另一些自然规律起抵制作用，俾使人的愿望有时得以实现。如果我们想用堵塞的办法来征服自然，自然就会重重地报复我们，不久就会在这里那里出现裂缝，然后洪水滔天，山崩地裂。人的本性也是一样。例如原罪说，就会造成颓废心理，使人们丧失尊严，或者造成愤怒的躁发，使人们成为破坏分子和反社会分子。

哲学或宗教给人一种内在的约束，法律给人一种外在的约束，这类约束是任何社会都需要的，也都为中国哲学所承认，但是这并非鼓吹取消各种原始本能的作用。这样就产生了一种情况，由于缺乏恰当的词语，可以姑且把它描述为自然的合乎自然，或者满意的心满意足。我们的意思并不是用这样的词语暗示说，残酷、野蛮的事例在中国历史上比任何其他民族少，杀人如麻、嗜血成性、为所欲为的事情，在中国历史上跟别处一样俯拾皆是。我们的意思是说，王尔德看到的那种不合自然，在维多利亚时代合乎自然的生活里是没有的。中国人可以有些话反对不合自然，但是并不吹捧自然的生活，似乎非常满意于自己的心满意足。在现代，我们大概惯于认为心满意足就是停滞不前、精神松懈、苟且偷安。这种现代观点，本质上是鼓励向自己造反，其副产品是心理受折磨，再也不能保持生活上平安宁静。这个观点是与我们在这里试加描述的观点背道而驰的。中国人满意于自己的心满意足，表现出一种态度，认为对于他自己来说，每一件事都是给定的，因而都是要接受的，借用布拉德雷一句名言来说，就是人人各有其"位分和生活"，其中有他自己的自然尊严。儒家虽然认为人人都可以成为圣贤，但是做不到也并不形成心理负担。既然见到人各有其位分和生活，一个人就不仅对自然安于一，而且对社会安于一了。

四

个人不能离开社会而生活，这是不言而喻的。希腊哲学和中国哲学都体现了这个观点。从苏格拉底到亚里士多德，无不特别强调良好政治生活的重要性。这些学者既是政治思想家，也是哲学家。他们的基本观念，看来是认为个人要得到最充分即最自然的发展，只能通过公道的政治社会为媒介。哲学涉及生活之紧密有如文学，也许比很多其他学科更为紧密。那些生来就研究哲学的人，以及那些由于自由受到政治侵犯或社会侵犯而投身于哲学的人，都不能不把上述真理当作自己的前提之一，或者积极原则之一。人们企图提供现今所谓的人生观，企图理解人生，给人生以意义，过良好的生活，这是研究哲学的动力，比大家重视的纯粹理智更原始的动因。由于人们要过良好的生活，所以生活与政治相联结这条原则，把哲学直接引到政治思想，哲学家直接或间接地与政治发生联系，关心政治。

这个传统在西方没有完全贯彻，中断的原因之一，将是下节讨论的主题。然而它在中国几乎一直保持到今天。中国哲学毫无例外的同时也就是政治思想。有人会说道家不是这样，可是说这话就像说鼓吹经济放任的人并非鼓吹一种经济政策，并非陈述经济思想。尽管无政府有时是指不要政府而言，无政府主义毕竟还是政治思想。在政治思想方面，可以说道家所鼓吹的，同儒家相比是消极的。它认为儒家鼓吹的那类政治准则是人为的，只会制造问题而不解决问题。这种消极学说自有其积极基础。道家的政治思想是平等和自由，甚至可以说都推到了极端。它把一切皆相对的学说搬到政治领域，根本反对硬扣标准，而政治准则就是以某种方式硬扣标准。标准可以有，却不必硬扣标准，因为事物的本性中本来就有不可改变的标准，根本不必硬扣，需要硬扣的标准必定与引起硬扣的情况格格不入。道家的政治思想是政治上自由放任，它的消极意义仅仅在于谴责政治上过分硬扣的做法，并不在于不采纳任何政治目标。道家和儒家一样，有自己的政治理想。我们可以把那种理想，描述为可以在卢梭的自然状态中达到的自由平等境界，再加上欧洲人那种自然而然的不屈不挠的精神。

与道家相比，儒家在政治思想方面要积极得多。孔子本人就既是哲学家又是政治家。他十分明智地不当独创的思想家，宣称自己只是宪章文武，祖述先王之道。他在有意无意之间，成功地使自己的创造性思想带上了继承传统的客观意义。他是可以把自己描述成新儒家的，因为他使自己的思想不带个人性质，也就成功地使它成为独一无二的中国思想。在政治上不出现倒退的时候，它大概能够引导中国思想沿着它的轨道前进；在政治上出现倒退的时候，它也很容易把后来的思想捏进它的模式。那模式就是哲学和政治思想交织成一个有机整体，使哲学和伦理不可分，人与他的位分和生活合而为一。天人合一也是伦理与政治合一、个人与社会合一。

哲学和政治思想可以有多种多样的联系。人们可建立一个形而上学体系，再从其中推出若干有关政治的原则，也可以投身政治，喜爱一种与他的哲学并无系统联系的政治思想。政治思想可以与某种哲学体系有内在联系，与这位哲学家有外在联系，或者与某位哲学家有内在联系，而与他的哲学有外在联系。这两类情况都会颠倒错乱，不是哲学在政治上失势，就是政治思想失去哲学基础。例如，英国的黑格尔主义提供了一种政治思想，与这种哲学体系有内在联系，但是与那些哲学家们的联系非常外在，以致这一体系和这些哲学家都不能说对英国政治发生了什么影响，只有格林除外。

儒家政治思想与哲学家及其哲学都有内在联系。儒家讲内圣外王，认为内在的圣智可以外在化成为开明的治国安邦之术，所以每一位哲学家都认为自己是潜在的政治家。一个人的哲学理想，是在经国济世中得到充分实现的。由于儒家思想在中国成了不成文的宪法，国家的治理多半用柔和的社会制约，而不大用硬性的法纪。在这样的国家里，杰出的哲学家和大师的地位即便不高于在野的政治家，至少与在野的政治家相等，同法治国家的杰出律师一样。一位杰出的儒家哲人，即便不在生前，至少在他死后，是一位无冕之王，或者是一位无任所大臣，因为是他陶铸了时代精神，使社会生活在不同程度上得到维系。因此人们有时说中国哲学家改变了一国的风尚，因此中国哲学和政治思想意味深长地结成了一个单一的有机模式。

五

哲学和政治的统一，总是部分地体现在哲学家身上。中国哲学家到目前为止，与当代的西方哲学家大异其趣。他们属于苏格拉底、柏拉图那一类。在英国，桑塔雅拿在他那本《独白》里大声疾呼，而不只是发表一般声明，说他是现代苏格拉底。在当代的哲学家中，确实可以说，数他发挥了超过学术意义的文化影响，他钻研了并且越出了学术性的哲学，踏进了人文学的领域。可是老实说，现代苏格拉底是再也不会有的，连现代亚里士多德都出不了。从斯宾塞起，我们已经意识到应该明智一点，不必野心勃勃地要求某一位学者独立统一不同的知识部门。每个知识部门都取得了很多专门成就，要我们这些庸才全部掌握，是几乎不可能的。可惜苏格拉底式的人物已经一去不复返。一部现代百科全书可以使知识得到某种统一，有利于进一步提高知识。可是通过现在的分工办法，可以把知识一口一口咬下，加以改进，加以提高，丧失这样一种统一，也不一定是憾事。在某种意义上，苏格拉底式人物一去不复返则是更加值得惋惜的。

现代人的求知不仅有分工，还有一种训练有素的超脱法或外化法。现代研究工作的基本信条之一，就是要研究者超脱他的研究对象。要做到这一点，只有培养他对于客观真理的感情，使这种感情盖过他可能发生的其他有关研究的感情。人显然不能摆脱自己的感情，连科学家也很难办到，但是他如果经过训练，学会让自己对于客观真理的感情盖过研究中的其他感情，那就已经获得科学研究所需的那种超脱法了。这样做，哲学家就或多或少超脱了自己的哲学。他推理、论证，但是并不传道。除了分工以外，这种超脱的倾向使他成为超脱的逻辑家、超脱的认识论者，或者超脱的形而上学家。往日的哲学家从来不是专职的。职业哲学家的出现可以对哲学有些好处，但是对哲学家似乎也有所损伤。他懂哲学，却不用哲学。

采用这种做法之后，哲学当然也有所得。我们对每个哲学部门的问题比以前知道得多了。虽然还不能把哲学家的个性与他的哲学完全拆开，毕竟为客观性打下了一个基础，使哲学比以前更能接受积累。其所以在这一方面有所进步，是由于表达工具有了改进，思路得以分明的技术发达了，这是不容忽视的。任何一个人，可以仍然有权采取任何适合于他的禀性的哲学，却不能随心所欲地表达他的思想。有所得的还不限于哲学，哲学家也得到了一种超脱的理想。我们可以把这超脱描述为一种美妙的怀疑主义，在这种怀疑主义里，可以说希腊的明朗渗透进了希伯来的美妙，希伯来的美妙软化了希腊的明朗。有幸接近这种理想的人会妙趣横生，怀疑主义并不使他尖酸刻薄，美妙也不使他冒冒失失地勇往直前。他不会是个好斗士，因此可以失掉人们属望于他的社会作用。他有鉴于好斗士可以办坏事，就只好既消极又积极。理想是很难达到的。哲学一超脱，就成了一条迂回曲折的崎岖道路，布满技术性的问题，掌握它需要时间，需要训练，需要学究式的专一，在全部掌握之前往往会迷失方向，或者半途而废。一个人即便取得了某种程度的成就，也不能成其为现代苏格拉底。

中国哲学家都是不同程度的苏格拉底式人物。其所以如此，是因为伦理、政治、反思和认识集于哲学家一身，在他那里，知识和美德是不可分的一体。他的哲学要求他身体力行，他本人是实行他的哲学的工具。按照自己的哲学信念生活，是他的哲学的一部分。他的事业就是继续不断地把自己修养到近于无我的纯净境界，从而与宇宙合而为一。这个修养过程显然是不能中断的，因为一中断就意味着自我抬头，失掉宇宙。因此，在认识上，他永远在探索；在意愿上，则永远在行动或者试图行动。这两方面是不能分开的，所以在他身上，你可以综合起来看到那本来意义的哲学家。他同苏格拉底一样，跟他的哲学不讲办公时间。他也不是一个深居简出，端坐在生活以外的哲学家。在他那里，哲学从来不单是一个提供人们理解的观念模式，它同时是哲学家内心中的一个信条体系，在极端情况下，甚至可以说就是他的自传。我们说的并不是哲学家的才具——他可以是第二流哲学家，也可以具备他那种哲学的品质——那是说不准的。我们说的是哲学家与他的哲学合一。哲学家与哲学分离，已经改变了哲学的价值，使世界失去了绚丽的色彩。

徐悲鸿

(1895—1953)

生平简介

徐悲鸿（1895—1953），原名徐寿康，江苏宜兴人。中国现代美术事业的奠基者，杰出的画家和美术教育家。自幼随父亲徐达章学习诗文书画。1912 年十七岁时便在宜兴女子初级师范等学校任图画教员。1916 年入上海复旦大学法文系半工半读，并自修素描。先后留日、法，游历西欧诸国，观摩研究西方美术。1927 年回国，先后任上海南国艺术学院美术系主任、中央大学艺术系教授、北京大学艺术学院院长。1933 年起先后在法国、比利时、意大利、英国、德国、苏联举办中国美术展览和个人画展。1949 年后任中央美术学院院长。擅长人物、走兽、花鸟，主张现实主义，强调国画改革融入西画技法，作画主张光线、造型，讲求对象的解剖结构、骨骼的准确把握，并强调作品的思想内涵，对当时中国画坛影响甚大，与张书旗、柳子谷三人被称为画坛的"金陵三杰"。所作国画彩墨浑成，尤以奔马享名于世。1953 年 9 月 26 日病逝于北京，享年五十八岁。按照徐悲鸿的愿望，夫人廖静文女士将他的作品一千二百余件，他一生节衣缩食收藏的唐、宋、元、明、清及近代著名书画家的作品一千二百余件，图书、画册、碑帖等一万余件，全部捐献给国家。

美 与 艺①

1918 年 4 月

吾所谓艺者，乃尽人力使造物无遁形；吾所谓美者，乃以最敏之感觉支配，增减，创造一自然境界，凭艺传出之。艺可不借美而立（如写风俗、写像之逼真者），美必不可离艺而存。艺仅足供人参考，而美方足令人耽玩也。今有人焉，作一美女浣纱于石畔之写生，使彼浣纱人为一贫女，则当现其数垂败之屋，处距水不远之地，滥槁断瓦委于河边，荆棘丛丛悬以槁叶，起于石隙石上，复置其所携固陋之筐。真景也，荒蔓凋零困美人于草莱，不足寄兴，不足陶情，绝对为一写真而一无画外之趣存乎？其间，索然乏味也。然艺事已毕。倘有人焉易作是图，不增减画中人分毫之天然姿态，改其筐为幽雅之式，野花参整，间入其衣；河畔青青，出没以石，复缀苔痕。变荆榛为佳木，屈伸具势；浓荫入地，掩其强半之破墙，水影亭亭，天光上下，若是者尽荆钗裙布，而神韵悠然。人之览是图也，亦觉花芬草馥，而画中人者，遗世独立矣。此尽艺而尽美者也。虽百世之下观者，尤将色然喜，不禁而神往也。若夫天寒袖薄，日暮修竹，则间文韵，虽复画声，其趣不同，不在此例。

故准是理也，则海波弥漫，间以白鸥；林木幽森，缀以黄雀。暮云苍霭，牧童挟牛羊以下来；蒹葭迷离，舟子航一苇而径过。武人骋骏马之驰，落叶还摧以疾风；狡兔脱巨獒之嗅，行径遂投于丛莽。舟横古

---

① 本文是徐悲鸿在北京大学校长办公室为画法研究会会员所做的演讲之一部分，全篇演讲词未见发表。

渡，塔没斜阳。雄狮振吼于岩壁之间，美人衣素行浓荫之下。均可猎突礼堂，增加兴会，而不必实有其事也。若夫光暗之未合，形象之乖准，笔不足以资分布，色未足以致调和，则艺尚未成，奚遑论美！不足道矣。

中国画改良之方法

1918 年

　　画之目的，曰"惟妙惟肖"，妙属于美，肖属于艺。故作物必须凭实写，乃能惟肖。待心手相应之时，或无须凭实写，而下笔未尝违背真实景象。易以浑和生动逸雅之神致，而构成造化偶然一现之新景象，乃至惟妙。然肖或不妙，未有妙而不肖者也。妙之不肖者，乃至肖者也。故妙之肖为尤难。故学画者，宜屏弃抄袭古人之恶习（非谓尽弃其法）。——案现世已发明之术，则以规模真景物。形有不尽，色有不尽，态有不尽，趣有不尽，均深究之。

　　中国画通常之凭借物，曰生熟纸，曰生熟绢。而八百年来习惯，尤重生纸。顾生纸最难尽色，此为画术进步之大障碍。而熟纸绢则人以为易为力，复不之奇。又且以为绢寿只八百，纸只二百年，重为画惜。噫！异矣。夫人习画，于生纸绢也成需六七年，且恐未必臻乎美善。熟者五年，色与形已俱尽。徒矜凭物之难，不计成绩之工绌，则戴白而舞耳。焉用之！且斤斤于纸绢寿之长短尤愚可哂。不知物之不良，已无保存之价值。八百年后存在问题，又胡须早筹。此与鸦片烟鬼，偃起之求长生者同一陋见也。（按：中国绢纸，至今日均坏极。纸则茧制者已无，绢亦粗脆光滑不可用，倭制甚精，故其画日进弥已也。）笔与色尚足用。今笔不乏佳制，色则日渐粗矣。鄙意以为欲尽物形，设色宜力求活泼。中国画中凡用矿色处，其明暗常需以第二次分之，故觉平板无味。今后作画，暗处宜较明处为多。似可先写暗处，后以矿色敷明处较尽形也。

　　人类于思想，虽无所不至，然亦各有其性之所近。故爱写山水者，作物多山水。爱人物花鸟者，即多人物花鸟。性高古者，则慕雄关峻岭长河大海。性淡逸者，则写幽岩曲径平树远山。性怪僻者，则好作鬼神奇鸟异兽丑石癞丐。既习写则必有独到，故吾性之何近者，辄近于何作之古人。多观摩其作物以资考助，固为进化不易之步骤。若妄自暴弃，甘屈陈人之下，名曰某派，则可耻熟甚。且物质未臻乎极善之时，其制作终未得谓底于大成，可永守之而不变。初制作之见难于物质者，物质进步制作亦进步焉。思想亦然。巧思之人，必不能为简单之思想所系动。矧古人简约，必有囿于见闻者。今世文明大昌，反抉明塞聪而退从古人之后何哉！撷古人之长可也。一守古人之旧，且拘门户派别焉不可也。

美的解剖[①]

1926 年

物之美者，或在其性，或在其象。有象不美而性美者；有性不美而象美者。孟子有言：西子蒙不洁，则人皆掩鼻而过之。虽有恶人斋戒沐浴，则可以事上帝，此尊性美者也，然非至美。至美者，必性与象皆美；象之美，可以观察而得，性之美，以感觉而得，其道与德有时合而为一。故美学与道德，如孪生之兄弟也。美术上之二大派，曰理想，曰写实。写实主义重象，理想派则另立意境，唯以当时境物，供其假借使用而已。但所谓假借使用物象，则其不满所志，非不能工，不求工也。故超然卓绝，若不能逼写，则识必不能及于物象以上，之外，亦托体曰写意，其愚弥可哂也。昧者不察之，故理想派滋多流弊，今日之欧洲亦然。中国自明即然，今日乃特甚，其弊竟至艺人并观察亦不精确，其手之不从心，无待言矣。故欲振中国之艺术，必须重倡吾国美术之古典主义，如尊宋人尚繁密平等，画材不专上山水。欲救目前之弊，必采欧洲之写实主义，如荷兰人体物之精，法国库尔贝、米勒、勒班习，德国莱柏尔等，构境之雅。美术品贵精贵工，贵满贵足，写实之功成于是。吾国之理想派，乃能大放光明于世界，因吾国五千年来之神话、之历史、之诗歌，蕴藏无尽。

---

① 本文是徐悲鸿在上海开洛公司的演讲。

美术之起源及其真谛①

1926 年

我今天所讲的题目范围，似乎很大，不过我们以美术的真义之最有关系，而我们艺术同志，不可不注意地略略一谈。世界艺术，莫昌盛于纪元前四百余年希腊时代，不特 19 世纪及今日之法国不能比，即意大利 16 世纪初文艺复兴之期，亦觉瞠乎其后也。当时雅典文治武功，俱臻极盛，大地著称之 Panhinon，亦成于国际最大艺人菲狄亚斯之手，华妙壮丽，举世界任何人造物不足方之。此庙于二百年前，毁于土耳其，外廊尚存，其周围之浅刻，今藏英不列颠博物院，实是世界大奇。希腊美术之结晶，为雕刻，为建筑，于文为雄辩，是固尽人知之。吾今日欲陈于诸君者，则其雕刻。论者谓物跻其极，是希腊雕刻之谓也。忆当读人身解剖史，述希腊雕刻所以致此之由，曰希腊时尚未有人身解剖之学，其艺人初未识人体组织如何，其作品悉谙于理，精确而简洁，又无微不显，果何术以致之，盖希腊尚武，其地气候和暖，人民之赴角斗场者，如今日少年之赴中学校，入即去其外衣，毕身显露，争以强筋劲骨，夸耀于人，故人平日所惊羡之美，悉是壮盛健实之体格，而每角武而战胜者，其同乡必塑其像，其体质形态手腕动作，务神形毕肖，以昭其信，以彰本土之荣。女子之美者，亦曝其光润之肤，曼妙之态，使人惊其艳丽。艺人平日习人身健全之形，人体致密之构造，精心摹写，自能毕肖。而诗人咏人，辄以美女为仙，勇士为神。神者如何能以力敌造

---

① 本文是徐悲鸿在上海新闻学会的演讲。

化中害民之妖怪；仙者如何能慰抚其爱，或因议殒命之勇士。文艺中之作品，类皆沉雄悲壮，奕奕有生气，又复幽郁苍茫，芬芬馥郁，千载之下，犹令人眉飞色舞，是所谓壮美者也。1世纪之罗马尚然，无何，人渐尚服饰之巧，艺人性情深者，乃不从事观察人身姿态结构，视为隐于服内，研之无用，作品上亦循俗耗其力于衣襞珍玩。欲写人体，只有摹仿古人所作而已，浸假其作又为人所模拟，并不自振。逮6世纪艺人乃不复能写一真实之人。见于美术中之人，与木偶无辨。昔之精深茂密之作，今乃云亡，此混沌黑暗之期。直延至13世纪，史家谓之中衰时代者也，是可证艺人之能精砺观察者，方足有成，裸体之人，乃资艺人观察最美备之练习品也。人体色泽之美，东方人中亦多见之，法哲人狄岱襄有言曰：世界任何品物，无如白人肉之美者，试一细观，人白者，其肤所呈着彩，真是包罗万色，而人身肌骨曲直隐显，亦实包罗万象，不从此研求人像之色，更将凭何物为练习之资耶！西方一切文物，皆起于埃及。埃及居热地，其人民无须被服，美术品多像之。故其流风，直被欧洲全部、亘数十纪不易、盛于希腊。希腊亦居热地，又多尚武之风。耶稣之死，又裸钉于十字架上。欧洲艺术之所以壮美，亦幸运使然。若我中国民族来自西北荒寒之地，黄帝既据有中原，即袭蚕丝衣锦绣，南方温带之区，古人蛮俗，为北方所化，益以自然界繁花异草之多，鸟兽虫鱼之博，深山广泽，佳树名卉，在令人留意，足供摹写；而西北方黄人，深褐色之肤，长油不长肉之体，乃覆蔽之不遑，裸体之见于艺术品中者，唯状鬼怪妖精之丑而已。其表正人君子、神圣帝王，必冠冕衣裳，绦带玉佩，不若希腊Jupiter，亦显臂而露胸，虽执金杖以为威，犹袒裼，故与欧洲艺术相异如此，思之可噱也。吾今乃欲与诸先生言艺事之究竟，诸群必问曰：美术品之良恶，必如何之判之乎？曰：美术品和建筑必须有谨严之Style，如画如雕，在中国如书法，必须具有性格，其所以显此性格者，悉赖准确之笔力，于是艺人理想中之景象人物，乃克实现。故Execution乃艺术之目的，不然，一乡老亦蕴奇想，特终写不出，无术宣其奇思幻想也。

在中华艺术大学讲演词

1926 年

研究艺术，务须诚笃。吾辈之习绘画，即研究如何表现种种之物象。表现之工具，为形象与颜色。形象与颜色即为吾辈之语言，非将此二物之表现，做到功夫美满时，吾辈即失却语言作用似矣。故欲使吾辈善于语言，须于宇宙万象，有非常精确之研究，与明晰之观察，则"诚笃"尚矣。其次学问上有所谓力量者，即吾辈研究甚精确时之确切不移之焦点也，如颜色然，同一红也，其程度总有些微之差异，吾人必须观察精确，表现其恰当之程度，此即所谓"力量"。力量即是绝对的精确，为吾辈研究绘画之真精神。试观西洋各艺术品，如全盛时代之希腊作品，及米开朗琪罗、达·芬奇、提香等诸人之作品，无一不具精确之精神，以成伟大者。至如何涵养此种之力量，全恃吾人之功夫。研究绘画者之第一步功夫即为素描，素描是吾人基本之学问，亦为绘画表现唯一之法门。素描拙劣，则于一个物象，不能认识清楚，以言颜色更不知所措，故素描功夫欠缺者，其所描颜色，纵如何美丽，实是放滥，几与无颜色等。欧洲绘画界，自 19 世纪以来，画派渐变。其各派在艺术上之价值，并无何优劣之点，此不过因欧洲绘画之发达，若干画家制作之手法稍有出入，详为分列耳。如马奈、塞尚、马蒂斯诸人，各因其表现手法不同，列入各派，犹中国古诗中之潇洒比李太白、雄厚比杜工部者也。吾辈研究各派，须研究各派功夫之所在（如印象派不专究小轮廓，而重色影与气韵，其功夫即在色彩上），否则便不能洞见其实际矣。其次有所谓"巧"字，是研究艺术者之大敌。因吾人研究之目标，要求真理，唯诚笃，可以下切实功夫，研究至绝对精确之地步，方能获伟大之成功。学"巧"便故步自封，不复有为，乌能至绝对精确，于是我人之个性亦不能造就十分强固矣。

二十岁至三十岁，为吾人凭全副精力观察种种物象之期，三十以后，精力不甚健全，斯时之创作全恃经验、记忆及一时之感觉，故须在三十以前养成一种至熟至精确之力量，而后制作可以自由。法国名画家莫奈九十岁时之作品，手法一丝不苟，由是可想见其平日素描之根底。故吾人研究绘画，当在二三十岁时，刻苦用功，分析精密之物象，涵养素描功夫，将来方可成杰作也。

诸位，艺术家之功夫，即在于此。兄弟不信世界上有甚天才，是在吾辈切实研究耳。诸位目今方在二三十岁之际，正当下功夫之时期，还望善自努力也。

钱　穆
（1895—1990）

生平简介

钱穆（1895—1990），字宾四，笔名公沙、梁隐、与忘、孤云，江苏无锡人。历史学家、思想家、教育家。中国学术界尊之为"一代宗师"，更有学者谓其为"中国最后一位士大夫"，与吕思勉、陈垣、陈寅恪并称为"史学四大家"。与钱锺书同宗不同支，钱锺书是其侄辈。1930年因发表《刘向歆父子年谱》成名，被顾颉刚推荐，聘为燕京大学国文讲师，后历任北京大学、北平师范大学、西南联大、齐鲁大学、华西大学、四川大学、云南大学、江南大学教授，在云南写下《国史大纲》。1949年4月与江南大学同人唐君毅一起应广州私立华侨大学校长王淑陶之邀，南下广州；10月随华侨大学再迁香港。不久，在香港亚洲文商学院出任院长。1950年与唐君毅、张丕介诸先生在香港创办新亚书院（香港中文大学前身）。1955年被授予香港大学名誉博士学位。1960年应邀讲学于美国耶鲁大学，又获颁赠人文学名誉博士学位。1965年正式卸任新亚书院校长，受聘至马来亚大学任教。1967年10月定居台北，次年当选"中央研究院"院士，7月迁至外双溪素书楼。晚年专致于讲学与著述。1990年8月30日病逝于台北杭州南路寓所。主要著作有《先秦诸子系年》《中国近三百年学术史》《中华文化十二讲》《中国历史精神》等。

中国文化传统之演讲[①]

1941 年冬

一

我们先问一句，什么叫文化？这两个字，本来很难下一个清楚的定义。普通我们说文化，是指人类的生活，人类各方面、各种样的生活总括汇合起来，就叫它作文化。但此所谓各方面、各种样的生活，并不专指一时性的平铺面而言，必将长时间的绵延性加进去。譬如一人的生活，加进长时间的绵延，那就是生命。一国家、一民族各种样的生活，加进绵延不断的时间演进、历史演进，便成所谓文化。因此文化也就是此国家民族的生命。如果一个国家民族没有了文化，那就等于没有了生命。因此凡所谓文化，必定有一段时间上的绵延精神。换言之，凡文化，必有它的传统的历史意义。故我们说文化，并不是平面，而是立体的。在这平面的、大的空间，各方面、各种样的生活，再经历史时间的绵延性，那就是民族整个的生命，也就是那个民族的文化。所以讲到文化，我们总应该根据历史来讲。

什么是中国文化？要解答这问题，不单要用哲学的眼光，而且更要用历史的眼光。中国文化，更是长时期传统一线而下的，已经有了五千

[①] 本文是钱穆对重庆中央训练团发表的演讲，略有删节。

221

年的历史演进。这就是说，我们国家民族的生命已经绵延了五千年。但是这五千年生命的意义在哪里？价值在哪里呢？这好像说，一个人活了五十岁，他这五十年的生命意义何在？价值何在？要答复这问题，自该回看他过去五十年中做了些什么事，他对于社会、国家、人类曾有些什么贡献，他将来还有没有前途。我们同样用这种方法来看中国民族，这五千年来他究竟做了些什么，他在向哪一条路跑。如我们日常起居生活，都有它的目的和意义。如是一年两年，三年五年，天天老是这样操作着，他定有一个计划。如果他的计划感到满足完成了，那他又将生出另外一个想象。中国近百年来所遭遇的环境，受人压迫，任人蹂躏，可谓痛苦已极。假如有一时候，中国人又处在独立自由、国势兴隆、幸福康乐的环境下，再让他舒服痛快地过日子，那么这时候，他又将怎样地打算呢？他会又想做些什么呢？要解答这问题，我们就要看中国文化本来是在向哪一条路走。这就说到了一个国家民族文化内在的性格。中国人现在不自由、不平等，国势衰弱，遭人压迫，事事都跟着人家后面跑，那是暂时事。难道中国人五千年来都在跟着人家脚后跟的吗？就算是如此，难道他心中就真的没有一条路线、一个向往吗？一个人在他的生命中，定有他自己所抱的希望与目的。如果没有了，那么他的生命就毫无意义与价值了。国家民族也如此。我们中国既经了五千年历史，他到底在向着哪一条路跑的呢？这是我们要明了的第一点。第二点，他究竟跑了多少路？曾跑到了他的目的没有，还是半途停止了？这就如我们常说的"中国文化衰老了吗？""已经死了吗？"我现在就想用历史观点来讲明这一些问题。

中国文化传统，是有他的希望和目的的。我们现在只要看他在哪条路上跑，到底跑了多远，是继续在进步呢，还是停住不再向前了，还是转了方向，拐了弯？我们讲中国文化传统演进，就该注重在这些问题上。因此我此刻所讲，虽是已往的历史，但可以使我们了解中国现在的地位和他将来的前途。

再换一方面说，我们如果要写一本《中国文化史》，究竟应该分几期来写呢？历史本不能分期，好像一条水流不能切断，也像人的生命般不能分割。但我们往往说，某人的一生，可以分成几个时期，像说某人第一时期是幼年在家期，第二是青年求学期，第三或是从事革命期，第四、第五是什么时期等。我们若将他这样地分成几个时期了，我们自可知道他曾希望做些什么，又完成了些什么。我也想将中国文化史分成几期，来看他循着哪一条路走。但分期实在很难，我们先得要看准他所走的路线，才能决定怎样去分程。我个人想，把中国文化从有史起到现在止，分为三期：秦以前为第一期，秦以后到唐为第二期，唐以下到晚清为第三期，现在则是第四期开始。这样分法，我想诸位无论是学历史的或不是的，都会感到，这是很自然的一种普通一般的分法。我们普通谈中国史，大都说秦以前的学术思想最发达、最好，秦以后就衰落不兴了。又有些人说，汉唐时代的政治和社会都很富强隆盛，有成绩，唐以下宋、元、明、清各代就都不成了。由这里，可见普通一般人，大都也将中国史分成这几段。

二

说到中国文化，如果我们想把世界上任何民族的另一种文化来作比，尽不妨是很粗浅，很简单，但相互比较之后，便更容易明白彼此之真相。我想最好是把欧洲文化来作比。因为如巴比伦、埃及等，现在都已消失，他们的生活，似乎没有什么力量，因此也没有绵延着很长的历史，只在某一时间之内曾飞黄腾达过，但不久即消失，犹如昙花一现，不能久远。若论能长时间奋斗前进的，从目前说，只有两个文化，一是中国，一是欧洲。我们若把此双方互做比较，便可见许多不同的地方。

欧洲历史，从希腊开始，接着是罗马，接着北方蛮族入侵，辗转变更，直到今天。他们好像在唱一台戏，戏本是一本到底的，而在台上主演的角色，却不断在更换，不是从头到尾由一个戏班来扮演。而中国呢？直从远古以来，尧、舜、禹、汤、文、武、周、孔，连台演唱的都是中国人，秦、汉、隋、唐各代也都是中国人，宋、元、明、清各代，上台演唱的还是中国人，现在仍然是中国人。这一层便显然双方不同了。再说一个譬喻，中国文化和欧洲文化的比较，好像两种赛跑。中国是一个人在做长时间、长距离的跑，欧洲则像是一种接力跑，一面旗从某一人手里依次传递到另一人，如是不断替换。那面旗，在先由希腊人传递给罗马，再由罗马人传给北方蛮族，现在是在拉丁、条顿民族手里。而有人却说，说不定那面旗又会由斯拉夫民族接去的，而且他们这面旗，也并不是自己原有的，乃是由埃及人手里接来的。

所以中国文化和欧洲文化相比，有两点不同。第一，就时间绵延上讲，中国是由一个人自始至终老在做长距离的跑，而欧洲是由多人接力跑。第二，就空间来说，欧洲文化，起自希腊、雅典，由这个文化中心向四周发散。后来希腊衰微，罗马代兴，文化中心便由希腊搬到罗马，由罗马再向四周发散。因此他们在历史演进中的文化中心，也从一个地方另搬到别一个地方，依次地搬。到近代列强并立，文化中心也就分散在巴黎、伦敦、柏林等地方，再由这几个中心各自向四周发散。所以西方文化，常有由一个中心向各方发散的形态。而且这些文化中心，又常是由这一处传到那一处。这种情形，连带会发生一种现象，就是常有文化中断的现象：在这里告了一个段落，然后在别处再来重演。中国文化则很难说是由这一处传到那一处。我们很难说中国文化是由山东传到河南，再由河南传到陕西，由陕西传到江西，由江西传到江苏，如是这般地传递。中国文化一摆开就在一个大地面上，那就是所谓中国，亦即是所谓中国的体了。关于这一点，在古代历史上，似乎已难加详说。但到了春秋时代，中国文化已经很明显地平摆在中国的大地面上了。有体便有用。试看当时齐、晋、秦、楚各国散居四方，而一般文化水准都很高，而且可说是大体上一色的。这就可见中国文化水准在那时早已在一个大地面上平铺放着了。我们不能说汉都长安，汉代文化就以长安为中心，再向四面发散。当时的长安，不过是汉代中央政府所在地，人物比较集中，却不是说文化就以那里为中心，而再向四周发散。所以中国文化乃是整个的，它一发生就满布大地，充实四围。而欧洲文化则系由一个中心传到另一个中心，像希腊传到罗马，再传到东罗马。因此西方文化可以由几个中心变换存在，而中国文化则极难说它有一个中心，我们很难说某一地点是中国文化的中心。因此西方文化可说它有地域性，而中国文化则绝没有地域性存在。许多地方，在历史中，根本没有做过政治中心，但始终在文化大体之内，有其相等极高的地位。这种比较，是从双方外面看，很简单很粗浅地相比较，而约略作为如此说。为什么我们要把西方文化来和中国文化如此相比呢？因为这一比，就可以看清楚我们自己的文化发展，到底是什么一个样子。

三

我现在想由外面形态转进一步，来讲中国文化的意义究竟在哪里。上面说过，中国文化开始就摆在一个大局面上，而经历绵延了很长时期。这里便已包蕴中国文化一种至高至深的大意义。中国一部古经典《易经》说："可大可久。"这是中国人脑子里对于一般生活的理想，也就是中国文化价值之特征。以现在眼光看，中国是世界之一国，中国人是世界人种中的一种。我们用现代眼光去看秦以前中国古人的生活，有些人喜欢说中国古人闭关自守，和外国人老死不相往来。这种论调，我们若真用历史眼光看，便知其不是。我们也很容易知道中国几千年前的古人，对于几千年后中国近人这样的责备，他们是不肯接受的。在古代的中国人，一般感觉上，他们对于中国这一块大地，并不认为是一个国，而认为他已可称为天下，就已是整个世界了。中国人所谓天下，乃一大同的。封建诸侯，以及下面的郡县，乃属分别的。

不要轻看当时那些封建的国，在他们都曾有很长的历史。像卫国，国土虽小，却是最后才亡于秦国的，他已有九百年历史。现在世界各国，除中国外，哪一个国家传有九百年历史呢？其余像齐、楚诸国，也都有八百年左右的历史。在现在人脑子里，一个国有八百年历史，实已够长了。中国当时的四境，东南临大海，西隔高山，北接大漠，这些地方，都不是中国农业文化所能到达。《中庸》上说："天之所覆，地之所载，日月所照，霜露所坠，舟车所至，人力所通，凡有血气，莫不尊亲。"这像是秦代统一前后人的话。在当时，实在认为中国已是一个天下了。当时人认为整个中国版图以内的一切地方，就同是一天下，就同在整个世界之内了。在这整个世界之内，文化已臻于大同。至于在中国版图以外的地方，因为那时中国人的文化能力一时难及，只好暂摆一旁，慢慢再说。好像近代欧洲人，对非洲、澳洲和南美洲等有些地方，岂不也因为他们一时力量有限，还未能充分到达，便也暂搁一旁，慢慢再说吗？可见古代中国人心理，和近代西洋人心理，何尝不相似，只是当时交通情形比现在差得稍远而已。

在那时，中国已经成为一个大单位，那时只有中国人和中国。所谓中国，就是包括整个中国人的文化区域，他们以为这就已经达到了世界和天下的境界。世界大同，天下太平，这是中国古人理想中的一种人类社会。所谓"凡有血气，莫不尊亲"，这就是中国文化所希望达到的理想了。因此我们可以说，中国文化是人类主义即人文主义的，亦即世界主义的。它并不只想求一国的发展，也不在想一步步地向外扩张它势力，像罗马，像现在一班压迫主义、侵略主义者的西方帝国一般。唯其如此，所以使中国文化为可大。

以上只就中国文化观点笼统地来说，若要具体一点讲，可以举几个例。像孔子，他的祖先，是商朝之后宋国的贵族，后来逃往鲁国。但孔子一生，就并不抱有狭义的民族观念，他从没有想过灭周复商的念头；也不抱狭义的国家观，他并不曾对宋国或鲁国特别的忠心。他更没有狭义的社会阶级观念，他只想行道于天下，得道于全人类，所以孔子实在是一个人类主义者、世界主义者。又像墨子，我们不能详细知道他的国籍和出身，只知他一样是没有狭义的国家观和阶级观的。至于庄子、老子，那就更没有所谓国家观、阶级观了。

我常说，在战国时，学者抱有狭义国家观念的，总共只有一个半：一个是楚国的贵族屈原，当时很多人劝他，楚王既然不听你的话，你大可离楚他去。但他是一个楚国的贵族，无论如何不肯离开楚国。楚王不能用他，他便投江自尽，这可以说是一个抱有强烈民族观念、国家观念的人。另外半个是韩非，他是韩国贵族。他在先也有很强烈的国家观念，但他到秦国以后，意志就不坚定了，所以只能说他是半个。但我现在仔细想来，屈原是一个文学家，富于情感，他想尽忠楚王，被谗受屈，再往别处去，也未必不再受谗受屈，因此他愤懑自杀了。我们该从他文学家的性格情感上来看，他也未见定是一位狭义的国家主义者。

如此说来，先秦诸子，实在没有一个人抱着狭义的国家主义。当时一般学术思想，都抱有一种天下观，所以说："身修而后家齐，家齐而后国治，国治而后天下平。"修身、齐家、治国，最后还是要平天下。这个理想，到秦始皇时代，居然实现，真成天下一家了。所以中国文化，开始就普遍地摆在一个大地面上，希望只要交通所达，彼此都相亲相爱，结合在一起。他们的最高理想，就是奠定一个世界大同、天下太平的，全人类和平幸福的社会。

这种世界观，又和西方耶稣教只讲未来天国，而不注重现实世界的有不同。中国孔孟诸子，深细说来，他们并非没有宗教信仰。只他们所信仰者，在现实人生界，而不在求未来和出世。而春秋战国时代一般的想望，到秦朝时，已经算到达了。至于当时在四周的一些外族，一时不能接受我们文化熏陶，我们暂时不理会，待他们能和我们处得来的时候，我们再欢迎他们进到我们疆界里面来，和我们一起过生活。因此那时虽还有化外蛮夷，但因中国那时的农业文化，还没有方法推进到沙漠、草原、高山等地带去，因于和他们生活不同，而于是文化不能勉强相同，没有方法来教他们也接受中国人所理想的生活和文化，则暂且求能和平相处便算了。

以上所说，只在说明中国在秦以前，是中国文化的第一期。在这期间，中国人已经确实实现了他们很崇高的理想，已经有了世界大同、天下太平的大观念，而且也已相当地有成绩。

四

到了第二期，秦、汉、隋、唐时代，政治武功，社会经济，都有很好的设施，秦朝统一天下，造成了一个国家民族的局面。这便已是现世所谓的民族国家了。换言之，秦时的中国，早已是相当于近代人所谓的现代国家了。秦以后，两汉、隋、唐，中国文化的最大成就，便是在政治和社会的组织方面。大一统的政治和平等的社会之达成，这便是汉唐时期的成绩。我们总觉得，中国到现在为止，学术思想方面还超不出先秦，政治社会方面还超不出汉唐。汉唐这一段历史，很难简单讲，如今不得已，姑且简说一些。

一般人往往说，中国过去是一个君主专制的国家。我认为称他是君主则诚然的，称他为专制，那就未免有一点冤枉。中国社会，自秦以下，便没有所谓特权阶级之存在。政府里面的做官人，并不是社会上享有特权的贵族。那么秦汉以下，什么样的人，才可以做官呢？用一句现在时兴的话来说，什么人才可以参与政治呢？中国从汉以下，国民参政，均有一种特定的制度。汉制先入学校受教育，毕业后进入政府历练办事，做事务官，当时称作"吏"。待他练习实际行政有经验，有相当成绩，便得推举到朝廷，再经一度考试，才正式做政务官。至于官阶高低，则由其服官后成绩来升降。魏晋南北朝以下，此制有变动，但大体总有一制度。唐以后直到清代，便是有名的科举制。所以中国自汉以后，固然有皇帝，但并没有封建贵族，又并没有由资本家变相而来的财阀贵族。做官人都由民众里面挑选受教育、有能力的人来充当，并在全国各地平均分配。东汉时，大概二十万户口中，可以有一人参政。直到清代，各省应科举的人，都规定录取名额，仍是照地域平均分配。单由这一点看，中国传统政治，早不是君主专制。因全国人民参政，都由政府法律规定，皇帝也不能任意修改。即如清代考试制度所规定的考试时日，两百几十年来也未曾更改过。所以中国的传统政治，实在不能说它是君主专制。

在这样一种政治情形下，便产生了中国特有的社会情况。春秋战国时，中国还是封建社会，分有公、卿、大夫、士、庶人等阶级，而且分得很清楚。秦以后，封建社会早没有了，那时本可有渐渐走上资本主义社会的趋势。求贵的路走不通，大家都朝着求富的路走，这本是极自然的。中国地大物博，也很适宜于经商发财。但一到汉武帝时，定出新法规，规定读书受教育的人才能做官，做了官的人就不能再经商做生意，而且规定有专利的大商业都由政府经管，人民经商，所得税又抽得很重。在这种情形下，中国便走上了似乎近代人所谓的统制经济那一条路。这时候，封建制度推翻，私人经济又不能无限发展，而政府又定下考试制度来，规定国民有受教育经选拔得参政做官的权益。这种情形，在当时中国人心下，大家觉得很合理，因此封建社会去了，资本主义的社会没有来，大家在教育文化上着意努力，来实现修身、齐家、治国、平天下的理想，因此也不想再要求另一种出世的宗教，来求安慰。换言之，他们就可在现实生活中安身立命了。

　　但这样说来，诸位定会问，汉代制度既然如此好，当时生活又是这样合理，为什么汉代又会衰亡的呢？这问题急切不能详细答。这等于问，你今天身体健康，很强壮，为什么后来又会生病的呢？又好像问，你现在已经吃得很饱，为什么等一下还要饿，还要再吃的呢？这些问题，本可以不问，问了便牵涉得太远。但是我们总不免要问，汉唐时代的政治社会，既然这么合理，为什么如今却弄得这样糟？这问题，我再往下是要说明的。我们都知道，自汉末大乱以后，那时的中国人，便觉得这世界现实没有意义，政治不清明，社会不公道，一般人心都很消极、悲观，便转而信宗教，信有出世，希望来生，那便是当时新从印度传入中国的佛教。但为什么今天的中国人，环境生活如此坏，但又不像魏晋南北朝那样消极呢？这因现在人觉得有外国人可靠，还像有办法。从前希望在来世，现今希望在国外。因此现在中国人崇拜了洋人，却不易信宗教。如果我们有一时真觉毫无办法，那就只有信宗教求出世了。所以魏晋南北朝以下，信佛教的人特别多，直到唐代统一盛运再临，才又恢复过来，再走上现实人生的大道。

　　汉唐两代的情形，现在不能详说，大概宋代以下中国的社会与政治，都逃不出汉唐成规。因此我们普通多说，宋代以下的政治和社会，好像没有什么长进了。但我们并不能因为汉唐的学术思想超不出先秦，便说汉唐没有长进。因为在先秦时代，孔子、孟子一辈圣贤，都已将人生理想讲得很高深，以后实在很难再超出。问题只在如何般去求实现。汉唐的成绩，在能依着先秦人理想，逐渐做去，把那些理想逐步表现出来，那实在也是了不得。中国古人的理想，像先秦百家所提出的，本来已很高，很完美。直到今天，依然未能超过它们，这不能因此便说中国不长进。我们现在所谓汉唐不如先秦，大概是指的学术思想方面言，说汉唐时代依然跑不出先秦学术思想的范畴。但我们要是进一步来说，先秦人的思想虽高，可是只存空言。而秦以后汉唐诸代，却确在依着它实干，使先秦人的思想逐渐在社会上实现。直到宋以下，政治社会，一切规模，都逃不出汉唐成规。这便不好不说是汉唐时代的进步了。在这里，我敢大胆说一句，今后中国的政治社会，恐怕依然逃不掉汉唐规模。如政治的一统性、社会的平等性，便是汉唐的大规模。

五

现在我们再说，汉唐诸代，建下了平等社会和统一政治的大规模，那时候的社会政治，比较先秦是很有进步了。政治清明，社会公道，国家富强，人生康乐。在这种环境下，一般人又将想些什么呢？出世的宗教追求，打不进他们的心坎。这时候，中国人对人生最高理想，便把来放在如何发展各自的个性这一问题上。中国社会自始便懂得顾全大体，最注意大群生活。但顾全大体，侧重大群生活，并不一定要牺牲个人的。而所谓个人幸福，在中国人心中，主要是在各个人个性的发展上。上面说过，中国文化，自始就在一个大范围之下平铺着，待这一个大范围安排妥帖了，便想进一步，在此大范围之内，来要求各个人的个性之如何而可以尽量发展。中国人并不嗜好武力，也不贪求财富。因中国人也懂得，武力与财富，尽是外皮的，并不即是人生的真内容、真幸福。因此中国的政治社会发展到某一阶段，便再进一步来期求各人内在个性的发展。个性发展的真实表现，一般说来，最主要的是在文学和艺术。其实文学亦即是艺术之一端。那时天下太平了，人的精神便用到生活享受和生活体味上。这就是文学和艺术的任务了。

两汉时代，中国经过了四百年长治久安的时期，那时已渐渐开始讲究到文学和艺术。但后来国运中衰，遇到魏晋南北朝时代的混乱，局面未能安定，于是把当时人要走的路，临时又中断了。一到唐朝，社会又渐渐安定，于是文学艺术再度发展。所以说，学术思想最灿烂的时期，是在秦以前。政治社会最理想安定的时期，莫过于汉唐。而文学艺术的普遍发达，则在唐代开国以后。这是中国文化史演进三大历程，值得我们郑重提出，来加以证明与阐述。

唐以前的文学，大体说，可分两大类，一类可说是贵族的，另一类则可说是宗教的。艺术也是一样，那时也只有贵族艺术和宗教艺术之两大类。姑举实例言之，如图画在唐以前，大概多使用在王宫或庙宇。建筑亦然，大建筑也只是王宫或庙宇了。这都只可算是贵族的和宗教的。

230

又如汉代文学，像司马相如《上林赋》《子虚赋》之类，那便是我所谓贵族文学之好例。而像屈原《九歌》之类，则是宗教文学之好例。到唐代开国以后，中国的文学艺术，才逐渐由贵族的宗教的普遍解放，而转化为日常平民的。我们以整个中国文学史来说，唐兴以来才是平民文学的时代。以整个中国艺术史来说，唐初才有平民艺术之生长。我觉得唐代文学艺术境界，像杜工部的诗、韩昌黎的散文、颜真卿的字、吴道子的画，这都是和先秦孔、孟诸子的学术思想一样，同是达到了一种超前绝后、至高无上的境界。若说秦汉以下，中国不再出孔、孟、庄、老，便认为是中国历史不进步，则试问如杜、韩、颜、吴，他们的诗文字画，以前何曾有过？这不该说中国历史仍在进步吗？当知中国文化之特别伟大处，并不在推翻了旧的，再来一套新的，而是在一番新的之后，又增添出另一番新的。以前的新的，不仅不须推翻，而且也不能推翻，而以后仍可有另一番新的兴起。而以后的另一番新的，仍然有价值，仍然是不可能推翻的，那才见中国文化之真实伟大处。

现在要问，为什么中国的文学艺术，要到唐以后才普遍发展呢？这因汉唐时代，政治社会虽都有很显著的成就，但是在那时，还是有变相的贵族之存在，须到宋以后，连变相的贵族也根本没有了。说到大门第，宋代只有韩、吕两大姓，但也不好说他们是贵族。其他著名人物，都是道地的从平民社会出身。宋、明两代，中国社会上，始终不再有贵族，不再有特殊阶级。只有元、清两代的部族政权，我们不妨说那时的蒙古人和满洲人，是中国社会里的特殊阶级。但这并不是中国传统文化之向前演进所希望到达、应该到达的。换言之，那是一种外力压迫而强之使然的。

若论社会经济，宋以后，却一天天地继续发展。唐朝还用布帛做货币，宋代则已经用钞票。可见唐以前社会经济还不很活泼，宋以后就更见活泼了。但这里有一更值得我们注意的问题，在唐以前，中国社会还不免有贫富悬殊，而宋以后的社会经济，却反而更趋向于平等了。经济更活泼，而财富更平等，这不是一件极可注意研讨的事吗？这里便可见中国文化演进之大趋向及其大意义所在。可惜我们此刻，对此问题，不能细论，姑从浅处说。

中国社会本来从事农业的家庭多，但他们对于子弟，总希望能读书，求仕进。无论哪一个家庭，如果只有一个儿子，那么他自然要操作生产，没话说。但如果有两个儿子，便可想办法，哥哥多做些事，让弟弟空些时间来读书。如果有三个儿子，他们更可设法让小弟弟空出整个时间来读书。因为读书，接受了高等教育，便可参加政府考试，希望进入政府做大官，于是扬名声，显父母，光大门楣。这也是中国人喜欢多生儿子的一原因。只要家庭里有受教育的读书人，就有出身做大官的希望。但是做大官人的家庭，往往三四代后便中落。这因做了大官，获得高俸厚禄，就可以不虑衣食，子弟们都可读书，不必再从事生产劳作，像是很理想。但中国的考试制度，是永远开放，永远允许着尽量竞争意味的。于是那家庭，经历几代后，如果考试不如人，不能进取，也就无路可退，只有重转入贫落的行伍中。所以宋以后的社会，许多达官贵显，不过三四代，家境便中落了。这一现象，永远地存在，直到晚清。如曾国藩家书中，还是常常劝子弟一面读书，一面仍要不忘耕作。因为唯有如此，才是可进可退的良策。于是宋以后的中国人，才始终维持着一种务农为主的经济，常使社会平等，不再有阶级悬殊。而读书人则愈推愈广，数量也愈增愈多，学术风气也益形发展。试问那样的一个社会，不在武力上、财富上无限向前，而只在教育上、文学艺术上不断进步，是不是可说为一种比较更合人性、更近理想的一个社会呢？

此外还有一情形，这就是宋以后，宗教信仰渐次淡薄了，那又是什么原因呢？

第一，宋以后的中国，已真有了平民教育。而魏、晋、南北朝时代，则教育限于门第，未能普遍到民间。因此当时只有达官贵人的子弟，才受到教育，普通百姓人家，如要读书，往往去到寺院或庙宇里。待他们走进寺院庙宇，自然易于接受宗教信仰。宋以后，教育普及，书院极普遍，读书再不必跑进寺院庙宇，因此宗教的魔力也就自然减少了。

第二，中国的艺术文学，在其本质上，就可以替代宗教功用。这一层说来极微妙，很难说，但仍不妨姑且浅略地说。上面说过，宋以后的文学艺术，都已平民化了，每一个平民家庭的厅堂墙壁上，总会挂有几幅字画，上面写着几句诗，或画上几根竹子、几只小鸟之类，幽雅淡泊。当你去沉默欣赏的时候，你心中自然会感觉到轻松愉快。这时候，一切富贵功名，都像化为乌有，也就没有所谓人生苦痛和不得意。甚至家庭日常使用的一只茶杯或一把茶壶，一边总有几笔画，另一边总有几句诗。甚至你晚上卧床的枕头上，也往往会绣有诗画。令人日常接触到的，尽是艺术，尽是文学，而尽已平民化了。单纯，淡泊，和平，安静，让你沉默体味，教你怡然自得。再说到房屋建筑，只要经济上稍稍过得去的家庭，他们在院子里，往往留有一块空地，栽几根竹子，凿一个小池，池里栽几株荷花，或者养几条金鱼。这种设置，看来极平常，但使你身处其间，可以自遣自适。这里要特别提醒大家的，如我上面所说，日常家庭生活之文学艺术化，在宋以后，已不是贵族生活才如此，而是一般的平民生活，大体都能向此上进。这不能不说是宋以后，中国社会宗教要求冲淡之另一个原因。

在中国人的文化传统下，道德观念一向很看重。它要负修身、齐家、治国、平天下一番大责任，它要讲忠孝、仁义、廉耻、节操一番大道理。这好像一条条的道德绳子，把每个人缚得紧紧，转身不得似的。在西方则并没有这么多的一大套。他们只说自由、平等、独立，何等干脆痛快。中国人则像被种种道德观念重重束缚了。中国人生可说是道德的人生。你若做了官，便有做官的责任，又不许你兼做生意谋发财。做官生活，照理论，也全是道德的、责任的。正因中国社会偏重这一面，因此不得不有另一面来期求其平衡。中国人的诗文字画，一般文学艺术，则正尽了此职能，使你能暂时抛开一切责任，重回到悠闲的心情、自然的欣赏上。好像"采菊东篱下，悠然见南山"这种情景，倘使你真能领略欣赏的话，似乎在那时，你一切责任都放下，安安闲闲地在那里欣赏着大自然。中国的艺术、文学，和中国的道德人生调和起来，便代替了宗教的作用。

我们把此看法来看西方文学和艺术，便觉得不然了。你若感觉到生活烦闷不舒服，试去看一场外国电影吧。你的目的本在消遣解闷，可是结果反而会更增加了你的烦闷和不舒服。因为西方的文学与艺术，都是富刺激性的，都像是在鞭策你向前走，指示你一个该向前争取的目标，在批评你的当下生活，批驳得你体无完肤。西方的文学艺术因比较富刺激性、鼓励性、鞭策性，它要你拼命向前走，待你碰到壁，闯到了一鼻子灰，那你只有进教堂，哀告上帝，上帝会安慰你。这是中西双方文学艺术内在性格与其社会使命之不同，可惜此处不能再详说。

总之，中国在宋以后，一般人都走上了生活享受和生活体味的路子，在日常生活上寻求一种富于人生哲理的幸福与安慰。而中国的文学艺术，在那时代，则尽了它的大责任、大贡献。因此在唐以前，文学艺术尚是贵族的、宗教的，而唐兴以来则逐渐流向大众民间，成为日常人生的。因此，中国文化在秦以前，造成了人生远大的理想。汉唐时代，先把政治社会奠定了一个大规模；宋以后，人们便在这规模下享受和发展。这就是文学和艺术到那时才特别发达的缘故。

六

如果没有外来侵略，我们如上述的这一种富于哲理的日常生活的享受和体味，当然是很舒服。中国人的理想人生实在并不错，错的只在他的世界主义上。要真实表现出中国人的理想人生，则非真达到世界主义的路程上不可。但中国人自始就自认为中国已是一个大世界。中国文化在此一点上走过了头，使他和现实的世界的脱节，不接头。宋明以下的毛病，就出在这上面。倘若外面没有蒙古人，没有满洲人，那么宋以下中国人的生活，自然可以说安排得很有意味了。可惜那一番安恬的美梦，给蒙古、满洲阵阵暴风烈雨打破了。但为什么魏、晋、南北朝时代，外人入侵，我们可以抵抗，而宋明两代外人入侵，我们就没有办法呢？这因为魏晋时代，中国社会上还是有变相贵族之存在，他们在地方上拥有大产业，属下有大群民众，他们一号召，总可有几千几万人跟从附和，这样就可独自成为一个力量了。我们现在则称他们是封建势力，似乎封建势力总是要不得。但社会上有一个一个的封建势力摆布着，外族人自然吃不消。宋明两代的社会，则没有这种特殊势力了，那么外族一来，只击败了你的上层中央政府，下面地方就没有办法可以再抗拒。正因这时候，中国社会上的封建势力早已消失，而像近代西方社会的资本主义新兴势力，并未在中国社会上兴起。那么那时的中国民众，就没有方法组织成力量。人民既然毫无力量，那只有依靠政府。政府倒台，人民自然就没有办法了。

顾亭林先生在明亡后，想从事革命，走遍全国。有一次，他到山西西南部的闻喜县，看见一个很大的村落，名叫裴村，里面几千人家都姓裴。他们直从唐代遗传下来，还是聚族而居的。因此亭林先生便回想到唐朝时的宗法社会还是有力量的，此下这力量便逐渐没有了。那时中国的文学和艺术，也只是平民的，只是日常人生的，只是人生的享受和体味。从另一意味讲，那都走上了消极的路，只可供人生安慰消遣。而中国社会，一般说来，又是一个真实平等的社会，便不易发挥出力量来。宋以后，中国国势的一蹶不振，毛病就在此。

到现在，中国文化史的第四期正在开始，我们应该再努力鞭策向前。怎样鞭策呢？

第一，要恢复中国固有的道德。这就是上述的修身、齐家、治国、平天下，忠孝、仁义、廉耻、节操那一番大道理。

第二，应使中国社会发挥出现代力量来。如今既不能回头再恢复封建制度，又不能迈进入资本主义的商业社会，究竟应该怎样团结来发挥出力量呢？我们若没有力量，便不能对付当前世界的其他民族。

第三，中国自古即以农工并重，商业亦随而鼎足称盛，只不许有如西方商业资本主义之产生。像蒙古、南洋这一些地方，只要他们不是农工社会，我们的文化力量就难运使，则我们所理想的世界主义，便永难达到。中国应该走进一步，还要加强工业。这样一来，中国的文化，庶可再进一步，达到他原先所理想的境界。

《中庸》上说："能尽其性，则能尽人之性。能尽人之性，则能尽物之性。尽物之性，则可以赞天地之化育。"西方的现代文明，可谓在工业上比中国更走进了一步，主要则在其科学上。但他们的科学只求尽物性。中国自春秋战国到汉、唐、宋、明各代，可说是注重在求尽人之性。若要进一步尽物性，就得学西洋，在他们的科学上努力。但不能求尽物之性而忽略了尽人性，又如近代西洋般走上了另一偏径。则试问如何能在中国固有的理想之下，采用西方的科学，像我上面所说，又在以前的新上再加一番新？这个问题，很难用几句话来解答，而真问题则便在这上面。

中国的社会，只要西方科学加进来，一切自会变，但问题在如何不推翻中国固有的传统。有人说，若中国人不推翻以往旧的社会、旧传统，便加不进西方新科学。这话是真的吗？中国人想学西方人新科学，历时已将超百年外，为什么总是学不上，这究竟是什么原因呢？还是中国文化已经老了，不再有上进的希望，还是中国文化不宜于加进西方的新科学，就逼得它非全部推翻旧传统不可吗？其实问题都不在这上面，只因为中国目前的政治社会一切情形太腐化。普遍讲中国史的人，往往说自鸦片战争、五口通商以后，西方势力东渐，中国的国势便每况愈下了。其实这种看法也是错误的。要是英国人不来中国贩鸦片，不引起鸦片战争，没有五口通商，难道清代政权，还可以永远维持下去，中国还会永远太平吗？实际上中国社会，自乾隆末年以后，状况已极坏，就是外国人不来，中国内部的腐化，也逐渐会暴露。自从乾隆末年到嘉庆一朝，已经不断有内乱，从此爆发出太平天国。其主要原因，实在内不在外，不在五口通商，而在朝政有病。这已告诉我们，那时中国的政治和社会，根本已经彻底败坏，非经一番大改革不可了。中国社会既已在极度动荡之下，外力入侵，我们自然不能对付。若我们在最近这一次抗日战争胜利后，中国能获得一和平休养的机会，那么十年二十年后，中国也许可以有办法。我们并不能因为中国接受西洋科学文明已经有百年以上的历史，至今无所成就，就对中国的传统文化表示笼统的悲观。

吾尝谓中国文化乃是艺术性的，而西方则是科学性的。但中国亦非无科学。即如数学与医学，中国皆远古即有传统。唯中国医学亦偏艺术性，乃从人身生理学上发明演进。而西方医学，则从人体物理学上发明演进。彼此大不同，但究竟同是一科学。又如枪炮火药，亦最先发明于中国。但中国人不愿在此上继续有发展，乃改为爆竹与烟火，而枪炮则由西方人传去，不断继续发明，以有今日之核子武器。所以今日中国要学习西方近代科学，亦得深具中国自己传统之艺术化，把中国传统文化来参加在学习中，为人生艺术增添进新的一番现代中国化才是。换言之，并不能说中国添进了西方科学化，只应说中国复兴了原有科学化，如此则更不易有病。

中国今后出路，只要政治有办法，社会有秩序。要政治清明，社会公道，把人生安定下来，则西方科学文明并不是不可能接受。而说到政治清明和社会公道的本身，那就是我们自己内部的事，这些却不能专去向外国人学。好像花盆里的花，要从根生起；不像花瓶里的花，可以随便插进就得。我们的文化前途，要用我们自己内部的力量来补救。西方新科学固然要学，可不要妨害了我们自己原有的生机，不要折损了我们自己原有的活力。能这样，中国数千年文化演进的大目的、大理想，仍然可以继续求前进、求实现。

孔子与心教

1943 年

人生最大问题是"死"的问题。凡所谓人生哲学人生观等,质言之,都不过要解决此死的问题而已。若此问题不解决,试问人生数十寒暑,如电光石火,瞬息即逝,其价值安在?其意义又安在?

人皆有死,而人人心里皆有一个共同的倾向、共同的要求,即为如何而能不死、不朽与永生是也。此种要求,不独人类有之,即其他动物亦莫不有之。人类为满足此种要求而有宗教。宗教信人有灵魂,可以脱离肉体而存在。现实人生限于肉体,空幻不实,变化无常。灵魂生活不限于肉体与现世,他乃贯串去来今三世,永恒不灭,真常不变。不过,这种说法有两个缺点:(一)与科学冲突;(二)忽略了现实。

人生的另一个问题是"我"的问题。无我则人生问题无着落。所以人生问题也可说是"我生的问题"。但是源于我见而使人类都不免有自封自限自私自利的习性,因而人我之间不能不有激荡,不能不相冲突,由此招致社会之不安。人类为防止此种不安,而有正义自由与法律。自由属诸各人自己的范围,正义则为人我自由之界限。法律则为维持正义限制自由而设,在正义界限以内,人各享其自由,若有逾越,则受法律之裁制。西方社会的现世安宁,即借此正义自由与法律的观念而维持。所以他们即在父子夫妇兄弟朋友之间,亦有很明显的界限。但是我们禁不住要问:若人生唯有此等正义自由与法律,则人与人间全成隔膜,全成敌体,试问人生价值又何在?其意义又何在?再以何者来安慰此孤零破碎漠不相关的人生呢?

西方人在这一点上还是乞灵于宗教。他们用宗教灵魂出世之说来慰藉现世孤零的人心，他们把人生不朽的要求引到别一世界（天国）去。因此之故，他们特重牧师与教堂。而在现世里则以法律来维持秩序，处理纷争，因此他们又特重律师与法堂。我们可以这样说，他们的人生是两个世界的。来世的人生是宗教的，现世的人生是法律的。二者相互为用，他们的政治社会以及一切文明，都支撑在此上。

中国人则与此不同，中国社会不看重律师与牧师，亦不看重法堂与教堂。但中国人又何以能解决生死的问题，以及人我的问题的呢？欲知此事，当明孔子学说。

中国人也要不朽，但中国的"不朽观念"和西方人的不同。《左传》里载叔孙豹之言，谓不朽有三：立德、立功与立言是也。我们细看，这三种不朽都属于现世的，可以说是现世的不朽，而非来世的不朽。人生的不朽，仍在这个社会里，而不在这个社会外。因此中国人可以不信灵魂而仍有其不朽。我之不朽，既仍在这个社会里，则社会与我按实非二，儒家思想里面仁慈的境界即由此建立。在仁的境界内，自私自利之心自不复有，而我的问题亦牵连解决。人生并不是一个个隔膜敌对的小我，各自独立，则人生自不必以小我自由为终极。不讲小我自由，便不必争论那个为自由划界的正义。既不争论那个为你我自由划界的正义，则维持此正义判决此争论的法律自更不为中国观念所重。扩充至极，则中国社会可以不要法律，不要宗教，而另有其支撑点。中国社会之支撑点，在内为仁而在外则为礼。

西方人的不朽为灵魂，故重上帝与天堂。中国人的不朽即在人群之中，故重现世与人群。两者相较，中国人的不朽观念实较西方人的为更着实亦更高超，实在不能不说是更进步的观念。从事宗教生活者必须求知上帝的意旨，求三不朽现世生命者必须求知人群的意志。中国人的上帝即是人类大群。人能解脱小我的隔膜与封闭，而通晓人类大群的意志者，其心的境界即谓之仁。孟子说，仁人心也，正指这一种心的境界而言。西方人所谓心，与灵魂离为两物，心只为小我肉体之一机能。中国观念反是，中国人以心即仁，中国人看心，虽为肉体之一机能，而其境界可以超乎肉体。西方人认超肉体者只有灵魂，中国人看心则包容西方人灵魂观念之一部分，而与西方人之所谓灵魂者自不同。中国人看心可以超乎肉体而为两心之相通。如孝，即亲子间两心相通之一种境界也。子心能通知父心即为孝。耶稣《圣经》中说"你依上帝的心来爱你的父母与兄弟"，可见西方人只认自己的心可与上帝相通，却不认人我之间的心可以直接相通。人我之心直接相通，此乃中国观念，此即儒家所谓仁。

若以生物进化之观点论之，自无生物进而为有生物，自植物又进而为动物，又自动物进而为人。人与其他动物之差别点，即在人有人心。人心能超出个体之隔膜与封闭而相通，此乃中国人观念；西方人则认人兽之别在有灵魂与无灵魂。西方人看心为肉体的，人兽相似，无大差别。因此近世西方宗教观念渐渐淡薄，便认人与禽兽同一境界，同属自然。像中国人观念下之人心更高境界，为西方人所不易接受。至于西方宗教上之灵魂观念，则又为中国观念所不了解。因此可说，中国的人生观念是"人心"本位的。此所谓人心，非仅指肉体的心，肉体的心凡动物皆有之而不能相通，故动物仅自知痛痒而哀乐不相关，相互间无同情。西方科学里的心理学，即以这类的心态为研究题材，当然不能得人心之真实境界。此因西方人把人心之一部分功能划归灵魂，而又认灵魂只与上帝相通，人与人之间，则须经过上帝的意旨之一转手，而不能直接相通，因此其对人心的认识实嫌不够。中国人之所谓心，则并不封闭在各个小我自体之内，而实存于人人之间，哀乐相关，痛痒相切，首论此者则为孔子。

我们可以说，孔子讲人生，是直指人心的。由人心显而为世道，这是中国人传统的人生哲学，亦可说是中国人的宗教。当知科学知识虽可愈后愈进步，而人生基本教训则不必尽然，因人生大本大原只有这些了，并可以历万世而不变也。中国古人也有上帝神鬼之信仰，直到孔子，才把此等旧说尽行舍弃。以后的人，但讲"人心世道"而不谈上帝，这实是中国的大进步。所谓人心，应着重"人"字上看。所谓世道，应着重"世"字上看。西方人看人心只如兽心，耶教教义认为人皆有罪，一切唯有听从上帝的意旨，以上帝之心为心。西方人既看不起人心，宜其看不起世道，而另要讲出世之道。迨到西方人回过头来，舍却灵魂而单言人心，又因为不看重人心与兽心之分别，故而陷世道于重大罪恶中。

我们可以说西方的宗教为上帝教，中国的宗教则为"人心教"或"良心教"。西方人做事每依靠上帝，中国人则凭诸良心。西方人以上帝的意旨为出发点，中国人则以人类的良心为出发点。西方人必须有教堂，教堂为训练人心与上帝接触相通之场所。中国人不必有教堂，而亦必须有一训练人心使其与大群接触相通之场所，此场所便为家庭。中国人乃在家庭里培养其良心，如父慈、子孝、兄友、弟恭等是也。故中国人的家庭，实即中国人的教堂。

孔子认为培养良心最直捷的方法，莫过于教子孝悌。故曰孝悌也者，其为仁之本与。再由孝悌扩充，由我之心而通人类大群之心，去其隔膜封闭，而达于至公大通之谓圣。心之相通，必自孝始，因此中国宗教亦可说是孝的宗教。孝之外貌有礼，其内心则为仁。由此推扩则为整个的人心与世道。因此既有孔子，中国便可不需再有宗教。

孔子之后有墨子，墨子思想颇近宗教。"兼爱"则如耶稣之博爱，"天志""明鬼"都是宗教的理论。然而墨子有一最大缺点，他没有教堂以为训练人心上通天鬼之场所。他既没有宗教的组织和形式，所以只可说他是一个未成熟的宗教家。孔子则不然，他不从来世讲永生，孔子即避免了先民素朴的天鬼旧观念之束缚。子路问死，他说"未知生，焉知死"。他直捷以人生问题来解决人死问题，与其他宗教以人死问题来解决人生问题者绝不同。他看祭祀不过是一种心灵的活动，亦可说是一种心灵的训练与实习。故他说"祭如在，祭神如神在，我不与祭如不祭"。他只看重人心的境界，不再在人心以上补一个天鬼的存在，他实在是超宗教的、进步的。唯孔子虽超宗教，而又有家庭为训练人心之场所。墨子不能超宗教，而又无他的教堂为训练人心以供人神之接触而相通。这是孔墨相异的一点，亦即孔学之所以兴，与墨学之所以废的大本原所在。

今再剀切言之，孔子的教训，实在已把握了人生的基本大原。如孟子所谓先得吾心之固然是也。人生进于禽生与兽生，已不限于肉体的生命，而别有心的生命。所谓人生，即在人类大群心之相互照映中。若只限于六尺之躯之衣食作息，此则与禽生兽生复何区别？故我的人生即存在于人类大群的公心中。所谓人生之不朽与永生，亦当在心的生命方面求之其人之生命，能常留在人类大群的公心中而永不消失，即是其人之不朽。肉体生命固无不朽，而离却人类大群之公心，亦无不朽可言。故知真实人生，应在大群人类之公心中觅取，绝非自知自觉、自封自闭之小我私心便克代表人生之意义。因此必达到他人心中有我，始为我生之证。若他人心中无我，则我于何生？照孔学论之，人生即在仁爱中。人生之不朽，应在此仁体中不朽。人生之意义，即人的心在他人的心中存在之谓。永远存在于他人的心里，则其人即可谓不朽。孔子至今还存在人的心中，所以孔子至今还是不朽，还是生存于世。只因"人心之所同然"为孔子所先得，所以孔子能生存在人的心中历久不灭。只因有孔子的心教存于中国，所以中国能无须法律宗教的维系，而社会可以屹立不摇。此后的中国乃至全世界，实有盛倡孔子心教之必要。

恽代英

(1895—1931)

生平简介

恽代英（1895—1931），原籍江苏武进，出生于湖北武昌。无产阶级革命家，中国共产党早期青年运动领导人之一。1913年考入武汉中华大学预科。1915年进中华大学文科攻读中国哲学。同年参加新文化运动，在《东方杂志》《新青年》上撰文，提倡科学与民主，批判封建文化。1918年夏大学毕业，担任中华大学附中教务主任。1919—1921年在湖北创办利群书社和共存社，团结进步青年，传播新思想、新文化和马克思主义。1921年加入中国共产党。1923年任上海大学教授，同年8月被选为中国社会主义青年团中央执委会候补委员、宣传部主任，创办和主编《中国青年》。1924年从事国共合作的统一战线工作，并参加了国民党上海执行部的领导工作，编辑《新建设》月刊。1925年参与领导五卅运动。1926年5月被派到黄埔军校，任政治主任教官。1927年1月到武汉主持中央军事政治学校工作，任政治总教官；7月奉中央之命赴九江，任中共中央前敌委员会委员，参与组织和发动南昌起义；12月参与领导广州起义，任广州苏维埃政府秘书长。1928年6月从香港赴广西贵县，作为党中央的代表出席了中共广西省第一次代表大会。同年秋奉命从香港调到上海党中央组织部任秘书。1929年初任党中央宣传部秘书长，负责编辑党刊《红旗》；同年6月在中共六届二中全会上被补选为中央委员。1930年代表党中央出席了中共福建省委在厦门召开的第二次代表会议；同年5月6日在上海被国民党当局逮捕。1931年4月29日被杀害于南京，时年三十六岁。

严整纪律①

1926 年 1 月 19 日

今天是第二次全国代表大会闭幕的日子，我本无话可讲，因为所有的好话，都给各位同志说完了。但是由今天的情形回想到第一次的全国代表大会时候，我想不但我们同志承认，而且凡中国国民也都承认，我们的第一次全国代表大会，是在中国革命历史上有永远纪念价值的一个大会。因为现在中国国民党的发达，已比前不同了，全国革命的运动，比前进步得多了。这都是第一次全国代表大会的成绩，都是因为第一次大会以后同志们受总理的指导，决定了种种方策而能够努力工作的成绩。现在在这里的同志，应该想到要这回第二次大会像第一次大会一样地有价值，一样地在中国革命史上有永远纪念的价值。

要想使第二次大会在中国革命历史上有纪念的价值，我们就要怎样呢？要说的话很多，现在单说两件事：

（一）第二次大会以后，我们的党要变成一个更有力量的党。我们的中央执行委员会要变成一个更有力量的中央执行委员会。我们的全国代表大会也要变成一个更有力量的全国代表大会。第一次大会虽然是好，但仍有许多缺点。最易见的还是缺乏森严的纪律。两年以来，党中发现不少明白违背党的纪律的分子，中央执行委员会毫无办法去制裁他们。这就表明我们第一届的中央执行委员会实在太没有力量，表明我们

---

① 本文是恽代英在国民党第二次全国代表大会上的演讲。

第一次的全国代表大会也太没有力量。大家都知道我们议决了很多的议案，不是要说空话，是要实行的。怎么样才能够实行呢？就要靠大家同志回到各地以后，把这种议案，告诉给一切党员知道，训练他们，使他们每人都能够为这种决议案去奋斗。现在本党的内面、外面，都有许多人想妨害我们的决议案，我们同志应当加倍努力，要使第二次大会以后，本党比以往的两年更有力量，把应该做的事情，一一实现出来，不许什么人能妨害我们。已往的我们不谈了，因为虽不很好也不很坏。我们只是要本党以后更好。因为中国革命是很需要一个更有力量的党，很需要一个真实能够有严整的纪律而能实践各种决议案为民众利益奋斗的革命党。

（二）第二次大会以后，我们同志要更加认清楚本党的主义。两年以来最妨害本党的进展的就是什么主义之争。比方有些人常说那班人是共产党员，那班人是纯粹国民党员。这种分门别户的办法是一点好处都没有的，只有使党员之间生出很大的隔阂。有那些存心破坏的人，说什么我们只要三民主义，我们要反共产。但究竟三民主义是什么东西，他们哪里懂得。很简单地说，讲三民主义的国民党，一定是反对帝国主义，一定是反对军阀，一定是要为平民——尤其是大多数的农工的利益奋斗，必如此乃可以言国民党，不如此者绝不配称作国民党。也有许多人见我说这话，又说我这是宣传共产主义了。不错，共产主义者或者亦要宣传这种道理，但我要反问三民主义者就是要反对这种道理吗？

在这几天开会时，最高兴的就是我们的党，不特不因孙先生的死而涣散，反转而更加团结；不特不因帝国主义者和军阀的反动而分散，反转更有精神、更有力量。从此以后，我们一定会见着本党一天一天地更加进步，三民主义也一天一天地更加明白，为一切被压迫的人们所了解、所信仰。最可怜也可笑的，是许多现在或者已经脱党的人，他们不知自己的主义是什么，天天说这个是共产党那个是共产党。稍有一点意见和他不同，他马上就要说你共产党。一班老同志，常常说国民党如此下去，快就要亡党了，党给人家夺去了，如西山会议这班人，就是此种思想之代表。他们对于这回第二次大会的心理，就是说："在广东开会的党员通通都是赤化的。国民党在这一回一定给共产党拿去了。"但我问问各位同志，你们都是已经赤化了么？究竟党有给共产党拿去了没有？实实在在地说，本党虽创立十多年，一直到现在才真实能为三民主义而奋斗，才真实是实行三民主义的革命党。他们说亡党，不错，冯自由、谢持、邹鲁的党确实是已经亡了！至于孙总理的党，不但未亡，而且到现在为全国人民所了解、所信仰。什么是孙总理之党，就是信仰而且实行三民主义的党。这个党是没有亡的。亡了冯自由之党，这有什么可惜呢？我们正在剧烈反对冯自由、谢持、邹鲁的党。我们要每个同志都能够明了要真正为总理的主义来奋斗，那才是真正的国民党，至于有相信冯自由、谢持、邹鲁的主义的人，我们请他走开，我们希望第二次大会以后再没有这等人。各位请看，冯自由跑了，广东便好了，我们要冯自由这等人做什么呢？他们不是真正忠心于总理、忠心于三民主义、忠心于本党的。今天上午我们把这些人开除了许多，亦只是为这个原因。那么，或者在第三次大会时亦许要把我开除掉。如果我到那时是反对打倒帝国主义、反对打倒军阀、反对为被压迫的农工奋斗的，我承认我是应当被开除的。不过这一次我在上海是已给他们（西山会议派）开除过了的，他们这种伪中央执行委员会的开除，我却不能承认，因为他们完全没有开除我的理由，只说我是共产派，但姑无论我是不是共产派，我要请问共产派是违背了民族主义或民权主义或民生主义吗？如果没有违背三民主义，便是一个共产派亦没有被开除的理由。我相信我始终是站在总理的三民主义这一边的。（不过绝对不是站在冯自由的什么主义一边。）如果各位同志发现我真正有违背三民主义的行为，当然可以马上开除我，像开除冯自由等一样。

那么我当真是永远忠心于本党的事吗？也不一定。如果本党丢了三民主义，我便要反叛起来，这是没有什么客气的。我的入党是因为想做官吗？想认识某要人吗？我完全是因为国民党能反对帝国主义、军阀，为被压迫农工利益而奋斗所以来的。如果国民党会有一天和帝国主义妥协，和军阀勾结，和大多数的农工反对，这是冯自由的国民党，已经不是总理的国民党了；到那时，我一定起来反对，和现在反对上海的伪中央执行委员会一样。

总而言之，各位同志不要管我是不是共产派，只要问我是不是实行三民主义。如果有违背三民主义去做反革命的事情，便马上可以拿去枪毙；如果没有，便不能开除。我的理由在这里说得很明白了，如果你说我是共产派，我这个共产派便是这样主张的。

我们必须打倒帝国主义^①

1926 年 2 月 17 日

各位工友，各位同志：

今天得与各位叙会，兄弟是非常欢喜的，现趁此机会表示一些意见为工友们参考。今天为什么开这个会，就是欢迎罢工工友，也可说是欢迎我们兄弟，也可说是欢迎能实行本党政策而反帝国主义的战士。欢迎你们，就是表示亲爱你们。但我们为什么反对帝国主义呢？第一点，帝国主义自侵略到了中国，常常用兵力压迫我们，还要我们赔偿兵费，有一次要赔二万万五千万元，这笔巨款现在尚未还清。而这款是从何而来呢？都是吸我们人民膏血而来的。帝国主义以兵力压迫我们后，还要我们赔偿兵费，这种行为不啻盗贼掳人勒赎一样。我们痛苦极了，我们非打倒帝国主义不可。第二点，帝国主义等助北洋官僚、军阀以压迫我国人民，如袁世凯及段祺瑞当国之时，则借款与他压迫残杀人民，甚至借款与袁世凯称帝。现在我国负债有十万万元之巨，这种债初是由帝国主义借款与军阀官僚来压迫我们，那要我们人民赔偿，所以我们非打倒帝国主义不可。第三点，以兵力强占土地如九龙、广州湾等处之租借地，沙面、上海、汉口等处之租界，用使馆来管治中国人民，收容军阀土匪以捣乱国家，残杀人民，所以我们非打倒帝国主义不可。第四点，帝国主义占据我们海关，强迫协定关税，洋货税率甚轻，而土货税率反重，遂致洋货价廉，商人均贩运洋货，土货因之滞销，使我国实业不能发

---

① 本文是恽代英在欢迎省港罢工工友代表大会上的演讲。

展，而工人、农民失业日多，由游民而变为匪，国内穷乱所由而生，所以我们也非打倒帝国主义不可。

除此外，帝国主义压迫我们的事实非常之多，不能于短时间所能尽述。但还有一重的，即帝国主义在我国自由开设工厂，以微资招集我们工友入厂工作，其待遇非常之苛，工友之惨痛非常，而帝国主义每年都刮去了一宗宗大款，这尤要我们非打倒帝国主义不可。工友们，我相信我的感觉与你们是一样的。我在上海的时候多，我常见早晨马路上一队队工友进去上工，夜晚一队队地下工，大多数是衣服褴褛，其生活痛苦可想而知。但马路汽车上下亦是很多，十分之八是外国人所乘，还有是那些发洋财的阔人坐的。我们一天做工很多，还是穿破衣走路，有时还受他们打骂，甚至要常常遭他们辗毙在路上。这种情形，我相信香港也是如此。这是如何不平等呀！所以我们真是除了打倒帝国主义没有别的生路。我们知道，孙先生为什么创造国民党？孙先生并不是因为想做大总统，而是为要打倒帝国主义而入党。我党同志以全国计算有一百万之多，应该要一齐"反帝"。但帝国主义船坚炮利，很不容易打倒的。帝国主义在上海、天津、广州杀了许多工人、学生，他们只为我们一起来反抗，便实行大屠杀，但我们绝不会因此就害怕了他们。我们因为他们无理压迫、惨杀，所以反抗他们。他们实行这种惨杀，我们唯有继续奋斗与他们拼命死战。

当上海惨杀案发生后，我们遂尽力宣传于民众，所以上海工人、商人、学生一律罢市、罢课、罢工。此时我们正希望反帝空气普遍全国，而乘机打倒帝国主义。当时罢工工人有二十万及许多学生、商人，力量本来不少，为什么不能打倒帝国主义，而卒归失败？其原因有数点，我希望省港罢工工友晓得上海罢工失败情形，以供参考，得一方法以打倒帝国主义。第一点有军阀为破坏之，如张学良当惨案发生到来上海，初则扬言援助罢工"反帝"，不久他到了英领事馆要与帝国主义磋商，要助他在长江发展势力，遂不惜破坏罢工为条件，而商人亦勾结帝国主义开市了。在省港罢工则有国民政府援助罢工，所以我们知道，国民政府是人民的政府。第二点有买办阶级以破坏罢工。他们不愿意罢工，因罢工对他们有损失，故与帝国主义勾结而破坏罢工。当罢工时要巨款接济，上海大商不肯拿钱接济，使罢工坐归失败。第三点知识阶级也有破坏罢工的，如教职员等他们不愿意罢课以援助罢工，老早就把学校放了假，同时要学生家长阻止学生援助罢工。还有一点我们非常痛心的，即本党里反动的分子，他们要做官，所以勾结帝国主义以谋助他升官发财。至罢工风潮发生，他们都说为过激党指使，而同时暗通帝国主义捉拿罢工活动的人。这种反对罢工的反动分子，不特在上海如是，他们还跑到北京开西山会议，反抗国民政府。以上所述，我们知道罢工失败原因，是受帝国主义走狗买办阶级、反动派之破坏所致。

然罢工同志仍然坚持，但经数月后，他们压迫愈厉害，稍活动的同志，都为他们摧残。至于罢工失败结果，是非常惨痛的。当失败上工时，外国资本家要工友签字，此后不准反抗，故当时上工后，还有一部分工友，再欲罢工，但情形已不同了。从前租界与华界划分的，外国人不能越界捕人的，及罢工失败后，则华界与租界打通了一片，无论租界华界可以随时捕人，其用心欲把革命党人一网打尽，所以不能再次罢工。但是罢工虽然失败，而反帝运动，没有一些儿停止，非打倒帝国主义不可。各位工友，我们罢工回粤，都是痛苦之极，而比较起来还要好一点。我们坚持数月，有党及政府极力援助，其他各界人士也能尽力援助，如现在举行各界援助罢工周。我们希望反帝战士继续奋斗，希望党及政府要继续孙总理遗嘱"反帝"到底，以达到罢工完全胜利。

革命之障碍①

1926 年 4 月

我们为什么要革命，是因为大多数民众受了种种压迫，生活感觉得不安定，所以自然起来要求革命。我们为大多数民众利益而革命，那便可知革命一定是大多数民众赞成的；大多数民众赞成革命，那便可知革命一定能够成功。我们把我们的敌人统计起来，有很多种：如帝国主义者、军阀、官僚、政客、买办阶级、贪官、污吏、土豪、劣绅皆是。看起来我们的仇敌有许多种，我们怎能将他们一一都打倒呢？其实，我们若以他的数量统计起来，他们的人数究竟少得很。他们或者不过十万人，至多至多，与他们打一百万吧，那么我们还有三万九千万民众是受了他们压迫要求革命的，拿三万九千万人起来革命，那一百万人如何能抵御我们呢？不过一直到今天，中国的革命，是还未成功的。我们总理努力革命工作四十年，何以革命尚未成功呢？今天就来讲明白这革命不能成功的障碍物。

革命的障碍是什么呢？我们可以分作两方面来说：（一）主观方面是革命党员自己的缺点；（二）客观方面是社会方面的妨害。现在先说客观的障碍：

1. 民众方面：我们革命，是为大多数民众而革命，但大多数民众在实际生活上虽本应有革命的要求，要他们确实来参加革命，究竟是很困难的。这是什么缘故呢？其中有四件原因：

———————————

① 本文是恽代英在黄埔军校的演讲。

A. 民众受了反动宣传的影响很深。我们生长在中国社会中，受了不少的由封建宗法社会遗留下来的教育。现今，社会上一切道德、风俗、习惯等，皆封建社会君主时代遗传下来的。他们要怎样安分呀，要尽忠孝之道呀，要遵守王法、服从法制呀……读书人受的教育是如此；未有机会受教育之一般民众，在这社会所受的被熏染感化亦是如此。故一般民众：（甲）羡慕官绅，以为某老爷、某大人说的话总是对的；不但无智识的民众，有这种阶级的见解，就是那所谓读书人，也是一样崇拜名流、有地位的人。（乙）相信命运，说人的苦痛，是天定了的，是前世做了坏事的报应，所以乐天安命，成为很好的德行。（丙）相信和平，他们说什么都要和平才好，过激总是要不得，甚至于说五卅惨案对付帝国主义者都过激了一点，但他们不敢说巡捕房任意杀人更是过激了。（丁）要讲良心，他们说这个社会之紊乱，完全是由于大家良心丧失了，大家都讲良心，便不要革命，社会自然是会好的。但大家尽管讲了良心，若是帝国主义、军阀仍旧不倒下来，我们没衣穿，没饭吃，生活感受困苦又怎样办呢？

B. 民众不知现时中国情形及世界情形。中国现时有四分之一的人是没有读过书的；偌多的人没有读过书，怎样能知中国情形及世界情形呢？就是读过书的人，因受的是统治阶级的教育，要他学"八股"；"八股"废了，又要学英文、数学一类的"洋八股"。"洋八股"学得半通不通，总算天文、地理各种学科都知道一点了；只是仍旧不知道中国是个什么东西，世界现在成了什么样子，所以他们仍是不知道中国现时情形及世界大势。由于这样，他们听着喊打倒帝国主义，还莫名其妙，不知道帝国主义是个什么东西，究竟是方的，还是圆的。再不然，他们又会以为与其说打倒帝国主义，还不如先打倒军阀或他乡里的团总要急一点。再不然，他们又会说打倒帝国主义，总是很难的。中国人素来不懂得世界情形，不知道帝国主义为什么要侵略我们，不知道现在全世界反对帝国主义运动有多人参加，有多大的力量。他们自然不了解革命，不敢赞成革命了。

C. 民众无有组织。有革命要求的民众，有明了革命意义的民众，但无有团结组织。他们都是散涣的，不能做出什么联合有纪律的行动，所以因此他们无胆量来参加革命了。叫我一个人到街上去呼打倒帝国主义，我都觉得害羞；要是很多人一齐地呼，那便再没有胆量的人也就有胆量地呼打倒帝国主义了。呼口号都要有组织、有团结，何况实际革命工作，在没有组织的民众，诚恐我来革命人家不来，自然免不了互相观望的弊病了。

D. 各阶级的革命性不一致。虽然或者大家都来革命了，但他们的革命性有不一致的地方。有些人在革命战线上，因他们本身所处地位的关系，能够很勇敢上前冲锋的；有些比较怯懦，只敢在后面跟着，不敢上前的。工人的生活很困难，革命闹成功了，他可以得着解放；闹不成功，捉他去坐牢，他也不怕，因为他的家里与牢里本来没有两样。商人因生活较好，革命闹成了，虽然对他也有利益，但他怕闹不成功，反转要吃亏，要捉他去坐牢，所以自然要怯弱一点。这些勇敢的常常不会领导那些比较不勇敢的，他们只知走在一块，看不起不勇敢的；那些不勇敢的又不会联合这些勇敢的，他们亦只知团结起来排斥勇敢的，与勇敢的捣乱。故革命的势力中常常有些小小冲突，以至于你惑疑我、我惑疑你起来。这亦阻碍革命进行，妨害革命运动的成功。

2. 反革命方面：反革命势力妨害革命工作的方法，我们可以说有七种：

A. 用武力压迫。虽然有多数民众要求革命，但若你要革命，他便将你拉到牢里去或下令拿捕你，驱逐你，或将你的饭碗打掉，使你发生生活的恐慌；因此许多人便不敢赞助革命了。

B. 以利益来引诱、收买。你要革命，干革命工作，他有时让个位置给你，拿一点小小的事情给你做；你得到了这个位置这点事做，便感激他，于是便不革命了。民国元年，袁世凯收买革命党员，便是用这个法子，许多党员都被收买去了。被收买的人，还不自己承认，不过看到别人待遇他好，他就说人家好，替人家宣传。只就章太炎来说：他对于什么人都骂遍了，但他对唐继尧不骂。为什么呢？就是唐继尧对他有好处。凡是那些什么学者名流，都是靠这样生存的。他们一天什么事都不做，坐在房子里得来的钱用不完。因为军阀都要收买他们，使他们自己不革命而且反对革命。再则收买不一定要拿钱的，有时拿一种可以满足虚荣心的方法，都可以收买一些人。五四运动中，有一位学生很激烈，大家派他去见省长请愿，他见省长向他笑了两笑，于是就觉得这位省长很好，他的激烈主张也放下去了。上海有一位同志，去见了张学良，回来也大说张学良的好话。这是什么缘故？这就是反革命等利用人的虚荣心，将人骗倒了。五四运动以来，统治阶级对革命的方法，就是用压迫并收买，所以有许多领袖都堕落了。

C. 欺骗。就是提倡阶级的见解、命运的迷信、和平的观念，与有利于统治阶级的道德……孙传芳到了上海，便出告示讲什么和平、秩序，因此禁止人民集会，说集会便要扰乱治安。而他的兵在那里打仗杀人放火，这便不是扰乱治安妨害秩序么？曹锟贿选上了台，便发布命令提倡什么道德、廉耻。他都配得上讲道德廉耻么？他们说这些话本来只是欺骗民众而已。

D. 豢养一班走狗。为什么要豢养走狗呢？一个人要钳制迷惑民众是不够的，他要豢养些侦探、军警代他防缉一切谋害于他的人；同时亦一定要找些有名的人替他做宣传，或是替他来提倡学术，读经尊孔，使一班青年钻到图书馆、试验室去，好不过问政治；又叫他们来办严格教育，不许觉悟的青年做种种救国运动。

E. 防止革命的宣传。禁止一切集会、结社、言论、出版的自由，不许组织什么团体，开什么会，出什么刊物，谈什么国事。邮政局检查书报，甚至于像萧耀南见有"社会"二字的书报，皆一律搜去；方本仁见有"青年"二字的书报，也一齐搜去。同时他又可利用他的力量，来做统治阶级的宣传。

F. 造革命党的谣言。曲解革命的主义，诬蔑革命的领袖，例如王揖唐也讲民生主义，他的讲法，不过是办两个工厂。但他又说总理的民生主义，仿佛就是与他自己的一样。从前又有些人说是孙总理大炮，或说他是南洋的大骗子；列宁亦曾被人说是法国的侦探。这些说法，都是要使别人不信仰革命领袖。有人看见革命党员有自由恋爱的事，便说革命党是主张共妻了。自由恋爱究竟要得要不得，他亦不知道；自由恋爱何以便是共妻，他更没有理由说明这个事情。但一定要这样说，因为他要故意破坏革命党的名誉！现在人家说广东已经共产了、赤化了，亦是这个意思。这些反革命者自己没有道理与革命党辩论，所以只有靠这种造谣，希望能够离间群众，使不与革命党发生关系。

G. 分裂革命势力。无论革命党里面有事无事，他总要想法子来挑拨离间，要使某人与某人不合，发生意见；要将某种很小不同的意见，说成绝对不能合作的派别，使革命党中自起纠纷，互相攻击，他便好从中破坏，从中利用。有时稍为有一点小小事故，他便说得不得了，他借此造出各种的传说，说出各种不同的意见与解释，以分散革命势力。本党以及国民政府，常常为他这种手段所捣乱。

除了客观方面的障碍，再说主观方面的障碍，即革命党员自身的缺陷。哪些缺陷？

1. 对于革命主义没有真正明了。有许多党员彼此互相攻击，你说我没有明了主义，我说你不是真正的信徒。其实你自己不将主义弄明了，想法子使别人对主义明了，在与人家谈得不对的时候，便骂人家为反革命或是假革命，这有什么用处呢？我们要使人家明了主义，所以我们就要先由自己明了主义做起，自己将主义弄明白，然后才能使人家对主义弄明白；自己却不能彻底明了主义，自然不能叫人家明了了。

2. 不实行主义，不为民众的利益而奋斗。许多党员只知争谈主义，谈这个问题、那个问题，这点该主张，那点该不主张，若是稍有成见的人，每每越谈越糊涂。因此很引起外边人误会，不知道你这主义究竟是什么东西。我们最重要的是要能为主义去奋斗，即便是说能实行为民众谋利益的实际工作。我们要在实际上，表现出我们的主义是为民众利益的，要使民众在我们行动上来认识我们的主义。那便无论反动的人如何造谣曲解，大家自然都知道我们的主义是个什么东西了。

3. 不注意接近群众。有些人他们自己以为他是革命者，他们无论游玩、谈笑都只与他们那几个自以为革命者一块儿，仿佛形成一种特别社会。他们看见别的人，只说这个不革命，那个反革命，这样做去，他们便是不革命的人了。为什么呢？他们要是革命的，便不应离开群众。他们果真为革命工作，便应钻到群众中间去，去与群众融洽接近起来，探知群众的生活、习惯、心理及要求。我们与群众发生了密切关系，群众才能相信我们，而且我们才能有把握地宣传群众。这样革命工作，才有基础，才能成功。

4. 不注意革命势力统一。有些人组织一个团体，只知为自己出出风头，不知我要出风头，当然容易引起人家嫉妒。革命党对于革命工作是不能包办的，革命事业要想成功，非要有很大的革命势力拥护不可。

故革命党不是包办革命事业，是要领导群众一同来奋斗的。没有群众，单是几人出出风头，怎能使革命成功呢？其次就是稍为一点小小事情，便不能忍，要发生种种无意识的意见和争端。不管对革命前途有无什么影响，这是时时刻刻使我革命前途发生动摇的。再其次就是责人太过，自己勇敢点或和平点，便不满意别人。这通通都是我们的错误，都使革命势力容易分裂。我们要知道，我们要革命成功，便要统一集中革命的势力；没有革命势力的集中，便不能革命。我们要为统一集中革命势力，便只有我们改正原来的错误。改正我们主观方面的缺点，扫除客观方面的障碍，这便是我们应努力地工作，是使革命成功的不二法门。我们要怎样去改正主观方面的缺点呢？就是：

1. 自己去将主义更弄明了，更努力地想法子使人家明了。

2. 去努力为民众利益奋斗，在我们努力的行动中，使民众认识我们主义是为他们利益的。

3. 去努力接近民众，使民众在我们国民党旗帜指导之下共同奋斗。

4. 极力注意革命势力的统一。

我们先要改去我们的错误，然后才能扫除客观方面的障碍。主观错误改正，客观障碍扫除，革命是一定很容易成功的。我们同志负责努力做去，那中国革命就有希望了。

耶稣、孔子与革命青年[①]

1926 年 5 月

今天承岭南大学欢迎之便，使我与岭南大学各位教员先生与各位同学有一个谈话的机会，这是很荣幸的事情。这对于岭南大学虽然以前并不知道学校中间一切详细情形，但是我可以说我实在很久便有了一个很好的印象。我并不知道史坚如烈士便是岭南大学的学生，我脑筋中有一个岭南大学是从五卅运动时候起。亦许有人疑惑岭南大学是与其他教会学校一样有帝国主义关系的，但我却很注意岭南大学，我相信在这个学校的教员和学生中间，一定有很多反帝国主义的同志。因为在五卅运动中，就我所知道的，在这个学校不但有一个教员、一个同学为反帝国主义在沙基牺牲了性命，并且有许多外国教员先生为了与我们打抱不平，在香港受了英国帝国主义者的许多恶劣待遇。这表明岭南大学与其他教会学校绝对不同，不但一般中国的教员和学生与其他教会学校的中国教员和学生不同，便是外国教员先生亦是与其他教会学校不同的。在中国中部北方一般教会学校中做事的人，怕我们如怕蛇蝎一样，他们要用种种手段妨害我们，使我们进不了他们的学校，永远没有和他们学校中的同学相互谈话的机会。但岭南大学因为与他们绝对不同，所以不但不怕我们，并且欢迎我们，给我们这样一个宣传的机会。我今天能在这样一个表同情于反帝国主义的岭南大学讲话，自然是再高兴没有的事情了。

人们彼此没有见过面而谈过话，彼此之间常常不免有一些隔阂或误

---

① 本文是恽代英任黄埔军校政治总教官时，到岭南大学视察时发表的讲话。

解。譬如我来到岭南大学的时候，我未曾听见岭南大学教职员先生们为我解释学校内部情形，我终有许多不懂的地方，我总怀疑岭南大学仍旧不免有许多普通教会学校的弊病。但自从我听见他们为我们解释的话，我便更明白你们学校的真正情形了。我们亦是常常被人误解的人，譬如人家知道我是反对基督教的，他们便以为我是如何不尊敬耶稣，不尊敬基督教徒与他们所办的教育慈善事业。其实这许多是误会。我并没有这个意思。我今天难得有这样一个机会，不妨把我的真正态度说与诸位听听，以免除大家的误会，并且可以提出我的意见，请诸位加一个批评。

我的意见，绝不轻看耶稣的为人，我相信耶稣是古犹太的一个"圣人"，像孔子是我们中国的一个"圣人"一样，而且我相信耶稣实在有许多超过孔子的地方。至于教会中人，我确亲眼看见有些好人，而且我要承认我自己实在受了教会中好人的若干影响。教会所办教育慈善事业，我相信有很多都出于外国先生们个人的好意思。

为什么说耶稣是超过于孔子的圣人呢？我对于孔子的道德学问，向来便很佩服他，我相信他真是满心仁慈，要想救世界人类的圣人。他生在春秋的时候，看见各国诸侯不讲道理、压制人民，各国之间又时常发生战争，伤害许多性命，扰乱得全世界都不安宁。他因为学了一些古先圣王的道理，知道天下之乱都由于为人君的不存仁心、不行仁政之所致，于是他便奔走列国，向那些人君宣传，今天见齐景公，明天见卫灵公，一个地方没有将席坐暖，便又爬起来跑到别一个地方。可怜他一直跑，胡子、头发白的时候，除了每到一个地方混得几餐饮食，临行时混得几个盘费以外，都没有什么结果。于是他老人家又跑了回来，删诗订礼，还希望在他未死以前，做几部好书，以便后之人君或有能采取其学说以行仁政于天下的。像孔子这样诚恳勤劳，为人类做事的人，我们如何能够不推尊他为圣人呢？不过孔子有一种很大的缺点，便是他看见这些不仁之君，不知道到人民中间去宣传组织人民，只知道去找那些人君，须知那些人君没有民众的势力在背后监督督促，专想靠讲什么道理以劝化他们，是不会有什么功效的。孔子不懂得这个道理，所以一生只是钻烟囱。不过他老人家精神很好，刚刚从这一个烟囱里钻了出来，又钻进别个烟囱里面去，周游列国，钻遍了列国的烟囱，到了七十岁左右跑回鲁国仍旧删订了许多书，要后世他的门徒继他的钻烟囱的事业。这一方是他的愚笨可怜的地方，然而亦是他的精神不可及的地方。到了后世，他的门徒，便更糟糕了。他的门徒读了他所删订的书，却比他聪明狡猾，知道像他那样钻烟囱，是划算不来的事情；同时他的门徒多半亦没有他的名望资格，可以随便到各国谒访人君，因此他们学了孔子的书，完全不去钻烟囱，只知道拿那书中的话做文章考秀才、举人为他们进身之阶，同时又拿这去说与农夫、工人听，表示他们的博学多闻，于是帮助一班君主压迫这些农夫、工人。这些农夫、工人还认为这是孔圣人的道理，不敢反对他们。所以孔子还只是钻烟囱，他的门徒却成为一班人君的走狗了。

耶稣的仁慈想救世界人类，与孔子没有什么两样。但他却不像孔子那样钻烟囱。孔子对于压迫人民的人只知讲劝化，所以他总是跑去见那些国君，常时与他们讲话；耶稣则不然，他并不跑去见什么人君，他有些像我们现在的革命党一样，好接近宣传民众。他对于压迫人的人，不只是用劝化的方法，他并且骂他们。照《圣经》所说，他到神庙中间去的时候，看见有些商人在庙中做生意，他便骂他们，将他们摆的摊子丢到庙门外面去了。在《圣经》中又常常看见他骂那些犹太的祭司与收税吏，这都是直接压迫犹太人民的人。在这些地方，可以看得出来耶稣很有些革命精神。他这种勇敢的行为，所以使他后来遭杀身之祸。然而这便是孔子所万万不能及他的地方了。不过耶稣亦是与孔子一样，他们讲了许多道理，两三千年收了许多门徒，但是他们通通没有能够救世界。耶稣仍旧与孔子一般，不能够救世界，为什么我说耶稣是超过孔子的"圣人"呢？这中间有两个原因。一个原因便是因为耶稣自身仍旧有一种缺点，他虽能够骂那些压迫人的人，然而那些压迫人的人是不会因为怕他骂便改悔过来的，你越是骂他们，他们越是恨你，想谋害你，我们对付这些压迫人的人，只有一个法子，便是将一切被压迫的人团结起来，来打倒他们。换一句话说，要对付这些压迫人的人，孔子的"劝"的法子是不中用的，耶稣的"骂"的法子亦是不中用的，对于这种人只有用我们革命党"打"的法子。我们革命党天天喊打倒帝国主义，打倒军阀，我们天天干打倒这些东西的工作，我们与孔子、耶稣不同的地方，便是不靠"劝"亦不靠"骂"，对于这些反动的势力直截了当地打倒他。孔子、耶稣虽然都是"圣人"，但是"圣人"的法子是都失败了的，所以这便是他们都不如革命的地方。还有一个原因，便是耶稣的门徒亦与孔子的门徒犯一样的弊病。他们看见耶稣爱骂人以后遭了杀身之祸，所以他们便不肯随便骂人了。他们学了耶稣的道理，既不去劝化那些压迫人的人，亦不敢骂那些压迫人的人；他们亦学孔子的门徒一样，只知拿这些道理去对一班农夫、工人讲，去愚弄、恐骇这些可怜的人。譬如现在基督教徒对于帝国主义军阀乃至一班土豪劣绅，谁能有耶稣那样勇敢的精神，当大众骂他们呢？岂但不敢骂他们，并且无论什么事情还要请萧耀南、孙传芳等贼酋提倡捐助，以为荣耀。耶稣的道理遇着这种门徒，自然亦便糟糕了。

我见到基督教徒中虽然确实有若干好人，然而这些好人对于中国做不出什么切实的事情。教会里正在布道祈祷的时间，帝国主义与军阀同时在拘捕杀戮，或者在压迫苛待中国平民。这些教会中的好人，既不能劝止帝国主义军阀残暴行为，他们又怕得罪帝国主义军阀，不敢提倡而且不愿赞助中国平民反抗帝国主义军阀的革命行动。他们明明看见中国平民被帝国主义军阀踏在脚下，但他们老守着和平忍让的教训，向践踏在帝国主义军阀脚下的中国平民宣传和平忍让的道理。这样子下去，中国平民倘若完全相信了他们的宣传，不要永远被帝国主义军阀践踏一世，没有出头的日子了么？我为不忍见我们中国同胞这样被人践踏，所以反对基督教。但是我要申明，我并不是说基督教徒中间没有许多好人，不过这些好人因为相信了基督教，自己不革命而且亦劝人家不要闹革命的事情，天天教人家礼拜祷告，引诱许多人脱离了打倒帝国主义、打倒军阀的革命路线。这是我觉得可惜，亦是我所以不得不反对基督教的缘故。

外国先生在中国办学校，有的人要说这是帝国主义的文化侵略，这些办学校的人是帝国主义的走狗。我所以主张取缔外人设立学校的理由很简单，只是因为外国先生是爱他们本国的，他们为中国人办学校，一方固要为我们中国人谋幸福，然而一方亦绝不愿他们所教育的中国学生反对他们的本国。所以英国人办学校，一定鼓吹中英亲善，美国人办的学校，一定鼓吹中美亲善。这绝不是外国先生主观上对于我们有什么恶意，故意欺骗我们；而且他们所鼓吹的国际亲善，亦不能说是不应当的道理。为什么中国民众与英国民众或美国民众，不应当亲善呢？不过有一层，我们要注意的便是，我们对于英国民众、美国民众虽绝对应当讲亲善，然而对于英国、美国的帝国主义者的政府，他们在政治、经济上加于我们的压迫，我们却必须要毫不迟疑地打倒他。外国先生劝我们中英亲善、中美亲善，是很对的。不过可惜在他们劝我们讲亲善的时候，他们本国的帝国主义的政府者同时却正在侵略压迫我们。这些外国先生因为爱国，不愿反对自己国里的人，所以亦不反对自己国里的帝国主义者的政府；并且他们亦知道若反对了自己国里的帝国主义者的政府，不但似乎非爱国之道，并且恐将来自己回不了本国去，至少以后再不容易在本国那班大人先生们面前募捐盖造学校教会。因为这些外国先生爱国，因为他们还想有回国的一天，因为他们还想募捐盖造学校教会，于是他们不但要我们对他们的民众亲善，而且要我们对他们的帝国主义者的政府亲善，而且不愿我们对他们的帝国主义者的政府不亲善。他们在中国办了学校，在学校内对于学生，只讲他们的帝国主义者的政府对于我们怎样"好"，把他们的帝国主义者的政府如何黑暗惨酷压迫我们的行为隐瞒到一字不提。若是学生在别的地方知道了他们的帝国主义者的罪恶，要起来反抗，他们还要靠着他们的帝国主义者的政府来压迫我们的学生，或是开除，或是解散学校。我以为在我们中国办学校的外国先生虽然根本并不是坏人，然而我们中国青年多一个人进英国人所办的学校，便少了一个人反对英国帝国主义，多一个人进美国人所办的学校，便少了一个人反对美国帝国主义。外国人办的学校越发达，便会使反对帝国主义的人越少，便会使我们中国人的民族精神，越受损失。有人说外国先生在他们国，捐来了许多钱，盖造了许多洋房子，亦有许多难得之处。这些话自然是很对的。不过这些钱从外国送到中国来的越多，我们中国民族精神消磨了的亦便越多，帝国主义的捐款，好比是购买我们中国民族精神的代价。我并不是说在中国办学校的外国先生都不是好人，无论他的本意是怎样的好，这种学校对于中国青年的民族精神总是有绝大妨害的。

今天很难得有一个机会，在岭南大学发表了我这一篇意见。我对于岭南大学，只是还有几个希望：第一个希望，便是还要在学校内提高反帝国主义的精神。办理岭南大学的虽然亦有几位美国先生，我就沙基惨案时的事实看来，我相信这几位美国先生一定是我们反帝国主义的同志。至于中国先生与全体同学，自然更是反帝国主义的同志，无待言了。我愿意勉励岭南大学中国外国先生与一班同学的便是，我们应当有更高的反帝国主义的热度。我们不但要预备反对英国帝国主义，或反对日本帝国主义，而且亦应当预备反对美国帝国主义。我们相信美国的人民确实是我们的好朋友，犹如日本的人民是我们的好朋友一样；但是美国的帝国主义者用政治、军事、经济等方面各种手段压迫我们，亦正与英国帝国主义日本帝国主义没有什么两样。岭南大学一定要与别的外国人所办的学校不同，无论什么帝国主义者，一定都要反对。我们虽然受了美国先生的教育，然而对于美国帝国主义者仍旧必须加以极严厉的反对。这并不是对不住美国先生，只有能够这样，方可以证明美国先生来办校，完全是为我们中国人，并不是为要欺骗中国人，使大家不反对美国帝国主义的。而且我还要说，不但受美国先生教育的同学应当反对美国帝国主义，我并且诚心诚意欢迎美国先生们，下一个勇敢的决心，把耶稣痛恶恶人的精神拿出来，与我们一块儿来反对美国帝国主义。只有这样才可以令我们中国人放心，知道外国先生来办学校，亦有些人并不一定是帮助他们本国的帝国主义的。

还有一层，便是希望岭南大学能够把圣经礼拜等功课完全取消了，不要拿这些神话迷信扰乱我们青年的脑筋，虚耗我们青年的光阴精神。我们今天在帝国主义军阀压迫之下，需要努力宣传组织民众，进行革命运动。一天叫他们去听那些把两条鱼、五个麦包散给几千人的传语，而且要他们闭着眼睛祷告上帝，这有什么用处呢？基督教徒祷告了两千多年，不看见将世界祷告好了，反祷告出这多帝国主义军阀出来。今天要我们青年祷告，再祷告三年五年，帝国主义军阀就不压迫我们，老虎就不吃人了么？对于老虎只有"打"之一法，祷告上帝，上帝哪有什么别的办法呢？我们做反对基督教的宣传之时，有些基督教徒就说，信教自由，不能干涉的。不错，我们并不干涉人家的信教自由，但是既然说信教自由，为什么在学校里要强迫人家研究《圣经》，祷告礼拜呢？我们中国今天的青年，要去革命，要学习革命的知识技术，要学习革命的生活，所以我很痛心有许多与外国先生有关系的学校，强迫许多不愿意的青年，要他们做那些他们自己根本不相信的事情。所以这一个问题，我亦希望岭南大学的先生们想一想。

话说得太长了！总结起来，我只有一个意思。我们很感谢岭南大学今天的欢迎会，我们希望岭南大学的中国外国先生与一班同学，要永远做我们的反帝国主义的好朋友！

工农商学联合政策①

1926 年 12 月 8 日

要讲这个题目，首先就要明白国民革命的意义。国民革命是求各阶级解放和利益的，所以国民革命需要各阶级参加，可以说国民革命是各阶级联合的革命。

处在次殖民地的中国，不论何阶级，都是受着帝国主义和军阀的压迫，其中要以农工们所受的痛苦为最。据农商部调查，中国的农民三分之二每人所耕的不满十亩。农民近年受着帝国主义经济侵略影响，出产的销路日益减色，而必需的工业品的价值，日益昂贵；加以水道失修，往往引出天灾，肥料不足常常影响收成，所以每至青黄不接的时候，农民总是没有饭吃，易于流为盗匪。工人生活也是很困难的，不独工厂房子设备不全，妨碍工人卫生，而资本家常常设法想增加工作时间和减少工资，使工人生活上时时发生恐慌。农工在这等经济制度之下，一定是需要革命的。商人除买办阶级以外，其余都是很困苦的；连年兵匪为患，货物交通来往不便，商人因此破产的不知许多。一班小商人，也是需要革命。学生则大半总是没有钱交学费，没有钱买参考书，中途辍学的亦多得很！即或勉强毕业，在社会上也很难得找着饭碗。他们外面虽然爱阔绰讲究，实际上生活和工、农、商还不是一样感受痛苦。他们除革命亦是别无生路可走的。这四种人，生活上都是感受痛苦的，同时都是需要革命的。我们担任国民革命工作的人，一定要唤醒他们起来，领

---

① 本文是恽代英在国民革命军总政治部特别训练班发表的讲话。

导他们奋斗，解除他们自己的痛苦。所以国民革命，是为各阶级利益的革命，亦是各阶级人们都有加入之必要的革命。

不过我们仔细研究起来，各阶级利益究竟是不同的，有时并且还互相冲突。农、工、商、学在理论上虽是有联合的可能，在事实上往往不然。比如工人要组织一个工会，在学生看来是漠不相关的，在商人看来却会认为对他们利益有妨害的，他们是要反对的。像这样的情形，现在我们要把他们统通联合起来，不是困难得很么？不过各阶级目前有个共同的利益的，就是打倒帝国主义和军阀，在这一点上各阶级是有联合的可能和必要的。在国民革命时期，各阶级利益尽管有些冲突，仍应同心协力去打倒共同的敌人——帝国主义和军阀！

要不失工、农、商、学联合的真正意义，最重要的我们要认清工农在国民革命中的重要。因为工农人数极多，生活上又最有革命的要求，中国反帝国主义运动定要得着他们的帮助。我们必须设法使农工群众越发团结，越发有力量，国民革命才越发有成功的希望。所以为了国民革命，想完全避免错误；若使工农受了压迫，不许他们自己起来斗争，这不是不要农工群众帮助国民革命，不要农工势力得着发展的机会么？自然阶级的斗争，要注意与商、学不致发生很大的破裂，妨碍了联合政策，这是很重要的。农工群众一定要有很好的训练，要很会斗争，同时也要很会联合各阶级，这样，才可以减少许多不必要的冲突，有力量去打倒共同的敌人——帝国主义和军阀，同时又不会妨害农工本身势力的发展。总结起来，我们讲工、农、商、学联合政策，应该注意的有四点：

一、不要轻视商学势力。

二、不要忘记农工是革命的根本的力量。

三、注意工农商学各阶级共同的要求。

四、注意工农商学各阶级利益冲突的地方，不要因此妨害了各阶级的合作，同时亦不要因此妨害了农工势力的发展。

组织群众与煽动群众①

1926 年

今天讲的是要说明我们应怎样唤起大的群众，到了有大的群众运动已经起来之时，我们应又怎样地去继续维持它的进行。

要讲这个题目，我们先要认清群众运动的重要。群众是我们革命的基础，革命运动的成败，完全要看群众运动的基础如何。我们说某某人为伟大的领袖，就是说他是能够领导群众的领袖；比如我们说，总理是伟大的领袖，便是说他的主义能够领导几十万的群众，一切的民众都跟他所指示的道路前进。若是一个人没有群众，绝不配称为领袖。为什么呢？第一，没有群众，我们便造不起很浓厚的革命空气。比方在五卅以后，全国都市的地方，甚至于穷乡僻壤，都充满了反帝国主义的空气，没有一个人敢反对打倒帝国主义的口号。若是没有五卅运动，反帝国主义的空气，绝不会能够这样普遍的。在群众革命空气不高的地方，就是有武力，兵士也不会有勇气为一种主张作战的。兵士虽然受过政治训练，若是他们的周围没有很浓厚的革命空气，他们是不能提起勇气的。第二，没有群众，我们便不能胜过敌人的一切压迫；只有合群众的力量去应付，方才是有把握的事。现在一班反动分子，不但用武力来压迫我们，并且会用舆论来压迫我们，如他们所鼓吹的反赤论调。然而我们有了群众，这种压迫也是没有用的，因为群众自然可以看得清楚我们是真

① 本文是恽代英在国民革命军总政治部特别训练班的演讲。

正为群众的利益奋斗的，自然可以有真正的舆论压倒他们。但是我们若没有群众，这种舆论的压迫便十分可怕：他们的反宣传，可以动摇我们的基础，使我们自己的人发生出怀疑或分裂等现象；到那时便令我们有武力，亦会自己崩溃下来的。我们懂得这两层道理，便懂得群众运动必须特别视为重要；有武装实力的人，亦不容有一点忽视群众运动；不然，便一定要失败的。

群众运动不是随便可以号召起来的，比较有价值的群众运动，更不是我们凭空可以希望产生出来的。要想号召群众运动，必须五个先决条件：

A. 群众须有普遍要求。因为一定要群众中各方面的人有了普遍的要求，才能造成极伟大的群众运动。若为了一个人或一部分人之利益和要求，便不能得着别人或别一部分的人热烈的同情，所以便不能造成很大的群众运动。五卅运动之发生，因为一方是利用上海工人、商人、学生共同感觉上海公共租界工部局的压迫，一方亦利用中国多数的人都感觉受帝国主义压迫，所以才有这次极伟大的反帝国主义的民族革命运动。

B. 须有相当的宣传工夫。要造成群众普遍的要求，相当的宣传工夫是不可少的。比方五卅运动所以能起来而且能轰动全国，便是因为全国已经有了两三年反帝国主义的宣传，尤其是在上海，因为新书报购买之容易，与国民党和工会的宣传，已经深入学生、工人群众中间，所以受革命运动的影响更大，五卅运动，便从上海发生起来。

C. 须使党的组织比较能深入群众。具体地说，便是要我们党的区分部在各工厂、各学校中都有组织。当一个运动发生的时候，各处（或者大多数处所）都有我们同志去活动，这样，一方可以使群众运动受党的统一的指挥，以免步伐凌乱，一方可以使党的意志借各机关中党的组织的努力，使每个党员在群众中间实现出来。如五四运动的结果不好，便是由于彼时没有党的组织去指导群众运动的缘故。

D. 须党的纪律比较的好。若没有好的纪律，就不能使每个党员都服从党的命令去指挥群众运动。所以党的纪律要严，要使党员都能依照党的意思到群众中间去活动，才能实现党在群众运动中的功用。

E. 须党员有相当的训练。群众运动起来的时候，在敌人与群众自身都是时时刻刻会发生出各种麻烦问题，需要善于应付的。党员必须是一个有战斗力的人员，而且必须有相当的战斗经验，便是说必须有实际工作的经验；若是不然，一定不能应付得合当的。

以上五个先决条件，前两件就是说，要群众有共同的要求和相当的宣传，这是很重要的。没有这两个条件，绝唤不起任何群众运动。但是后三件也很重要，没有后三件，要想使群众运动能得着有价值的发展，亦是不可能的。

现在再说我们怎样去煽动群众，譬如去年五卅运动以前 5 月 27、28 等日，上海是无声无浪，空气沉寂得很的。我们怎样能引起群众都起来参加反帝国主义运动呢？我们要煽动群众，必须注意下列四个条件：

一、要了解并利用群众的普遍急切之要求。群众没有普遍与急切的要求，是不能煽动群众的。五卅运动的起来，便是因为上海工人罢工，日本资本家不许别人帮助工人，想强硬地将工潮压迫下去。学生帮助了工人，被巡捕房拘捕起来，亦没有方法交涉解决；同时商人也因帝国主义的工部局决定 6 月 2 日通过印刷附律、增加码头捐、筑路、交易所注册等案，感觉帝国主义对于他们肆无忌惮的压迫与剥削，所以上海的工人、学生、商人那时候有个普遍急切的要求，便是怎样免除帝国主义的淫威。他们都要反对外国势力的压迫。在 5 月 30 日左右，工人的罢工快要失败了，商人亦眼看见 6 月 2 日即刻便要来了，学生被捕的日益加多，亦束手毫无办法。这时候有人能够了解了群众普遍急切的要求，便能够唤起一个在中国民族革命运动史上最有光荣的反帝国主义的民族革命运动。再说俄国在 1917 年十月革命时，农民土地的问题没有解决，同时与德国战争，使一班人民妻离子散，死于战场者很多，刚刚又遇见全国饥荒，许多人没有面包吃，俄国的革命党即提出了土地、和平、面包的口号，因为他们看出这是全俄民众普遍急切的要求，所以亦获得了大多数民众的参加，俄国革命也便迅速地成功了。

二、要有简单明了的口号。辛亥革命的口号是排满，俄国革命的口号是土地、和平、面包，这都是很简单明了的。我们说打倒帝国主义，这个口号是用以教育群众的，是平常宣传的，因为这是最正确告诉大家革命的对象；但是若到了要煽动群众时，我们有时还需要提出更能唤得起群众即刻有所行动的口号，便是说更简单明了，使民众易于了解接受的口号。如五卅运动时，我们的口号是"上海是中国人的上海，中国人不能受外国人的压制"。这都是上海各界民众心里的话，所以大得着各界的同情。我们的深挚的意思，要用极浅显的意思表明出来，才易得着人民的同情。

三、要有紧急出人意外的行动。我们要煽动群众，要做事很迅速，能迅速到出人意料之外最好，因为这样，既免得统治阶级知道了而加以防备，亦可以免得反动派从中破坏捣乱，同时顺群众热血高涨之时，激动他们，亦免得他们经过许久时间，反转犹豫不定起来，或甚至因恐惧而退缩，以减少了群众运动的力量，或至根本消灭了下去。如五卅运动是在28日决定，29（日）一天便有许多人到各学校演讲，以鼓荡各校学生，到30日趁一股热血高涨无论何人压迫不下去的时候，便将大家引出来了，这是何等紧急的行动。而且五卅之时，学生出来都到租界上演讲，这是八十年以来所没有的。这种行动，引起中外人都觉得非常奇怪，租界上的市民更感受了一种莫名其妙的刺激，所以这次运动便很容易扩大起来了。在北京之首都革命，开会的目的与地点、时间是在开会前三小时才在各校用大字揭示出来的，这亦是紧急出人意外的行动，它很引起群众好奇的注意。凡一种群众运动，行动越迅速越可以使群众热烈地前进，越能接二连三继续不断地提高空气，鼓动群众，便越容易扩大这个运动。

我们说中国人是五分钟的热心，其实不但中国人是五分钟的热心，人类都只有五分钟热心的。我们只要能善用这五分钟的热心，让他们这一刹那的热心去摧坚陷锐，亦便可以使无坚不摧、无锐不陷了。

四、要有党的一致动员。在我们已经决定要唤起一个大的群众运动时，党要下一个一致动员令，要能够使全体党员都活动起来，都到群众中去活动，去领导群众依照党的意思去宣传鼓吹，把各方的人，将他们都引出来。如五卅运动时，上海各学校的党员很少，但出来演讲的学生很多，便因为那时党员能在学校里面活动，能在学校里面造出很浓厚的革命空气，所以能使每个学生都趋向而且勇于参加这一次运动。这是党员能够一致活动的好处。革命本不专靠党员，一定要靠各种群众，但必须能命令党员于紧急时间一致地到群众中间去，领导群众，以实现党的计划。

其次我们再说组织群众应注意的地方，我们的意思便是说，在群众已经起来之时，我们应如何组织之，使在我们领导之下继续去奋斗。要组织群众，有下列几点要注意的地方：

一、党团的组织是很重要的。党团必须有各方面都负责的同志，能获得各方面的消息，到党团中报告，这样使党的负责人并各方面同志均能知道了各方面的消息，才可以根据这种材料，决定而且解释党的策略，使同志到各方面依此策略去努力。学生会中要有学生会的党团，工会中要有工会的党团，还应当有联合各方面的党团，做党对各方面搜集材料、指导进行的总机关，所以党团是很重的。没有党团，党不能容易结合党的指导于党员，而且党不能了解各方面客观的情形，党所决定的政策亦一定是空想，不合实际需要的。

二、要同各派分子共同合作去奋斗。我们有了党团，并不是要包办群众运动。一个伟大的群众运动，是任何党派所不能而且亦不应当包办的，我们一定要同各种各色的人合作。各种各色的群众的智识是不一致的，他们的经济地位也各不相同，如果我们只顾自己的意思去包办，别的群众就会离开我们。我们可以说他们的思想比较落后，是比较富于妥协性的，但若我们就不理他们，不与他们设法合作，以引进他们，不久他们就会被反革命的势力勾引去了。自然与各种各色群众合作不是一件很容易的事，他们思想上、生活上，都是常常彼此冲突的；但我们总要想方法把他们拉拢，把各种工作分配得很妥当。只要他不破坏革命的前途，就是比较反动分子亦要给一点工作使他做。有些反动分子根本便没有群众理会他们的，我们亦自然可以不管他。不过我们总要能了解各派的种种情节，哪一派在群众中是比较重要的，哪一派是较次一点，我们要看得清清楚楚；更使各派分子都各得其所，才不至于惹出一些无谓的麻烦来。有一班爱出风头的人，是必须审慎处置的，最好是在事先不要随便予以很重要的位置，使他尝了出风头的味道，越发增长了要出风头的欲望。我们要把一个人安放到什么地方，最好是斟酌各方情形，总以能不引起反感，而同时又能使他不致害了团体的事。若对一个人的位置安放错了，到他反动的时候，那就很要费力了。我这所说并不是我们有什么阴谋的手段，这都是为了革命的工作是必须这样做的。而且即是诡计，我们对待这些人也是好心。我们能安置他们得好，他们幸而不致闹到反动地位，我们亦没有什么对不起他们的地方。

三、要利用机会公开地训练群众。我们在群众大会里不要争论什么小的事情，一切小的事情，都要预先由委员会讨论清楚，到大会中能迅速解决最好。我们要利用大会的机会来训练群众，在大会里多做有意义的报告。如五卅运动中有许多教会学生都出来了，这是我们宣传打倒帝国主义的好机会，我们应当随时将各方面搜集得来的帝国主义的罪恶阴谋，在开会时根据事实做有系统的报告：这比任何不相干的问题是容易得着群众欢迎的。在此时亦便可借此给教会学生一种好的训练。大会中的报告，时间不要太久，要简单、有条理，使群众易于明晰。

根据这种报告，提出各种意见，群众自然不期然而然地接受我们的宣传了。我们对他们说，帝国主义怎样，军阀怎样，所以我们应该怎样，若有人反对我们的话，我们应该态度和蔼地、详详细细去解释，结果只望他们又给了我们一个宣传的机会，使群众更能了解我们的理由。我们的态度既和蔼，当然人家不能反对。万一还有捣乱分子从中捣乱，那么不待你骂，群众自然就会骂他了。

我们不但要注意利用学生会、工会向各校各厂代表宣传，并且要学生会发告学生的传单，利用工会发告工人的传单，要学生会派人到各校去，对学生群众做报告，要工会派人到工会中去，对工人群众做报告。我们同志现在亦知道利用学生会、工会做我们的宣传，不过我们的传单、宣传品，每易陷空泛、似乎无的放矢之弊。我们要使传单、宣传品发到群众中间去。学生会、工会不但注意对一班国民发传单、宣传品，特别要注意在学生、工人群众中发传单、宣传品，用这去训练一班学生、工人群众。

四、注意扑灭反动派破坏的阴谋。反动派有两种，一种是帝国主义的走狗（如"五卅"时出的人），一种是妥协派（如国家主义者、孤军社）。反动派他们常常宣传说，学生会被某一派某一地的学生包办了，工会被哪一派操纵了。他们制造并分布谣言，这是他们常常破坏我们的手段，如果学生会做错了两件事，他们就更可以大大地宣传起来，使一般群众或不知其用意，或亦因自己认了学生会的错误，亦便随声附和。结果中了他们的计，学生会内部受他的影响，便会发生各种纠纷了。反革命派总是日日设法来分裂革命势力的联合，他们吹毛求疵，以事攻击。他们若找到了我们一点错处，他们便宣传得十倍百倍的大。如我们交朋友不慎，自己有点浪漫，对于事情有点不认真，他们便会大吹大擂以做攻击的材料，使你减少在群众中之信仰；此时有些自命不偏不党的好人，每每也要出来说你几句空话，于是群众对于你的信仰更加动摇了。所以我们应该注意自己的党和个人，不要把什么话给人家说，亦不要随便跟着人家说革命团体或个人的坏话，要使反动派无所施其伎俩，那便我们不致中人破坏的奸计了。

五、我们要随时注意联络群众"左"倾分子，要拉拢一切右倾分子，不要使他离开了我们。这样，他们就可以在群众中帮我们解释宣传，使一般人明了我们的态度，大家都比较"左"倾些。有些同志自己犯了过于"左"倾的幼稚毛病，对于比较"左"倾的分子，轻易为他们小小缺点，用不好的态度或冷淡的态度对付他们，使他们因而亦不愿帮助我们，甚至于有时还要反对我们，这是很重大的损失。我们要训练我们自己不要太"左"了，"左"得离开了群众。脱离了群众，就不是革命党员，并且所做的是反革命的事情，何况是脱离了"左"派的群众呢？我们应当不要弄出这种错误，失掉了一切可以得着的许多帮助，而且反转在工作上生出来了许多障碍。以上所说是我关于煽动群众与组织群众的意见，诸位不久要到群众中去的，能够参考对我所说的意见和方法去努力，而且能从工作中去找求经验，一定还会发现其他更好的方法，都是不消说的。

组织起来，解放自己[①]

1927 年 3 月 19 日

中国四千多年，占重要地位的只有农民。整个的国家里穿衣吃饭，都是在靠农民。古昔皇帝的三宫六院，以及大官阔富的房屋田地，极小的差役胥吏，穿的吃的，哪一件不是从农民身上剥削来的么？好像一座高大房子，农民就是最下的一层，受着重重的压迫，至痛苦极深的时候，不知自救解放，只是希望真命天子出世。其实真命天子登基，亦不过减少一二次钱粮，农民身上的压迫，还是有加无已。比如农民常常纪念的乾隆皇帝，何尝解放过农民！农民的地位，向来是极下低而痛苦。近来加上帝国主义种种侵略，农村中很少有做房子的。除了贪官、污吏、劣绅是有田产的，其余好多农人，都是无田种的。现在我们要解除自己的痛苦，究竟要靠谁呢？读书人可靠吗？他们是皇帝养下来做封建势力的，他们平常是帮助帝国主义来压迫我们。但是现在世界上已经有了大变动，外国反抗资本家的工人，已在俄国建立了新的国家，法国、德国都起了革命，这个时候共产党更一天一天地扩大，快要打倒帝国主义了。如果有人说我们没有飞机大炮，怎么能打倒帝国主义？但是我们确实是有了把握，就是有了全世界帮助我们的共产党。况且是本国大多数觉悟的农民工人群众，一致团结起来，打倒帝国主义，早晚一定是要实现出来了。革命军在广州出发的时候，兵力器械不及吴佩孚，然而一路打胜仗，这就是得到世界的帮助与战地农工的帮助。现在我们是已经

---

① 本文是恽代英在欢迎湖北农民代表会上的演讲。

273

得到一部分的胜利，我们对于有力量帮助自己的农民，要怎么样来解放他呢？不是贴出几个好标语，印刷几张好议决案，便算是农民得到利益了。现在我们有点怀疑了，苛税杂捐没有减免，恐怕还要加重。军队所过地方，恐怕不少奸淫掳掠事情。农民上了当，只是不敢说。有人说我们是欺骗民众，我们应该怎样答复他呢？现在要我们的党，来替农民做事，还是要我们的党，变成为农民的党；还是要我们自己起来，拿中国国民党，切切实实，为自己做事。若是说靠人家——洋学生、文学家，为我们求解放，总怕是行不通的。真命天子欺骗我们农民，已经好几千年。……总而言之，还是要靠自己，不要再被人家欺骗。中国的革命，是世界革命的一部分，农工是革命的主要力量。我们今天的会，是希望各位代表回到乡下去，组织起来，解放自己。

关于中央军政分校情形报告^①

1927 年 5 月 12 日

现在要将中央军政分校的情形，附带地报告一下。本校自从改为委员制以后，大见整顿。学生方面，从广东黄埔来的，一千二百名；在此地所招的政治班，一千二百名；由学生团改编的，一千三百名。这三种学生对于政治的观念，第一种差一点，第三种也差，并且到现在还有跑的，只有第二种的程度最好。以前蒋介石当校长的时候，黄埔学生形成了一个特殊的阶级。现在改成了委员制，虽然没有完全铲除这种风气，但也纠正了不少。如果按规则去办，是可以办得通的。至于经费方面，力求节省，不用无事的人，不用无谓的钱，从前的预算二十七万，现在不要这些了。虽然新加入了学兵团同黄埔的第二批学生，要多一笔开支，但充其量也加不了许多。论到训练的方针，有两点应当注意：（一）纯粹国民党的左派太跑上前去了，全校尽贴的是"共产党万岁""第三国际万岁"的标语。说话稍一不慎，就要被他们捉住关起来。这并不是好的现象，因为他们没有很稳固的立脚点，反而把中立的弄得莫名其妙。我们应当将第三国际的决议案提出来，使他们得着一种明确的观念。（二）因为本校是一个军事教育机关，各方面都来请求下级干部的人员。我们预备将在此地所招收的政治科改为步兵科，或加紧步兵的

---

① 本文是恽代英在国民党中央执行委员会政治委员会第二十次会议上做的报告。中央军政分校即武汉分校，恽代英当时任该校五人委员会成员，是实际负责人。

训练；专门培养政治工作的人才，是不敷分配了。下一期考取新生，为适应环境起见，更预备变换成分，假定招一千人，则要使学生占四百，工、农、兵各占两百，并不要怎样好的程度，只消认识字，有普通的知识就行了。

林语堂
（1895—1976）

生平简介

　　林语堂（1895—1976），名玉堂，后改为语堂，福建省龙溪（今漳州）人。作家、学者、翻译家、语言学家，新道家代表人物。1912年在上海圣约翰大学学习英文，毕业后于清华大学英文系任教。1919年赴美国入哈佛大学文学系学习。1921年获比较文学硕士学位。同年转赴德国莱比锡大学攻读语言学，1922年获博士学位。1923年回国，任北京大学教授和英文系主任。1924年后为《语丝》周刊主要撰稿人之一。1926年出任北京女子师范大学教务长，同年到厦门大学任文学院长。1927年到武汉任中华民国外交部秘书。三十年代旅居美国后，用英文撰写《吾国与吾民》《京华烟云》《风声鹤唳》等作品。1944年到重庆讲学。1947年任联合国教科文组织美术与文学主任。1948年返回美国从事写作。1954年赴新加坡筹建南洋大学，任校长。他首创了汉字笔画、笔顺、汉字偏旁部首的概念，更在此基础上发明了"上下形检字法"。"上下形检字法"后来也用于《当代林语堂汉英词典》，并曾授权给神通电脑公司作为其中文电脑之输入法。1947年发明了"明快中文打字机"，1952年获美国专利。1966年定居台湾。1967年受聘为香港中文大学研究教授。1972年和1973年被国际笔会推荐为当年诺贝尔文学奖候选人。1975年被推举为国际笔会副会长。1976年3月26日在香港去世，享年八十一岁。

婚嫁与女子职业①

1930 年 6 月

诸位女士：

本周为贵校毕业班之"职业周"，派给兄弟的题目是《文学与职业》。我以为世上还没有人提起过这个问题。我要奉劝诸位不要选文学当作职业：第一，因为文学不能为一种职业，凡要专心著作的人，应先解决饭碗问题。文学是劳心者之产品。要谋生的人，却很少有这种能耐。自然，也有人卖文为生，无论诗词墓志，都可订定润格，按期交货。如为大书局编教科书的，在颁新课程标准一二月后，便有甚合行情之出品上市。但是这是卖文，而不一定卖文学。诸位须知卖文是世上最苦的一种职业，中外都是这样，伦敦就有 Grub Street 专给卖文的穷人做住宅区。奥国诗人及戏剧大家赫贝尔（Friedrich Hebbel）起初文学作不出，后来娶了一位有钱的维也纳明星才文章大进，著作等身，这足证明余说之不谬。在中国，女诗人李清照，也是嫁了丈夫，解决饭碗问题，才能作出好词来。使李清照靠卖稿为生，我想她的《漱玉词》是换不到三碗绿豆汤的。《漱玉词》之外，又必写了几千万字的无聊作品。所以赵明诚在中国文学史上的大功，就是能够养活一位女诗人。我想 Edgar Allan Poe（爱伦坡）能娶一位有钱的太太，他即使不能有更精到的，也必有更丰富的作品留给后世。

---

① 本文是林语堂在上海中西女塾发表的演讲。

第二，我要先请诸位谅解我真诚的意思，切勿介意。因为我观察当前一般的情势，我国女子最好的归宿还是婚嫁。你们要认清职业与人生建树之不同。职业就是谋饭吃。比方以照相为职业的人，可以说是照他人妻子之相以养自己妻子的一种生计。以照相为嗜好者便又不同。一个是纯粹经济问题，一个是心头上的一种偏好。自然，有时职业也可以与心灵所好相近，但是我要诸位清楚认识此中的经济问题。我所以劝你们出嫁，不劝你们卖文，就是不愿意你们穷乏。你们也许要反叛现在的婚姻制度及经济制度，但是你们至少须认清现在的经济制度是怎么一回事。

现在的经济制度，你们都明白，是两性极不平等的。女教员薪水总比男教员少，英美诸国也是如此，在英国则甚至法律不许太太们教书。无论中外，女人可进去的职业（如按摩、打字、女招待等）总比男人可进去的少，而在女人可进去的职业中，男子还会同你们竞争，而在酬劳、机会、天才上都占便宜。我不必提醒诸位，世上最好的厨师及裁缝都是男子，并不是女子，所以在你们的传统地盘，也是男子占了胜利。独身的女子比独身的男子在社会上吃种种的亏，只有独身自给的女子，亲阅其境，才知道这吃亏不平等到什么程度。所以唯一没有男子竞争的职业，就是婚姻。在婚姻内，女子处处占了便宜；在婚姻外，男子处处占了便宜。这便是现行的经济制度。

也许你们认为这样看婚姻，未免太实利，太拆台。我的答复是，现在讲的是纯粹关于经济方面，世上职业，原无所谓贵贱。当作谋生讲，女子出嫁并不一定比男子卖豆腐、馄饨卑贱。永安公司有一个人整天价站在那儿替你们开门，这是他的职业，也许他要一生站在那儿替不相识的姑娘、太太开门。问他有什么人生意义，他也答不出。但是作职业看，凡有工作，都值得报酬，并无贵贱之可言。自然，你们也可以得了饭碗，成为社会废物，对不起你们的职业。上海就有许多太太、姨太太，她们在社会上唯一的贡献，就是坐汽车、买熏鱼、擦粉、烫头发、叉麻雀，度此一生。这种人是白吃社会的。但是也有不少男子，也是对不起他们的职业。有许多留学生受国家培养，回来作几篇救国论等政客收买，或是回来专门端冰淇淋给外国贵客。所以男女谋生都有好有坏，谁也不比谁强得多少。

还有一点，就是职业与才性相称问题。女子造一快乐家庭，大概比通常男子碰上的职业可以说是相称，假如你们知道男子尸位素餐、祸国殃民的底细，你们必定说我同意。有的大学校长只配吹牛做那里的交际科员，有的部长才调只配开电梯。世上的要人治国，并不是真正"治"的，世上的饭，多半是"混"的。你不混饭吃，总有人会来替你混饭吃。每年中国人民死于灾，死于战，死于病，或流离失所，丧亡沟壑，都是因为有男子在混饭吃所致。说一句良心话，女人治家很少混饭吃的，多半是与才调相称的。我常看见母亲去哄小孩睡觉，不一会儿又出来同人谈天，心中非常佩服。做过父亲而哄过小孩的人，才知道这种饭不是人人可以混的。

再一层，我不必说，你们是称心甘愿出嫁的。至少你们十九是如此。自然十九的男子也愿意娶亲，但是我们于娶亲之外，还得另找一种职业，并无所谓称心不称心。所以我们可以做这么一个结论是：出嫁是女子最好、最相宜、最称心的职业。

经济方面解决，我们可以进而讨论第二问题，就是把婚姻权当职业，应该如何看法。我已说过，谋生与在人世建树二者不同。你们既选了婚嫁为职业，解决了饭碗问题之后，就可以自由研究，可以为社会上有用的人。我不是指梳篦、箕帚、烧菜、补袜诸事，因为我假定你们都是贤妻，我假定大学毕业生都会记账抄账。问题是更深的。可惜许多女人嫁后只知道做生育机器，不另求上进。自然也有许多男子，只管抄账，问心无愧，处之泰然。这才是过于实利主义的人生观或婚姻观。

我想受过教育的女子，除了做妻之外，还应有社会上独立的工作。罗素夫人的主张是可取的，她以为女子应二十五左右出嫁，隔三四年生一小孩，这样生了三个小孩，到了三十五岁，又来加入社会工作，有了适宜的节育方法及相当的设备，有的女人在生产期间仍可服务社会。罗素夫人指出一点，就是三十五岁养过小孩的女人做教员比闺女好。因为她做母亲的经验，她更能明白儿童心理而有应付儿童的本领。我向来反对闺女做校长，尤其是女校的校长，因为她们的人生观、道德观都不是成熟的。现在最可惜的，就是女教员等出阁，出阁者并不等着出来再做教员，从此她们不见了。

你们要做女人的女人，到此时来做文人，还不迟。关于女文人，我一样不满意。她们只会作诗。清朝出了一千余女"诗人"，却出不了一个女史论家或考据家。诗是最难卖钱的。这也是我反对女子卖文为生的一重大原因。

读书的艺术①

1931 年

诸位：

兄弟今日重游旧地，以前学生生活苦辣酸甜的滋味，都一一涌上心头。不但诸位所享弦诵的快乐，我能了解，就是诸位有时所受教员的委屈折磨，注册部的挑剔为难，我也能表示同情。兄弟今日仍在读书时期，所不同者，不怕教员的考试，无虑分数之高低，更无注册部来定我的及格不及格、升级不升级而已。现就个人所认为理想的方法，与诸位学生通常的读书方法比较研究一下。

余积二十年读书治学的经验，深知大半的学生对于读书一事，已经走入错路，失了读书的本意。读书本来是至乐的事，杜威说，读书是一种探险，如探新大陆，如征新土壤；法郎士也已说过，读书是"灵魂的壮游"，随时可发现名山巨川、古迹名胜、深林幽谷、奇花异卉。到了现在，读书已变成仅求幸免扣分数、留班级的一种苦役而已。而且读书本来就是个人自由的事，与任何人不相干，现你们读书，已经不是你们的私事，而处处要受一些不相干的人的干涉，如注册部及你们的父母妻室之类。有人手里拿一本书，心里想我将保以赡养父母，俯给妻子，这实在是一桩罪过。试想你们看《红楼》《水浒》《三国志》《镜花缘》，是否你们一己的私事，何尝受人的干涉？何尝想到何以赡养父母，俯给

---

① 本文是林语堂于 1931 年 10 月 26 日在约翰大学演讲的讲稿。后得光华大学之邀，为时匆促，无以应之，即将此篇于 11 月 4 日在光华重讲一次。

妻子的问题？但是学问之事，是与《红楼》《水浒》相同，完全是个人享乐的一件事。你们若不用看《红楼》《水浒》的方法去看哲学、经济学大纲，你们就是不懂得读书之乐，不配读书，失了读书之本意，而终读不成书。你们能真用看《红楼》《水浒》的方法去看哲学、史学、科学的书，读书才能"成名"；若徒以注册部的方法读书，你们最多成了一个"秀士""博士"，成了吴稚晖先生所谓的"洋绅士""洋八股"。

我认为最理想的读书方法，最懂得读书之乐者，莫如中国第一女诗人李清照及其夫赵明诚，我们想象到他们夫妇典当衣服，买碑文水果，回来夫妻相对展玩咀嚼的情景，真使我们向往不已。你想他们两人一面剥水果，一面赏碑帖，或者一面品佳茗，一面校经籍，这是如何的清雅，如何得了读书的真味？易安居士于《金石录后序》自序他们夫妇的读书生活，有一段极逼真活跃的写照。她说："余性偶强记，每饭罢，坐归来堂烹茶，指堆积书史，言某事在某书某卷第几页第几行，以中否角胜负，为饮茶先后。中即举杯大笑，至茶倾覆怀中，反不得饮而起。甘心老是乡矣！故虽处忧患困穷而志不屈。收书既成，……于是几案罗列，枕席枕藉意会心谋，目往神授，乐在声色狗马之上。……"你们能用李清照读书的方法来读书，能感到李清照读书的快乐，你们大概也就可以读书成名，可以感觉读书一事，比巴黎跳舞场的"声色"、逸园的赛"狗"、江湾的赛"马"有趣。不然，还是看逸园赛狗、江湾赛马比读书开心。

什么才叫作真正读书呢？这个问题很简单。一句话说，兴味到时，拿起书本就读，这才叫真正的读书，这才不失读书之本意。这就是李清照的读书法。你们读书时，须放开胸怀，仰视浮云，无酒且过，有烟更佳。现在课堂上读书连烟都不许你抽，这还能算为读书的正轨吗？或在暮春之夕，与你们的爱人，携手同行，共到野外读《离骚经》；或在风雪之夜，靠炉围坐，佳茗一壶，淡巴菰一盒，哲学、经济、诗文、史籍十数本狼藉横陈于沙发之上，然后随意索之，取而读之，这才得了读书的兴味。现在你们手里拿一本书，心里计算及格不及格、升级不升级，注册部对你的态度如何，如何靠这本书骗一个较好的饭碗，娶一位较漂亮的老婆——这还能算为读书，这配称为"读书种子"吗？还不是沦为"读书谬种"吗？

有人说，如林先生这样的读书方法，简单固然简单，但是读书不懂如何，而且不知成效如何。须知世上绝无看不懂的书，有之便是作者文笔艰涩，字句不通，不然便是读者的程度不合，见识未到。各人如能就兴味与程度相近的书选读，未有不可无师自通，或者偶有疑难，未能遽然了解，涉猎既久，自可融会贯通。试问诸位少时看《红楼》《西厢》，何尝有人教，何尝翻字典？你们的侄儿少辈现在看《红楼》《西厢》，又何尝需要你们去教？许多人今日中文很好，都是由看小说《史记》得来的，而且都是背着师长，偷偷摸摸硬看下去。那些书中不懂的字，不懂的句，看惯了自然就明白。学问的书也是一样，常看下去，自然就会明白，遇有专门的名词，一次不懂，二次不懂，三次就懂了。只怕诸位不得读书之乐，没有耐心看下去。

所以我的假定是学生会看书，肯看书，现在教育制度是假定学生不会看书，不肯看书。说学生书看不懂，在小学时可以说，在中学时还可以说，但是在聪明学生，已经是一种诬蔑了。至于已进了大学还要说书看不懂，这真有点不好意思吧！大约一人的脸面要紧，年纪一大，即使不能自己喂饭，也得两手拿一只饭碗硬塞到口里去，似乎不便把你们的奶妈干娘，一齐都带到学校来给你们喂饭，又不便把大学教授看作你们的奶妈干娘。

至于"成效"，我的方法可以保管比现在大学的方法强。现在大学教育的成效如何，大家是很明了的。一人从六岁一直读到二十六岁大学毕业，通共读过几本书？老实说，有限得很。普通大约总不会超过四五十本以上。这还不是跟以前的秀才举人相等？从前有一位中了举人，还没听见过《公羊传》的书名，传为笑话。现在大学毕业生就有许多近代名著未曾听过名字，即中国几种重要丛书也未曾见过。这是学堂的不是，假定你们不会看书，不要看书，因此也不让你们有自由看书的机会。一天到晚，总是摇铃上课，摇铃吃饭，摇铃运动，摇铃睡觉。你想一人的精神是有限的，从八点上课一直到下午四五点，还要运动、拍球，哪里还有闲工夫自由看书呢？而且凡是摇铃，都是讨厌，即使摇铃游戏，我们也有不愿意之时，何况是摇铃上课？因为学堂假定你们不会读书，不肯读书，所以把你们关在课堂，请你们静坐，用"注射""灌输"的形式，由教员将知识注射入你们的脑壳里。无如常人头颅都是不透水的，所以知识注射普遍不大成功。但是比如依我方法，假定你们是会看书，要看书，由被动式改为自动式的，给你们充分自由看书的机会，这个成效如何呢？间尝计算了一下，假定上海光华、厦门或任何大学有一千名学生，每人每学期交学费一百元，这一千名学费已经合共有十万元。将此十万元拿去买书，由学校预备一间空屋置备书架，扣了五千元做办公费（再多便是罪过），把这九万五千元的书籍放在那间空屋，由你们随便胡闹去翻看，年底拈阄分配，个人拿回去九十五元的书，只要所用的工夫与你们上课的时间相等，一年之中，你们学问的进步，必非一年上课的成绩所可比。现在这十万元用到哪里去了？大概一成买书，而九成去养教授，及教授的妻子、教授的奶妈，奶妈又拿去买奶妈的马桶，这还可以说是把你们的"读书"看作一件正经事吗？

假定你们进了这十万元的书籍的图书馆，以我的方法，随兴之所至去看书，成效如何呢？有人要疑心，没有教员的指导，必定是不得要领，乱杂无章，涉猎不精，不求甚解。这自然是一种极端的假定，但是成绩还是比现在大学教育好。关于指导，自可编成指导书及种种书目。如此读了两年可以抵过在大学上课四年。第一样，我们知道读书的方法，一方面要几种精读，一方面也要尽量涉猎翻阅。两年之中能大概把二十万元的书籍，随意翻阅。知其书名、作者、内容大概，也就不愧为一读书人了。第二样，我们要明白，学问的事，绝不是如此呆板。读书必求深入，而欲求深入，非由兴趣相近者入手不可。学问是每每互相关联的，一人找到一种有趣味的书，必定由一问题而引起其他问题，由看一本书而不能不去找关系的十几种书，如此循序渐进，自然可以升堂入室，研磨既久，门径自熟；或是发现问题，发明新义，便可触类旁通，广求博引，以证己说，如此一步一步深入，自可成名。这是自动的读书方法。较之现在上课听讲被动的方法，如东风过耳，这里听一点，那里听一点，结果不得其门而入，一无所获，强似多多了。第三，我们要明白，大学教育的宗旨，对于毕业生的期望，不过要他们博览群籍而已（be a well-read man），并不是如课程中所规定，一定非逻辑八十分、心理七十五分不可，也不是说心理看了一百八十三页讲义，逻辑看了二百零三页讲义，便算完事。这种的读书，便是犯了孔子所谓"今汝画"的毛病。所谓博览群籍，无从定义，最多不过说某人"书看得不少"，某人"差一点"而已，哪里去定什么限制？说某人"学问不错"，也不过这么一句话而已，哪里可以说某书一定要非读不可，某科目是"必修科目"？一人在两年中泛览了这二十万元的书籍，大概他对于学问的内容途径，什么名著、杰作、版本、笺注，总多少有一点把握了。

现在的大学教育方法如何呢？你们读书是极端不自由的，极端不负责，你们的学问不但有注册部定标准，简直可以称斤两。这斤两制，就是学校所谓"七十八分""八十六分"之类，及所谓多少"单位"。试问学问之事，何得称量斤两？所谓英国史七十八分、逻辑八十六分，如何解释？一人的逻辑，什么叫作八十六分？且若谓世界上关于英国史的知识你们百分已知道了七十八分，世上岂有那样容易的事？但依现行的制度，每周三小时的科目算三单位，每周两小时的科目算两单位，像由一方块一方块的单位，慢慢堆叠而来，叠成多少立方尺的学问，于是某人"毕业"，某人是"秀士"了。你想这笑话不笑话？须知我们何以有定一标准，平衡一下，就不得不让注册部来把你们"称一称"。你们如果不要文凭，便无称之必要。但是你们为什么要文凭呢？说来话长。有人因为要行孝道，拿了父母的钱，心里难过，于是下决心，要规规矩矩、安心定志读几年书，才不辜负父母一番好意及期望。这个是不对的，与遵父母之命、媒妁之言恋爱女子一样地违背道德。这是你们私人读书享乐的事，横被家庭义务的干涉，是想把真理学问献给你们的父亲、母亲做敬礼。只因真理学问，似太缥缈，所以还是拿一张文凭具体一点为是。有人因为想要得文凭学位，每月可以多得几十块钱，使你们的亲卿爱卿宁馨儿舒服一点。社会对你们的父母说：你们儿子中学毕业读了三十本书，我可给他每月四五十元，如果再下两千元本钱再读了三十本书，大学毕业，我可给他每月八九十元。你们的父母算盘一打，说"好"，于是议成，而送你们进大学，于是你们被称，拿文凭，果然每月八九十元到手，成交易。这还不是你们被出卖了吗？与读书之本旨何关，与我所说读书之乐又何关？但那时你们不能怪学校给你们称斤两，因为你们要向它拿文凭，学堂为保持招牌信用起见，不能不如此。且必如此，然后公平交易，童叟无欺。处于今日大规模制造法（Mass Production）之时期，不能不划定商货之品类（Standardization of Products）。学问既然成为公然交易的商品，秀士、硕士、博士，既为大规模制造品之一，自然也不能不"规定"一下。其实这种以学问为交易之事，自古已然。如子张学干禄，子曰："三年学，不至于谷，未易得也。"关于往时"生员"在社会所作的孽，可参观《亭林文集·生员论》上中下三篇。

到了这个地步，读书与入学，完全是两件事了，去原意远矣。我所希望者，是诸位早日觉悟，在明知被卖之下，仍旧不忘其初，不背读书之本意，不失读书之快乐，不昧于真正读书的艺术。并希望诸位趁火打劫，虽然被卖，钱也要拿，书也要读，如此就两得其便了。

中国文化之精神[①]

1932 年春

　　此篇原为对英人演讲，类多恭维东方文明之语。兹译成中文发表，保身之道即莫善于此，博国人之欢心，又当以此为上策，然一执笔，又有无限感想油然而生。（一）东方文明，余素抨击最烈，至今仍主张非根本改革国民懦弱委顿之根性，优柔寡断之风度，敷衍逶迤之哲学，而易以西方励进奋图之精神不可。然一到国外，不期然引起心理作用，昔之抨击者一变而为宣传者，宛然以我国之荣辱为个人之荣辱，处处愿为此东亚病夫做辩护，几沦为通常外交随员，事后思之，不觉一笑。（二）东方文明、东方艺术、东方哲学，本有极优异之点，故欧洲学者，竟有对中国文化引起浪漫的崇拜，而于中国美术尤甚。普通学者，于玩摩中国书画古玩之余，对于画中人物爱好之诚，或与欧西学者之思恋古代希腊文明同等。余在伦敦参观 Eumorphopulus 私人收藏中国瓷器，见一座定窑观音，亦神为之夺。中国之观音与西洋之玛妲娜（圣母），同为一种宗教艺术之中心对象，同为一民族艺术想象力之结晶，然平心而论，观音姿势之妍丽，褶纹之飘逸，态度之安详，神情之娴雅，色泽之可爱，私人认为在西洋最名贵的玛妲娜之上。吾知吾若生为欧人，对中国画中人物，亦必发生思恋。然一返国，则又起异样感触，始知东方美人，固一麻子也，远视固体态苗条，近睹则百孔千疮，此又一回国感想也。（三）中国今日政治、经济、工业、学术，无一不落人后，而举

[①]　本文是林语堂在牛津大学和平会发表的演讲。

国正如醉如痴，连年战乱，不恤民艰，强邻外侮之际，且不能释然私怨，岂非亡国之征？正因一般民众与官僚，缺乏彻底改过革命之决心，党国要人，或者正开口浮屠，闭口孔孟，思想不清之国粹家，又从而附和之，正如富家之纨绔子弟，不思所以发挥光大祖宗企业，徒日数家珍以夸人。吾于此时，复作颂扬东方文明之语，岂非对读者下麻醉剂，为亡国者助声势乎？中国国民，固有优处，弱点亦多。若和平忍耐诸美德，本为东方精神所寄托，然今日环境不同，试问和平忍耐，足以救国乎，抑适足以为亡国之祸根乎？国人若不深省，中夜思过，换和平为抵抗，易忍耐为奋斗，而坐听国粹家之催眠，终必昏聩不省，寿终正寝。愿读者就中国文化之弱点着想，毋徒以东方文明之继述者自负，中国始可有为。

我未开讲之先，要先声明演讲之目的，并非自命为东方文明之教士，希望使牛津学者变为中国文化之信徒。唯有西方教士才有这种胆量，这种雄心。胆量与雄心，固非中国人之特长。必欲执一己之道，使异族同化，于情理上，殊欠通达，依中国观点而论，情理欠通达，即系未受教育。所以鄙人此讲依旧是中国人冷淡的风光本色，绝对没有教士的热诚，既没有野心救诸位的灵魂，也没有战舰大炮将诸位击到天堂去。诸位听完此篇所讲中国文化之精神后，就能明了此冷淡与缺乏热诚之原因。

我认为我们还有更高尚的目的，就是以研究态度，明了中国人心理及传统文化之精要。卡来尔有名言说："凡伟大之艺术品，初见时必令人不十分舒适。"依卡氏的标准而论，则中国之"伟大"固无疑义。我们所讲某人伟大，即等于说我们对于某人根本不能明了，宛如黑人听教士讲道，越不懂，越赞叹教士之鸿博。中国文化，盲从赞颂者有之，一味诋毁者有之，事实上却大家看它如一闷葫芦，莫名其妙。因为中国文化数千年之发展，几与西方完全隔绝，无论小大精粗，多与西方背道而驰。所以西人之视中国如哑谜，并不足奇，但是私见以为必欲不懂始称为伟大，则与其使中国被称为伟大，莫如使中国得外方之谅察。

我认为，如果我们了解中国文化之精神，中国并不难懂。一方面，我们不能发觉支那崇拜者梦中所见的美满境地，一方面也不至于发觉，如上海洋商所相信中国民族只是土匪流氓，对于他们运输入口的西方文化与沙丁鱼之功德，不知感激涕零。此两种论调，都是起因于没有清楚的认识。实际上，我们要发觉中国民族为最近人情之民族，中国哲学为最近人情之哲学，中国人民，固有他的伟大，也有他的弱点，丝毫没有邈远玄虚难懂之处。中国民族之特征，在于执中，不在于偏倚，在于近人之常情，不在于玄虚的理想。中国民族，颇似女性，脚踏实地，善谋自存，好讲情理，而恶极端理论，凡事只凭天机本能，糊涂了事。凡此种种，颇与英国民性相同。西塞罗曾说，理论一贯者乃小人之美德。中英民族都是伟大的，理论一贯与否，与之无涉。所以理论一贯之民族早已灭亡，中国却能糊涂过了四千年的历史。英国民族果能保存其著名"糊涂渡过难关"（somehow muddle through）之本领，将来亦有四千年光耀历史无疑。中英民族性之根本相同，容后再讲。此刻所要指明者，只是说中国文化，本是以人情为前提的文化，并没有难懂之处。

倘使我们一检查中国民族，可发现以下优劣之点。在劣的方面，我们可以举出：政治之贪污，社会纪律之缺乏，科学工业之落后，思想与生活方面留存极幼稚野蛮的痕迹，缺乏团体组织、团体治事的本领，好敷衍、不彻底之根性等。在优的方面，我们可以举出历史的悠久绵长，文化的一统，美术的发达（尤其是诗词、书画、建筑、瓷器等），种族上生机之强壮、耐劳、幽默、聪明，对文士之尊敬，热烈地爱好山水及一切自然景物，家庭上之亲谊，及对人生目的比较确切的认识。在中立的方面，我们可以举出守旧性、容忍性、和平主义及实际主义。此四者本来都是健康的特征，但是守旧易致落后，容忍则易于妥协，和平主义或者是起源于体魄上的懒于奋斗，实际主义则凡事缺乏理想，缺乏热诚。统观上述，可见中国民族特征的性格大多属于阴的、静的、消极的，适宜一种和平坚忍的文化，而不适宜于进取外展的文化。此种民性，可以"老成温厚"四字包括起来。

在这些丛杂的民族性及文化特征之下，我们将何以发现此文化之精神，可以贯穿一切，助我们了解此民族性之来源及文化精英所寄托？我想最简便的解释在于中国的人文主义，因为中国文化的精神，就是此人文主义的精神。

"人文主义"（Humanism）含义不少，讲解不一。但是中国的人文主义（鄙人先立此新名词）却有很明确的含义。第一要素，就是对于人生目的与真义有公正的认识。第二，吾人的行为要纯然以此目的为指归。第三，达此目的之方法，在于明理，即所谓事理通达，心气和平（spirit of human reasonableness），即儒家中庸之道，又可称为"庸见的崇拜"（religion of common sense）。

中国的人文主义者，自信对于人生真义问题已得解决。自中国人的眼光看来，人生的真义，不在于死后来世，因此基督教所谓此生所以待毙，中国人不能了解；也不在于涅槃，因为这太玄虚；也不在建树勋业，因为这太浮泛；也不在于"为进步而进步"，因为这是毫无意义的。所以人生真义这个问题，久为西洋哲学宗教家的悬案，中国人以只求实际的头脑，却解决得十分明畅。其答案就是在于享受淳朴生活，尤其是家庭生活的快乐（如父母俱存、兄弟无故等），及在于五伦的和睦。"暮从碧山下，山月随人归"，或是"云淡风轻近午天，傍花随柳过前村"，这样淡朴的快乐，自中国人看来，不仅是代表含有诗意之片刻心境，乃为人生追求幸福之目标。得达此境，一切泰然。这种人生理想并非如何高尚（参照罗斯福所谓"殚精竭虑的一生"），也不能满足哲学家玄虚的追求，但是却来得十分实在。愚见这是一种异常简单的理想，因其异常简单，所以非中国人的实事求是的头脑想不出来，而且有时使我们惊诧，这样简单的答案，西洋人何以想不出来。鄙见中国与欧洲不同，即欧人多发明可享乐之事物，却较少有消受享乐的能力，而中国人在单纯的环境中，较有消受享乐之能力与决心。

此为中国文化之一大秘诀。因为中国人能明知足常乐的道理，又有今朝有酒今朝醉，处处想偷闲行乐的决心，所以中国人生活求安而不求进，既得目前可行之乐，即不复追求似有似无、疑实疑虚之功名事业。所以中国的文化主静，与西人勇往直前、跃跃欲试之精神大相径庭。主静者，其流弊在于颓丧潦倒。然兢兢业业、熙熙攘攘者，其病在于常患失眠。人生究竟几多日，何事果值得失眠乎？诗人所谓"共谁争岁月，赢得鬓边髯"。伍廷芳使美时，有美人对伍氏叙述某条铁道建成时，由费城到纽约可省下一分钟，言下甚为得意。伍氏淡然问他："但是此一分钟省下来时，作何用处？"美人瞠目不能答复。伍氏答语最能表示中国人文主义之论点。因为人文主义处处要问明你的目的何在，何所为而然？这样的发问，常会发人深省的。譬如英人每讲户外运动以求身体舒适（keeping fit），英国有名的滑稽周报《Punch》却要发问"舒适作什么用？"（fit for what? 原双关语意为"配作什么用？"）依我所知这个问题此刻还没回答，且要得到圆满的回答，也要有待时日。厌世家曾经问过，假使我们都知道所干的事是为什么，世上还有人肯去干事吗？譬如我们好讲妇女解放自由，而从未一问，自由去作甚？中国的老先生坐在炉旁大椅上要不敬地回答，自由去婚嫁。这种人文主义冷静的态度，每易煞人风景，减少女权运动者之热诚。同样的，我们每每提倡普及教育、平民识字，而未曾疑问，所谓教育普及者，是否要替《逐日邮报》及《Beaverbrook》的报纸多制造几个读者？自然这种冷静的态度，易趋于守旧，但是中西文化精神不同之情形，确是如此。

其次，所谓人文主义者，原可与宗教相对而言。人文主义既认定人生目的在于今世的安福，则对于一切不相干问题一概毅然置之不理。宗教之信条也，玄学的推敲也，都摈弃不谈，因为视为不足谈。故中国哲学始终限于行为的伦理问题，鬼神之事，若有若无，简直不值得研究，形而上学的哑谜，更是不屑过问。孔子早有"未知生，焉知死"之名言，诚以生之未能，遑论及死。我此次居留纽约，曾有牛津毕业之一位教师质问我，谓最近天文学说推测，经过几百万年之后太阳渐减，地球上生物必歼灭无遗，如此岂非使我们益发感到灵魂不朽之重要。我告诉他，老实说我个人一点也不着急。如果地球能再存在五十万年，我个人已经十分满足。人类生活若能再生存五十万年，已经尽够我们享用，其余都是形而上学无谓的烦恼。况且一人的灵魂也可以生存五十万年，尚且不肯甘休，未免夜郎自大。所以牛津毕业生之焦虑，实足代表日耳曼族的心性，犹如个人之置五十万年外事物于不顾，亦足代表中国人的心性。所以我们可以断言，中国人不会做好的基督徒，要做基督徒便应入教友派（Quakers），因为教友派的道理，纯以身体力行为出发点，一切教条虚文，尽行废除，如废洗礼、废教士制等。佛教之渐行中国，结果最大的影响，还是宋儒修身的理学。

人文主义的发端，在于明理。所谓明理，非仅指理论之理，乃情理之理，以情与理相调和。情理二字与理论不同，情理是容忍的、执中的、凭常识的、论实际的，与英文 commonsense 含义与作用极近。理论是求彻底的、趋极端的、凭专家学识的、尚理想的。讲情理者，其归结就是中庸之道。此"庸"字虽解为"不易"，实则与 common sense 之 common 原义相同。中庸之道，实则庸人之道，学者专家所失，庸人每得之。执理论者必趋一端，而离实际，庸人则不然，凭直觉以断事之是非。事理本是连续的、整个的，一经逻辑家之分析，乃成片断的，分甲乙丙丁等方面，而事理之是非已失其固有之面目。唯庸人综观一切而下以评判，虽不中，已去实际不远。

中庸之道既以明理为发端，所以绝对没有玄学色彩，不像西洋基督教把整个道学以一般神话为基础。（按《创世记》第一章记始祖亚当吃苹果犯罪，以致人类于万劫不复，故有耶稣钉十字架赎罪之必要。假使亚当当日不吃苹果，人类即不堕落，人类无罪，赎之谓何，耶稣降世，可一切推翻，是全部耶稣教义基础，系于一个苹果之有无。保罗神学之理论基础如此，不亦危乎？）人文主义的理想在于养成通达事理之士人。凡事以近情近理为目的，故贵中和而恶偏倚，恶执一，恶狡猾，恶极端理论。罗素曾言："中国人于美术上力求细腻，于生活上力求近情。"（"In art they aim at being exquisite, and in life at being reasonable." 见《论东西文明之比较》一文）在英文，所谓 to be reasonable 即等于"毋苟求""毋迫人太甚"。对人说"你也得近情些"，即说"勿为已甚"。所以近情，即承认人之常情，每多弱点，推己及人，则凡事宽恕、容忍，而易趋于妥洽。妥洽就是中庸。尧训舜"允执其中"，孟子曰"汤执中"，《礼记》曰"执其两端，用其中于民"，用白话解释就是这边听听，那边听听，结果打个对折，如此则一切一贯的理论都谈不到。譬如父亲要送儿子入大学，不知牛津好，还是剑桥好，结果送他到伯明罕。所以儿子由伦敦出发，车开出来，不肯东转剑桥，也不肯西转牛津，便只好一直向北坐到伯明罕。那条伯明罕的路，便是中庸之大道。虽然讲学不如牛津与剑桥，却可免伤牛津、剑桥双方的好感。明这条中庸主义的作用，就可以明中国历年来政治及一切改革的历史。季文子"三思而后行"，孔子评以"再，斯可矣"，也正是这个中和的意思，再三思维，便要想入非非。可见中国人，连用脑都不肯过度。故如西洋作家，每喜立一说，而以此一说解释一切事实。例如亨利第八之娶西班牙加特琳公主，Froude（佛洛德）说全出于政治作用，Bishop Creighton（克莱顿主教）偏说全出于色欲的动机。实则依庸人评判，打个对折，两种动机都有，大概较符实际。又如犯人行凶，西方学者，倡遗传论者，则谓都是先天不足；倡环境论者，又谓一切都是后天不足。在我们庸人的眼光，打个对折，岂非简简单单先天后天责任各负一半？中国学者则少有此种极端的论调。如 Picasso（毕加索）拿 Cézanne（塞尚）一句本来有理的话，说一切物体都是三角形、圆锥形、立方体所拼成，而把这句话推至极端，创造立方画一派，在中国人是万不会有的。因为这样推类至尽，便是欠中庸，便是欠庸见（common sense）。

因为中国人主张中庸，所以恶趋极端，因为恶趋极端，所以不信一切机械式的法律制度。凡是制度，都是机械的、不徇私的、不讲情的，一徇私讲情，则不成其为制度。但是这种铁面无私的制度与中国人的脾气，最不相合。所以历史上，法治在中国是失败的。法治学说，中国古已有之，但是总得不到民众的欢迎。商鞅变法，蓄怨寡恩，而卒车裂身殉。秦始皇用李斯学说，造出一种严明的法治，得行于羌夷势力的秦国，军事政制，纪纲整饬，秦以富强，但是到了秦强而有天下，要把这法治制度行于中国百姓，便于二三十年中全盘失败。万里长城，非始皇的法令筑不起来，但是长城虽筑起来，却已种下他亡国的祸苗了。这些都是中国人恶法治、法治在中国失败的明证，因为绳法不能徇情，徇情则无以立法。所以儒家倡尚贤之道，而易以人治，人治则情理并用，恩法兼施，有经有权，凡事可以"通融""接洽""讨情""敷衍"，虽然远不及西洋的法治制度，但是因为这种人治，适宜于好放任自由个人主义的中国民族，而合于中国人文主义的理论，所以两千年来一直沿用下来，至于今日，这种通融、接洽、讨情、敷衍，还是实行法治的最大障碍。

但是这种人文主义虽然使中国不能演出西方式的法治制度，在另一方面却产出一种比较和平容忍的文化，在这种文化之下，个性发展比较自由，而西方文化的硬性发展与武力侵略，比较受中和的道理所抑制。这种文化是和平的，因为理性的发达与好勇斗狠是不相容的。好讲理的人，即不好诉诸武力，凡事趋于妥洽，其弊在怯。中国互相纷争时，每以"不讲理"责对方，盖默认凡受教育之人都应讲理。虽然有时请讲理者是因为拳头小之故。英国公学，学生就有决斗的习惯，胜者得意，负者以后只好谦让一点，俨然承认强权即公理，此中国人所最难了解者。即决斗之后，中外亦有不同，西人总是来得干脆，行其素来彻底主义；中国人却不然，因为理性过于发达，打败的军人，不但不枭首示众，反由胜者由国库中支出十万元买头等舱位将败者放洋游历，并给以相当名目，不是调查卫生，便是考察教育，此为欧西各国所必无的事。所以如此者，正因理性发达之军人深知天道好还，世事沧桑，胜者欲留为后日合作的地步。败者亦自忍辱负重，预做游历归来亲善携手的打算，若此的事理通达，若此的心气和平，固世界绝无仅有也。所以少知书识字的中国人，认为凡锋芒太露，或对敌方"不留余地"者为欠涵养，谓之不祥。所以《凡尔赛条约》，依中国士人的眼光看来便是欠涵养。法人今日之所以坐卧不安时做噩梦者，正因定《凡尔赛条约》时没有中国人的明理之故。

但是我必须指出，中国人的讲理性，与希腊人之"温和明达"（sweetness and light）及西方任何民性不同。中国人之理性，并没有那么神化，只是庸见之崇拜（religion of common sense）而已。自然曾参之中庸与亚里斯多德之中庸，立旨大同小异。但是希腊的思想风格与西欧的思想风格极相类似，而中国的思想却与希腊的思想大不相同。希腊人的思想是逻辑的、分析的，中国人的思想是直觉的、组合的。庸见之崇拜，与逻辑理论极不相容，其直觉思想，颇与玄性近似。直觉向来称为女人的专利，是否因为女性短于理论，不得而知。女性直觉是否可靠，也是疑问，不然何以还有多数老年的从前贵妇还在蒙地卡罗赌场上摸摸袋里一二法郎，碰碰造化？但是中国人思想与女性，尚有其他相同之点。女人善谋自存，中国人亦然。女人实际主义，中国人亦然。女人有论人不论事的逻辑，中国人亦然。比方有一位虫鱼学教授，由女人介绍起来，不是虫鱼学教授，却是从前我在纽约时死在印度的哈利逊上校的外甥。同样的中国的推事头脑中的法律，并不是一种抽象的法制，而是行之于某黄上校或某部郭军长的未决的疑问。所以遇见法律不幸与黄上校冲突时总是法律吃亏。女人见法律与她的夫婿冲突时，也是多半叫法律吃亏。

在欧洲各国中，我认为英国与中国民性最近，如相信庸见、讲求实际等。但是英国人比中国人相信系统制度，兼且在制度上有特殊的成绩，如英国的银行制度、保险制度、邮务制度，甚至香槟跑马的制度。若爱尔兰的大香槟，不用叫中国人去检勘票号（count the counterfoils），就是奖金都送给他，也检不出来。至于政治社会上，英国人向来的确是以超逸逻辑，凭恃庸见，只求实际著名。相传英人能在空中踏一条虹，安然度过。譬如剜肉医疮式补缀集成的英人杰作——英国的宪法——谁也不敢不佩服，谁都承认它只是捉襟见肘、观前不顾后的补缀工作，但是实际上，它能保障英人的生命自由，并且使英人享受比法国、美国较实在的民治。我们既在此地，我也可以顺便提醒诸位，牛津大学是一种不近情理的凑集组合历史演变下来的东西，但是同时我们不能不承认它是世界最完善、最理想的学府之一。但是在此地，我们已经看出中英民性的不同，因为必有相当的制度组织，这种的伟大创设才能在几百年中继续演化出来。中国却缺乏这种对制度组织的相信。我深信中国人若能从英人学点制度的信仰与组织的能力，而英人若从华人学点及时行乐的决心与赏玩山水的雅趣，两方都可获益不浅。

论 读 书[①]

1932 年 12 月

本篇演讲只是谈谈本人对于读书的意见，并不是要训勉青年，亦非敢指导青年。所以不敢训勉青年有两种理由：第一，因为近来常听见贪官污吏到学校致训词，叫学生须有志操，有气节，有廉耻；也有卖国官僚到大学演讲，劝学生要坚忍卓绝，做富贵不能淫、威武不能屈的大丈夫。孟子曰，人之患在好为人师，料想战国的土豪劣绅亦必好训勉当时的青年，所以激起孟子这样不平的话。第二，读书没有什么可以训勉。世上会读书的人，都是书拿起来自己会读。不会读书的人，亦不会因为指导而变为会读。譬如数学，出五个问题叫学生去做，会做的人是自己脑里做出来的，并非教员教他做出，不会做的人经教员指导，这一题虽然做出，下一题仍旧非指导不可，数学并不会因此高明起来。我所要讲的话于你们本会读书的人，没有什么补助，于你们不会读书的人，也不会使你们变为善读书。所以今日谈谈，亦只是谈谈而已。

读书本是一种心灵的活动，向来算为清高。"万般皆下品，唯有读书高。"所以读书向称为雅事乐事。但是现在雅事乐事已经不雅不乐了。今天读书，或为取资格，得学位，在男为娶美女，在女为嫁贤婿；或为做老爷，踢屁股；或为求爵禄，刮地皮；或为做走狗，拟宣言；或为写讣闻，做贺联；或为当文牍，抄账簿；或为做相士，占八卦；或为做塾

① 本文是林语堂于 1932 年 12 月 8 日在复旦大学的演讲，同月 13 日又在大夏大学讲。

师，骗小孩……诸如此类，都是借读书之名，取利禄之实，皆非读书本旨。亦有人拿父母的钱，上大学，跑百米，拿一块大银盾回家，在我是看不起的，因为这似乎亦非读书的本旨。

今日所谈，亦非指学堂中的读书，亦非指读教授所指定的功课，在学校读书有四不可。一、所读非书。学校专读教科书，而教科书并不是真正的书。今日大学毕业的人所读的书极其有限。然而读一部小说概论，到底不如读《三国》《水浒》；读一部历史教科书，不如读《史记》。二、无书可读。因为图书馆极有限。三、不许读书。因为在课室看书，有犯校规，例所不许。倘是一人自晨至晚上课，则等于自晨至晚被监禁起来，不许读书。四、书读不好。因为处处受训导处干涉，毛孔骨节，皆不爽快。且学校所教非慎思明辨之学，乃记问之学。记问之学不足为人师，《礼记》早已说过。书上怎样说，你便怎样答，一字不错，叫作记问之学。倘是你能猜中教员心中要你如何答法，照样答出，便得一百分，于是沾沾自喜，自以为西洋历史你知道一百分，其实西洋历史你何尝知道百分之一。学堂所以非注重记问之学不可，是因为便于考试。如拿破仑生卒年月、形容词共有几种，这些不必用头脑，只需强记，然学校考试极其便当，差一年可扣一分；然而事实上与学问无补，你们的教员，也都记不得。要用时自可在百科全书上去查。又如罗马帝国之亡，有三大原因，书上这样讲，你们照样记，然而事实上问题极复杂。有人说罗马帝国之亡，是亡于蚊子（传布寒热疟），这是书上所无的。

今日所谈的是自由地看书读书：无论是在校，离校，做教员，做学生，做商人，做政客，闲时的读书。这种的读书，所以开茅塞，除鄙见，得新知，增学问，广识见，养性灵。人之初生，都是好学好问，及其长成，受种种的俗见俗闻所蔽，毛孔骨节，如有一层包膜，失了聪明，逐渐顽腐。读书便是将此层蔽塞聪明的包膜剥下。能将此层剥下，才是读书人。并且要时时读书，不然便会鄙吝复萌，顽见俗见生满身上，一人的落伍、迂腐、冬烘，就是不肯时时读书所致。所以读书的意义，是使人较虚心，较通达，不固陋，不偏执。一人在世上，对于学问是这样的：幼时认为什么都不懂，大学时自认为什么都懂，毕业后才知道什么都不懂，中年又以为什么都懂，到晚年才觉悟一切都不懂。大学生自以为心理学他也念过，历史地理他亦念过，经济科学也都念过，世界文学艺术声光化电，他也念过，所以什么都懂；毕业以后，人家问他国际联盟在哪里，他说"我书上未念过"，人家又问法西斯蒂在意大利成绩如何，他也说"我书上未念过"，所以觉得什么都不懂。到了中年，许多人娶妻生子，造洋楼，有身份，做名流，戴眼镜，留胡子，拿洋棍，沾沾自喜，那时他的世界已经固定了：女子放胸是不道德，剪发亦不道德，社会主义就是共产党，读《马氏文通》是反动，节制生育是亡种逆天，提倡白话是亡国之先兆，《孝经》是孔子写的，大禹必有其人——意见非常之多而且确定不移，所以又是什么都懂。其实是此种人久不读书，鄙吝复萌所致。此种人不可与深谈。但亦有常读书的人，老当益壮，其思想每每比青年急进，就是能时时读书，所以心灵不曾化石，变为古董。

读书的主旨在于排脱俗气。黄山谷谓人不读书便语言无味，面目可憎。须知世上语言无味、面目可憎的人很多，不但商界、政界如此，学府中亦颇多此种人。然语言无味，面目可憎，在官僚商贾则无妨，读书人是不合理的。所谓面目可憎，不可作面孔不漂亮解，因为并非不能奉承人家，排出笑脸，所以"可憎"，胁肩谄笑，面孔漂亮，便是"可爱"。若欲求美男子、小白脸，尽可于跑狗场、跳舞场，及政府衙门中求之。有漂亮脸孔，说漂亮话的政客，未必便面目不可憎。读书与面孔漂亮没有关系，因为书籍并不是雪花膏，读了便会增加你的容辉。所以面目可憎不可憎，在你如何看法。有人看美人专看脸蛋，凡有鹅脸柳眉皓齿朱唇都叫作美人。但是识趣的人若李笠翁看美人专看风韵，笠翁所谓三分容貌有姿态等于六七分，六七分容貌乏姿态等于三四分。有人面目平常，然而谈起话来，使你觉得可爱；也有满脸脂粉的摩登伽、洋囡囡，做花瓶、做客厅装饰甚好，但一与交谈，风韵全无，便觉得索然无味。黄山谷所谓面目可憎不可憎，亦只是指读书人之议论风采说法。若《浮生六记》的芸，虽非西施面目，并且前齿微露，我却觉得是中国第一美人。男子也是如是看法。章太炎脸孔虽不漂亮，王国维虽有一条辫子，但是他们是有风韵的，不是语言无味、面目可憎的，简直可认为可爱。亦有漂亮政客，做武人的兔子姨太太，说话虽漂亮，听了却令人作呕三日。

至于语言无味（着重"味"字），那全看你所读是什么书及读书的方法。读书读出味来，语言自然有味，语言有味，做出文章亦必有味。有人读书读了半世，亦读不出什么味儿来，都是因为读不合的书，及不得其读法。读书须先知味。这味字，是读书的关键。所谓味，是不可捉摸的，一人有一人胃口，各不相同，所好的味亦异，所以必先知其所好，始能读出味来。有人自幼嚼书本，老大不能通一经，便是食古不化勉强读书所致。袁中郎所谓读所好之书，所不好之书可让他人读之，这是知味的读法。若必强读，消化不来，必生痞积胃滞诸病。

口之于味，不可强同，不能因我的所嗜好以强人。先生不能以其所好强学生去读，父亲亦不得以其所好强儿子去读。所以书不可强读，强读必无效，反而有害，这是读书之第一义。有愚人请人开一张必读书目，硬着头皮咬着牙根去读，殊不知读书须求气质相合。人之气质各有不同，英人俗语所谓"在一人吃来是补品，在他人吃来是毒质"。因为听说某书是名著，因为要做通人，硬着头皮去读，结果必毫无所得。过后思之，如做一场噩梦。甚且终身视读书为畏途，提起书名来便头痛。萧伯纳说许多英国人终身不看莎士比亚，就是因为幼年塾师强迫背诵种下的果。许多人离校以后，终身不再看诗，不看历史，亦是旨趣未到学校迫其必修所致。

所以读书不可勉强，因为学问思想是慢慢胚胎滋长出来。其滋长自有滋长的道理，如草木之荣枯、河流之转向，各有其自然之势，逆势必无成就。树木的南枝遮荫，自会向北枝发展，否则枯槁以待毙。河流过了矶石悬崖，也会转向，不是硬冲，只要顺势流下，总有流入东海之一日。世上无人人必读之书，只有在某时某地某种心境不得不读之书。有你所应读，我所万不可读，有此时可读，彼时不可读，即使有必读之书，亦绝非此时此刻所必读。见解未到，必不可读，思想发育程度未到，亦不可读。孔子说五十可以学《易》，便是说四十五岁时尚不可读《易经》。刘知几少读古文《尚书》，挨打亦读不来，后听同学读《左传》，甚好之，求授《左传》，乃易成诵。《庄子》本是必读之书，然假使读《庄子》觉得索然无味，只好放弃，过了几年再读。对庄子感觉兴味，然后读庄子，对马克思感觉兴味，然后读马克思。

且同一本书，同一读者，一时可读出一时之味道出来。其景况适如看一名人相片，或读名人文章，未见面时，是一种味道，见了面交谈之后，再看其相片，或读读文章，自有另外一层深切的理会。或是与其人绝交以后，看其照片，读其文章，亦另有一番味道。四十学《易》是一种味道，五十而学《易》，又是一种味道。所以凡是好书都值得重读的。自己见解愈深，学问愈进，愈读得出味道来。譬如我此时重读 Lamb 的论文，比幼时所读全然不同，幼时虽觉其文章有趣，没有真正魂灵的接触，未深知其文之佳境所在。一人背痛，再去读范增的传，始觉趣味。或是叫许钦文在狱中读清初犯文字狱的文人传记，才别有一番滋味在心头。

由是可知读书有二方面，一是作者，一是读者。程子谓《论语》读者有此等人与彼等人，有读了全然无事者，亦有读了不知手之舞、足之蹈之者。所以读书必以气质相近，而凡人读书必找一位同调的先贤，一位气质与你相近的作家，作为老师。这是所谓读书必须得力一家。不可昏头昏脑，听人戏弄，庄子亦好，荀子亦好，苏东坡亦好，程伊川亦好。一人同时爱庄、荀，或同时爱苏、程是不可能的事。找到思想相近之作家，找到文学上之情人，心胸中感觉万分痛快，而魂灵上发生猛烈影响，如春雷一鸣，蚕卵孵出，得一新生命，入一新世界。George Eliot 自叙读卢骚自传，如触电一般。尼采师叔本华、萧伯纳师易卜生，虽皆非及门弟子，而思想相承，影响极大。当二子读叔本华、易卜生时，思想上起了大影响，是其思想萌芽、学问生根之始。因为气质性灵相近，所以乐此不疲，流连忘返；流连忘返，始可深入；深入后，然如受春风化雨之赐，欣欣向荣，学业大进。

谁是气质与你相近的先贤，只有你知道，也无须人家指导，更无人能勉强，你找到这样一位作家，自会一见如故。苏东坡初读《庄子》，如有胸中久积的话，被他说出。袁中郎夜读徐文长诗，叫唤起来，叫复读，读复叫，便是此理。这与"一见倾心"之性爱同一道理。你遇到这样作家，自会恨相见太晚。一人必有一人中意的作家，各人自己去找去。找到了文学上的爱人，"文学上的爱人"，他自会有魔力吸引你，而你也乐自为所吸，甚至声音相貌、一颦一笑，亦渐与相似。这样浸润其中，自然获益不少，将来年事渐长，厌此情人，再找别的情人，到了经过两三个情人，或是四五个情人，大概你自己也已受了熏陶不浅，思想已经成熟，自己也就成了一位作家。若找不到情人，东览西阅，所读的未必能沁入魂灵深处，便是逢场作戏。逢场作戏，不会有心得，学问不会有成就。

知道情人滋味便知道苦学二字是骗人的话。学者每为"苦学"或"困学"二字所误。读书成名的人，只有乐，没有苦。据说古人读书有追月法、刺股法及丫头监读法。其实都是很笨。读书无兴味，昏昏欲睡，始拿锥子在股上刺一下，这是愚不可当。一人书本摆在面前，有中外贤人向你说极精彩的话，尚且想睡觉，便应当去睡觉，刺股亦无益。叫丫头陪读，等打盹时唤醒你，已是下流，亦应去睡觉，不应读书。而且此法极不卫生，不睡觉，只有读坏身体，不会读出书的精彩来。若已读出书的精彩来，便不想睡觉，故无丫头唤醒之必要。刻苦耐劳、淬励奋勉是应该的，但不应视读书为苦。视读书为苦，第一着已走了错路。天下读书成名的人皆以读书为乐；汝以为苦，彼却沉湎以为至乐。比如一人打麻将，或如人挟妓冶游，流连忘返，寝食俱废，始读出书来。以我所知国文好的学生，都是偷看几百万言的《三国》《水浒》而来，绝不是一学年读五十六页文选，国文会读好的。试问在偷读《三国》《水浒》之人，读书有什么苦处？何尝算页数？好学的人，是书无所不窥，窥就是偷看。于书无所不偷看的人，大概学会成名。

有人读书必装腔作势，或嫌板凳太硬，或嫌光线太弱，这都是读书未入门路，未觉兴味所致。有人做不出文章，怪房间冷，怪蚊子多，怪稿纸发光，怪马路上电车声音太嘈杂，其实都是因为文思不来，写一句，停一句。一人不好读书，总有种种理由。"春天不是读书天，夏日炎炎最好眠，等到秋来冬又至，不知等待到来年。"其实读书是四季咸宜。古所谓"书淫"之人，无论何时何地可读书皆手不释卷，这样才成读书人样子。顾千里裸体读经，便是一例，即使暑气炎热，至非裸体不可，亦要读经。欧阳修在马上、厕上皆可做文章，因为文思一来，非做不可，非必正襟危坐明窗净几才可做文章。一人要读书，则澡堂、马路、洋车上、厕上、图书馆、理发室皆可读。而且必办到洋车上、理发室都必读书，才可以读成书。

读书须有胆识，有眼光，有毅力。胆识二字拆不开，要有识，必敢有一自己意见，即使一时与前人不同亦不妨。前人能说得我服，是前人是，前人不能服我，是前人非。人心之不同如其面，要脚踏实地，不可舍己耘人。诗或好李，或好杜，文或好苏，或好韩，各人要凭良知，读其所好，然后所谓好，说得好的道理出来。或竟苏韩皆不好，亦不必惭愧，亦须说出不好的理由来，或某名人文集，众人所称而你独恶之，则或系汝自己学力见识未到，或果然汝是而人非。学力未到，等过几年再读，若学力已到而汝是人非，则将来必发现与汝同情之人。刘知几少时读前后《汉书》，怪前书不应有《古今人表》，后书宜为更始立纪。当时闻者责以童子轻议前哲，乃"赧然自失，无辞以对"，后来偏偏发见张衡、范晔等，持见与之相同，此乃刘知几之读书胆识。因其读书皆得之襟腑，非人云亦云，所以能著成《史通》一书。如此读书，处处有我的真知灼见，得一分见解是一分学问，除一种俗见，算一分进步，才不会落入圈套，满口滥调，一知半解，似是而非。

中国人之德性[①]

1935 年

一、圆　熟

德性"Character"是一个纯粹英国典型的字，除了英国以外，在他们的教育和人格的理想上把"德性"看得像中国那样着重之国家恐怕是很少很少。中国人的整个心灵好像被它所控占着，致使他们的全部哲学，直无暇以计及其他。全然避免离世绝俗的思想，不卷入宗教的夸耀的宣传，这种封建德性的中心理想，经由文学、戏剧、谚语势力的传导，穿透到最下层的农夫，使他有一种可凭借以资遵奉的人生哲理。不过英语 Character 一字，尚表现有力量、勇气、癖性的意义，有时更指当愤怒失望之际所现的抑郁；而中国文中的"德性"一语，使吾人浮现出一个性情温和而圆熟的人物的印象，他处于任何环境，能保持一颗镇定的心，清楚地了解自己，亦清楚地了解别人。

宋代理学家深信"心"具有控制感情的优越势力，并自负地断言，人苟能发明自己的本心并洞悉人生，则常能克胜不利之环境。《大学》为孔教的入门书籍，中国学童初入学，常自读此书始，它把"大学之

---

①　本文选自林语堂的《吾国与吾民》。该书 1935 年出版后在美国引起轰动。1936 年，在美国纽约的举办第一届全美书展演讲会上，林语堂一身蓝缎长袍，纵谈东方人的人生观和写作经验，也即《吾国与国民》的腹稿。

道"定义为"在明明德"这样的意义，殆不可用英语来解释，只可以说是智识的培育发展而达于智慧的领悟。人生和人类天性的圆熟的领悟，常为中国德性的理想；而从这个领悟，又抽绎出其他美质，如和平、知足、镇静、忍耐这四种美质即所以显明中国人德性之特征。德性的力量实际即为心的力量。孔门学者作如是说：当一个人经过智育的训练而养成上述的德行，则他的"德性"已经发育了。

往往此等德行的修进，得力于孔教的宿命论。宿命论乃和平与知足之源泉，适反乎一般所能置信者。一位美丽而有才干的姑娘，或欲反对不适合之婚姻，但倘值一个偶然的环境使她与未婚夫婿不期而遇，则可使她信以为这是天意欲牵合此一对配偶，她马上可以领悟她的命运而成为乐观知足之妻子，因为她的心目中，丈夫是命中注定的冤家，而中国有句俗语，叫作"前世的冤家，狭路相逢"。有了这样的理解，他们会相亲相爱，又时时会吵吵闹闹，扭作一团，打个不休，所谓欢喜冤家。因为他们相信顶上三尺有神明，而这神明却监临下界，有意使他们免不掉此等吵吵闹闹玩把戏。

吾们倘把中华民族加以检讨，而描绘出他们的民族德性，则可以举出下列种种特征：（一）为稳健；（二）为淳朴；（三）为爱好自然；（四）为忍耐；（五）为无可无不可；（六）为老猾俏皮；（七）为生殖力高；（八）为勤勉；（九）为俭约；（十）为爱好家庭生活；（十一）为和平；（十二）为知足；（十三）为幽默；（十四）为保守；（十五）为好色。大体上，此等品性为任何民族都可能有的单纯而重要的品性。而上述所谓德性中之几项，实际乃为一种恶行，而非美德，另几项则为中性品质，它们是中华民族之弱点，同时亦为生存之力量。心智上稳健过当，常挫弱理想之力而减损幸福的发皇；和平可以转化为懦怯的恶行；忍耐也可以变成容纳罪恶的病态之宽容；保守主义有时可成为迟钝怠惰之别名，而多产对于民族为美德，对于个人则为缺点。

但上述一切性质都可以统括起来包容于"圆熟"一个名词里头。而此等品性是消极的品性，它们显露出一种静止而消极的力量，非是年轻的活跃与罗曼斯的力量。它们所显露的文化品性好像是含有以支持力和容忍力为基础之特质，而没有进取和争胜精神的特质。因为这种文化，使每个人能在任何环境下觅取和平，当一个人富有妥协精神而自足于和平状态，他不会明了年轻人的热情于进取与革新具有何等意义。一个老大民族的古老文化，才知道人生的真价值，而不复虚劳以争取不可达到之目的。中国人把心的地位看得太高，致剥削了自己的希望与进取欲。他们无形中又有一条普遍的定律：幸福是不可以强求的，因是放弃了这个企望。中国常用语中有云"退一步着想"，故从无盲进的态度。

所谓圆熟，是一种特殊环境的产物。实际任何民族特性都有一有机的共通性，其性质可视其周围的社会、政治状况而不同，盖此共通性即为各个民族所特有的社会政治园地所培育而发荣者也。故"圆熟"之不期而然出产于中国之环境，一如各种不同品种的梨出产于其特殊适宜的土地。也有生长美国的中国人，长大于完全不同的环境，他们就完全不具普通中国人之特性；他们的单纯的古怪鼻音，他们的粗率而有力的言语，可以冲散一个教职员会议。他们缺乏东方人所特具之优点：柔和的圆熟性。中国的大学生比之同年龄的美国青年来得成熟老苍，因为初进美国大学一年级的中国青年，已不甚高兴玩足球、驾汽车了。他老早另有了别种成年人的嗜好和兴趣，大多数且已结过了婚，他们有了爱妻和家庭牵挂着他们的心，还有父母劳他们怀念，或许还要帮助几个堂兄弟求学。负担，使得人庄重严肃，而民族文化的传统观念亦足使他们的思想趋于稳健，早于生理上自然发展的过程。

但是中国人的圆熟非自书本中得来，而出自社会环境。这个社会见了少年人的盛气热情，会笑出鼻涕。中国人有一种轻视少年热情的根性，也轻视改革社会的新企图。他们讥笑少年的躁进，讥笑"天下无难事"之自信，所以中国青年老是被教导在长者面前缩嘴闭口，不许放肆。中国青年很快地理会这个道理，因此他们不肯憨头憨脑，硬撑革新社会的计划，反而附从讥评，指出种种可能的困难，不利于任何新的尝试。如此，他踏进了成熟的社会。于是留学生自欧美回国了，有的煊煊赫赫地制造牙膏，叫作"实业救国"；或则翻译几首美国小诗，叫作"介绍西洋文化"。又因他们须担负大家庭生活，又要帮助堂兄弟辈寻觅位置，假使他任职教育界，势不能常坐冷板凳，必须想个方法巴求飞黄腾达，譬如说做个大学校长，这才不失为家庭的好分子。这样向上攀爬的过程，给了他一些生命和人性上不可磨灭的教训。假使他忽略了这种种经验，仍保持其年轻热血的态度，到了三十岁还兴奋地主张改进革新，那他倘不是彻底的呆子，便是捣乱分子。

二、忍　耐

让我先来谈谈三大恶劣而重要的德性：忍耐，无可无不可，老猾俏皮。它们是怎样产生的？吾相信这是文化与环境的结果。所以它们必是中国人心理状态的一部分。它们存在迄于今日，因为我们生存于数千年特性的文化与社会的势力下。若此等势力除去，其品性亦必相当地衰微或消灭，为天然之结论。忍耐的特性为民族谋适合环境之结果，那里人口稠密，经济压迫使人民无盘旋之余地，尤其是家族制度的结果，家庭乃为中国社会之雏形。无可无不可之品性，大部分缘于个人自由缺乏法律保障，而法律复无宪法之监督与保证。老猾俏皮导源于道家之人生观——老猾俏皮这个名词，恐犹未足以尽显这种品性的玄妙的内容，但亦缺乏更适当的字眼来形容它。当然，上述三种品性皆源导于同一环境，其每一品性列举一原因者，乃为使眉目较为清楚耳。

忍耐为中国人民之一大美德，无人能猜想及有受批驳之虞。实际上它所应受批驳的方面，直可视为恶行。中国人民曾忍受暴君、虐政、无政府种种惨痛，远过于西方人所能忍受者，且颇有视此等痛苦为自然法则之意，即中国人所谓天意也。四川省一部分，赋税预征已达三十年之久，人民除了暗中诅骂，未见有任何有力之反抗。若以基督徒的忍耐与中国人做一比较，不啻唐突了中国人，中国人之忍耐，盖世无双，恰如中国的景泰蓝瓷器之独步全球，周游世界之游历家，不妨带一些中国的“忍耐”回去，恰如他们带景泰蓝一般，因为真正的个性是不可模拟的。吾们的顺从暴君之苟敛横征，有如小鱼之游入大鱼之口，或许吾们的忍苦量虽假使小一些，吾们的灾苦倒会少一些，也未可知。可是此等容忍磨折的度量今被以“忍耐”的美名，而孔氏伦理学又谆谆以容忍为基本美德而教诲之，奈何奈何。吾不是说忍耐不能算是中国人民之一大德行。基督说：“可祝福哉，温良谦恭，唯是乃能承受此世界。”吾不敢深信此言。中国真以忍耐德性承受此半洲土地而守有之乎？中国固把忍耐看作崇高的德行，吾们有句俗语说：“小不忍则乱大谋。”由是观之，忍耐是有目的的。

训练此种德行的最好学校，是一个大家庭，那儿有一大群媳妇舅子、妹倩姊夫、老子和儿子，朝夕服习这种德行，竭力互相容忍，在大家庭中，即掩闼密谈，亦未免有忤逆之嫌，故绝无个人回旋之余地。人人从实际的需要以及父母的教训自幼受了训练使互相容忍，俾适合于人类的相互关系。深刻而徐进的日常渐渍之影响于个性是不可忽视的。

唐代宰相张公艺以九代同居为世所艳羡。一日，唐高宗有事泰山，临幸其居，问其所以能维持和睦之理，公艺索一纸一笔，书"忍"字百余为对，天子为流涕，赐缣帛而去。中国人非但不以此为家族制度之悲郁的注解，反世世羡慕张公之福，而"百忍"这句成语，化成通俗的格言，常书写于朱红笺以为旧历元旦之门联。只要家族制度存在，只要社会建立于这样的基础上，即人不是一个独立的个体，但以一个分子的身份生活于和谐的社会关系中，那很容易明了忍耐何以须视为最高德行，而不可免地培育于这个社会制度里头。因为在这样的社会里头，"忍耐"自有其存在之理由。

三、无可无不可

中国人的忍耐虽属举世无双，可是他的"无可无不可"，享盛名尤为久远，这种品性，吾深信又是产生于社会环境。下面有一个对照的例子，故事虽非曲折，却是意味深长，堪为思维。吾人且试读英国文学里汤姆·博朗（Tom Brown）母亲的临终遗训："仰昂你的头颅，爽爽直直回答人家的问话。"再把中国母亲的传统的遗嘱来做一对比，她们总是千叮万嘱地告诫儿子："少管闲事，切莫干预公众的事情。"她们为什么这样叮咛，就因为生存于这一个社会里，那个人的权利一点没有法律的保障，只有模棱两可的冷淡消极态度最为稳妥而安全，这就是它的动人之处，此中微妙之旨固非西方人之所易于理会。

据吾想来，这种无可无不可态度不会是人民的天生德性，而是我国文化上的一种奇异产物，是吾们旧世界的智慧在特殊环境下熟筹深虑所磨炼出来的。滕尼（Taine）说过："罪恶和美德为糖与硫酸之产物。"使非采取这种绝对的见解，你不难同意于一般的说法，谓任何德行，如容易被认为有益的，则容易动人而流行于社会，亦容易被人接受为生命之一部分。

　　中国人之视无可无不可态度犹之英国人之视洋伞，因为政治上的风云，对于一个人过于冒险独进，其险恶之征兆常似可以预知的。换句话说，冷淡之在中国，具有显明的"适生价值"。中国青年具有公众精神不亚于欧美青年，而中国青年之热心欲参与公共事业之愿望亦如其他各国之青年，但一到了廿五至卅岁之间，他们都变得聪明而习于冷淡了。（吾们说："学乖了。"）中国有句俗话说："各人自扫门前雪，莫管他家瓦上霜。"淡淡之品性，实有助于圆熟的教育。有的由于天生的智质而学乖了，有的因干预外事而惹了祸，吃了一次二次亏而学乖了。一般老年人都写写意意玩着不管闲事的模棱两可把戏，因为老滑头都认识它在社会上的益处。那种社会，个人权利没有保障。那种社会，因管了闲事而惹一次祸就太不兴致。

　　无可无不可所具的"适生价值"，是以含存于个人权利缺乏保障而干预公共事务或称为"管闲事"者太热心，即易惹祸之事实。当邵飘萍和林白水——吾们的二位最有胆略之新闻记者——1926年被满洲军阀枪毙于北平，曾未经一次审讯，其他的新闻记者自然马上学会了无可无不可之哲理而变成乖巧了。中国最成功的几位新闻记者所以便是几位自己没有主张的人。像中国一般文人绅士，又像欧美外交家，他们自夸毫无成见。不论对于一般的人生问题或当前轰动的问题，他们都没有成见。他们还能干什么呢？当个人权利有保障，人就可变成关心公益的人。而人之所以兢兢自危者，实为诽谤罪之滥施。当此等权利无保障，吾们自存的本能告诉我们，不管闲事是个人自由最好的保障。

　　易辞以言之，无可无不可本非高尚之德性，而为一种社交的态度，由于缺乏法律保障而感到其必要，那是一种自卫的方式，其发展之过程与作用，无以异于王八蛋之发展其甲壳。中国出了名的无情愫之凝视，仅不过是一种自卫的凝视，得自充分之教养与自我训练，吾们再举一例证，则此说尤明。盖中国之盗贼及土匪，他们不需依赖法律的保障，故遂不具此种冷淡消极之品性而成为中国人心目中最侠义、最关心社会公众的人。中国文中侠义二字几不可区别地与盗匪并行，《水浒》一书，可为代表。叙述草莽英雄之小说，在中国极为风行，盖一般人民乐于阅读此等英雄豪杰的身世及其行事，所以寄其不平之气焉。埃莉诺·格林

（Elinor Glyn）之所以风行，其缘由亦在乎此，盖美国实存有无数之老处女在焉。强有力之人所以多半关心公众社会，因为他力足以任此。而构成社会最弱一环之大众懦弱者流，多半消极而冷淡，盖彼等须先谋保护自身也。

观之历史，则魏晋之史绩尤足为此说之证明，彼时知识阶级对国事漠不关心，意气至为消沉，乃不旋踵而国势衰微，北部中国遂沦陷于胡族。盖魏晋之世，文人学士间流行一种风气，纵酒狂醉，抱膝清谈，又复迷信道家神仙之说，而追求不死之药。这个时代，自周汉以后，可谓中华民族在政治上最低劣的时代，代表民族腐化过程中之末端，浸渐而演成历史上第一次受异族统治之惨祸。此种清静淡漠之崇拜，是否出于当时人之天性？假若不是，则何由而产生演变以成？历史所予吾人之解答，极为清楚而确凿。

直至汉代以前，中国学者的态度并不冷淡而消极，反之，政治批评在后汉盛极一时，儒生领袖与所谓大学生达三千人，常争议当时政弊，讦扬幽昧，胆敢攻击皇族宦官，甚至涉及天子本身，无所忌讳。只因为缺乏宪法之保障，此种运动卒被宦官整个禁压而结束。当时学士二三百人连同家族，整批地被处死刑或监禁，无一幸免。这桩案件发生于166至169年，为历史上有名之党锢，且刑狱株连甚广，规模宏大，办理彻底，致使全部运动为之夭折，其所遗留之恶劣影响，直隔了百年之后，始为发觉。盖即发生一种反动的风尚而有冷淡清静之崇拜。与之相辅而起者，为酒狂，为追逐女人，为诗，为道家神学。有几位学者遁入山林，自筑泥屋，不设门户，饮食辟一窗口而授入，如此以迄于死。或则佯作樵夫，有事则长啸以招其亲友。

于是继之又有竹林七贤之产生，此所谓竹林七贤，均属浪漫诗人。如刘伶者，能饮酒累月而不醉，尝乘鹿车，携一壶酒，使人荷锸而随之，曰：死便埋我。当时人民不以为忤，且称之为智达。那时所有文人，流风所披，或则极端粗野，或则极端荒淫，或则极端超俗。似另一大诗人阮咸，尝与婢女私通，一日方诣友人处宴饮，宾客满座，其妻即于此时伺隙遣此婢女去，咸闻之，索骑追踪，载与俱归，不避宾客，可谓放诞。而当时受社会欢迎的乃即是这般人。人民之欢迎他们，犹如小乌龟欢迎大乌龟之厚甲壳。

这里我们好像已经指明了政治弊病之祸，因而明了无可无不可之消极态度之由来，此冷淡之消极态度亦即受尽现代列强冷嘲热讽之"中国人无组织"之由来。这样看来，医治此种弊病的对症良药，很为简单，只要给人民的公民权利以法律之保障，可是从未有人能见及此。没有人巴望它，也没有人诚意热切地需要它。

四、老猾俏皮

不妨随便谈谈，中国人最富刺激性的品性是什么？一时找不出适当的名词，不如称之为"老猾俏皮"。这是向西方人难以导传而最奥妙无穷的一种特性，因为它直接导源于根本不同于西方的人生哲学。倘把俏皮的人生观与西方人的文明机构来做一比较，则西方的文明就显见十分粗率而未臻成熟。做一个譬方，假设一个九月的清晨，秋风稍有一些劲峭的样儿，有一位年轻小伙子，兴冲冲地跑到他的祖父那儿，一把拖着他，硬要他一同去洗海水浴，那老人家不高兴，拒绝了他的请求，那时那少年端的一气非同小可，忍不住露出诧怪的怒容，至于那老年人则仅仅愉悦地微笑一下，这一笑便是俏皮的笑。不过谁也不能说二者之间谁是对的。这一切少年性情的匆促与不安定，将招致怎样的结果呢？而一切兴奋、自信、掠夺、战争、激烈的国家主义，又将招致怎样的结果呢？一切又都是为了什么呢？对这些问题一一加以解答，也是枉费心机；强制一方面接受其他一方面的意见，也是同样徒然，因为这一切的一切，都是年龄上的问题。

俏皮者是一个人经历了许多人生的况味，出现的实利的、冷淡的、腐败的行为。就其长处而言，俏皮人给你圆滑而和悦的脾气。这就是使许多老头儿能诱惑小姑娘的爱苗而嫁给他们的秘密。假使人生值得什么，那就是拿和气慈祥教了人们以一大教训。中国人之思想已体会了此中三昧，并非由于发觉了宗教上的善义，而是得自深奥广博的观察与人生无限之变迁。这个狡猾的哲学观念可由下面唐代二位诗僧的对话见其典型：

寒山曾问拾得："世间谤我、欺我、辱我、笑我、轻我、

311

贱我、厌我、骗我，如何处治乎？"拾得云："只是忍他、让他、由他、避他、耐他、敬他、不要理他，再待几年，你且看他。"

此种老子的精神，以种种形式，时时流露于吾国的文、词、诗、俗语中。欲举例子，俯拾即是，如："三十六着，走为上着"，"乖人不吃眼前亏"，"退一步着想"，"负一子而胜全局"，都是出于同一根源的态度。此等应付人生之态度，渗透了中国思想的整个机构，人生于是充满了"再三思维"，充满了"三十六着"；顽梗的素质渐次消磨，遂达到了真实的圆熟境地，这是中国文化的特征。

就其弊病而言，俏皮——它是中国最高的智慧——限遏了思想和行动的活跃性。它捶碎了一切革新的愿望，它讥诮人类的一切努力，认为是枉费心机，使中国人失却思维与行动之能力。它用一种神妙的方法减弱一切人类的活动至仅敷充饥及其他维持生物的必需之程度。孟子是一大俏皮家，因为他宣称人类最大愿望为饮食和女人，所谓食色性也。已故大总统黎元洪也是一位大俏皮家，因为他能深切体会中国政治格言而提出了和解党争的原则，却说是"有饭大家吃"。黎总统是一位凶刻的实体论者而不自知。可是他所说的，比较他所知道的来得聪明，因为他直接说出了中国现代史上的经济背景。拿经济的眼光来解释历史，在中国由来已久，亦犹如左拉（Emile Zola）学派之拿生物学来解释人生。在左拉，这是知识的嗜好，而在中国是民族的自觉。实体论者之于中国，非学而能，乃生而能者。黎元洪从未以脑动作研究专家著称，但是他因为是中国人，知道一切政治问题无非是饭碗问题；因为是个中国人，他给中国政治下了一精深的解释。

此冷淡而又实利的态度，基于极为巧妙的人生观，这种人生观只有着艾的老人和着艾的民族始能体会其中三昧。不满三十岁的年轻人还不够了解它，所以欧美的年轻民族也还不够了解它。故《道德经》著者老子之所以名为老子，似非偶然。有些人说，任何人一过了四十岁，便成坏坯子，无论怎样，吾们年纪越大，越不要脸。那是无可否认的。二十左右的小姑娘，不大会为了金钱目的而嫁人，四十岁的女人，不大会不为金钱目的而嫁人。——她们或许称之为稳当。希腊神话中讲过这么一件故事，不能谓为想入非非。故事讲年轻的伊加拉斯因为飞得太高，直让蜡质的翅翼都融化了，致扑落跌入海洋了。至于那老头儿谭达拉斯则低低地飞着，安安稳稳飞到了家中了。当一个人年纪长大了，他发展了低飞的天才，而他的理想又糅合之以冷静的慎重的常识，加之以大洋钿之渴念，实利主义因是为老头儿之特性，而理想主义则为青年人之特性。过了四十岁，他还不能成为坏坯子，那倘不是心脏萎弱者，便该是天生才子。才子阶级中便多有"大孩子"，像托尔斯泰、史蒂文生、巴莱，这些人具有天性的孩子脾气，孩子脾气和合以人生经验，使他们维持永久的年轻，我们称之为"不朽"。

这一切的一切，彻底说一说，还是纯粹的道家哲学，无论在理论上或实际方面。因为世界上收集一切人生的俏皮哲学者，没有第二部像那短短的《道德经》那样精深的著作。道家哲学在理论上和实际上即为一种俏皮圆滑的冷淡，是一种深奥而腐败的怀疑主义。它是在讥讽人类冲突争夺的枉费心机以及一切制度、法律、政府、婚姻之失败的嘲笑，加以少许对于理想主义之不信心。此不信心之由来，与其谓由于缺乏毅力，毋宁说由于缺乏信任心。它是一种与孔子实验主义相对立的哲学，同时亦为所以补救孔教社会之缺点的工具。因为孔子之对待人生的眼光是积极的，而道学家的眼光则是消极的，由于这两种根本不同的元素的煅冶，产生一种永生不灭的所谓中国民族德性。

因是当顺利发皇的时候，中国人人都是孔子主义者；失败的时候，人人都是道教主义者。孔子主义者在吾们之间努力建设而勤劳，道教主义者则袖手旁观而微笑。此是之故，当中国文人在位则讲究德行，闲居则遣情吟咏，所作固多为道家思想之诗赋。这告诉你为什么许多中国文人多写诗，又为什么大半文人专集所收材料最多的是诗。

因为道家思想有如吗啡，含有神秘的麻痹作用，所以能令人感觉异样的舒快。它治疗了中国人的头痛和心痛毛病。它的浪漫思想、诗意、崇拜天然，际乱世之秋，宽解了不少中国人的性灵，恰如孔子学说之著功盛平之世。这样，当肉体受痛苦的时候，道教替中国人的灵魂准备了一条安全的退路和一服止痛剂。单单道家思想的诗，已能使孔教典型的严肃的人生稍为可忍受一些了；而它的浪漫思想又救济了中国文学之陷于歌颂圣德，道学说教之无意义的堆砌。一切优美的中国文学，稍有价值为可读的，能舒快地愉悦人类的心灵的都深染着这种道家精神。道家精神和孔子精神是中国思想的阴阳两极，中国的民族生命所赖以活动。

中国人民出于天性地接近老庄思想甚于教育之接近孔子思想。吾们悉属人民一分子，人民之伟大，具有天赋人权，故吾人基于本质的公正概念，足以起草法典，亦足以不信任律师与法庭。百分之九十五的法律纠纷固在法庭以外所解决。人民之伟大，又足以制定精细之典礼，但也足以看待它作为人生一大玩笑，中国丧葬中的盛宴和余兴就近乎此类。人民之伟大，又足以斥责恶行，但亦足以见怪不怪。人民又伟大足以发动不断之革命，但亦足以妥协而恢复旧有之政制。人民又足以细订弹劾官吏的完备制度，交通规则，公民服役条例，图书馆阅览章程，但又足以破坏一切章程制度条例，可以视若无睹，可以欺瞒玩忽，并可以摆出超越的架子。吾们并非在大学校中教授青年以政治科学，示之以理想的行政管理，却以日常的实例示以县政府、省政府、中央政府，实际上怎样干法。不切实的理想于吾人无所用之，因为吾们不耐烦空想的神学。吾们不教导青年使成为上帝子孙，但使他们以言行模拟圣贤而为正常现世的人物。这是我为什么确信中国人本质上是"唯人主义者"，而基督教必须失败于中国，非然者，它必先大大地变更其内容。基督教教训中所能被中国人所诚信接受之一部分，将为基督训诫之如下述者：要"慈和如鸽"，"机敏如蛇"。此两种德行，如鸽之仁慈与如蛇之智慧，是俏皮的二大属性。

简言之，吾们固承认人类努力之必需，但亦需容忍它的虚枉。这一个普通心理上的状态，势必有一种倾向，发展被动的自卫的智力。"大事化小事，小事化无事。"在这一个基本原则下，一切中国人之争论都草草了事，一切计划纲领大事修改，一切革命方案大打折扣，直至和平而大家有饭吃。吾们有句俗语说"多一事不如省一事"，它的意义等于"勿生事"，"莫惹睡狗"。

人的生活像是蠕动于奋斗力极弱、抵抗力极微的生活线上，并由此而生出一种静态的心理，庶使人堪以容忍侮辱而与宇宙相调和。它也能够发展一种抵抗的机谋，它的性质或许比较侵略更为可怕。譬如一个人走进饭店，饥肠辘辘，可是饭菜久待不至，不免饿火中烧，此时势必屡屡向堂倌催促，倘使堂倌粗鲁无礼，可以诉之于账房间以谋出气；但倘令堂倌回答得十分客气，连喊"来哉来哉"以应，而身体并不弹动一步，则一无办法，只有默祷上帝，或骂他一二声还须出以较为文雅之口吻。像这样的情形，总之，就是中国人的消极力量，这种力量谁领教得最多，谁就最佩服它。这是老猾俏皮的力量。

五、和 平

前面吾们讲过了三种恶劣的德性，它们麻痹了中国人的组织力量。此等德性出于一般的人生观，亦机敏，亦圆熟，尤卓越于能容忍的冷酷。不过这样的人生观，很明显不是没有它的美德的价值的，这种美德是老年人的美德。这老年人并不是怀着野心热望以求称霸于世界的人物，而仅仅是目睹了许多人生变故的一个人。他对于人生并无多大希望，不问此人生之辛甜苦辣，他总是乐于容受，他抱定一种宗旨，在一个人的命运所赋予的范围以内必须快快活活地过此一生。

中华民族盖老于世故，他们的生活，没有夸妄，不像基督徒自称"为牺牲而生存"，也不像一般西方预言家之找求乌托邦。他们只想安宁这个现世的生命，生命是充满着痛苦与忧愁的，他们知之甚稔；他们和和顺顺工作着，宽宏大度忍耐着，俾得快快活活地生活。至于西方所珍重的美德——自尊心、大志、革新欲、公众精神、进取意识和英雄之勇气，中国人是缺乏的。他们不欢喜攀爬博朗山或探险北极，却至感兴趣于这个寻常平凡的世界，盖他们具有无限之忍耐力、不辞辛苦的勤勉与责任心、慎重的理性、愉快的精神、宽宏的气度、和平的性情，此等无与伦比之本能，专以适合于艰难的环境中寻求幸福，吾们称之为知足——这是一种特殊的品性，其作用可使平庸的生活有愉快之感。

观之现代欧洲之景象，吾们有时觉得它所感受于繁荣不足之烦恼，不如感受于圆熟智慧不足之甚。有时觉得欧洲总有一天会逢到急剧少壮性与知识繁荣发达过甚之弊，科学进步倘再过一世纪，世界愈趋愈接近，欧洲人将想到学取对于人生和人与人相互间比较容忍的态度，俾不致同归于尽。他们或许宁愿减少一些煊赫气焰而增加一分老成的气度。我相信态度之变迁，不缘于灿烂之学理，而缘于自存之本能而实现。至此，欧美方面或许会减弱其固执之自信心，而增高其容忍。因为世界既已紧密地联系起来，就免不了相互的容忍，故西方人营营不息的进取欲将为之稍减，而了解人生之企望将渐增。骑了青牛行出函谷关的老子之论行将扩传益广。

从中国人之观点观之，和平非为怎样高贵而应崇拜的德性，不过很为可取，仅因其为"习惯上共通的理性"，大家以为然，如是而已。假使这一个现世的生命是吾们一切所有的生命，那么吾们倘要想快快乐乐地过活，只有大家和平一些。从这一个见解，则欧美人的固执己见与不安定的精神，只可视为少壮的粗汉之象征，如是而已。中国人浸渍于东方哲学观念中，已能看透；这种不成熟性在欧洲的最近之将来是终究会消灭的。因为万分狡黠的道家哲学，或许叫你诧异，却处处浮现出"容忍"这个词语。"容忍"是中国文化的最大品性，也将成为现代世界文化的最大品性，当这现代文化生长成熟了以后，要磨炼容忍这种功夫，你需要一些道家典型的阴郁和轻世傲俗之气概。真正轻世傲俗的人是世界上最仁慈的人，因为他看透了人生的空虚，由于这个"空虚"的认识，产生了一种混同宇宙的悲悯。

和平，亦即为一种人类的卓越的认识。若使一个人能稍知轻世傲俗，他的倾向战争的兴趣必随之而减低，这就是一切理性人类都是懦夫的原因。中国人是全世界最低能的战士，因为他们是理性的民族。他的教育背景是道家的出世思想糅合以孔教的积极鼓励，养成一种和谐的人生理想。他们不嗜战争，因为他们是人类中最有教养、最能自爱的民族。一个寻常中国儿童能知一般欧洲白发政治家所未知之事，这事便是：战争的结果会使人丧其生命或残断其肢体，不问为国家抑为个人。中国人双方起了争论，很容易促起此种自觉。此种斟酌的哲学诱导他们缓于争论而速于妥协。此种圆熟、老练而俏皮的哲学，教导中国人以忍耐，临困乱骚动之际则出之以消极的抵抗，更警诫以勿夸张一时之胜利。中国有一种流行的谦约箴，常说："财钱不可用罄，福分不可享尽。"独断过甚或利用个人之地位过甚，俗称为"锋芒太露"，此常被视为粗鄙之行为而为颠覆之预兆。英国有句通行俗语，为一般所信守的，叫作"勿打跌倒之人"，盖出于尊重"堂堂正正之竞争"的心理。而中国与此相近的谚语却说"勿逼人太过"，乃纯粹为修养关系，吾们叫它"涵养功夫"，是中国人之文化更进一步。

是以照中国人之眼光看来，《凡尔赛和约》不仅不公平，而且是粗野，缺乏涵养功夫。假令法国人在战胜之日，染渍一些道家精神，也就不会硬订《凡尔赛和约》，到今天，它的脑袋儿也可以稍稍安枕了。可是法兰西还是少壮，德国当然也要同样干，没有一方面觉悟双方都是愚拙的，而大家想永远把对方镇压在铁蹄之下。只因克雷孟梭（Clémenceau）没有读过《道德经》，希特勒亦然，致令两方斗争不息，而老庄之徒，袖手作壁上观，莞尔而笑。

　　中国人的和平性情大部分亦为脾气关系，兼有人类谅解的意义。中国小孩子在街道中殴斗的事情，远较欧美孩子为少。乔为人民，吾们成年人也终鲜争斗，少于吾们应有之程度，虽然吾们尚有不息的内战。把美国人置于同此弊政之下，在过去二十年中，至少发生过二十次革命，不是三次。爱尔兰现在很平静，因为爱尔兰曾经艰苦奋斗；吾们目前还在继续奋斗，因为吾们还没有奋斗得够艰苦。

　　中国的内战实在也够不上战争这个名词的真意义，内战从未有任何价值。国民征兵之义务向非所知，兵士挺身于战场者是那些穷苦饥寒的人民，没有其他糊口的方法，这样的兵士从不感兴奋于作战。而军阀则对战争兴高采烈。因为他们不用亲临战场，历次较大内战总是大洋钿操了胜算，尽管让胜利的大帅在巨炮隆隆声中威风凛凛地凯旋，内幕还不是托了大洋钿的福不成，大帅凯旋时的隆隆炮声乃是一种表示战争的声浪，不失为历来一贯的典型，因为中国私人间的争吵或军阀内战，都是让声浪构成战争的元素。人们不大容易在中国目睹战争，只可耳闻战争，如是而已。著者曾耳闻过二次这样的战争，一次在北京，一次在厦门，对于耳官，那是满足了。通常优势的军队常威吓退了劣势军队，而在欧美可以延续长时期的战争，在中国只消一个月就可以结束了。失败了的军阀，根据中国祖传的公平待遇之理想，让他拿十万大洋钿旅费做一次考察实业的欧游，盖战胜者洞悉天道循环之三昧，下一次内战或许尚有借重他的长才的地方。果然，下一次来一个转局，十之八九你可以瞧见上次战胜者和上次逃亡的军阀共坐一车，如同盟兄盟弟。这是中国人涵养功夫的"妙"处，当此际，人民实实在在一无干系。他们痛恨战争，永远地痛恨战争，好百姓从来不要中国战争。

六、知　足

到了中国的游历家，尤其是那些任性深入的游历家，他们闯进了外人踪迹罕至的内地，无不大吃一惊。那里的农民群众生活程度如此之低，却人人埋头苦干，他们盖兴奋而知足。就像在大饥荒的省份，如陕西，此种知足精神，普遍地广播遐迩，除了极少数的例外；而且陕西的农民也还有能莞尔而笑的。

现在有许多局外人认为中国人民之痛苦者乃系衡以邪僻的欧美生活标准之故耳。若欲处处衡以欧美生活标准，殊无人能感受幸福，除非少数阶级能住居于高级的大公寓而自备一架无线电收音机者。这个标准假使是正当，那么 1850 年以前就未尝有幸福之人，而美国之幸福人必尤多于巴威（Bavaria），因为巴威地方很少回转轻便的理发椅，当然更少电链和电铃。但在中国的乡村里头，这些设备可更少，虽然在极端欧化的上海，那些老式理发椅已经绝迹。其实这种老式理发椅才是货真价实的椅子，而这些老式椅子你倒可仍在伦敦的 Kingswav 和巴黎的 Mrtroar-tre 发现。照著者想来，一个人要坐还是坐一把名副其实的椅子，要睡还是睡在名副其实的床上（而不是白昼应用的沙发），这才觉得幸福些。一种生活标准，倘使拿每天使用机械设备的次数来测量一个人的文明程度的那种标准，一定是不可靠的标准。故许多所谓中国人知足之神秘，乃出自西方人之幻觉耳。

然无论如何，倘把中国人和西洋人分门别类，一阶级归一阶级，处之同一环境下，则中国人或许总是比西方人来得知足，那是不错的。此种愉快而知足的精神流露于知识阶级，也流露于非知识阶级，因为这是中国传统思想的渗透结果。可以到北平去看看着劲儿而多闲话的洋车夫，他们一路开着玩笑，最好让同伴翻个筋斗，好叫他笑个痛快。或则可以上牯岭去看看气喘喘、汗流浃背抬你上山的轿夫；或则可以到四川去看看挽航船逆急流而上行的拉纤夫，他所能获得以维持每天生活的微薄报酬，仅足敷一天两顿菲薄而满意的苦饭。照中国知足原理上的见解，倘能够吃一顿菲薄而安逸的苦饭，吃了下肚不致担什么心事，便是大大运气。中国有位学者说过："人生但须果腹耳，此外尽属奢靡。"

知足又为"慈祥""和气"的代名词，此等字眼到了旧历新年，大家用朱红笺写在通行的门联里，这是一半为谦和的箴训，一半为人类智慧，明代学者即以此意劝人"惜福"。老子有句格言，现已成为普遍口头禅，叫作"知足不辱，知止不殆"。在文学里头，这个意识常转化而为田园思想，为乐天主义，吾人可于诗及私人书翰中常遇此等情绪。著者暇时尝于明人尺牍选集中拣出陆深致其友人书一篇，颇足以代表此等情绪：

> 晚将有佳月，别具画舫，载鼓吹同泛何如？昨致湖石数
> 株，西堂添却一倍磊块新凉，能过我信宿留乎？兼制隐居冠
> 服，待旦夕间命下，便作山中无事老人矣！

此种情绪当其渗入流行的学者思想，使他们安居茅舍之中而乐天知命。

人类的幸福是脆弱的物体，因为"神"老是嫉妒人类的幸福。幸福问题因而是人生不可捉摸的问题。人类对于一切文化与物质进步虽尽了全力，幸福问题毕竟值得人类一切智慧的最大关心以谋解决。中国人竭尽了他们的常识，下过最大毅力以谋求此幸福。好像功利主义之信徒，他们常热心于幸福问题，胜于物质进步问题。

罗素夫人曾聪慧地指出："快乐的权利"在西方是一个被遗忘了的权利，从前到现在，一向未有人注意及之；西方人的心灵常被次一等的权利观念所支配着，他们注意于国家预算的表决权、宣战投票权，和被逮捕时应受审讯的私权。可是中国人从未想到逮捕时应受审讯的权利，而一意关心着快乐的幸福，这快乐不是贫穷也不是屈辱所能剥夺他们的。欧美人处理幸福问题常取积极的态度，而中国人常取消极的态度，所以幸福问题最后可以收缩为个人的欲望问题。

可是一讲到欲望问题，吾人就感觉到茫无头绪，吾们真正所需的是什么呢？为了这个缘故，第俄泽尼（Diogenes）的故事常令吾人发笑，同时也着实又羡又妒，因为他宣称他是一个快活人，原因是他没有任何欲望。当他见了一个小孩子双手捧水而饮，索性把自己的饭碗也摔掉。现代的人们，常觉得自己困扰于许多难题中，而大部分与他的人生有密

切之关系。他一方面羡慕第俄泽尼的逃禅的理想，同时又舍不得错过一场好戏或一张轰动的影片的机会，这就是吾们所谓的摩登人物之不安顿的心情。

中国人借知足哲学消极地企求快乐，但其逃禅的程度尚未达到第俄泽尼之深，因为中国人任何事情从未想深进，中国人与第俄泽尼不同之点，即中国人到底还有一些欲望，还需要一些东西。不过他所欲望的只是足令他快乐的东西，而要是无法达到目的，则亦并无坚持之意。譬如他至少需要两件清洁的衬衫，但倘是真正穷得无法可想，则一件也就够了。他又需要看看名伶演剧，将借此尽情地享乐一下，但倘令他必须离开剧场，不得享乐，则亦不衷心戚戚。他希望居屋的附近有几棵大树，但倘令是地位狭仄，则天井里种一株枣树也就够他欣赏。他希望有许多小孩子和一位太太，这位太太要能够替他弄几色配胃口的菜肴才好，假使他有钱的话，那还得雇一名上好厨子，加上一个美貌的使女，穿一条绯红色的薄裤，当他读书或挥毫作画的时候，焚香随侍；他希望得几个要好朋友和一个女人，这个女人要善解人意，最好就是他的太太，非然者，弄一个妓女也行；但倘是他的命宫中没有注定这一笔艳福，则也不衷心戚戚。他需要一顿饱餐，薄粥汤和咸萝卜干在中国倒也不贵；他又想弄一甓上好老酒，米酒往往是家常自酿了的，不然，几枚铜元也可以到汾酒铺去沽他妈的一大碗了；他又想过过闲暇的生活，而闲暇时间在中国也不稀罕，他将愉悦如小鸟，若他能：

> 因过竹院逢僧话，
> 偷得浮生半日闲。

倘使无福享受怡情悦性的花园，则他需要一间门虽设而常开的茅屋，位于群山之中，小川纡曲萦绕屋前，或则位于溪谷之间，晌午已过，可以拽杖闲游河岸之上，静观群鹈捕鱼之乐；但倘令无此清福而必须住居市尘之内，则也不致衷心戚戚，因为他至少总可得养一只笼中鸟，种几株盆景花，和一颗天上的明月，明月固人人可得而有之者也。故宋代诗人苏东坡就为了明月写了一篇美丽小巧的短文，叫作《记承天寺夜游》：

元丰六年十月十二日夜，解衣欲睡，月色入户，欣然起行。念无与乐者，遂至承天寺寻张怀民。怀民亦未寝，相与步于中庭。庭下如积水空明，水中藻荇交横，盖竹柏影也。何夜无月，何处无竹柏，但少闲人如吾两人耳。

一个强烈的决心，以摄取人生至善至美；一股殷热的欲望，以享乐一身之所有，但倘令命该无福可享，则亦不怨天尤人。这是中国人"知足"的精义。

七、幽　默

幽默者是心境之一状态，更进一步，即为一种人生观的观点，一种应付人生的方法。无论何时，当一个民族在发展的过程中生产丰富之智慧足以表露其理想时则开放其幽默之鲜葩，因为幽默没有旁的内容，只是智慧之刀的一晃。历史上任何时期，当人类智力能领悟自身之空虚、渺小、愚拙、矛盾时，就有一个大幽默家出世，像中国之庄子、波斯之喀牙姆（Omar Khayyam）、希腊的亚里斯多德。雅典民族倘没有亚里斯多德，精神上不知要贫乏多少。中国倘没有庄子，智慧的遗产也不知将逊色多少。

自从有了庄子和他的著作，一切中国政治家和盗贼都变成了幽默家了，因为他们都直接、间接地接受了庄子人生观的影响。老子先于庄子已笑过清越而激变幻谲的狂笑。他一定终身是个独身汉，否则他不能笑得这样俏皮，这样善于恶作剧。无论如何，他到底娶过亲没有，有无子嗣后裔，史籍上无从查考，而老子最后的謦欬之首却被庄子抓住。庄子既属较为少壮，喉咙自然来得嘹亮，故其笑声的环轮，历代激动着回响，吾们至今忍不住错过笑的机会，但有时我感觉我们的玩笑开得太厉害，而笑得有些不合时宜了。

欧美人对于中国问题认识之不足，可谓深渊莫测；欧美人有时会问："中国人可有幽默的意识否？"这样的问句，适足以表示其无识。其语意之稀奇，恰好像阿拉伯商队问人："撒哈拉（Sahara）沙漠中有无沙土？"一个人之存在于国家中，看来何等渺小，真是不可思议。从理论上观察，中国人应该是幽默的，因为幽默产生于写实主义，而中国人是非常的实体主义者；幽默生于常识，而中国人具有过分的常识。幽默，尤其亚洲式的幽默是知足悠闲的产物，而中国所有的知足和悠闲，超乎寻常之量。一个幽默家常常为失败论者，乐于追述自己之失败与困难，而中国人常为神志清楚、性情冷静之失败论者，幽默对卑鄙罪恶常取容忍的态度，他们把嘲笑代替了谴责。

中国人又有一种特性，专能容忍罪恶。容忍有好的一面，也有坏的一面，而中国人两面都有。倘使吾们在上面讲过的中国人之特性——知足、容忍、常识和老猾俏皮是真确的，那么幽默一定存在于中国。

中国人幽默见之于行为上者比之文字为多，不过在文字上有种种不同形式的幽默，其中最普通的一种，叫作"滑稽"，即许多道学先生，也往往多用别号掩其真姓名，纵情于此等滑稽著作。照我看来，这实在是"想要有趣而已"。此等著作乃为刚性过强之正统派文学传统束缚之放纵。但幽默在文学中不能占什么重要地位，至少幽默在文学中所担任的角色及其价值未被公开承认过，幽默材料之包容于小说者至为丰富，但小说从未被正统学派视为文学之一部。

《论语》、《韩非子》和《诗经》里头，倒有天字第一号的幽默。可是道学先生装了满肚的清正人生观，到底未能在孔门著作中体会什么诙谐的趣味，即似《诗经》中的美妙生动的小情诗也未领悟，竟替它下了一大篇荒唐古怪的注解，一如西方神学家之解释《圣诗集》（Song of Songs）。陶渊明的作品中也含有一种美妙的幽默，那是一种闲暇的知足、风趣的逸致和丰富的舍己为人的热情。最好的例子，可见之于他的《责子》诗：

> 白发被两鬓，肌肤不复实。
>
> 虽有五男儿，总不好纸笔。
>
> 阿舒已二八，懒惰故无匹。
>
> 阿宣行志学，而不爱文术。
>
> 雍端年十三，不识六与七。
>
> 通子垂九龄，但念梨与栗。

天运苟如此，且进杯中物。

杜甫和李白的诗也蕴涵着相当的幽默。杜甫作品常令人惨然苦笑。李白以其浪漫恬淡的情绪令人愉悦，但吾人遂不以幽默称之。一种卑劣的威风，道学先生所挟持以为国教者，限制了思想情绪的自由发展，而使小说中自由表现的观点和情绪成为禁物，可是幽默只能在小说和天真观点的领域上生存。事实于是很明显。像这样的因袭环境，不会增进幽默文学之产生的。假使有谁要搜集一个中国幽默文字的集子，他务须从民间歌谣、元剧、明代小说选拔出来，这些都是正统文学栅垣以外之产物，其他如私家笔记、文人书翰（宋明两代尤富），态度的拘谨稍为解放，则亦含有幽默之材。

但中国人人都有他自己的幽默，因为他们常常欢喜说说笑话，那种幽默是刚性的幽默，基于人生的诙谐的观感。尽管报章的社论和政治论文格律极端谨严，不大理会幽默，可是中国人的重要革新运动和建设方案所采取的轻妙方法，常出乎外国人意想之外，未免幽默过度，像政府的平均地权计划、水旱灾救济、新生活运动、禁烟委员会。有一位美国教授新近来游上海，历在各大学演讲，不意听讲的学生每逢听到他诚恳引证到新生活运动时，辄复哄堂大笑；假使他再郑重地引证禁烟委员会，不知要引起怎样更响亮的笑声哩！

幽默是什么？我已经说过，是一种人生观的观点，是一种应付人生的方法。人生是一出大趣剧，而我们人类仅仅是其中的傀儡。一个人把人生看得太认真，遵守图书馆章程太老实，服从"草地勿准践踏"的标牌太谨饬，常让自己上了当而给长老的同伴笑话。不过笑话是有传染性的，不久他也就变成幽默汉了。

此种幽默汉的滑稽性质结果削弱了中国人办事的严肃态度，上自最重大的政治改革运动，下至微末的葬狗典礼。中国人的丧葬仪式，其滑稽性足以雄视全球。中国人上中阶级所用的送葬仪仗就满储滑稽资料，你可以看见其中有街头流浪顽童排成行列，体肤污秽，而穿着绣花的彩袍，错杂伴随以新式乐队，大奏《前进！基督精兵》（Onward Christian Soldiers）。如此情形，常被欧美人引为口实，证明中国人的缺乏幽默。其实中国人的送葬仪仗正是中国幽默的十足标记，因为只有欧洲人才把送葬仪仗看得太郑重，太想使它庄严化。庄严的葬仪是中国人所难以想象的。欧洲人的错误是这个样儿：他们把自己先入为主的意识，演绎地断定葬仪应该是庄严的。葬仪宛如嫁娶，应该热闹，应该阔绰，可是怎样也没有理由说它必须庄严。庄严其实只配备于其夸张的服装里，其余的都是形式，而形式是趣剧。直到如今，著者犹不能辨别送葬和婚娶的仪仗二者之间有何区分，如非最后看见了棺材或者是花轿。

中国的幽默，观乎高度滑稽的送葬仪仗的表现，是存在于外表的形式，与现实的内容无关。一个人倘能赏识中国葬仪的幽默，大概已能读读或好好地翻译中国政治方案了。政治方案和政府宣言是存乎形式的，它们大概系由专门的职员来起草，专司起草职员系宏丽辞藻、堂皇语法的专业者，恰如贳器店之专备婚丧仪仗、灯彩行头以出租为业者，故有见识之中国人士便不当它一回事。倘若外国新闻记者先把送葬彩服的印象放在心上，则他大概不致再误解中国的一切方案宣言，而慢慢地放弃把中国当作不可理解的特异民族的念头了。

诸如此类之趣剧味的人生观和分辨形式与内容的公式，可以用千千万万不同的方法来表明。数年前，国民政府根据中央党部之建议，有一条命令禁止政府各部会在上海租界区内设立办事处，倘真欲实行这条命令，于各部长殊感不便，他们在上海置有公馆，又得敲碎许多人的饭碗。南京各部长既不公然反抗中央之命令，亦不呈请重行考虑，或老老实实申述其不便和不可实行之理由。没有一位专业的师爷，其智力技巧足以草拟此类呈文而适合于优良之形式，因为中国官吏定欲住居租界区域的这种欲望，即是不爱国。不意眉头一皱，计上心来，想出一个巧妙别致的方法，就把驻沪办事处的招牌换了一块，叫作"贸易管理局"，每块招牌的花费只消二十大元，结果使得没有人敲破饭碗，也没有人失面子。这个玩意儿不但欢喜了各部长，抑且欢喜了颁发这条命令的南京中枢当局。吾们的南京各部长是大幽默家，梁山好汉之流亦然，军阀亦然，中国内战之幽默处，前面早已交代明白。

与此恰恰相对照，吾们可以把教会学校做例子，来指出西洋人之缺乏幽默。教会学校几年前碰到了一大尴尬，原来那时接到地方当局的命令，要他们办理登记立案手续，外加要取消圣经课程，还要在大礼堂中央悬挂中山遗像，每逢星期一则照例举行纪念周。中国当局殊不解教会学校何以不能遵守这些简单的条款，而教会学校方面亦殊想不出接受之道，于是乎双方陷入僵局。有几个教会团体曾有停办学校之意，某一个时机，什么事情都可以顺利解决了，只有一位头脑固执的西籍校长真是顽梗而诚实。他拒绝从他的学校章程上取消任何一句字句，那章程盖明定以推行教义为主要目的者，西籍校长意下颇欲直率地公开表明宗教课程确为办理学校之重要使命，故迄至今日，某一所教会学校一直未尝登记。这事情真不好办。其实教会学校只要模仿南京各部长的智慧来遵守一切官厅训令：悬挂一张中山遗像，其余的一切便可算作按照中国式而进行的了。不过恕我无礼，这样办理的学校，将为天晓得学校。

中国人的趣剧的人生观便是如此这般。中国日常语言里头便充满了把人生当作戏剧的比喻。如官吏的就职卸任，中国人称之为"上台""下台"；而人有挟其夸张之计划以来者，谓之"唱高调"。吾们实实在在把人生看作戏剧。而此等戏剧表现之配吾人之胃口者常为喜剧，此喜剧或为新宪法草案，或为民权法，或为禁烟局，或为编遣会议。吾们常能愉悦而享受之，但我希望我国人民有一天总得稍为严肃一些才好。幽默，驾乎各物之上，正在毁灭中华民族，中国人所发的欣悦的狂笑，未免太过分了。因为这又是俏皮的大笑，只消跟它的气息一触，每朵热情而理想的花，无不立遭枯萎而消逝了！

八、保守性

每一个中国人，即从其外表上看来，未有全然不带保守之色彩者。保守就其字义本身而言，非为玷辱之辞。保守性不过为一种自大的形象，基于现状之满足的感觉者。因为人类之足引以自傲者总是极为稀少，而这个世界上所能予人生以满足者亦属罕有。保守性是以实为一种内在的丰富之表征，是一种值得羡妒的恩赐物。

中华民族是天生的堂堂大族——恕我夸大，倘把中华民族的历史做一番全盘的检讨，除掉最近百年来的屈辱，你当首肯斯言。虽在政治上他们有时不免于屈辱，但是文化上他们是广大的人类文明的中心，实为不辩自明之事实。——唯一之文化劲敌代表另一种不同的观点者是印度的佛教，至于佛教教义，忠实的儒者常嗤之以鼻。因为儒学家常无限地引孔子以自傲，即夸耀于孔子，即夸耀于其民族，夸耀中国人之能以道德的素质理解人生，夸耀其认识人类天性的知识，夸耀其解决了伦理与政治关系之人生问题。

他的态度是相当正确的。因为孔教不独寻求人生的意义，抑且解答了这个问题，使人民以获得人类生存的真意义而感到满足。这个解答是确定而清楚的，而且条理分明。故人民不需再推究未来的人生，亦无意更改现存的这个人生，当一个人觉察他所获得的既有效而且为真理，天然变成保守者了。孔教徒除了自己的社会以外，未见及别种人生的范型，认为为人之道，没有第二种范型的可能。故西方人也能有组织完善的社会生活，伦敦警察于孔氏敬老之道一无所知而竟能扶持老妇人跨过热闹街道，此等事实叫中国人听来，多少未免吃惊。

当他察觉西方人具有一切孔教所涵蕴之德行——智、仁、勇、信、礼、义、廉、耻，并且孔老夫子本人亦将赞许伦敦警察之义行，民族自尊心未免深深地动摇起来了。有许多事情使中国人老大不悦意，使他们震惊，使他们生鲁莽粗野之感，如夫妻俩挽着膀子同行街市。父亲和女儿互抱接吻，银幕上又是接吻，舞台上又是接吻，车站月台上又是接吻，什么地方都是接吻。此等举动使他确信中国文明诚为万邦轩冕，无与伦比。但是另外有种种事情，像普通平民都能识字，妇女而能写信，普遍的爱尚清洁（这一点他认为是中世纪的遗传而非为 19 世纪新发明），学生的敬爱师长，英国小孩对答长辈之"是了，先生"的随口而出，诸如此类，俱堪无穷之玩味。再加以优良之公路、铁道、汽船、精美的皮靴、巴黎香水、雪白可爱的儿童、奇妙的爱克斯光、摄影机、照相、德律风和其他一切之一切，把中国人固有之自尊心打成粉碎。

受着治外法权的庇护，西欧人慷慨博施的皮靴之对中国苦力而没有法律之救济，使中国人自尊心之丧失更进而变为本能的畏外心理。天朝之尊贵，靡有孑遗。外国商人为预防中国之可能的进攻租界而所取的种种骚动的措施，实为他们的胆略和对于现代中国认识不足之铁证。反抗西洋人之皮靴及其自由使用于中国苦力身上，确常含有相当内在的愤怒。但倘外国人因此就认为中国人将总有一天会暴露其愤怒而还飨外人以较次等之皮靴，则属大误。倘使他们真暴露其愤怒，那不是道地的中国人，那是基督教徒，坦白地说，崇拜欧洲人而畏惧他们的侵略行为，现在正是广泛而普遍的心理。

有许多这样的冲动一定曾经引起了过激主义，结果产生了中华民国。没有人相信中国会变成民主国家。这种变动太广大，太雄伟，没有人敢担当这个责任，除非是呆子，否则是鼓吹出来的人物。那好像用彩虹来造一架通天桥，而欲步行其上。但是1911年的中国革命家真给鼓吹出来了，自从1895年甲午战争失败以后，革新中国的宣传运动极为活跃，当时有两派人物，一派系君主立宪主义者，主张维持君主而革新并限制其君权；一派则为民主革命主义者，主张建立民主共和国。前者为右翼，后者为左翼。左翼以孙中山先生为领袖，右翼则由康有为及其弟子梁启超主持。梁启超后来脱离了他的恩师而向左转了，这两个固执的党派在日本笔战了好久，可是这问题终究给解决了，不是双方辩论的结局，而是清廷之不可救药，与民族自觉之本能的抬头之结果。1911年的政治革命之后，紧随以1916年的文学革命，中国的文艺复兴运动由胡适所倡导，风靡一时。

人生之理想①

一、中国的人文主义

欲明了中国人对于生命之理想，先应明了中国之人文主义（Humanism）。人文主义这个名词的意义，未免暧昧不明。但中国人之人文主义，自有其一定之界说，它包括：第一点，人生最后目的之正确的概念；第二点，对于此等目的之不变的信仰；第三点，依人类情理的精神以求达到此等目的。情理即为"中庸"之道，中庸之道的意义又可以释作普通感性之圭臬。

人生究有何种意义、何等价值，这个问题曾费尽了西方哲学家许多心思，错综纠纷，终未能予以全盘之解释——这是从目的论的观点出发的天然结果，目的论盖认为宇宙间一切事物连同蚊虫和窒扶斯菌在内，都是为了人类的福利而产生的。因为这个人生太痛苦，太惨愁，殆无法创设一完善之解答以满足人类的自尊心。目的论因是又转移到第二个人生，这个现世的尘俗的生命因是被看作下一世生命的准备。这种学理与苏格拉底（Socrates）的逻辑相符合，他把悍妻视作训练丈夫性情的天然准备。这一个论证上左右为难的闪避方法，有时给吾们的心灵以暂时的安宁。但是那永久不熄的问题又复出现："人生究有何种意义？"尼采则毅然决然、不避艰难地拒绝假定人生应有目的，而深信人类生命之进程是一个循环，人类的事业乃为无目的之野人的舞蹈，非为有目的之往返于市场。但是这个问题仍不断地出现，有似海浪之拍岸："人生究

---

① 本文略有删节。

有何种意义？"

中国人文主义者却自信他们已会悟了人生的真正目的。从他们的会悟观之，人生之目的并非存于死亡以后的生命。因为像基督所教训的理想谓：人类为牺牲而生存这种思想是不可思议的；也不存于佛说之涅槃，因为这种说法太玄妙了；也不存于事功的成就，因为这种假定太虚夸了；也不存于为进步而前进的进程，因为这种说法是无意义的。人生真正的目的，中国人用一种单纯而显明的态度决定了，它存在于乐天知命以享受朴素的生活，尤其是家庭生活与和谐的社会关系。曩时，启蒙的学童所习诵的第一首诗即为下面的一首：

> 云淡风轻近午天，
> 傍花随柳过前川；
> 时人不识余心乐，
> 将谓偷闲学少年。

这一首小诗不独表现诗的情感，它同时表现着人生的"至善至德"的概念。中国人对于人生的理想是浸透于此种情感中的。这一种人生的理想既不是怀着极大野心，也不是玄妙而不可思议，它是无上的真理，我还得说它是放着异彩的淳朴的理想，只有脚踏实地的中国精神始能领悟之。吾人诚不解欧美人何以竟不能明了人生目的即在纯洁而健全地享受人生。中西本质之不同好像是这样的：西方人较长于进取与工作而拙于享受，中国人则善于享受有限之少量物质。这一个特性，吾们的集中于尘俗享乐的意识，即为宗教不能存在之原因，也就是不存在的结果。因为你倘使不相信现世此一生命的终结系于下一世的生命的开始，天然要在这一出现世人生趣剧未了以前享受所有的一切。宗教之不存在，使此等意识之凝集尤为可能。

从这一种意识的凝集，发展了一种人文主义，它坦白地主张以人类为中心的宇宙学说而制下了一个定则：一切知识之目的，在谋人类之幸福。把一切知识人性化，殆非容易之工作，因为人类心理或有陷于歪曲迷惑之时，他的理智因而被其逻辑所驱使而使他成为自己知识的工具。是以只有用敏锐的眼光、坚定的主意，把握住人生的真正目的若可以明见者然，人文主义始克自维其生存。人文主义在拟想来世的宗教与现代之物质主义之间占一低微之地位。佛教在中国可说控制了大部分民间的思想，但忠实的孔教徒常含蓄着内在的愤怒以反抗佛教之势力，因为佛教在人文主义者的目光中仅不过为真实人生之逃遁或竟是否定。

另一个方面，现代文明的世界方劳役于过度发展的机械文明，似无暇保障人类去享受他所制造的物质。铅管设备在美国之发达，使人忘却人类生活之缺乏冷热水管者同样可以享受幸福之事实，像在法国，在德国，许许多多人享着舒适之高龄，贡献其重要的科学发明，写作有价值的巨著，而他们的日常生活，固多使用着水壶和老式水盆也。这个世界好像需要一个宗教，来广布耶稣安息日之著名格言，并宣明一种教义：机械为服役于人而制造，非人为服役于机械而产生。总而言之，一切智慧之极点，一切知识之问题乃在于怎样使"人"不失为"人"和他的怎样善享其生存。

二、宗　教

中国人文学者尽心于人生真目的之探讨，为学术界放一异彩，他们会悟了人生的真意义，因完全置神学的幻象于不顾。当有人询问吾们的伟大人文学家孔子以死的重要问题时，孔子的答复是："未知生，焉知死。"有一次，一位美国长老会牧师跟我追根究底讨论生死问题之重要性，引证至天文学真理，谓太阳在逐渐丧失其精力，或许再隔个几百万年，生命在地球上便将消灭。牧师因问我："那你还承认不承认生死问题到底是重要的？"吾率直地告诉他，吾未为所动；倘使人类生命还有五十万年可以延续，那已很足以适应实践目的之需要而有余，至其余则都属于不必要的玄学者的杞忧。任何人的生命，如欲生活五十万年而犹不感满足，这是不合理，而且非东方人士所能了解的。这位长老会牧师的杞忧，是条顿民族的特性，而我的不关心的淡漠态度是中华民族的特性。中国人是以便不易皈依基督教，即使信仰基督教，多为教友派（Quakers）式之教徒（译者按：教友派为意大利人乔治福克斯所创之宗派，系主张不抵抗主义者）。因为这一派是基督教中唯一可为中国人所了解之一种，基督教义如当作一种生活方法看，可以感动中国人，但是基督教的教条和教理，将为孔教所击个粉碎，非由于孔教逻辑之优越，却由于孔教之普通感性的势力。佛教输入中国，当其被智识阶级所吸收，其宗教本身，只形成一种心意摄生法，此外便了无意义。宋代理学的本质便如是。

这却是为什么缘故？因为中国的人生理想具有某种程度的顽固的特性。中国的绘画或诗歌里头，容或有拟想幻象的存在，但是伦理学中，绝对没有非现实的拟想的成分。就是在绘画和诗歌中，仍富含纯粹而恳挚的爱悦寻常生活的显著征象，而幻想之作用，乃所以在此世俗的生活上笼罩一层优美的迷人薄幕，非真图逃遁此俗世也。无疑地，中国人爱好此生命，爱好此尘世，无意舍弃此现实的生命而追求渺茫的天堂。他们爱悦此生命，虽此生命是如此惨愁，却又如此美丽，在这个生命中，快乐的时刻是无上的瑰宝，因为它是不肯久留的过客。他们爱悦此生命，此生命为一纷扰纠结之生命，上则为君王，下则为乞丐，或为盗贼，或为僧尼，其居常则养生送死，嫁娶疾病，早曦晚霞，烟雨明月，胜时佳节，酒肆茶寮，翻云覆雨，变幻莫测，劳形役性，不得安息。

就是这些日常生活的琐碎详情，中国小说家常无厌地乐于描写，这些详情是那么真实，那么切人情，那么意味深长，吾们人类，谁都受了它们的感动。那不是一个闷热的下午吗？那时阖家自女主人以至佣仆个个沉浸在睡乡里了，黛玉却独个儿坐在珠帘的后面，不是听得那鹦哥呼唤着主人的名字么？那又不是八月十五吗？那是一个不可忘的中秋佳节，女孩儿们和宝哥哥又挤拢在一起，一边持螯对酌，一边作诗了，起了劲儿，你吾揄揶一阵子，狂笑一阵子。多么快乐，多么醉人啊！但是这样美满的幸福总难得长久，中国有句俗谚，叫作月圆易缺，花好易残，又多么扫兴啊！或则那不是一对儿天真的新夫妇，在一个月夜第一次别后重逢吗？他们俩坐在小池的旁边，默祷着花好月圆的幸福，可是一会儿黑云罩上了月儿，远远里听得好像隐隐约约有什么嘈杂声，好像一只漫步的鸭子被一条暗伺的野狼追逐着的逃遁声。第二天，这年轻的妻子禁不住浑身发抖，她不是患起高度的寒热病来了吗？人生的这样犀利动人的美丽是值得用最通俗的笔墨记载的。这个尘俗的人生之表现于文学，从不嫌其太切实也不嫌其太庸俗的。一切中国小说之特点，为不厌求详地列举琐碎家常。或则一个家宴中的各色菜肴，或则一个旅客在客舍进膳的形形色色，甚至接着描写他的腹痛，因而趋赴空旷地段去如厕的情形，空地固为中国人的天然厕所。中国小说家是这样描写着，中国的男女是这样生活着，这个生命是太充实了，它不复有余地以容纳不灭的神的思想了。

中国人生理想之现实主义与其着重现世的特性源于孔氏之学说，孔教精神之不同于基督教精神者即为现世的，与生而为尘俗的，基督可以说是浪漫主义者而孔子为现实主义者，基督是玄妙哲学家而孔子为一实验哲学家，基督为一慈悲的仁人，而孔子为一人文主义者。从这两大哲学家的个性，吾人可以明了希伯来宗教与诗和中国的现实思想及普通感性二者对照的根本不同性。孔子学说，干脆些说，不是宗教，它有一种对待人生与宇宙的思想，接近乎宗教而本身不是宗教。世界上有这样的伟人，他们不大感兴奋于未来的人生，或生命不灭，或所谓神灵的世界等等问题。这样典型的哲学绝不能满足日耳曼民族，因亦不能满足希伯来，可是它满足了中华民族——一般地讲。我们在下面将讲到，就是中华民族也不能感到充分满足，可是它的缺憾却给道教、佛教的超自然精神弥补上了。但是此种超自然精神在中国好像一般地与人生的理想有一种隔阂而不能融和，它们只算是一些精神上的搭头戏，所以调剂人生，使之较为可忍受而已。

孔子学说之人文主义的本质可谓十足的纯粹，虽后来许多亚一等的人物，文人或武将，被后人上了尊号，奉为神祇，但孔子和他的弟子从未被人当作神祇的偶像看待。一个妇人受了人家的暴辱，若能一死以保持其贞操，可以很迅速变成当地的神祇，建立庙宇，受民间的奉祀。人文主义的性质，可以由下面的事实来说明：三国的名将关羽被人塑装为偶像，尊为神明，而孔子则不被人奉为神像，祖庙宗祠里的列祖列宗亦不奉为神像。那班捣毁偶像的激进党倘欲冲进孔庙，乃未免太无聊了。在孔庙和宗祠里头，只有长方的木质牌位，上面写着这牌位所代表的姓名，它不像个偶像，倒像个人名录。无论如何，这些祖宗并非是神祇，他们同样是人类，不过已脱离了尘世，故继续受子孙的奉养，有如生时。倘使他们生时是伟人，则死后可以保护他的子孙，但是他们本身也需要子孙的援助，四时祭祀以免饥饿，焚化纸锭以资为地狱间一切开支，子孙又得乞助于僧侣以超度其在地狱中的祖宗。简言之，他们继续受子孙之看护奉养，一如在世之老年时代。这情形也跟后代读书人之祭孔典礼其用意相同。

著者常留意观察宗教文化像各基督教国家和质朴的文化像中国之间的差异，与此歧异的文化怎样渗入人的内心。至于内心的需求，著者敢擅断是一样的。此等差异，与宗教之三重作用不相上下。

第一，宗教为一个教士策术的综合体，包括它的信条，它的教皇权的嗣续、异迹的支持、专利的出卖赦罪，它的慈善救济事业，它的天堂与地狱说。宗教因是而利于流行，普及于各种民族，连中国在内。在人类文化的某程度上，宗教这样也可算满足了人心的需求了。因为人民需要这一套宗教精神，于是道教与佛教出而应市于中国，盖孔教学说，不欲供给此等物料也。

第二，宗教为道德行为之裁定者，在这一点上，中国人与基督教的观点差异得非常之大。人文主义者的伦理观念是以"人"为中心的伦理，非以"神"为中心的伦理；在西方人想来，人与人之间，苟非有上帝观念之存在，而能维系道德的关系，是不可思议的。在中国人方面，也同样的诧异，人与人何以不能保持合礼的行为，何为必须顾念到间接的第三者关系上始能遵守合礼的行动呢？那好像很容易明了，人应该尽力为善，理由极简单，就只为那是合乎人格的行为。著者尝默忖久之，设非圣保罗神学之庇荫，今日欧洲之伦理观念，不知将又是怎样一副面目。我想它势必同化于奥理略（Marcus Aurelius）的《冥想录》。圣保罗神学带来了希伯来的罪恶意识，这个意识笼罩了整个基督教的伦理园地，使一般人感觉，除了皈依宗教，即无法拔除罪恶，恰如赎罪之道所垂示者。因此之故，欧洲伦理观念而欲与宗教分离，这种奇异意识似从未一现于人民的心坎。

第三，宗教是一种神感，一种生活的情感，亦为一种宇宙的神秘而壮肃宏巍的感觉、生命安全的探索，所以满足人类最深的精神本能。吾们的生命中，时时有悲观的感觉浮上吾们的心头，或则当我们丧失了所爱者，或则久病初愈，或当新寒的秋晨，每目睹风吹落叶，凄惨欲绝，一种死与空虚的感觉笼罩了我们的心坎，那时我们的生命已超越了我们的认识，我们从这眼前的世界望到广漠的未来。

此等悲观的一瞬，感触中国人的心，同样也感触西方人的心，但是两方的反应却截然不同。著者从前为一基督教徒而现在为拜偶像者，依著者鄙见，宗教虽只安排着一个现存的回答，笼统地解决这些问题而使心灵安定下来，它确也很能从意识中消除这个人生的莫测深渊之神秘与伤心刻骨的悲哀。这种悲哀的情绪就是我们所谓的"诗"。基督教的乐观主义毁灭了一切"诗"。一个拜偶像者，他没有现成的答复，他的神秘感觉是永远如爝火之不熄，他的渴望保护永远不得回复，也永远不能回复，于是势必驱入一种泛神论的诗境。实际上，诗在中国的人生过程中，代替了宗教所负神感与生活情感的任务，吾们在讨论中国的诗的时候，将加以解释。西方人不惯于泛神的放纵于自然的方式，宗教是天然的救济。但在非基督徒看来宗教好像基于一种恐惧，好像恐怕诗和拟想还不够在人情上满足现世的人生，好像恐惧丹麦的海滨森林和地中海沙滩的力和美还不够安慰人的灵魂，因是超凡的神是必需的了。

但孔教的普通感性固轻蔑着超自然主义，认为都是不可知的领域，直不屑一顾，一面却竭力主张于心的制胜自然，更否定放纵于自然的生活方式或自然主义。这个态度，孟子所表现着最为明晰，孔门学说对于人在自然界所处地位的概念是："天地人为宇宙之三才。"这个区别，仿佛巴比伦之三重区别，超自然主义、人文主义、自然主义。天界的现象，包括星、云和其他不可知的力，西方的逻辑哲学家把它归纳为"上帝之行动"。而地球的现象，则包括山川和其他种种力，希腊神话中归诸于第弥脱女神（Demeter）者。其次为人，介乎二者之间，占领重要的地位。人知道他自己在宇宙机构间之归属，因而颇自傲其地位之意。有如中国式的屋面而非如高斯（Goth）式的尖塔，他的精神不是耸峙天际，却是披覆于地面。他的最大成功是在此尘世生活上能达到和谐而快乐的程度。

中国式的屋顶指示出快乐的要素第一存在于家庭。的确，家庭在我的印象中，是中国人文主义的标记。人文主义好比是个家庭主妇，宗教好比女修道士，自然主义好比卖淫的娼妓。三者之中，主妇最为普通、最为淳朴，而最能满足人类，这是三种生活方式。

但是淳朴是不容易把握的，因为淳朴是伟大人物的美质。中华民族却已成就了这个简纯的理想，不是出于偷逸懒惰，而是出于积极地崇拜淳朴，或即为"普通感性之信仰"。然则其成就之道何在？下面即有以讨论及之。

三、中庸之道

普通感性之宗教或信仰，或情理的精神，是孔教人文主义之一部分或一分段。就是这种情理精神产生了中庸之道，它是孔子学说的中心思想。关于情理精神前面曾经论及，它是与逻辑或论理相对立的。情理精神既大部分为直觉的，故实际上等于英文中的"常识"，从这种精神的显示，即任何信条，凡欲提供于中国人的面前，倘只在逻辑上合格，还是不够的，它必须"符合于人类的天性"，这是极为重要的概念。

中国经典学派的目的，在于培育讲情理的人，这是教育的范型。一个读书人，旁的可以不管，第一先要成为讲情理的人。他的特征常为他的常识之丰富，他的爱好谦逊与节约，并厌恶抽象学理与极端逻辑的理论。常识为普通人民人人所有的，而哲学家反有丧失此等常识的危险，因而易致沉溺于过度学理之患。一个讲情理的人或读书人要避免一切过度的学理与行为，举一个例子：历史家福劳第（Froude）说："亨利八世之与加塞琳离婚，完全出于政治的原因。"而从另一方面的观点，则克莱顿主教宣称："这件事故完全出于兽欲。"若令以常情的态度来评判，则认为两种原因各居其半，这种的见解其实是较为切近于真情。在西方，某种科学家常沉迷于遗传的理想，另一种则着魔于环境的意识，而每个人都固执地以其鸿博的学问与兴奋的戆性竭力证明自己所持之学理为正确。东方人则可以不费十分心力，下一个模棱两可的判断。是以中国式的判断，可以立一个万应的公式，即"A 是对的，B 亦未尝错"。

　　这样自慰自足的态度，有时可以挑怒一个讲逻辑的人，要问一问到底是怎样。讲情理的人常能保持平衡，而讲逻辑的人则丧失了平衡。倘有人谓中国绘画家可以像毕加索（Picasso）采取完全逻辑的观察，把一切绘画的对象简化到单纯的几何形体，圆锥、平面、角、线条来构图，而把逻辑的学理运入绘画，这样的理想在中国显然是不会实现的。吾们有一种先天的脾气，不信任一切辩论，若为太完全的；又不信任一切学理，若是太逻辑的。对付此等学理上的逻辑怪想，"常情"是最好最有效的消毒剂。罗素曾经很正确地指出："在艺术上，中国人竭力求精细；在生活上，中国人竭力求合情理。"

　　崇拜此常情之结果，乃为思想上的厌恶一切过度的学理，道德上的厌恶一切过度的行为。此种态度之天然趋势，为产生"中庸之道"。它的意思实在相同于希腊的"不欲过分"的思想，中文意思适相同于 moderation 的字为"中和"，它的意义是"不过分而和谐"；相同于 restraint 的字为"节"字，意义是"克制至适宜之程度"。《书经》为中国记载政治公文最早之史籍，内载当尧禅位之时，劝告其继承者舜说："咨尔舜，天之历数在尔躬，允执厥中，四海困穷，天禄永终。"孟子赞美汤说："汤执中，立贤无方。"《中庸》上说："舜好问，而好察迩言，隐恶而扬善，执其两端而用其中于民……"他的意义是谓他必须听取相反的两端议论，而给双方同样打一个对折的折扣。中庸之道在中国人心中居极重要之位置，盖他们自名其国号曰"中国"，有以见之。中国两字所包含之意义，不止于地文上的印象，也显示出一种生活的轨范。中庸即为本质上合乎人情的"常轨"，古代学者遵奉中庸之道，自诩已发现一切哲学的最基本之真理，故曰：中者天下之正道，庸者天下之定理。

中庸之道覆被了一切，包藏了一切。它冲淡了所有学理的浓度，毁灭了所有宗教的意识。假定有一次一个儒教的老学究与一个佛教法师开一次辩论，这位大法师大概很能谈谈，他能够引出许多材料以证明世上物质的虚无与人生之徒然，这时候，老学究大概将简单地用他的实情而非逻辑的态度说："倘令人人脱离家庭而遁迹空门，则世界上的一切国家与人民，将变成怎样情形呢？"此非逻辑而极切人情的态度，其本身具有一种紧张的力。这个人生的标准不独反对佛教，抑亦反对一切宗教、一切学理。吾人势不复能致力于逻辑。实际，所有学理之得以成为学理，乃一种思想，发育自创始者的心理作用。弗洛伊德神经学学理之内容实即为弗洛伊德（Freud）之化身；而佛教学说之内容，乃佛陀之化身。所有一切学理，不问弗洛伊德或佛陀的学说，都好像基于过度夸张的幻觉。人类的苦难，结婚以后生活之烦恼，满身痛楚的叫花子，病人的呻吟，此等景象与感觉，在吾们普通人可谓随感随忘；可是对于佛陀，则给予其敏感的神经以有力之刺激，使他浮现涅槃的幻景。孔子学说适与此相反，乃为普通人的宗教，普通人固不普于敏感，否则整个世界将瓦解而分崩。

中庸的精神在生活与知识各方面随处都表现出来：逻辑上，人都不应该结婚，实际上，人人要结婚，所以孔子学说劝人结婚；逻辑上，一切人等都属平等，而实际则不然，故孔子学说教人以尊敬尊长；逻辑上男女并无分别，而实际上却地位不同，故孔子学说教人以男女有别。墨子教人以"兼爱"，杨朱教人以"为我"，孟子则两加排斥，却主张亲亲而仁民，仁民以爱物。孟子称：伯夷隘，柳下惠不恭，子思则劝人取中和之道。这三种不同之方式，诚为极动人之比较。

专把性欲问题来谈。性道德上有两种相反的意见：一种极端由佛教及加尔文（Calvin）主义来代表，这一派认为性是罪恶之极点，故禁欲主义为其天然之结论。另一极端为自然主义，这一派推崇传殖力，现代有许多摩登男女是秘密的信徒。这两派意见的矛盾，惹起现代摩登青年所谓精神的不安。像哈佛洛克·厄力斯（Havelock Eills），他在性的问题上曾努力寻求纯洁而健全的见解以适应正常人类的情欲，他的见解显然转向希腊民族的意识方面，也就是人文主义的意见。至于孔子学说所给予"性"之地位，他认为这是完全正常的行为，不但如是，且为人种与家族永续的重大关键。其实对于"性"有最明晰之见解者，著者一生所遇，莫如《野叟曝言》。这是一本绝对孔教主义的小说。内容特着重于揭露和尚的放浪生活。书中主角，为一孔教的超人，他奔走说合那些光杆土匪和土匪姑娘的婚姻，劝他们好好替祖宗延续胤嗣。此书与《金瓶梅》不同，《金瓶梅》专事描写浪子淫妇，而《野叟曝言》中的男男女女是贞洁而合礼的人物，结成模范夫妻。这本小说之所以被视为淫书，其唯一原因为作者把书中男女，有意处之尴尬之环境。但是他的最大成果，确为婚姻与家族问题之可信的辩论，并发扬了母性精神。这一个对于"性"的见解为孔教学说关于情欲之唯一表彰者，子思在《中庸》中对于人类七情之意见，盖反复申述"中和"以为教焉。

今以东方人所称为"过分"的西方学理而取此态度，就觉颇有难色……某些国家，视人民为某阶级之一员或国家机构的一分子，此等见解衡之以孔子学说对于人生真目的之解释，不立即丧失其动人之魔力吗？反对诸如此类的一切制度，人人可以主张其生存之权利而寻求幸福。人类享受幸福的权利，驾乎一切政治权利之上。中国倘成立了法西斯政权，那须得舌疲唇焦去劝服一般仁人君子，谓国家之强力，远较个人之幸福为重要。

中国人之讲情理的精神与其传统的厌恶极端逻辑式的态度，产生了同等不良的效果，那就是中华民族整个地不相信任何法制纪律。因为法制纪律，即为一种机械，总是不近人情的，而中华民族厌恶一切不近人情的东西。中国人厌恶机械制度如此之甚，因之厌恶法律与政府的机械论的观法，致使宪法政府之实现为不可能。严厉峻刻之法制统治权，或非人情政治的法律，在吾国盖已屡屡失败，它的失败盖由于不受人民之欢迎。法制政治之概念，在三世纪中，吾国曾有大思想家建议而付诸实施，商鞅即为实验法制政治之一人。他是一个出类拔萃的大政治家，相秦孝公，威震诸侯，奠定了秦国强大的基础，但其结果，把他的头颅偿付了政治效力的代价。秦本为僻处甘肃边陲的次等邦国，历史上怀疑其混合有野蛮的部落，赖商鞅之努力擘划，建立了勇武的军队，征服了全部中国。然其统治权曾不能维持四十年，反抗者蜂起，秦社稷卒悲愁地倾覆。此无他，盖其以商鞅所施于秦国之同样政治方式，施之于中国人民全体之故耳。秦代之建筑万里长城，确有其不朽之功绩，然亦为不可恕之"不近人情"，致断送了秦始皇的帝统。

加以中国人文主义者不断宣传其教义，而中国人民在过去常统治于个人政权之下，故"法制纪律"中国人称为"经"者之不足，常能赖"便宜行事"中国人称为"权"者来弥补。所谓"权以经济之穷"。与其受治于法治的政治，中国宁愿赞成贤人的政府，贤人政府是比较地近人情，比较地有伸缩性。这是一个大胆的思想——天生有如此众多的贤人，足以遍布全境而统治一个国家！至谓德谟克拉西能从点算普通人民意见混杂的投票中获得真理，亦属同样大胆的论断。两种制度都有不可免的缺点，但以人为标准的制度总是对于中国人的人文主义，中国人的个人主义和爱好自由，是较合脾胃的。

这个癖性，缺乏纪律，成为吾国一切社会团体的特性，一切政治机关、大学校、俱乐部、铁路、轮船公司——一切的一切，除掉外国人统制的邮政局与海关——都有这样的特性。其结果则为引用私人，嬖宠弄权，随时随地如法炮制有不学而能者。只有一颗不近人情的心、铁面无私的性格，始能撇开私人的感情作用而维持严格之纪律，而这种铁面在中国殊不受大众欢迎，因为铁面都是不纯良的孔教徒。这样养成了缺乏社会纪律之习惯，为中华民族之最大致命伤。

是以中国之错误，毋宁说是太讲人情。因为讲人情其意义相同于替人类天性留余地。在英国对人说"做事要讲情理"，等于教人放任自然。你读过萧伯纳著的《卖花女》吗？那剧本中那位卖花姑娘的爹爹杜律得尔要向歇琴斯教授敲一张五镑钞票的竹杠时，他的理由是："……这样合理吗？……这女儿是我的。你要了去，我的份儿呢？"杜律得尔更进一步地表征中国的人文主义的精神，他只索取五镑，而拒绝了歇琴斯教授所欲付给的十镑。因为金钱太多了会使他不快活，而真实的人文主义者所需要的金钱只消仅够快活，仅够喝一杯酒。换言之，杜律得尔是一位孔教徒，他知道怎样求快活，且也只需要快活。因为时常与情理相接触，中国人的心上，发育了一种互让的精神，盖为中庸之道的天然结果。倘有一位英国父亲打不定主意，是把他的儿子送进剑桥大学呢，还是送进牛津大学？他可以最后决定把他送进伯明翰（Birmingham）。这样，那儿子从伦敦出发而到达了白莱却莱，既不转而东向剑桥，又不转而西向牛津，却是笔直地北指而往伯明翰。他恰恰实行了中庸之道。这一条往伯明翰之路是有相当价值的，因为笔直地北去，既不东面得罪了剑桥，也不西面得罪了牛津。倘使你明白了这个中庸之道的使用法，你便能明白近三十年来全盘的中国政治，更能从而猜测一切中国政治宣言的内幕而不致吃那文字火焰之威吓了。

四、道　教

然则孔子的人文主义能否叫中国人感到十分充分的满足呢？答复是：它能够满足，同时，也不能够满足。假使已经完全满足了人民的内心的欲望，那么就不复有余地让道教与佛教得以传播了。孔子学说之中流社会的道德教训，神妙地适合于一般人民，它适合于服官的阶级，也适合于向他们叩头的庶民阶级。

但是也有人一不愿服官，二不愿叩头。他具有较深邃的天性，孔子学说未能深入以感动他。孔子学说依其严格的意义，是太投机，太近人情，又太正确。人具有隐藏的情愫，愿得披发而行吟，可是这样的行为非孔子学说所容许。于是那些喜欢蓬头跣足的人走而归于道教。前面已经指出过，孔子学说的人生观是积极的，而道家的人生观则是消极的。道家学说为一大"否定"，而孔子学说则为一大"肯定"。孔子以礼义为教，以顺俗为旨，辩护人类之教育与礼法。而道家呐喊重返自然，不信礼法与教育。

孔子设教，以仁义为基本德性。老子却轻蔑地说："失道而后德，失德而后仁，失仁而后义……"孔子学说的本质是都市哲学，而道家学说的本质为田野哲学。一个摩登的孔教徒大概将取饮城市给照的 A 字消毒牛奶，而道教徒则将自农夫乳桶内取饮乡村鲜牛奶。因为老子对于城市照会、消毒、A 字甲级等等，必然将一律深致怀疑，而这种城市牛奶的气味将不复存天然的乳酪香味，反而氤氲着重大铜臭气。谁尝了农家的鲜牛奶，谁会不首肯老子的意见或许是对的呢？因为你的卫生官员可以防护你的牛奶免除伤寒菌，却不能防免文明的蠹虫。

孔子学说中还有其他缺点，他过于崇尚现实而太缺乏空想的意象的成分，中国人民适稚气地富有想象力，有几许早期的幻异奇迹，吾人称之为妖术及迷信者，及后代仍存留于中国人胸中。孔子的学说是所谓敬鬼神而远之；他承认山川之有神祇，更象征地承认人类祖考的鬼灵之存在，但孔子学说中没有天堂地狱，没有天神的秩位等级，也没有创世的神话。他的纯理论，绝无掺杂巫术之意，亦无长生不老之乐。其时虽笼罩于现实氛围的中国人，除掉纯理论的学者，常怀有长生不老之秘密愿望。孔子学说没有神仙之说，而道教则有之。总之，道教代表神奇幻异的天真世界，这个世界在孔教思想中则付阙如。

故道家哲学乃所以说明中国民族性中孔子所不能满足之一面。一个民族常有一种天然的浪漫思想，与天然的经典风尚，个人亦然。道家哲学为中国思想之浪漫派，孔教则为中国思想之经典派。确实，道教是自始至终罗曼斯的：第一，他主张重返自然，因而逃遁这个世界，并反抗狡夺自然之性而负重累的孔教文化。其次，他主张田野风的生活、文学、艺术并崇拜原始的淳朴。第三，他代表奇幻意象的世界，加缀之以稚气的、质朴的"天地开辟"之神话。

中国人曾被称为实事求是的人民，但也有他的特性的罗曼斯的一面，这一面或许比现实的一面还要深刻，且随处流露于他们的热烈的个性，他们的爱好自由和他们的随遇而安的生活。这一点常使外国旁观者为之迷惑而不解。照我想来，这是中国人民之不可限量的重要特性。每一个中国人的心头，常隐藏有内心的浮浪特性和爱好浮浪生活的癖性。生活于孔子礼教之下倘无此感情上的救济，将是不能忍受的痛苦。所以道教是中国人民的游戏姿态，而孔教为工作姿态。这使你明白每一个中国人当他成功发达而得意的时候，都是孔教徒，失败的时候则都是道教徒。道家的自然主义是服镇痛剂，所以抚慰创伤了的中国人之灵魂者。

那是很有兴味的，你要知道道教之创造中华民族精神倒是先于孔子，你再看他怎样经由民族心理的响应而与解释鬼神世界者结合同盟。老子本身与"长生不老"之药毫无干系，也不涉于后世道教的种种符箓巫术。他的学识是政治的放任主义与论理的自然主义的哲学。他的理想政府是清静无为的政府，因为人民所需要乃自由自在而不受他人干涉的生活。老子把人类文明看作退化的起源，而孔子式的圣贤，被视为人民之最坏的腐化分子。宛似尼采把苏格拉底看作欧洲最大的坏蛋，故老子俏皮地讥讽说："圣人不死，大盗不止。"继承老子思想，不愧后起之秀者，当推庄子。庄子运其莲花妙舌，对孔教之假道学与不中用备极讥诮。

讽刺孔子哲学，固非难事，他的崇礼义、厚葬久丧并鼓励其弟子钻营官职，以期救世，均足供为讽刺文章的材料。道家哲学派之憎恶孔教哲学，即为浪漫主义者憎恶经典派的天然本性，或可以说这不是憎恶，乃是不可抗的嘲笑。

从彻头彻尾的怀疑主义出发，真知与浪漫的逃世而重返自然相距一步之差，据史传说：老子本为周守藏室史，一日骑青牛西出函谷关，一去不复返。又据《庄子》上的记载：庄子钓于濮水，楚王使大夫二人往先焉，曰："愿以境内累矣。"庄子持竿不顾，曰："吾闻楚有神龟，死已三千岁矣，王巾笥而藏之庙堂之上。此龟者，宁其死为留骨而贵乎？宁其生而曳尾于涂中乎？"二大夫曰："宁生而曳尾于涂中。"庄子曰："往矣！吾将曳尾于涂中。"从此以后，道家哲学常与遁世绝俗、幽隐山林、陶性养生之思想不可分离。从这点上，吾们摄取了中国文化上最迷人的特性即田野风的生活、艺术与文学。

或许有人会提出一个问题：老子对于这个逃世幽隐的思想该负多少责任？殊遽难下肯定之答复。被称为老子著作的《道德经》，其文学上之地位似不及"中国尼采"庄子，但是它蓄藏着更为精练的俏皮智慧之精髓。据我的估价，这一本著作是全世界文坛上最光辉灿烂的自保的阴谋哲学。它不啻教人以放任自然，消极抵抗。抑且教人以守愚之为智，处弱之为强，其言曰："……不敢为天下先。"它的理由至为简单，盖如是则不受人之注目，故不受人之攻击，因能立于不败之地。所以他又说："……以其不争。故天下莫能与之争。"尽我所知，老子是以浑浑噩噩、藏拙韬晦为人生战争利器的唯一学理，而此学理的本身，实为人类最高智慧之珍果。

老子觉察了人类智巧的危机，故尽力鼓吹"无知"以为人类之最大福音。他又觉察了人类劳役的徒然，故又教人以无为之道，所以节省精力而延寿养生。由于这一个意识使积极的人生观变成消极的人生观。它的流风所被染遍了全部东方文化色彩。如见于《野叟曝言》及一切中国伟人传记，每劝服一个强盗或隐士，使之与家庭团聚而重负俗世之责任，常引用孔子的哲学理论；至遁世绝俗，则都出发于道德的观点。在中国文字中，这两种相对的态度称之为"入世"与"出世"。有时此两种思想会在同一人心上蹶起争斗，以其战胜对方，即一个人一生的不同时期，或评比两种思想也会此起彼伏，如袁中郎之一生。举一个眼前的例证，则为梁漱溟教授，他本来是一位佛教徒，隐栖山林间，与尘世相隔绝；后来却恢复孔子哲学的思想，重新结婚，组织家庭，便跑到山东埋头从事于乡村教育工作。

中国文化中重要特征之田野风的生活与艺术及文学，采纳此道家哲学之思想者不少。中国之立轴中堂之类的绘画和瓷器上的图样，有两种流行的题材：一种是合家欢，即家庭快乐图，上面画着女人、小孩正在游玩闲坐；另一种则为闲散快乐图，如渔翁、樵夫或幽隐文人，悠然闲坐松荫之下。这两种题材，可以分别代表孔教和道教的人生观念。樵夫、采药之士和隐士都接近于道家哲学，在一般普通异国人看来，当属匪夷所思。下面一首小诗，它就明显地充满着道家的情调：

> 松下问童子，言师采药去。
> 只在此山中，云深不知处。

此种企慕自然之情调，差不多流露于中国所有的诗歌里头，成为中国传统的精神上一主要部分。不过孔子哲学在这一方面亦有重要贡献，崇拜上古的淳朴之风，固显然亦为孔门传统学说之一部分。中华民族的农业基础，一半建筑于家族制度，一半建筑于孔子哲学之渴望黄金时代的冥想。孔子哲学常追溯尧舜时代，推为历史上郅治之世。那时人民的生活简单之至，欲望有限之至，有诗为证：

日出而作，日入而息。
掘井而饮，耕田而食。
帝力于我何有哉！

这样崇拜古代即为崇拜淳朴。在中国，这两种意识是很接近的，例如人们口头常说"古朴"，把"古代"和"素朴"联结成一个名词。孔子哲学对于家庭之理想常希望人能且耕且读，妇女则最好从事纺织。下面吾又摘录一首小诗，这是十六世纪末期陈眉公（继儒）遗给其子孙作为家训的箴铭的。这首词表面上似不属于道家哲学，而实际上歌颂素朴生活无异在支持道家哲学：

闲居书付儿辈（清平乐）

有儿事足，
一把茅遮屋。
若使薄田耕不熟，添个新生黄犊。
闲来也教儿孙，读书不为功名。
种竹，浇花，酿酒，
世家闭户先生。

中国人心目中之幸福，所以非为施展各人之所长，像希腊人之思想，而为享乐此简朴田野的生活而能和谐地与世无忤。

道家哲学在民间所具的真实力量，乃大半含存于其供给不可知世界之材料，这种材料是孔教所摒斥不谈的。《论语》说："子不语怪力乱神。"孔子学说中没有地狱，也没有天堂，更没有什么精魂不灭的理论。他解决了人类天性的一切问题，却把宇宙的哑谜置而不顾。就是于解释人体之生理作用，也属极无把握。职是之故，他在他的哲学上留下一个绝大漏洞，致令普通人民不得不依赖道家的神学以解释自然界之神秘。

拿道家神学来解释宇宙之冥想，去老庄时代不久即见之于淮南子（纪元前178—前122），他把哲学混合于鬼神的幻境，记载着种种神话。道家的阴阳二元意识，在战国时代已极流行，不久又扩大其领域，参入古代山东野人之神话。据称曾梦见海外有仙山，高耸云海间，因之秦始皇信以为真，曾遣方士率领五百童男童女，入海往求长生不老之药。由是此基于幻想的立脚点遂牢不可破，而一直到如今，道教以一种神教的姿态在民间获得稳固之地位。尤其是唐代，道教曾经长时期被当作国教，因为唐代皇裔的姓氏适与老子同为"李"字。当魏晋之际，道教蔚成一时之风，其势力骎骎乎驾孔教而上之。此道教之流行，又与第一次中国文学浪漫运动有联系的关系，并为对待经汉儒改制的孔教礼义之反动。有一位著名诗人曾把儒者拘于狭隘的仁义之道譬之于虮虱爬行裤缝之间。人的天性盖已对孔教的节制和它的礼仪揭起了革命之旗。

同时，道教本身的范围亦乘机扩展开来，在它的学术之下，又包括了医药、生理学、宇宙学（所谓宇宙学大致是基于阴阳五行之说而用符号来解释的）、符咒、巫术、房中术、星相术，加以天神的秩位政体说以及美妙的神话。在其行政方面，则有法师大掌教制度——凡属构成通行而稳定的宗教所需之一切行头，无不应有尽有。它又很照顾中国的运动家，因为它还包括拳术之操练。而巫术与拳术联结之结果，产生汉末的黄巾之乱。尤要者，它贡献一种锻炼养生法，主要方法为深呼吸，所谓吐纳丹田之气，据称久炼成功，可以跨鹤升天而享长生之乐。道教中最紧要而有用之字，要算是一"气"字，但这气字未知是空气之气，还是嘘气之气，抑或是代表精神之气？气为非可目睹而至易变化的玄妙的东西，它的用途可谓包罗万象，无往而不适，无往而不通，上自彗星的光芒，下而拳术深呼吸，以至男女交媾，所可怪者交媾乃被当作追求长生过程中精勤磨炼的技术之一，尤多爱择处女焉。道家学说总而言之是中国人想揭露自然界秘密的一种尝试。

五、佛　教

佛教为输入中国而构成中国人民思想一部分之主要的异国思想。它的影响之深远，可谓无远弗届，吾人至今称小孩的人形玩具或即称小孩自身为小菩萨，至若慈禧太后也称为"老佛爷"。大慈大悲观世音与阿弥陀佛成为家喻户晓之口头语。佛教影响及与吾人之语言，及与吾人之饮食，及与吾人之绘画雕刻。浮屠之兴建，尤为完全直接受佛教之感动，它刺激了吾们的文学和整个思想界。光头灰氅，形貌与和尚无辨的人物，构成吾国社会的内层，佛教的寺院超过孔庙之数量，且为城市与乡村生活的中心，年事较长者常会聚于此以断一村之公事，并举行年祭有如都市中之公会。和尚及尼姑都能出入人家参与琐碎家务，如婚丧喜庆，非僧尼固不容顾问者，故小说上往往描写寡妇之失节、处女之被诱奸时，常非请此等宗教人物从中牵线不可。

佛教在中国民间之效用，有如宗教之在其他国家，所以救济人类理性之穷。中国近世，佛教似较道教更为发达，各地建筑之道教的"观"倘有一所，则佛教的"庙"当有十所，可作如是比例。以前如1933至1934年，西藏班禅喇嘛广布圣水，受布者光是在北平南京两处已达数万人，其中包括政府大员如段祺瑞、戴季陶辈。而且庄严地受中央政府以及上海、杭州、南京、广州各市政府之隆重款待。又如1934年5月，另一西藏喇嘛名诺拉·葛多呼多者，曾为广东政府之贵宾，他竟公开夸耀：力能施展法术解除敌军施放之毒气，俾保护市民；而他的高明的星相学与巫术却着着实实影响某一军事领袖，使他掉转了炮口。其实倘使中国果能彻底整饬军备以抗御外族之侵略，宗教的影响力就不会如此之大，现在外族既不断压迫，中国之公理至此而穷，故他们转而乞灵于宗教。因为中国政治不能复兴中国，他们乃热望阿弥陀佛加以援手。

佛教一面以哲学，一面以宗教两种性质征服了中国。它的哲学的性质，所以适应于学者；它的宗教的性质，所以适应于民间。似孔子哲学只有德行上的哲理，而佛教却含有逻辑的方法，含有玄学，更含有知识论。此外，应是它的运气好，佛经的译文具有高尚的学者风格，语句简洁，说理透辟，安得不感动学者而成为哲学上的偏好品呢？因此佛教常在中国学术界占领优势，基督教固至今未能与之颉颃也。

佛教哲学在中国影响之大，至改造了孔子哲学的本质。孔教学者的态度，自周代以降，即所谓述而不作，大抵从事于文字上的校勘和圣贤遗著之诠释。佛教之传入，众信约当耶稣纪元一世纪，研究佛教之风勃兴于北魏东晋之际，孔教学者受其影响，乃改变学风，自文字校勘变而从事研究易理。及至宋代，在佛教直接影响之下，兴起数种新的孔教学派，称为"理学"。由于他们的传统的成见，他们的治学精神还是着重于道德问题，不过将种种新名词像性、理、命、心、物、知，置于首要地位。那时热心于《易经》的研究，猛然抬头；《易经》一书，乃为专事研究人事变化的学术专著。宋代理学家尤其是程氏兄弟，都经深研佛学，挟其新获得的悟性，重归于孔教。故真理的认识，如陆九渊，即用佛学上的字义，称为"觉"。佛教并未改变此等学者的信仰，却改变了孔子哲学本身的要旨。

同样强大的是它所影响于著作家的力量，如苏东坡之辈，他们虽立于与理学家对抗的地位，但也颇以游戏三昧的姿态，用他们自己的轻松而爱美的笔调，玩玩佛学。苏东坡常自号曰"居士"，这两个字的意义为：一个孔教学者幽栖于佛学门下而非真为和尚者。这是中国发明的一种特殊方式，它容许一个佛教徒过其伉俪的生活，但茹素戒杀而已。苏东坡有一位要好的朋友，便是一位有学问的和尚，叫作佛印。苏东坡与佛印二人之不同，仅在其彻悟的程度之差。此时正当佛教在钦命保护之下发皇的时代，国家至为立官书局专事迻译佛经。一时僧尼之众，达五十万余人。自苏东坡称居士以后，大半由于他的文才之雄伟的影响力，许多著名学者多仿效之，倘非真的出家为僧，则竟称居士而玩玩佛学。每当政局紊乱或朝代更易之秋，无数文人往往削发逃禅，半为保全生命，半为对于乱世的悲观。

在一个混乱的国家，一个宗教以世界为空虚可能提供逃避尘世悲痛多变之生活的去处，这种宗教之流行而发达，固非怪事。一个学者出家始末的传记，常能增进吾人对于佛教流行因素之某种程度的了解。明代陆丽京的传记，便是有价值的材料之一，此传记出自他的女儿的手笔，首尾完好，堪为珍爱。陆丽京为明末清初之人物，年事已高，一日忽告失踪。隔了许多岁月，曾一度重进杭州城，来治疗胞弟的疾病；他的妻儿即住居贴邻的屋子，而他竟掉首不顾，竟不欲一行探望自己的家庭。他对于这人生的现象应有何等彻悟，才取如此行径！

你倘使读了陆丽京传记，便不难明白：一个人彻悟的程度，恰等于他所受痛苦的深度。按陆丽京早年负诗名，为西泠十子之冠。清初，庄廷钺史祸作，陆氏被株连入狱，提解北京，阖家银铛就道。庄廷钺以大不敬论罪，预其事者，法当诛，丽京自分无生望，行前因往诀别于宗祠，跪拜时曾默祷曰，万一侥幸得全首而南归，当削发为僧。系狱久之，果得白，逐践宿诺出家。由此看来佛教乃为生死关头不自觉的现形，是一种对抗人生痛苦的报复，与自杀出于同一意味。明代有许多美丽而才干之女子，因时局之不幸的变迁，丧失其爱人，因遂立誓出家。清世祖顺治之出家，其动机与此有同一之意味。

但是除了此种消极的向人生抗议，尚有佛教的态度，佛教在民间已具有类乎福音的潜势力，大慈大悲即为其福音。它的深入民间最活跃、最直接的影响为轮回转生之说。佛教哲学并未教中国人以厚遇禽兽，但很普遍地约制牛肉之消费。中国固有的中庸之道，颇似鼓励人民消费猪肉，认为这是不得已的罪过，其理由为猪猡一物，除供食用以外，其用途远较牛马为小。但是中国人的先天的觉性上，总感觉宰牲口的屠夫是犯罪的，而且忤逆菩萨之意旨的。当1933年的大水灾，汉口市政府下令禁宰牲口三天，谓之断屠，所以向河神赎罪。而且这个手续是很通行的，一遇水旱灾荒，随处都会实行起来。茹素忌荤，难于以生物学的见地来辩护，因为人类是生而为肉食的；但是他可以从仁爱的立场上来辩护，孟子曾感觉到这种行为的残忍，但却舍不得完全摒弃肉食，于是他想出了一条妙计，遂宣布了一个原则，说是"是以君子远庖厨也"，理由是一人未经目睹庖厨中宰杀的残忍行为，就算孔教哲学的良心借以宽解下来了。这个食物困难的解决方法，即是中庸之道的典型。许多中国老太太颇有意于巴结菩萨，却是舍不得肉食，便在另一个方式下应用中庸之道，那便是间续地有定期地吃蔬斋，斋期自一日至三年不等。

然大体上，佛教确迫使中国人承认屠宰为一不人道之行为。这是轮回转生说的一种效果，转生说盖使人类仁爱同侪，亦仁爱禽兽。因为报应之说，使人警戒到来生可能的受苦；像眼前目睹的病痛苦楚的乞丐，或污秽恶臭的癞皮狗，都可为有力的直接教训，胜于仅凭臆说而无确证的尖刀山地狱。实在一个忠实的佛教徒确比常人来得仁爱、和平、忍耐，来得慈悲。然他的博爱，或许不能在道德上占高估的价值，因为每施舍一分钱或布施一杯茶于过客，都是希望为自己的未来幸福种下种子，所以是自私的。可是哪一种宗教不用此等诱饵呢？威廉·詹姆士俏皮地说："宗教是人类自私史上最重要的一章。"人，除了真挚的仁人君子，似颇需要此等诱饵。总而言之，佛教确促起了一班富裕人家的伟大事业，使他们慷慨掏其腰包在大暑天气用瓦缸满盛冷茶，备置路旁，以便行人。不管他的目的何在，总算是一件好事。

许多中国小说，确有描写僧尼之卑劣行为者，所是基于全人类的某种天性，总喜欢揭露伪善者的内幕。所以把中国和尚写成卡萨诺发（Casanova）那样的人物，加上以巫术与春药之类的秘技，是很平常的。实际也确有这种的事情，例如浙江省的某处，那里的一所尼姑庵实在是一个秘密卖淫窟。不过就大体上讲，大多数和尚是好的，是退让、谦逊、优雅的善人，倘把罪恶加之一切僧尼是不公平的。倘有任何恶僧的干犯法纪，只限于少数个人，而小说中的描写，因为要绘声绘形，写得生动，也未免言过其实。照我个人的观察，大部分和尚是营养不足，血虚体弱之辈，不足以闯乱子。此外，一般人对于中国之"性"与宗教的关系，尚未观察得透彻，致有误会。在中国，和尚之与艳丽华服的妇女接触之机会，比较其他任何各界人士为多。譬如每逢诵经拜忏，或到公馆人家做佛事，或在寺院中做功德，使他们日常的与一般妇女相接触。她们平时老与外界社会相隔绝，受了孔教束缚女性之赐，她们欲一度抛头露面于社会，其唯一可靠之借口，只有拜佛烧香之一道，每逢朔望或胜时佳节，寺院变成当地美人儿的集会所，妇人、闺女，个个打扮得花枝招展、端庄动人。倘有和尚暗下里尝尝肉味，他也难免不偶尔干干越轨行动。除此之外，许多大寺院每年收入着实可观，而许多和尚手头也颇为富裕，这是近年来发现的许多不良案件之原委所在。1934 年，曾有一位尼姑胆敢具状上海法院，控告一位大和尚诱奸。什么都可以发生在中国！

我在这里举一个文学上美丽的例子，它描写僧尼的性的烦闷，这是一段昆曲，叫作《思凡》，那是很受欢迎的题材，故采取此同样题材，被之管弦者，曾有数种不同之歌曲。下面一段是从中国著名剧本《缀白裘》里头拣选出来的，其文辞堪当中国第一流作品之称而无愧色，其形式采用小尼姑的口吻独白。

思　凡

削发最可怜，禅灯一盏伴奴眠，光阴易过催人老，辜负青春美少年。

小尼赵氏，法名色空，自幼在仙桃庵内出家，终日烧香念佛，到晚来孤枕独眠，好凄凉人也！

小尼姑年方二八，正青春被师父削去了头发，每日里在佛殿上烧香换水。见几个子弟们游戏在山门下，他把眼儿瞧着咱，咱把眼儿瞧着他。他与咱，咱与他，两下里多牵挂。冤家怎能够成就了姻缘，就死在阎王殿前，由他把那碓来舂，锯来解，把磨来挨，放在油锅里去炸，啊呀，由他！只见那活人受罪，哪曾见死鬼带枷？啊呀，由他！火烧眉毛，且顾眼下！火烧眉毛，且顾眼下！

只因俺父好看经，俺娘亲爱念佛，暮礼朝参，每日里在佛殿上烧香供佛，生下我来疾病多，因此上把奴家舍入在空门。为尼寄活，与人家追荐亡灵，不住口地念着弥陀；只听得钟声法号，不住手地击磬摇铃，擂鼓吹螺；平白地与那地府阴司做功课，《蜜多心经》都念过，《孔雀经》参不破。唯有莲经七卷是最难学，咱师父在眠里梦里都叫过，念几声南无佛哆呾哆萨嘛呵的般若波罗；念几声弥陀，恨一声媒婆，念几声娑婆呵，哎！叫……叫一声没奈何；念几声哆呾哆，怎知我感叹还多？

越思越想，反添愁闷，不免到回廊下散步一回，多少是好。

（她走到五百尊罗汉旁边，一个个塑得好庄严也。）

又只见那两旁罗汉塑得来有些傻角，一个儿抱膝舒怀，口儿里念着我；一个儿手托香腮，心儿里想着我；一个儿倦眼半开，朦胧地觑着我，唯有布袋罗汉笑呵呵。他笑我时光挫，光阴过，有谁人，有谁人肯娶我？这年老婆婆！降龙的恼着我，伏虎的恨着我，那长眉大仙愁着我，说我老来时有什么结果！

佛前灯前，做不得洞房花烛；香积厨，做不得玳筵东阁；钟鼓楼，做不得望夫台；草蒲团，做不得芙蓉软褥。奴本是女娇娥，又不是男儿汉，为何腰系黄绦，身穿直缀，见人家夫妻们洒乐，一对对着锦衣罗。啊呀，天呵！不由人心热如火，不由人心热如火。

今日师父师兄多不在庵，不免逃下山去，倘有机缘亦未可知。

奴把袈裟扯破，埋了藏经，弃了木鱼，丢了铙钵。学不得罗刹女去降魔，学不得南海水月观音座，夜深沉，独自卧；起来时，独自坐。有谁人孤栖似我，似这等削发缘何？恨只恨说谎的僧和尼，哪里有天下园林树木佛，哪里有枝枝叶叶光明佛，哪里有江湖两岸流沙佛，哪里有八万四千弥陀佛。从今去把钟楼佛殿远离却，下山去寻一个年少哥哥，凭他打我骂我，说我笑我，一心不愿成佛，不念弥陀般若波罗。

好了，且喜我逃下山来了。

读了这一段曲，可见佛教束缚中的女性，她的心还是活跃的。但是佛教一方面固镇压了僧尼的情欲，另一方面替一班在俗的善男信女开辟了一条情感上的出路。第一点，它使得妇女们的礼教束缚不似前此之严密而较为可耐。妇人之常喜光顾庙宇，其心比之男性为热切，盖即出于天然的情感上之需要，俾领略领略户外生活；而妇女常多立愿出家，未始非出于此同样动机。因此每月朔望或胜时佳节，姑娘、太太们在深闺里十几天前就在焦急地巴望着了。

第二点，每年春季的香汛，才给予消瘦的浪游欲者以适宜之出路。此香汛大抵在每年的仲春，适当耶稣复活节前后。倘有不能做远距离旅行者，至少可以在清明日到亲友坟上去痛哭一场，同样可获得情感上的出路之效果。凡环境许可的人，可以穿一双芒鞋，或坐一顶藤轿，到名山古刹去朝拜一番。有许多厦门人，每年春季，至今一定要坐着手摇船，远远地经过五百里路程，到浙江宁波沿海的普陀去进香。在北方则每年上妙峰山作朝山旅行是流行习俗，几千几万的香客，男男女女，老老少少，都背一只黄袋，曳一根手杖，蜿蜒前进，夜以继日，巴巴地去参拜圣寺。他们之间，流露着一种欢娱的神情，一如乔叟（Chaucer）当时，一路上谈谈《山海经》，宛与乔叟所写的故事相仿佛。

第三点，它给予中国人以欣赏山景的机会，因而大多数寺院都建筑于高山美景之处。这是中国人度着日常乏味生活之后的一乐。他们到了目的地，则寄寓于清雅的客舍，啜清茶，与和尚闲谈。这些和尚们是文雅的清谈家，他们款待香客以丰盛的素斋而收获可观的报酬于银柜。香客乃挟其饱满的新鲜精力，重返其日常工作，谁能否认佛教在中国人生机构中占有重要的地位呢？

邹韬奋
(1895—1944)

生平简介

邹韬奋（1895—1944），名恩润，乳名荫书，曾用名李晋卿，祖籍江西余江，生于福建永安。政治活动家，新闻记者、政论家和出版家。1922年在黄炎培等创办的中华职业教育社任编辑部主任，开始从事教育和编辑工作。自1926年在上海主编《生活周刊》起，毕生从事新闻出版工作。九一八事变后，反对国民党的不抵抗政策。1932年创办生活书店。1933年初参加中国民权保障大同盟；7月被迫流亡海外，周游欧美，并至苏联参观。1935年8月回国，参加中共领导的抗日救亡运动，先后在上海、香港主编《大众生活》周刊、《生活日报》、《生活星期刊》，并担任上海各界救国会和全国各界救国联合会的领导工作。1936年11月与沈钧儒等七人被国民党逮捕（即"七君子事件"），遭到全国人民，包括宋庆龄、何香凝等社会名流的强烈反对。抗日战争全面爆发后获释。此后在上海、汉口、重庆主编《抗战》《全民抗战》等刊物。皖南事变后再次被迫流亡香港，复刊《大众生活》。日军攻陷香港后，辗转赴广东东江游击区，于1942年到苏北解放区。次年秘密赴上海治癌症。1944年7月24日病逝。主要著作有《患难余生记》《萍踪寄语》《萍踪忆语》等，后人编有《韬奋文集》。他所主编的报刊及其"为人民服务，鞠躬尽瘁，死而后已"的精神，影响极其深远。周恩来曾给予其高度的评价："邹韬奋同志经历的道路是中国知识分子走向进步走向革命的道路。"

坚定信仰，为民族解放而奋斗①

1937 年 8 月

诸位：

刚才几位先生已有很好的报告，兄弟的意见，不过说一说自己所要说的话。

兄弟在苏州，常常承蒙朋友来访，他们常问我两句话：你在看守所内有什么感想？以后态度如何？兄弟对这两句话的答复：

在看守所内心安理得；兄弟有坚定之信仰。

就是各人能努力于大众所要求的事情，无论力之大小，最后一定能取得胜利。兄弟每自反省，自己好不好？所做皆大众所要做的事吗？自问无错，所以是心安理得。兄弟常想，个人可受委屈，但大众的事，应顾到大众方面，非如个人可以随便，所以在看守所内感想是什么？个人都不要紧，可牺牲，可抛弃一切，但不能出卖大众，违反良心做事。个人尽可杀即杀，打即打，心中满不在乎。而兄弟又很想早些出来，和大众做一些事。一切不求个人胜利，亦没恨人的心。个人心目中，唯大众的事，务须和大众有益，以前一切皆可以不管，但愿今后能合作。

今天看到诸位，知道救国工作，并未因七人被捕而受到影响。简言之，就是七人死了，诸位对于救国工作亦会更努力。兄弟是心安理得，生一日，努力一日，和诸位做到民族解放的一步。

---

① 本文是邹韬奋在出狱欢迎会上的演讲。

图书在版编目(CIP)数据

象征的人生 / 李石岑等著. — 北京：中国文史出
版社，2019.12

(民国演讲；第八编)

ISBN 978 – 7 – 5205 – 1339 – 5

Ⅰ. ①象… Ⅱ. ①李… Ⅲ. ①演讲 – 中国 – 民国 – 选
集 Ⅳ. ①I266

中国版本图书馆 CIP 数据核字(2019)第 209992 号

责任编辑：薛媛媛

出版发行：**中国文史出版社**

社　　址：北京市海淀区西八里庄 69 号院　　邮编：100142
电　　话：010 – 81136606　81136602　81136603（发行部）
传　　真：010 – 81136655
印　　装：北京新华印刷有限公司
经　　销：全国新华书店
开　　本：720×1020　1/16
印　　张：23　　　　　字数：345 千字
版　　次：2019 年 12 月第 1 版
印　　次：2019 年 12 月第 1 次印刷
定　　价：69.80 元